The Light Between Us

우리 사이의 빛

The Light Between Us

우리 사이의 빛

로라 린 잭슨 지음

서진희 옮김

빛의 세계에서 전해 주는
삶을 위한 교훈

나무의마음

"인생을 살아가는 데는 두 가지가 있을 뿐이다.
하나는 기적은 어디에도 없는 것처럼 살아가는 것이며,
다른 하나는 모든 것이 기적인 것처럼 살아가는 것이다."

_ 아인슈타인

"나의 어머니 린다 오스발트 여사에게 이 글을 바칩니다.
어머니는 내 안의 빛을 신뢰하고
우리 사이의 빛을 기리도록 나를 이끌어 주었습니다.
이 세상 어떤 아름다움이든 나를 통해 표현될 수 있다면
그것은 모두 당신 덕분입니다. 어머니는 모든 것의 뿌리입니다.

개럿, 애슐리, 헤이든, 줄리엣에게도 이 책을 바칩니다.
여러분은 내 삶을 빛과 기쁨과 의미로 가득 채워 주었습니다.
당신들은 나에게 있어 모든 것의 이유입니다.

그리고 이 책을 읽는 모든 분께 이 책을 바칩니다.
우리가 언제나 서로에게 향하는 길을 밝힐 수 있기를 소망하며……."

_로라 린 잭슨

차 례

3부

일러두기
· 주석은 모두 옮긴이주입니다.
· 본문에서 도서는 『 』, 신문과 노래, 잡지는 「 」로 표기했습니다.
· 원서에서 이탤릭체로 강조한 부분은 고딕체로 처리했습니다.
· 인명, 지명 등 외국어의 우리말 표기는 국립국어원 외래어 표기법을 따랐습니다.

머리말

그 일이 일어난 건 제리코 고속도로에서 서쪽을 향해 달리고 있을 때였다.

나는 혼다 자동차의 운전대를 꽉 잡고 다른 차량의 경적을 무시한 채 끽 소리를 내며 오른쪽으로 방향을 확 틀었다. 문구점 주차장에 절반쯤 들어섰을 때 브레이크를 밟았다.

나는 아직 준비가 안 되어 있었다. 조금 전까지도 너무 긴장해서 심호흡을 하며 마음을 진정시키기 바빴다. 정말이지 걱정이 돼서 죽을 것 같았다. 사랑하는 가족을 잃고 힘들어하는 사람들로 가득한 곳으로 가던 길이었다. 나는 그들의 고통을 덜어 주기 위해 가지만, 그들을 더 힘들게 만들지는 않을지 겁이 났다.

나는 검정 민무늬 블라우스에 검정 바지를 입었다. 내가 입은 블라우스 무늬나 원피스의 꽃무늬로 사람들의 주의를 흩트리고 싶지 않았다. 저녁도 건너뛰었다. 불안해서 도저히 먹을 수가 없었다. 남편 개럿이 아직 퇴근 전이라 친정엄마에게 아이들을 부탁했다. 늦을 것 같아서 속도를 내보려 했지만 길이 많이 막혔다.

그때 난데없이 그들이 나타났다. 아이들이었다.

한 번에 여러 명이 무리 지어 나타나 너무 놀랐다. 마치 혼자 있던 방의 문이 느닷없이 열리며 열댓 명이 동시에 들어오는 느낌이었다. 보이지도 않고 말소리도 들리지 않았지만 그래도 그들이 곁에 있다는 걸 알았다. 그들의 존재가 느껴졌다. 더는 차에 나 혼자가 아니라는 느낌이 들었다. 그날 차 안에서의 내 기분이 그랬다. 갑자기 나타난 아이들이 사방에서 나를 압도했다. 그때 단어와 이름, 이야기와 부탁, 장면 묘사와 영상 등 아이들이 나누고 싶어 하는 온갖 것들이 밀려들었다. 너무 많아서 천천히 말해 달라고 부탁해야 할 정도였다.

"잠깐, 잠깐만!"

나는 가방에서 작은 빨간색 수첩과 펜을 찾으며 소리쳤다. 그리고 최대한 빨리 받아 적으려 했지만, 모두 따라가기에는 역부족이었다. 메시지들이 퍼붓듯 쏟아졌다.

내가 아직 여기 있다고 전해 주세요.

한 아이가 말했다.

나는 여전히 엄마 아빠 삶의 일부라고 전해 줘요.

다른 아이의 말이었다.

"사랑해요, 모든 걸 지켜보고 있어요." 이렇게 전해 주세요.

나 때문에 울지 마세요. 나는 잘 있어요.

나는 죽지 않았어요. 여전히 엄마 아빠의 아이예요.

내가 떠났다고 생각하지 마세요. 나는 떠나지 않았어요.

내가 사라져 버린 게 아니라고 전해 주세요.

나는 문구점 앞에 비뚤게 주차해 놓은 차 안에 앉아 계속 글을 써 내려갔다. 눈에 보이지도 않는 아이들에게 둘러싸인 채로.

몇 분 후, 수첩을 가방 안에 도로 집어넣고 다시 고속도로로 진입했다. 브로드 할로 로드에 있는 헌팅턴 힐튼 호텔을 향해 최대한 빨리 차를 몰았다. 도착해서는 호텔 로비를 재빨리 통과해 행사장을 찾았다. 밖에 붙은 안내에는 그날 밤 열리는 행사에 대해 약간의 암시만 적혀 있었다.

'당신의 아이가 말할 때 어떻게 들을 것인가?'

행사장은 평범했다. 밤색 커튼과 천장 조명, 부드러운 카펫, 회전의자들이 있었다. 행사장 가운데에 놓인 큰 직사각형 테이블 주위로 열아홉 명이 굳은 표정으로 앉아 있었다. 내가 들어가자 일제히 나를 쳐다보았고, 침묵이 흘렀다. 모두 슬프고 힘겨운 얼굴을 하고 있었다. 숨소리조차 내기 힘들어 보였다.

그들은 부모였다.

영원한 가족 재단Forever Family Foundation의 대표이자 오늘 저녁 행사를 주최한 프란과 밥 긴즈버그 부부가 다가오자 긴장감이 좀 누그러지는 듯했다. 그들은 내게 포옹을 하며 인사를 건넸고, 의자에 앉으라고 권했다. 하지만 나는 사양했다. 너무 초조해서 앉을 수가 없었다. 이윽고 밥이 앞으로 나가 목소리를 가다듬었다.

"로라 린 잭슨을 소개합니다."

밥은 부드러운 목소리로 이어 갔다.

"로라는 영원한 가족 재단에 소속된 공인받은 영매입니다. 오늘 밤 우리가 우리 아이들과 대화할 수 있게 도움을 주고자 이 자리에 함께 해 주셨습니다."

밥이 옆으로 비켜서며 나에게 자리를 내주었다. 나는 심호흡을 하며 손에 든 수첩을 내려다보았다. 부모들이 나를 바라보며 기다렸다. 무슨 말을 어떻게 시작해야 할지 몰랐다. 또다시 깊고 무거운 침묵이 흘렀다. 앞으로 무슨 일이 벌어질지 아무도 몰랐다. 나도 마찬가지였다. 마침내 고개를 들고 입을 열었다.

"지금 이 자리에 여러분의 아이들이 와 있습니다."

나도 모르게 그렇게 말해 버렸다.

"그 아이들이 여러분에게 꼭 하고 싶어 하는 이야기가 있습니다."

~~~~

내 이름은 로라 린 잭슨, 나는 한 남자의 아내이자 세 아이의 엄마이며 고등학교 영어 교사다.

그리고 나는 영매靈媒다.

내 모습은 사람들이 흔히 떠올리는 영매 이미지와는 조금 다를지도 모른다. 나는 찻잎*이나 타로카드로 운세를 보지 않는다. 상점에 딸린 작은 공간에서 사람들을 맞는 것도 아니다. 나는 점쟁이가 아니며 수정 구슬도 사용하지 않는다. 작은 수정 구슬이 하나 있긴 하지만, 가게에

---

* 유럽과 미국에서는 오래전부터 차를 다 마신 후 찻잔에 남아 있는 찻잎의 모양을 통해 운을 점치는 찻잎점을 봐 왔다.

서 보고 예뻐서 구입한 장식용 소품이다. 나는 그냥 다른 사람들에 비해 어떤 능력이 더 발달했을 뿐이다.

내게는 투시력이 있다. 오감이 아닌 다른 방법으로 사람이나 사건에 대한 정보를 알아낼 수 있다는 뜻이다. 또 귀를 통하지 않고도 소리를 들을 수 있는 투청력이 있다. 초감각 지각 능력도 있어서 보통 사람들과 다른 방법으로 뭔가를 느낄 수 있다.

예를 들어 식당에 가면, 나보다 앞서 그 자리에 앉았던 사람들의 기운이 뚜렷한 지문을 남겨 놓기라도 한 것처럼 그들의 에너지를 분명하게 느낄 수 있다. 그 에너지가 나에게 너무 안 좋은 영향을 줄 때는 식당 지배인에게 정중히 양해를 구하고 다른 자리로 옮겨 앉는다. 옮길 자리가 없으면 식당을 나가는 수밖에 없다. 이런 일들이 내 남편이나 아이들에게 항상 유쾌할 순 없을 것이다. 식당 지배인에게도 마찬가지일 테고.

이 외에도 내게는 세상을 떠난 사람들과 소통할 수 있는 능력이 있다. 내가 어쩌다 이런 능력을 갖게 되었느냐고 묻는다면 그 첫 번째 대답은 "나도 모른다"이다. 사실 나는 평생 그 답을 알아내기 위해 노력해 왔다.

엄격한 테스트를 거치기도 했다. 그 첫 번째가 상실감이 큰 사람들에게 과학을 기반으로 도움을 주는 비영리단체 영원한 가족 재단의 테스트였다. (16장 '영원한 가족' 참조) 그다음엔 인간의 잠재 능력에 관한 응용 연구 기관인 애리조나주 윈드브리지 연구소Windbridge Institute에서 심사를 받았다. (22장 '윈드브리지' 참조) 과학자들이 심사하는 이곳에서 5중으로 정보를 차단한 블라인드 영적 상담을 포함해 전체 8단계에 걸

친 심사를 통과한 끝에 과학 연구에 참여할 수 있는 몇 안 되는 공인받은 영매가 되었다.

나는 이렇게 내가 이 세상에 존재하는 진정한 목적이 무엇인지 찾으려 애쓰면서도 여전히 나의 이런 능력을 조심스럽게 감추고 있었다. 내 능력을 어디에 어떻게 사용할 수 있을지 알지 못했기 때문이다. 그래서 오랫동안 영매가 아닌 다른 진로를 개척하려고 노력했다.

나는 대학교 4학년 때 옥스퍼드 대학으로 유학을 떠났고, 그곳에서 학업에 전념할 생각으로 셰익스피어를 공부했다. 졸업 후에는 최상위 로스쿨 두 곳에서 입학 허가를 받기도 했다. 하지만 결국 학생들을 가르치고 싶은 열정을 따르기로 결정했다. 그 이후 오랫동안, 교사라는 사실을 최우선으로 여기며 살아왔다. 사람들의 기운을 읽어내고 영혼들과 소통하는 일은 내 교사 생활에 끼어들 자리가 없었다.

그래서 거의 20년에 걸쳐 비밀리에 이중생활을 했다. 낮에는 10대 청소년들에게 『맥베스』와 『분노의 포도』를 가르쳤고, 밤에는 남편이 아래층에서 아이들을 돌보는 동안 위층 내 방에서 연예인, 운동선수, 우주비행사, 정치인, 기업의 최고 경영자 등 다양한 사람들과 전화 상담을 했다. 나는 그들에게 인간 경험의 한계를 넘어서는 무언가에 대해 이해한 바를 들려주었다.

그렇게 이중생활을 하며 놀라운 사실을 하나 발견했다. 내가 남들과 크게 다르지 않다는 사실이다. 내가 가진 능력들 때문에 다른 사람들과 다르고 '평범하지' 않다고 느끼지만, 이런 식의 '재능'은 나에게만 주어진 특별한 선물이 아님을 알게 됐다.

내가 가진 아름다운 재능은 우리가 이 세상에서 그리고 저세상에서도 강력한 빛과 사랑의 끈으로 연결되어 있음을 느끼는 것이며, 이는 우리 모두에게 주어진 선물이다.

~~~~

이 책은 내 삶과 마찬가지로 어둠에서 빛으로 나아가는 여정이라 할 수 있다. 이 책에서 나는 내가 이 세상에 존재하는 진정한 목적이 무엇인지 알아가는 과정을 보여 주고, 동시에 우리가 어떻게 주변과 연결되어 있는지 이야기하려 한다. 여러분이 나의 여정에서 여러분 삶에 반향을 일으키는 뭔가를 발견하길 무엇보다 바란다.

만약 그럴 수 있다면 내가 깨닫게 된 사실들을 여러분들도 똑같이 이해할 수 있게 될 것이다. 우리가 마음을 열면 이 세상과 사후 세계의 사랑하는 이들을 이어 주는 강력한 끈이 우리가 오늘을 살아가는 법과 사랑하는 방식을 놀라울 정도로 향상시킬 수 있다는 사실을 말이다.

솔직히 이런 깨달음을 얻은 뒤에도 나는 이것을 세상과 공유할 생각은 전혀 못 했다. 책을 쓸 계획도 없었다. 그런데 어느 날 내가 근무하는 고등학교 복도에서 학생들을 지도하다가 갑자기 우주로부터 엄청난 정보와 지혜가 쏟아지는 느낌을 받았다. 일순간 선명하게 내리치는 번개 같았다. 기본적인 가르침은 단순했다.

네 이야기를 사람들에게 들려줘야 한다.

여기서 중요한 건 내 이야기가 아니라 메시지였다. 영매로서 상담하며 얻은 삶의 교훈은 비밀에 부쳐서는 안 되는 것들이었다. 그것을 세상에 알려야 했다.

나는 이 책을 내 개인적 삶을 담은 회고록으로 여기지 않는다. 다만 내 이야기는 내가 수년간 경험한 가장 강렬하고 심오했던 부분을 공유하는 수단이라고 생각한다. 사람들을 저세상에 있는 사랑하는 이들과 이어 주는 상담은 그들이 상처를 치유하고 과거를 극복하며 삶을 다시 설계하도록 도왔다. 나아가 그들의 진정한 인생의 항로와 목적을 이해하는 데도 도움을 주었다. 이런 상담은 내게도 말할 수 없이 감동적이고 유익했다.

내 인생 이야기와 상담 모두 답을 알고자 하는 인간의 용기와 끈기에 관한 이야기라는 점은 똑같다. 문학을 공부할 때 나는 다음과 같은 심오한 질문들과 씨름했었다. 우리는 왜 이곳에 있는 걸까? 존재의 의미는 무엇일까? 삶의 목적은 무엇일까? 물론 내가 이 질문들에 대한 답을 모두 찾았다고 주장하는 것은 아니다. 내가 할 수 있는 건 나의 이야기를 들려주는 것뿐이다. 또한 사후 세계에 대해 최소한의 가능성이라도 고려하지 않으면, 사람이 죽은 뒤에도 의식은 살아남는다는 최근의 수많은 증거들을 살펴보지 않으면, 놀라운 위안과 치유, 아름다움과 사랑의 원천을 스스로 차단해 버리는 것과 같다는 나의 믿음도 이야기하려 한다. 이런 대화에 마음을 열면 우리는 더 밝고 행복하고 솔직해질 것이다. 각자의 진실, 각자의 진정한 모습에 더 가까워져 가장 훌륭한 버전의 우리로 거듭날 것이다. 그 최상의 모습을 다른 사람들에게도 보여 주면 세상도 변화시킬 수 있다.

내가 원하는 건 이게 전부다. 이야기를 나누는 것. 세상을 바라보는 방식이 우리의 전통적인 방식 말고 다른 게 더 있을 수 있다는 것을 알려 주고 싶다. 그동안 상담을 하면서 몇 번이나 보았던 것을 함께 살펴보고 싶다. 우주가 동시성의 원리*에 따라 작동한다는 사실, 그러니까 아무 관련 없어 보이는 사건들을 서로 연결해 우리가 하는 모든 일에 의미를 부여하는 보이지 않는 힘이 있다는 사실을.

이 책이 여러분의 손에 들어온 데는 다 그만한 이유가 있다.

무엇보다 나는 영적 상담을 하며 확신하게 된 놀라운 진실을 이야기하고 싶다. 우리는 모두 빛 에너지로 이뤄진 눈부신 끈으로 연결되어 있으며, 세상을 떠난 사랑하는 이들과도 이어져 있다는 진실 말이다.

나는 이 빛의 끈을, 우리 사이에서 반짝이는 빛을 볼 수 있다.

이렇게 우리를 묶어 주고, 우리의 운명을 얽히게 만드는 빛이 있고, 우리 모두 그 빛으로부터 힘을 얻는다는 사실은 또 다른 진실을 깨닫게 한다.

세상에 하찮은 삶을 사는 사람은 없다.

우주는 단 한 사람도 소홀히 하지 않는다.

우리는 모두 세상을 환하게 밝힐 수 있다.

다만 우리가 얼마나 큰 힘을 가졌는지 아직 깨닫지 못한 사람들이 있을 뿐이다.

~~~~~

• 물리적 연관성이 없는 사건들이 우연의 일치와 같은 의미 있는 연관성을 보이는 것. 정신 분석학자 칼 융은 이것이 단순한 우연의 산물이 아닌 개인 내면의 의식과 외부 물질계가 서로 영향을 미친 결과라고 설명한다.

내 생각이 아무런 거부감 없이 그대로 받아들여지리라 기대하지는 않는다. 나는 거의 20년 동안 교사로 일했고, 설익은 이론이나 눈이 휘둥그레질 만한 주장에 쉽게 넘어가지 않는다. 학생들에게도 철저히 탐구하고 분석한 다음, 의문을 가지고 비판적으로 사고하는 사람이 되라고 늘 가르쳐 왔다. 나는 내 능력에 대해서도 같은 방식으로 접근했다. 과학자들과 연구자들에게 내 능력을 검증받았다. 대담한 탐구자들이나 해박한 지식인들과도 이야기해 봤으며, 인간의 능력에 대해 놀라울 만큼 새로운 통찰을 선사한 지난 25년간의 과학 발전을 들여다보기도 했다.

그 결과, 내가 살면서 경험한 여러 가지 놀라운 일들이 인간의 의식이 가진 힘과 지속성에 대해 인류가 새로 알아가고 있는 사실들과 일치하며, 그것들로 설명이 가능하다는 것을 알게 되었다.

그렇다고 이 책의 가장 중요한 교훈이 과학자나 연구자 또는 탐구자에게서 나오는 건 아니다. 물론 나에게서 비롯되지도 않는다. 나는 예언자나 제사장이 아니다. 그저 전달자일 뿐이다.

가장 의미 있는 교훈은 삶과 죽음의 경계를 넘어 우리에게 다가오는 빛의 군단으로부터 나온다.

나는 영매로 살며 수많은 사람을 만나 왔다. 그중에는 부유하고 유명한 사람들도 있었지만, 대부분은 평범한 사람들이었다. 나는 그들을 이제는 이 세상에 없는 사랑하는 사람들과 연결해 주었다. 고인故人이 된 이들과의 대화는 존재와 우주에 대한 기적 같은 광경을 선사해 준다.

이 여정의 첫 단계는 어렵지 않다. 세상에는 우리의 오감을 통해 쉽게 파악되는 것들 외에도 더 많은 존재가 있을 수 있다는 가능성에 마음의 문을 열기만 하면 된다.

사실 많은 사람들이 이미 그렇게 하고 있다. 우리는 대부분 부르는 이름은 달라도 자신보다 더 큰 힘을 가진 존재를 믿고 있다. 나는 그 힘을 '우주'라 부른다. 누군가는 '하느님'이라 부른다. 나는 하느님의 존재를 믿도록 배우며 자랐고 지금도 여전히 믿고 있다. 하지만 종교는 여러 조각으로 나뉜 큰 그릇과 같다고 생각한다. 각각의 조각이 모두 다르다 해도 결국 같은 그릇을 이루는 부분들이다. 믿음을 표현하는 단어가 믿음 자체보다 중요할 수는 없다.

이렇듯 우리는 증명하거나 설명할 수 없으며 심지어 완전히 이해하기도 힘든, 자신보다 큰 존재를 기꺼이 믿으려 한다. 그 정도 도약은 두려워하지 않는다. 만약 우리가 그다음 단계의 도약도 두려워하지 않는다면, 그러니까 우리의 의식이 죽음으로 끝나는 것이 아니라 훨씬 더 멋진 여정으로 이어진다는 믿음을 가진다면 정말로 믿기 힘든 기적 같은 일들을 경험하게 된다. 사후 세계를 믿는다면 우리가 그곳과 연결될 가능성까지도 받아들여야 하기 때문이다.

솔직히 그런 놀라운 일들이 내게 일어나지 않았다면 나도 그 가능성을 믿었을지는 잘 모르겠다. 하지만 그런 일들이 나에게 일어났고, 나는 그 일들이 그저 가능성이 아니라 현실임을 안다.

또한 우리가 과거, 현재, 미래를 모두 아우르는 전체의 일부로서 서로 연결되어 있다는 사실에 마음을 열면 전에는 어둠만 있던 곳에서 연결고리와 의미 그리고 빛이 보이기 시작한다는 것을 알게 될 것이다.

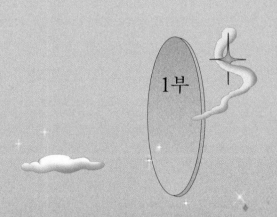

1부

선이 집 진입로에 들어설 무렵, 나는 흐느껴 우느라 몰골이 엉망이었다.
"도대체 내가 뭐가 문제인 거지? 나는 왜 이런 걸 느껴야 하는 걸까?
왜 이런 것들을 미리 알고, 그러면서도 아무것도 바꿀 수 없는 걸까?
나에게 왜 이런 능력이 있는 거지?"
션에게 물었다. 낯익은 감정이 밀려왔다. 저주받은 느낌이었다.

_10. 「혼돈」중에서

1. 외할아버지

8월의 어느 화창한 수요일 오후. 당시 열한 살이던 나는 언니, 남동생과 함께 롱아일랜드에 있는 우리 집 뒷마당의 이동식 수영장에서 물놀이를 하고 있었다. 개학이 며칠 안 남았기 때문에 우리는 남은 여름을 최대한 즐기려 했다. 엄마가 차로 50분 거리에 있는 로슬린의 외할머니 댁에 간다고 했다. 나는 엄마가 외할머니 댁에 간다고 하면 따라가곤 했고, 그 길은 늘 즐거웠다. 하지만 좀 더 자라 다른 할일이 생기면서 가끔은 엄마 혼자 가곤 했다. 엄마도 이 좋은 날씨에 우리 중 누구도 물놀이를 포기하고 따라나설 거라 기대하진 않았다.

"얘들아, 재밌게 놀고 있어. 몇 시간 안에 돌아올게."

엄마가 우리에게 큰 소리로 말했다. 그런데 그 순간, 나는 갑자기 공포에 사로잡혔다. 뼛속 깊이 느껴지는 얼음장 같은 공포였다. 나는 벌떡 일어나 엄마에게 외쳤다.

"기다려요, 엄마! 나도 같이 갈래요!"

내가 소리치자 엄마는 웃으며 말했다.

"괜찮아, 그냥 있으렴. 재밌게 놀아. 날이 좋잖니."

하지만 나는 이미 정신없이 물장구를 쳐서 수영장 가장자리 쪽으로 빠져나왔다. 언니와 남동생은 그런 나를 의아한 눈길로 바라보았다.

"아니에요, 같이 가고 싶어요. 조금만 기다려 줘요, 제발!"

"로라, 안 그래도 되는데……."

"아니에요, 엄마. 꼭 같이 가야 해요!"

엄마도 더는 웃지 않았다.

"그래, 알았으니 진정하렴. 들어가서 옷 갈아입고 와라. 기다리고 있을게."

나는 물을 뚝뚝 흘리며 집 안으로 들어가 아무 옷이나 걸쳐 입고 서둘러 나왔다. 여전히 반은 젖은 채로 두려움에 떨면서 차에 탔다. 1시간 후, 우리는 외할머니 댁의 진입로에 들어섰다. 어린 시절 내가 '할아부지'라고 불렀던 외할아버지가 뒤쪽 포치에서 우리 차를 보고 손을 흔들어 주셨다. 외할아버지를 만나 꼭 끌어안고 나서야 두려움이 가라앉았다. 그리고 몇 시간 동안 외할아버지와 함께 웃고 떠들고 노래하고 장난도 쳤다. 이윽고 집으로 돌아갈 시간이 되자, 나는 외할아버지를 꼭 끌어안고 입 맞추며 말했다.

"사랑해요."

그날 이후로 살아계신 외할아버지를 다시는 만나지 못했다.

~~~

나는 외할아버지가 언젠가부터 기운이 없고 피곤해하시는 이유를 알지 못했다. 어른들은 내게 그런 얘기를 안 했다. 내가 외할아버지를 뵈러 갔던 날 외할아버지는 아무렇지 않은 듯 인자하고 재미있고 쾌활한 모습이었다. 틀림없이 내게 건강한 모습을 보여 주시려고 온 힘을 끌어모으셨을 것이다. 우리가 다녀가고 사흘 뒤 외할아버지는 병원에 입원하셨다. 백혈병이라는 절망적인 진단을 받았고, 3주 뒤 돌아가셨다.

엄마는 우리 삼 남매를 불러 앉히고 조심스럽게 외할아버지의 임종 소식을 전했다. 슬픔이 북받쳐 올랐다. 충격으로 혼란스러웠고 믿기지 않았다. 화가 났다. 말로 표현할 수 없는 슬픔이었다. 벌써부터 외할아버지가 너무나 많이, 지독하게 그리웠다.

그보다 더 힘든 건 극심한 죄책감이었다.

외할아버지가 돌아가셨다는 이야기를 듣자마자, 그때 왜 겁에 질려 외할아버지를 꼭 만나야 한다고 생각했는지 이해가 됐다. 나는 외할아버지의 죽음을 예감했던 것이다!

물론 정말로 알았을 리는 없다. 나는 외할아버지가 아프신 것조차 몰랐다. 그래도 어쨌든 알긴 알았다. 그게 아니라면 왜 그렇게까지 외할아버지를 만나야 한다고 했겠는가?

하지만 내가 정말 알았다면, 왜 그걸 말하지 않았을까? 외할아버지나 엄마한테, 아니면 나 자신에게라도 말이다. 당시 나는 외할아버지에게 뭔가 문제가 있다는 걸 명확하게 알기는커녕 눈치도 채지 못했다. 그날 외할아버지와의 만남이 마지막일 거라고 어떤 식으로든 이해하고 간 것도 아니었다. 하지만 왠지 모르게 내가 알고 있었다는 생각에 휩싸였다. 그런 생각이 들자 왜 그런지 이해는 안 되지만 마음이 끔찍하게 불편해졌다. 내가 마치 외할아버지의 죽음에 공범이라도 된 것 같았다. 외할아버지의 목숨을 앗아간 무자비한 세력과 무슨 관계라도 있는 것 같아서 상상도 못할 만큼 죄책감이 들었다.

나한테 뭔가 심각한 문제가 있다는 생각이 들기 시작했다. 그전까지는 누군가의 죽음을 감지하는 사람을 본 적이 없었는데, 나에게 그런 일이 일어나다니, 어디서부터 어떻게 받아들여야 할지 혼란스러웠다. 끔찍하다는 생각밖에 들지 않았다. 나는 내가 정상이 아니라고, 저주받았다고 믿었다.

~~~~~

1주일쯤 지났을 때 꿈을 꾸었다.

꿈에서 나는 어른이고 배우였다. 호주에 살고 있었다. 길고 화려한 19세기 드레스를 입은 나 자신이 아름답게 느껴졌다. 그 순간, 갑자기 가족들이 말할 수 없을 만큼 걱정되기 시작했다. 꿈속이었지만 가슴이 조여 왔고 곧 바닥에 쓰러졌다. 죽어 가고 있는 게 느껴졌다.

그래도 깨지 않고 계속 꿈을 꿨다. 나는 곧 육체에서 벗어나 자유롭게 떠다니는 의식이 되었다. 주변의 모든 것을 볼 수 있었다. 내가 쓰러졌던 방에서 가족들이 내 주위에 모여 슬프게 울고 있는 모습이 보였다. 그들이 괴로워하는 모습을 지켜보는 게 너무 힘들어 소리치려고 했다.

"걱정하지 마세요, 난 살아 있어요! 죽음 같은 건 없어요!"

그런데 아무리 말해도 소용없었다. 더 이상 내게 목소리가 없었기 때문이다. 가족들은 내 말을 전혀 듣지 못했다. 내가 할 수 있는 건 내 생각을 그들에게 비추는 게 다였다. 그러다 그들에게서 점차 멀어지기 시작했다. 누군가 놓쳐 버린 헬륨 풍선처럼 가족들 머리 위로 멀리, 더 멀리 떠오르더니 암흑 속으로 흘러들었다. 반짝이는 아름다운 빛으로 가득한 짙고 평화로운 어둠이었다. 고요하고 만족스러운 느낌이 강하게 밀려왔다.

그리고 바로 그 순간, 믿을 수 없는 광경이 펼쳐졌다.

외할아버지가 보였다.

외할아버지가 내 눈앞에 있었다. 살아 움직이는 육신은 아니었지만 외할아버지가 분명했다. 틀림없이 온전하고 아름다운 외할아버지의 영혼이었다. 내 의식이 즉각적으로 외할아버지의 의식을 알아본 것이다. 외할아버지는 빛으로 이루어진 점이었으며 어두운 밤하늘에 떠 있는 밝은 별 같았다. 그 빛은 자석처럼 강하게 나를 끌어당겼고, 사랑으로 가득 채워 주었다. 진짜 외할아버지를 보고 있는 것 같았다. 살아계실 때의 외모는 아니지만 그보다 더 멋진 내면의 빛이었고, 그것은 진짜 외할아버지였다. 나는 외할아버지 영혼의 에너지를 보고 있었다. 외할아버지가 사랑이 넘치는 아름다운 장소에 안전하게 계시다는 걸 알 수 있었다. 외할아버지는 고향으로 돌아가신 것이며, 우리 모두 거기서 왔고, 거기에 속한다는 사실 또한 깨닫게 됐다. 외할아버지는 본래 있던 곳으로 돌아간 것이다.

그 빛이 외할아버지이고, 외할아버지가 다른 방식으로 여전히 존재한다는 걸 알게 되자 슬픔이 가라앉았다. 엄청난 사랑과 위로가 느껴졌다. 그걸 깨닫는 순간 무척 행복했다. 외할아버지와 함께 집에 거의 다 왔을 때 무언가가 나를 에워싸더니 뒤로 끌어당기는 느낌이 들었다. 그리고 꿈에서 깼다.

나는 침대에서 일어나 앉았다. 얼굴은 눈물로 젖어 있었다. 울고 있었지만 슬프진 않다. 외할아버지를 다시 볼 수 있어서 흘린 기쁨의 눈물이었다.

침대에 누워 한참을 울었다. 그날의 꿈은 죽는다고 사랑하는 사람을 잃는 게 아님을 내게 보여 주었다. 외할아버지가 여전히 내 삶에 존재한다는 사실을 알았다. 그 꿈이 너무도 감사하게 느껴졌다.

~~~~~

오랜 세월이 흐르고 경험이 쌓인 뒤에야 비로소 외할아버지의 죽음과 그것을 둘러싼 일들이 내 삶에서 어떤 의미를 지니는지 이해하게 되었다.

어린 시절 내가 수영장에서 감지한 것은 외할아버지의 영혼이 다른 곳을 향해 여행을 시작하리라는 사실이었다. 내가 외할아버지를 너무나 사랑하고 그분과 강력하게 연결되어 있었기 때문에 그분이 곧 여행을 떠나리라는 사실을 느낄 수 있었던 것이다. 그 느낌은 절대 저주가 아니었다. 그 느낌 덕분에 나는 그날 외할아버지와 마지막으로 단 한 번의 마법 같은 오후를 보낼 수 있었다. 그것이 선물이 아니면 무엇이겠는가?

그렇다면 꿈은?

꿈은 외할아버지가 완전히 떠나 버린 게 아니라는 사실을 확인시켜 주었다. 외할아버지는 단지 다른 곳에 계실 뿐이다. 하지만 그곳은 대체 어디인가? 정확히 어디에 계신 걸까?

열한 살이던 당시에는 이 질문에 답을 할 수가 없었다. 하지만 시간이 흐르면서 외할아버지가 저세상에 계시다는 것을 깨달았다.

그렇다면 내가 말하는 저세상은 무엇을 의미할까?

간단한 비유로 설명해 보려 한다. 우리의 육신을 자동차라고 생각해 보자. 처음에는 새 차다. 차츰 낡은 중고차가 되고, 결국에는 고물이 되어 버린다. 고물이 된 차는 어떻게 될까? 버려진다.

그러나 우리 인간은 자동차와 함께 버려지지 않는다. 우리는 자동차가 없어도 움직이고, 삶을 이어 간다. 우리는 자동차보다 위대하며, 버려진 자동차로 우리를 설명하지 못한다. 자동차를 버린 뒤에도 여전히 우리에게 남아 있는 것으로 우리를 설명할 수 있다. 우리는 자동차보다 오래간다.

내 경험이 말하는 바는 이게 전부다. 우리는 우리의 육신보다 오래 산다. 계속 움직이며 삶을 이어 간다. 우리는 우리의 육신보다 더 큰 존재다. 우리를 설명하는 건 육신을 떠나보낸 뒤에도 남아 있는 우리의 기쁨, 꿈, 사랑, 의식이다.

우리는 영혼을 지닌 육신이 아니다.

우리는 육신을 가진 영혼이다.

영혼은 지속된다. 우리의 의식도 계속 이어진다. 우리에게 힘을 불어넣는 에너지는 오래 지속된다. 저세상은 우리의 육신이 다할 때 영혼이 가는 곳이다.

여기서 많은 의구심이 생긴다. 저세상은 장소인가? 지구처럼 둥근 형태일까? 왕국일까? 물질적인 곳일까, 영적인 곳일까? 중간역일까, 아니면 최종 도착지일까? 어떤 모습이고 어떤 느낌일까? 황금빛 구름과 진주 문으로 가득한 곳일까? 그곳엔 천사가 있고, 하느님이 계실까? 저세상은 천국일까?

나는 저세상에 대해 서서히 알아가는 중이고 아직도 조금밖에 모른다는 걸 안다. 하지만 저세상을 완전히 이해해야만 그곳으로부터 큰 위안을 얻는 것은 아니다. 사실 우리 중에도 세상을 떠난 사랑하는 이들이 여전히 우리와 함께 있다고 믿는 경우가 많다. 추억을 되새기며 마음속에, 우리의 가슴속에 고인들을 되살린다. 이러한 믿음은 한없는 자양분이 되어 준다.

사랑하는 이들이 세상을 떠날 때 정말 어떤 일이 일어나는지 알면 많은 사람들이 알고 있는 것보다 훨씬 더 큰 위로가 된다. 고인의 영혼들은 우리가 생각하는 것보다 훨씬 더 가까이 있기 때문이다.

내가 저세상에 관해 알게 된 가장 중요한 진실 두 가지는 바로 이것이다.

하나, 우리의 영혼은 오래 지속되며, 저세상이라고 불리는 곳으로 돌아간다.

둘, 저세상은 정말 아주 가까이 있다.

얼마나 가깝냐고? 이렇게 생각해 보자. 평범한 종이 한 장을 준비한다. 그리고 그 종이에 적힌 내용을 읽기라도 하듯 얼굴 앞으로 들어 올린다. 종이 한 장이 어떻게 그 공간을 깔끔하게 가르는 경계가 되는지 주목해 보자. 찢어질 듯 얇은, 섬유질의 작은 펄프들이 엮인 종이에 불과하지만 하나의 경계임이 틀림없다. 실제로 그 종이는 하나의 경계로

서 상당한 양의 분자와 원자, 아원자 입자를 갈라놓는다. 우리가 종이를 앞에 들면, 우리를 포함한 수십억 개의 물질이 한 편에, 의자·창문·자동차·사람들·공원·산·바다 등 또 다른 수십억 개의 물질이 반대편에 놓이게 된다.

그렇지만 당신이 있는 곳에서도 반대편을 아주 쉽게 보고 들을 수 있다. 사실 종이를 들고 있는 손가락 일부는 이미 반대편에 있다. 양쪽이 분리되어 있지만, 사실상 하나이며 같다고 할 수 있다. 종이 뒤쪽이 바로 거기다.

이 책에서 '저세상'이라는 단어를 만나면 이 종이 한 장을 떠올려 보자. 그리고 다음과 같은 질문에 답을 생각해 보자.

이 세상과 저세상의 경계가 종이 한 장만큼 얇아서 비칠 정도라면 어떻게 될까?

저세상이 바로 저기에 있다면 어떻게 될까?

2. 식료품점에서 본 소녀

수영장에서의 일이 있기 훨씬 전부터 나는 좀 별난 아이였다.

지나치게 활동적이고 쉽게 들뜨며 평범한 일에도 과잉 반응을 하곤 했다. 내가 한 살 때 엄마는 육아 일기에 이렇게 썼다.

'로라는 행복할 때는 내가 본 어떤 아이보다 행복해한다. 하지만 슬플 때면 그 어떤 아이보다 슬퍼한다.'

많은 아이들이 가만히 있지 못하고 에너지가 넘치지만 내 안에는 마치 끊임없이 돌아가는 모터라도 있는 것 같았다. 그리고 나는 그것을 멈출 수가 없었다. 내가 초등학교에 입학한 첫 주에 엄마는 양호 선생님으로부터 전화를 받았다.

양호 선생님이 말했다.

"좋은 소식부터 알려 드릴게요. 지혈은 되었습니다."

나는 학교 운동장에 있던 사다리에 이마가 부딪혀 피가 나는 상처를 입었다. 엄마는 나를 병원에 데려갔고, 나는 일곱 바늘을 꿰맸다. 1주일 후, 나는 언니만 이웃집 수영장에 초대를 받았다며 방에서 고약하게 성질을 부리고 있었다. 2층 침대의 무거운 나무 사다리를 걷어찼다가 거기에 또 머리를 부딪혔다. 엄마는 나를 또 다시 병원에 데려갔다. 의사는 세 바늘을 더 꿰맨 후 엄마를 앉혀 놓고 이것저것 물었다. 나는 작고 빼빼 마르고 앞머리를 일자로 자른 금발 머리 여자아이에 불과했지만 그야말로 사고뭉치였다. 옷을 입히려면 내 팔과 다리를 꼭 붙들어야 했고, 잠깐 한눈이라도 팔면 곧바로 다른 데로 도망가곤 했다. 나는 문이나 벽, 우편함, 주차된 자동차 같은 데 계속 부딪히고 다쳤다. 엄마가 잠시라도 눈을 떼면 곧바로 부딪히고 넘어지는 소리가 났다. 처음에는 나를 안고 달래 주던 엄마도 나중에는 "아이고, 로라가 또 벽에 부딪혔나 보네" 하고 말할 뿐이었다.

나는 언니인 크리스틴에게도 화가 나면 발을 구르고 머리를 들이대며 황소처럼 달려들곤 했다. 언니를 머리로 받아 넘어뜨리기도 했고, 때로는 언니가 잽싸게 피해서 달아나는 바람에 나만 넘어져 다치기도 했다.

그럴 때 엄마는 나한테 이렇게 말하곤 했다.

"네 방으로 가. 그리고 다시 사람이 될 때까지는 나올 생각도 하지 마라."

내가 가장 싫어했던 벌은 가만히 앉아 있는 것이었다. 내가 특히 말썽을 많이 부린 날이면 엄마는 내게 의자에 앉아 꼼짝 말고 있으라고 했다. 10분도 1시간도 아니었다. 딱 1분만 가만히 앉아 있으면 되었다. 하지만 그것도 나에겐 너무 길었다. 나는 끝까지 버틴 적이 한 번도 없었다.

~~~~~

　우리는 보통 우리 스스로가 '견고하고 안정된 물질적 존재'라고 생각한다. 하지만 실제로는 그렇지 않다.

　우주 안에 존재하는 다른 모든 것과 마찬가지로 우리 또한 끊임없이 변화하는 에너지에 따라 계속 진동하는 원자와 분자로 이루어져 있다. 이 원자와 분자는 강도에 따라 다르게 진동할 뿐이다. 튼튼한 의자를 구성하는 원자와 분자는 전혀 움직이지 않는 것처럼 보인다. 하지만 그것들 역시 움직이고 있다. 모든 물질과 피조물과 생명은 이 진동 운동으로 규정된다. 우리 인간은 생각만큼 견고하지 않다. 기본적으로 인간은 에너지다. 나의 경우 그 진동 운동이 다른 아이들보다 더 컸던 것 같다.

　하지만 이 점을 제외하고는 매우 평범한 어린 시절을 보냈다. 나는 롱아일랜드에 있는 녹음이 우거진 그런론이라는 아름다운 중산층 마을에서 자랐다. 아버지는 1세대 헝가리 이민자로 고등학교에서 프랑스어를 가르쳤다. 독일 이민자의 딸인 엄마는 고등학교 영어 선생님이었는데, 세 아이를 기르는 동안 일을 쉬다가 나중에 복직했다.

　우리 집은 가난하진 않았지만 그렇다고 넉넉한 편도 아니었다. 머리를 자를 때도 차례를 기다려야 했고, 옷은 언니가 입던 걸 물려받아 입었다. 엄마는 우리에게 멋진 어린 시절을 만들어 주려고 애썼다. 새 장난감을 사 주기 어려울 땐 밝게 색칠한 판지로 기막힌 자동차와 기차, 마을을 만들어 주었다. 또 점심 도시락을 싼 갈색 종이봉투에 매일 작게 배경과 캐릭터들을 그려 주었다. 명절이나 생일이면 집 안을 예쁘게 장식했다. 한번은 크리스틴 언니 생일날 언니와 언니의 친구들에게 깜찍한 모자를 만들어 주기도 했다. 엄마는 우리가 TV를 멀리하게 했고 창의적으로 생각하라고 가르쳤다. 언니와 나는 그림 그리기나 색칠 공부를 하면서 놀았고, 10센트에 작품을 파는 우리만의 작은 미술관을 열기도 했다. 엄마는 내 어린 시절을 마법처럼 만들어 주었다.

그렇다고 내가 유별나지 않고 무난한 어린 시절을 보냈다는 얘기는 아니다.

내가 여섯 살이던 어느 날, 나는 엄마와 함께 식료품점에 갔다. 엄마와 계산대 앞에서 순서를 기다리고 있는데 갑자기 감정이 복받쳐 올랐다. 당장이라도 눈물이 쏟아질 것 같았다. 마치 엄청난 감정의 파도가 해변에 서 있는 나를 덮쳐 넘어뜨리는 듯했다. 그 정도로 강렬하고 사람을 동요하게 하는 감정이었다. 나는 견디기 힘들 만큼 슬프고 혼란스러운 심정으로 서 있었다. 엄마에게는 아무 말도 하지 않았다. 그러다 계산대에 있는 직원 쪽으로 눈길이 갔다.

아마도 20대 초반쯤 된 것 같은 그녀는 앳되어 보였고, 그밖에 눈에 띄는 점은 없었다. 얼굴을 찡그리거나 울고 있는 것도 아니었다. 그녀는 따분해 보였다. 그러나 나는 그녀가 그냥 따분하기만 한 것은 아니라는 것을 알 수 있었다. 내가 느낀 지독한 슬픔은 그녀로부터 기인하는 것이었다.

내가 그녀의 슬픔을 흡수하고 있는 게 분명했다. 그게 무슨 의미인지, 왜 그런 일이 일어났는지 나는 알 수 없었다. 당시에는 이게 기이한 일인지 아닌지조차 알지 못했다. 그저 그녀의 슬픔을 내가 느끼고 있으며, 그것이 나를 너무나 불편하고 혼란스럽게 했지만 나로서는 멈출 도리가 없다는 것이 내가 아는 전부였다.

이후에도 비슷한 일들을 자주 경험했다. 낯선 사람 옆을 지나다가 분노나 불안 같은 감정이 강하게 혹 들어온 적도 있었다. 친구들이나 같은 반 아이들의 감정을 흡수할 때도 있었다. 그런 경험은 대부분 슬프고 힘들었다. 하지만 가끔은 행복할 때도 있었다.

특별히 행복한 사람 옆에 있으면 나까지 즐겁고 고무되었다. 그 감정이 나한테 전달되는 것뿐 아니라, 그 과정에서 강화되는 듯했다. 때로는 특별할 것 없는 평범한 순간에도 걷잡을 수 없는 순수한 기쁨을 경험했다. 친구들과 아이스크림을 나눠 먹거나 여름날 수영을 하거나 미소 짓는 엄마 옆에 가만히 앉아 있는 것 같은 일상의 소소한 행복에도 나는 희열을 느끼고 꿈꾸는 듯한 기분에 젖어들곤 했다.

지금도 그런 한없는 행복을 느낄 때가 있고, 과하게 반응하는 성향역시 여전하다. 노래를 듣거나 시를 읽을 때, 그림을 보거나 맛있는 음식을 먹을 때조차 넘치는 기쁨과 행복을 느끼곤 한다. 그런 소박한 순간에 나는 세상과 가장 강하게 연결되는 느낌이 든다.

어릴 때 나는 옆에 누가 있는지에 따라 행복에 겨웠다가 지독히 우울해지기를 반복했다. 마음이 한없이 곤두박질치다가도 하늘을 찌를 듯 충만해졌고, 곧바로 기분이 처지며 롤러코스터라도 타듯 극심한 감정 기복을 겪었다.

내가 다른 사람의 감정을 흡수한다는 사실을 깨닫고 나니 그동안 정서적으로 왜 그렇게 불안했는지 이해할 수 있었다. 그러나 몇 년이 더지나서야 나의 그런 낯선 능력이 그리 이상한 것이 아니며, 공감이라는이름으로 불리기도 한다는 사실을 알게 되었다.

공감은 타인의 감정을 이해하고 함께 나누는 능력을 말한다. 공감에 관한 획기적인 과학 실험들도 있다. 특히 신경과학자 자코모 리촐라티와 마르코 야코보니의 실험을 통해 몇몇 동물과 대부분의 인간의 뇌에 거울 신경 세포가 존재한다는 사실이 밝혀졌다. 거울 신경 세포는 행동하거나 그 행동을 인식할 때 활성화된다.

"만약 여러분이 괴로워서 몸부림치는 나를 보게 된다면 여러분의 뇌 안에 있는 거울 신경 세포는 내 괴로움을 모방하게 됩니다. 여러분이 글자 그대로 내 감정을 감지하고 내가 어떤 기분인지 알게 되는 겁니다."

야코보니의 설명이다. 공감은 우리를 같은 인간으로서 깊이 연결해 주는 수단 가운데 하나라고 할 수 있다. 좋아하는 팀이 운동 경기에서 이길 때 우리가 환호하는 이유이기도 하다. 직접 경기를 뛰지 않아도 선수들의 고조된 기쁨을 함께 느끼기 때문이다. 또 공감은 우리가 지구 반대편에서 재난을 당한 희생자들의 처지에 마음 아파하며 돈을 기부하는 이유이기도 하다. 얼굴도 모르는 사람이라도 그들의 입장이 되어 고통을 함께 느낄 수 있기 때문이다. 다시 말해 인간은 중대하고 뜻깊게 서로 연결되어 있으며, 그 사이에는 실질적이고 핵심적인 통로가 놓여 있다.

처음에 나는 다른 이들의 슬픔과 행복을 감지함으로써 그 통로를 경험했다. 그러다 나중에는 우리를 이어 주는 빛의 끈을 보게 되었다. 우리가 모두 연결되어 있다는 것을 이해하기 시작한 것은 식료품점에 간 그날부터였다. 그리고 이후의 모든 경험을 통해 우리 사이의 빛에 대한 나의 인식은 더욱 깊어졌다.

3. 호주

외할아버지가 돌아가셨을 즈음 나는 내가 주위 사람들과 강하게 연결되어 있다는 사실을 알아차리고 있었다. 그 느낌이 너무 강렬해서 빠져나오기 힘들 정도였다. 그러다 외할아버지가 돌아가시고 꿈에서 외할아버지를 본 후에는 세상을 떠난 사람들과도 어느 정도 이어져 있다고 느끼기 시작했다.

　모든 것이 혼란스러웠다. 외할아버지를 다시 본 것은 분명 선물이었지만, 내 능력은 여전히 축복이 아닌 저주처럼 느껴졌다. 심란하고 당혹스러웠다. 그 연결에는 도대체 무슨 의미가 있으며, 나는 그것을 어떻게 감지할 수 있었던 걸까? 내가 이상하고 특이한 걸까? 아니면 다른 어떤 일이 진행되고 있는 걸까? 내 문제가 무엇인지 알아내야 했다. 바로 그 무렵부터 무슨 의미인지도 모른 채 스스로 진단을 내리기 시작했다. 어느 날 나는 식기세척기에 그릇을 넣고 있는 엄마에게 다가가 말했다.

　"엄마, 나 아무래도 초능력자인 것 같아요."

초능력자에 대해 언제 어떻게 알게 되었는지는 기억나지 않는다. 아마도 TV에서 보았거나 책에서 읽었을 것이다. 그때 나는 초능력자가 무엇인지도 제대로 이해하지 못했을 것이다. 하지만 나에겐 초능력자가 미래를 볼 수 있다는 사실만으로도 충분했다. 내가 할 수 있는 일이 바로 그것 아닌가.

엄마는 하던 일을 멈추고 나를 내려다보았다. 나는 엄마에게 모든 것을 털어놓았다. 외할아버지의 죽음을 예감했던 일, 꿈에서 외할아버지를 본 것과 내 모든 죄책감과 두려움까지 다 털어놓았다. 말을 하다 보니 어느새 눈물이 나기 시작했다.

"엄마, 나는 왜 이런 거예요? 그런 일을 미리 안다는 건 내가 나쁜 사람이라는 뜻인가요? 외할아버지는 나 때문에 돌아가신 거예요? 내가 저주라도 받은 거예요? 왜 나는 남들과 달라요?"

엄마는 내 어깨에 손을 얹고 나를 식탁 의자에 앉혔다. 그리고 내 손을 잡으며 이렇게 말했다.

"엄마 말을 잘 들어 봐. 외할아버지는 너 때문에 돌아가신 게 아니야. 네가 저주받은 것도 아니고. 그러니 죄책감 느낄 거 전혀 없단다. 너는 그저 특별한 능력을 가진 것뿐이야. 그게 다야."

내 혼란스러운 상황에 대해 능력이라는 말을 들은 것은 그때가 처음이었다.

"그것은 그냥 너의 일부일 뿐이야. 그리고 너의 모든 부분은 아름다워."

엄마가 계속 말했다.

"자연스러운 일이야. 두려워할 필요 없어. 우주는 우리 생각보다 훨씬 크단다."

이어서 엄마는 모든 것이 뒤바뀔 만한 이야기를 들려주었다. 내 영적 능력은 외가 쪽에서 대를 이어 내려온 모양이었다.

내가 오미*라고 부르던 외할머니는 바이에른 산맥에 자리 잡은 작은 마을에서 자랐다. 외할머니가 어렸을 때 천둥과 번개를 동반한 폭풍우가 맹위를 떨친 적이 있었다. 외할머니의 부모님은 벼락이 칠 때를 대비해 한밤중에 딸을 깨워 옷을 입힌 후 대피하도록 준비시키는 일이 잦았다.

마을이 외진 곳에 있다 보니 외부와의 접촉이 제한될 수밖에 없었다. 전화도 라디오도 없었다. 외할머니는 그런 마을에서 전설과 민간 신앙, 신화에 둘러싸여 자랐다. 아침 식사 전에 거미를 보면 온종일 재수가 없다고 들었다. 양의 왼쪽으로 지나가면 행운이 오지만, 오른쪽으로 지나가면 반대였다. 불운을 불러들이지 않으려면 식탁 위에 신발을 올려놓아선 안 되며, 낮에 쓸데없이 불을 켜 놓으면 천사들이 눈물을 흘린다고 했다. 집에 무언가를 놓고 왔을 때는 그 물건을 가지러 들어가 제자리에서 세 바퀴 돌고 열까지 센 후에야 다시 나왔다.

가장 안 좋은 징조는 집 안에서 새를 보는 것이었다. 그건 가까운 누군가의 죽음을 의미했다.

또한 외할머니는 어린 시절부터 꿈의 힘을 믿었다. 이따금 비슷한 모습을 한 존재들이 외할머니의 꿈에 나타나곤 했다. 검은색 형상이 창문에 얼굴을 갖다 대며 손가락 세 개를 들어 올리는 꿈이었다. 외할머

---

* Omi, 독일어로 '할머니'라는 뜻.

042

니는 그런 꿈을 싫어했다. 그런 꿈을 꾼 날 아침이면 외할머니는 사흘 안에 안 좋은 일이 생길 거라고 말했다. 그 말은 대부분 맞았다. 하던 일에 차질이 생기거나 사고가 났고, 누군가 죽기도 했다.

"나는 이렇게 될 줄 알았단다. 어쨌든 이제 다 끝났군."

외할머니는 이렇게 말씀하시곤 했다.

나중에 외할머니는 미국으로 이주했고, 결혼해 매리애나 이모와 우리 엄마인 린다를 낳으셨다. 그런데 외할머니의 꿈은 바다 건너에서도 계속되었다. 어느 날 밤 외할머니는 독일에 사는 친한 친구가 죽는 악몽을 꾸다 깼다. 외할머니는 날짜와 시간을 적어 두었다. 얼마 지나지 않아 독일에서 그 친구의 부고를 알리는 편지가 도착했다. 친구가 사망한 날은 외할머니가 기록해 둔 바로 그 날짜, 그 시간과 일치했다.

어느 날 아침 외할머니는 부엌에 앉아 아홉 살이던 매리애나 이모의 머리를 땋아 주고 계셨다. 그 당시 우리 엄마는 일곱 살이었다고 한다. 갑자기 전화벨이 울렸다.

외할머니가 수화기를 들기도 전에 매리애나 이모가 불쑥 내뱉었다.

"칼 외삼촌이 죽었다고 독일에서 전화 오는 거야."

"쉿! 그런 끔찍한 소리 하면 못 써."

외할머니는 이모를 야단치셨다.

전화를 받은 외할머니의 얼굴이 백지장처럼 하얘졌다. 그것은 정말 독일에서 온 전화였고, 외할머니의 오빠인 칼 할아버지가 사망했다는 소식이었다.

엄마는 매리애나 이모가 그 사실을 어떻게 알았는지 의아했다고 한다. 더구나 엄마와 이모는 칼이라는 외삼촌이 계시는 것조차 모르고 있었다. 그러나 그 일에 대해서는 더 이상 아무도 얘기하지 않았다.

한편 외할머니에게는 엄마가 아직 어릴 때 늘 감춰 두고 사용하시던 특별한 카드 한 벌이 있었다. 그것은 독일에서 가져온 아주 오래된 카드로 타로 카드와 비슷했다. 이따금씩, 주로 일요일 오후에 외할머니의 사촌이 놀러 와서 운세를 봐 달라고 하면, 외할머니는 탁자 위에 카드를 펼쳐 놓고 그 사람의 운세를 봐 주셨다.

하지만 외할머니는 카드를 꺼낼 때마다 단호하게 경고하셨다. 카드 점을 가볍게 여겨서는 안 된다고, 카드 점을 칠 때마다 수호천사들은 사흘 동안 그 사람을 돌보지 않는다고 말이다.

외할머니는 초자연적 에너지와 꿈을 통한 소통이 실제로 존재한다고 믿으셨다. 외할머니가 받는 메시지는 거의 예외 없이 죽음이나 질병 또는 걱정거리에 관한 것이었다. 메시지들은 앞으로 일어날 좋지 않은 일에 대한 경고였기 때문에 환영이나 축하 없이 그저 받아들여질 뿐이었다.

그로부터 몇 년이 흐른 후 아무래도 내가 초능력자인 것 같다고 말했을 때, 엄마는 자신이 꾼 꿈에 대해 말해 주었다. 엄마가 대학생 때의 일이었다. 엄마는 침대에 눕자마자 잠이 들었고, 꿈에서 외할아버지가 외할머니의 이름을 크게 부르는 소리를 들었다. 똑똑히 들었다. 그런데 어쩐지 그 소리가 위급함을 알리는 것 같았다고 한다. 뭔가 잘못된 것이 틀림없었다! 엄마는 혼란스러운 마음으로 덜덜 떨며 침대에 일어나 앉았다. 처음 겪는 일이었다. 집에 전화하기에는 너무 늦은 시간이라 엄마는 다음 날 아침 일찍 전화해 "아빠는 잘 계세요?" 하고 물었다. 그 무렵 외할아버지는 지하실 공사를 마무리하며 소나무 장식 판자를 달던 중이셨다고 한다. 판자 조각들을 자르기 위해 강력한 목재 절단기를 사용했는데, 엄마가 전화를 걸기 전날 밤, 돌아가는 톱날 위로 송판을 밀다가 무엇인가에 미끄러져 손가락이 깊이 베이는 사고를 당하셨다. 사고가 난 순간 외할아버지는 외할머니를 다급히 부르셨다. 생명에는 지장이 없었지만 끔찍한 부상이었다.

시간이 조금 더 흘렀을 때, 엄마는 이웃집 남자가 식료품점에서 떨어져 심하게 다치는 꿈을 꿨다. 잠에서 깬 후 엄마는 그가 괜찮은지 전화해 볼까 싶었지만 하지 않았다. 엄마는 그날 늦은 시간에 그가 높은 곳에서 떨어져 죽었다는 소식을 들었다.

~~~~

엄마가 들려준 이야기 중엔 빨간 전화기에 관한 꿈도 있었다.

"꿈에서 빨간 전화기가 크고 다급하게 울려댔어. 나는 필사적으로 수화기를 들려고 했지만 그럴 수 없었지. 다음 날 너희 아빠의 삼촌이 헝가리에서 돌아가셨다는 소식을 듣게 됐단다. 당시 헝가리는 공산국가였고, 빨간색은 공산주의와 연관이 있지. 그래서 꿈에서 본 전화기가 빨간색이었던 거야."

엄마는 영적인 꿈과 환영에는 상징이 많이 등장한다고 설명해 주었다.

매리애나 이모에게도 비슷한 사연이 있었다. 내가 초능력자임을 고백하자 이모는 자신의 이야기를 해 주었다. 이모는 크리스마스 직전에 불현듯 환영을 볼 때가 많아서 자신이 무슨 선물을 받을지 정확히 알게 된다고 했다. 한번은 해바라기 모양의 작은 양탄자를 보았는데, 사흘 후 크리스마스트리 아래에서 그것과 똑같은 선물을 발견했다.

이모는 뭔가 안 좋은 일이 일어날 것 같은 불길한 예감도 강하게 느끼곤 했다. 아니나 다를까 며칠이 지나면 어김없이 나쁜 일이 생겼고, 그러면 외할머니가 그러셨던 것처럼 "아이고, 그래도 이제 끝났으니 다행이네"라고 말했다.

이모는 기쁘고 긍정적인 환영幻影을 볼 때도 있었다. 외할머니가 돌아가시고 얼마 지나지 않아 무당벌레를 보았는데, 이모는 그것이 외할머니가 보낸 메시지라고 믿었다. 그로부터 몇 년 동안, 외할머니의 사랑을 필요로 할 때마다 마법처럼 무당벌레가 이모의 눈앞에 나타났다. 우리 엄마 역시 무당벌레를 보았고, 그것이 외할머니가 보내는 신호라고 생각했다. 이모가 수술을 받으러 병원으로 가기 직전, 엄마는 무당벌레가 방으로 날아드는 것을 보았다. 지난 크리스마스 때도 무당벌레가 부엌 바닥을 기어가는 것을 발견했다. 이 일이 놀라운 것은 한겨울 뉴욕에서 무당벌레를 볼 일은 여간해선 없기 때문이다. 엄마와 이모는 그렇게 세상을 떠난 사랑하는 이들이 여전히 우리 주위에 머물면서 우리에게 다가오려 한다는 사실을 받아들이게 되었다.

매리애나 이모는 간호사로 오래 일한 덕분에 고인이 된 이들이 우리를 지켜보며 위로한다고 굳게 믿게 되었다. 환자들이 이모에게 "엄마가 지금 제 곁에 앉아 계세요"라고 말하는 경우도 자주 있었다. 환자들은 이모 앞에서 몇 년 전 세상을 떠난 사람들과 대화를 하기도 했다. 그런 상황이 무엇을 뜻하는지 매리애나 이모는 잘 알고 있었다. 그 환자가 곧 세상을 떠날 거라는 의미였다. 그런 광경은 이모에게 전혀 이상하지 않았다. 오히려 우리가 죽을 때 고인이 된 사랑하는 이들이 도우러 온다는 뜻이니 위로가 되었다. 그래서 환자들이 세상을 떠난 자기 가족이 옆에 와 있다고 말하면 이모는 이렇게 대꾸했다.

"그래요? 그럼 그분에게 인사하고 반갑게 맞아 주세요."

엄마와 이모가 이런 이야기를 해 줄 때마다 나는 듣는 재미에 푹 빠져들었다. 두 사람은 그런 꿈과 환영, 메시지에 대해 전혀 회의적이지 않았다. 그래서 외할아버지에 대한 내 예감을 말했을 때 엄마도 그렇게 잘 받아 주었던 것이다.

몇 년 후 내가 10대가 되었을 때, 엄마와 이모가 나에게 선물을 하나 주었다. 그것은 펠트 천으로 된 장신구용 낡은 회색 주머니에 들어 있었다. 손을 넣어서 꺼내 보니 외할머니의 특별한 카드였다. 형형색색의 강렬한 카드에 그려진 그림들은 마법 같았다. 칼과 방패, 왕, 코끼리 그리고 큰 맥주잔을 들고 있는 아기 천사와 개를 데리고 다니는 멧돼지도 있었다. 그림들이 어찌나 독특하고 생생한지 나는 완전히 반해 버렸다. 이모가 나를 앉혀 놓고 카드에 담긴 상징적 의미를 하나하나 설명해 주었다. 나는 카드가 완전히 새로운 언어로 되어 있음을 알게 되었다. 전에 접해 본 적 없는 방식으로 의미를 찾아야 했다.

그때나 지금이나 나는 외할머니의 카드를 많이 사용하지 않는 편이다. 나에게는 저세상과 소통하는 나만의 방식이 있는 것 같다. 물론 카드를 유용하게 쓰는 사람들도 있을 것이다. 뇌를 안정시키고 정보를 감지하는 새로운 언어에 집중하는 데 카드의 도움을 받는 사람들도 있다. 아마 외할머니도 그러셨을 것이다.

엄마와 이모는 외할머니의 카드를 나에게 물려줌으로써 내 앞에 무엇이 놓여 있는지 잘 탐구하고 헤쳐 나가면서 의미를 찾으라고 격려해 준 것이다. 두 사람은 내가 괴짜가 아니며 아무 문제도 없다고, 내 영적 능력은 가족사에 깊이 뿌리를 두고 있다고 깨우쳐 주었다.

언젠가 엄마가 내게 이렇게 말했다.

"너의 모든 부분이 합당하단다. 그리고 그 모든 부분은 탐구할 가치가 있어. 네 영적 능력을 두려워하지 말렴. 그 능력은 실제로 존재하는 것이고 너라는 사람을 이루는 일부니까."

~~~~~

외할아버지가 돌아가신 지 9개월이 지나고 내가 6학년을 마치던 날, 엄마는 나에게 또 다른 선물 하나를 주시며 말했다.

"외할아버지께서 주시는 거란다."

나는 순간 긴장했다. 외할아버지가 주시는 거라니, 도대체 무슨 뜻일까? 생전에 외할아버지가 특별한 날이면 우리에게 선물을 주시며 기뻐하셨던 것은 나도 알고 있었다. 외할아버지는 늘 삶의 뜻깊은 순간을 기리고자 하셨다. 그렇다 해도 어떻게 외할아버지가 이 선물을 나에게 주셨다는 걸까?

내 표정을 본 엄마는 외할아버지가 나를 위해 미리 사 두신 선물이라고 설명했다. 외할아버지는 내가 초등학교를 졸업할 때 선물을 주고 싶으셨던 것이다.

나는 선물을 받아들었다. 밤색 무지 종이에 싸여 삼베 끈을 두른 작고 고풍스러운 상자였다. 외할아버지가 생전에 애정을 담아 선물을 포장하시던 방법이었다. 나는 자리에 앉아 조심스럽게 포장을 풀었다.

선물이 무엇인지 확인했을 때 나는 놀라지 않을 수 없었다. 몇 개의 은장식이 달린 아름다운 팔찌였다. 은장식마다 호주의 도시 이름이 새겨져 있었다.

나는 팔찌를 찬 다음 손끝으로 도시 이름들을 만져 보았다. 팔찌도 외할아버지에 대한 내 꿈도 모두 호주와 관련이 있다니 단순한 우연일까? 아니면 뭔가 깊은 의미가 있는 걸까? 우리 가족 중 호주에 가 본 사람은 아무도 없었다. 그야말로 뜻밖의 장소라 할 수 있었다. 하지만 외할아버지가 돌아가신 후 호주가 나와 외할아버지를 연결해 주었다. 혹시 외할아버지는 나에게 이렇게 말씀하시려는 것이었을까?

얘야, 나는 여전히 네 곁에 함께 있단다.

나는 아직도 외할아버지가 나오는 생생한 꿈을 꾼다. 그 꿈들은 특히 더 선명해서 현실처럼 느껴진다. 나는 그것을 '3D 꿈'이라고 부른다. 그런 꿈을 꿀 때면 나 자신이 공기처럼 가볍게 느껴지고 육체가 없는 듯한 기분이 든다. 그리고 언제나 빛과 기쁨으로 반짝이는 외할아버지가 꿈속에 계신다. 그때 우리는 이런저런 곳을 가기도 하고 이야기도 나누며 많은 시간을 함께 보낸다. 무슨 이야기를 나눴는지는 잘 생각나지 않지만, 외할아버지와 함께한 시간이 아름다웠다는 것만큼은 또렷하게 기억한다.

그런데 그런 꿈에서 깨어날 때마다 나는 울곤 했다. 그것은 약간의 슬픔이 배인 눈물이다. 나는 아직도 외할아버지를 그리워하기 때문이다. 그래도 기쁨과 행복, 사랑의 눈물이 대부분이다. 내가 여전히 외할아버지와 연결되어 있다는 걸 알기 때문이다.

4. 풋사랑

내가 열두 살이었을 때 엄마의 친구인 알린 아줌마가 우리 집에 놀러 왔다. 나는 현관으로 달려가 아줌마를 맞았다. 나는 알린 아줌마가 좋았다. 아줌마는 재미있고 유쾌했으며 언제나 나를 예뻐해 주셨다. 하지만 그날 아줌마가 집으로 들어서는 순간, 나는 흠칫 놀라고 말았다.

아줌마를 보자마자 뚜렷한 소리가 들려왔다. 뭔가가 짤랑거리는, 가볍고 경쾌한 소리였다. 마치 유리로 만든 종소리가 바람을 타고 춤이라도 추는 듯했다. 하지만 실제로는 종도 바람도 없었다. 그리고 알린 아줌마가 나에게 인사하는 순간, 여러 가지 밝은 색채가 뒤섞여 그녀 주변에서 소용돌이쳤다.

도무지 내가 무엇을 보고 듣는 건지 알 수가 없었다.

엄마와 알린 아줌마가 자리에 앉자 나는 방금 일어난 일을 설명했다.

"어머, 너 굉장히 영적이구나! 그렇지?"

알린 아줌마는 웃으며 이렇게 말했다.

그게 다였다. 두 분은 다시 웃으며 이야기를 이어 나갔다. 내 말을 진지하게 듣지 않은 건지, 아니면 진짜 별일 아니라고 생각한 건지 잘 모르겠다. 어쨌든 나에게는 아주 큰일이었다. 이제는 사람들의 기운을 느낄 뿐만 아니라 보고 듣기까지 했다.

그때부터 나는 사람들을 색깔로 인식하는 능력을 갖게 되었다. 항상 그런 건 아니지만 그런 일이 꽤 자주 일어나서 익숙해질 정도였다. 그런 현상을 일컫는 전문 용어도 따로 있다. 바로 공감각이다. 미국의 과학 월간지 「사이언티픽 아메리칸Scientific American」에 따르면, 공감각이란 "감각들의 이례적인 혼합으로, 이를 통해 한 감각의 자극이 다른 감각까지 동시에 일깨우는 현상"이다. 예를 들어 공감각을 경험하는 사람들은 색깔을 듣는다. 소리를 촉감으로 느끼거나 형태를 맛으로 느끼는 사람들도 있다.

어느 조사에 따르면, 공감각은 인구 2만 명당 한 명 정도만 겪는 희귀한 현상이라고 한다. 그러나 그 정도로 드문 현상은 아니며 200명당 한 명꼴로 경험할 수 있다고 믿는 과학자들도 있다. 공감각을 경험하는 사람은 어떤 음을 듣고 브로콜리 맛을 느끼기도 하고, 나열된 검정색 숫자를 각각 다른 색으로 인식하기도 한다. 당시 열두 살이었던 나는 공감각이 무엇인지도 몰랐다. 나에게 또 다른 이상한 능력이 있다는 것이 내가 아는 전부였다.

아무튼 물리적 현실 위로 색들이 겹쳐 보였다. 마치 색칠해 놓은 창문을 통해 사물을 바라보는 것 같았다. 색은 유리창에 있지 사물에 있는 것이 아니었다. 색들은 오래 머물지도 않았다. 순식간에 나타났다 갑자기 사라졌다. 그런 능력은 해롭지 않았고, 어떨 땐 재미있기까지 했다.

"저 사람은 파랑이야. 저 여자는 자기가 보라색인 걸 알까?"

나는 미소 지으며 혼잣말을 하곤 했다.

그러다 내가 빨간색보다는 파란색을 띠는 사람들에게 더 끌린다는 사실을 깨달았다. 파란색을 띠는 사람을 보면 평화와 행복을 느끼는 반면, 빨간색을 띠는 사람을 볼 때는 분노 같은 부정적인 인상을 받았다. 그렇게 색을 통해 사람들을 빠르고 편리하게 파악할 수 있었다. 사람들의 에너지를 가늠해 그 주변에 있고 싶은지 아닌지를 결정할 수 있었다. 세상을 살아가는 데 보탬이 되는 감각을 하나 더 갖게 된 셈이었다. 어떤 스웨터를 입을까 선택하는 것도 그 색감에 따라 결정했다. 사실 이것은 우리 모두가 이미 하고 있는 일이다. 예를 들면 어떤 색을 보면 기분이 좋아지지만 어떤 색들은 그렇지 않은 것과 같다.

나에게 다른 점이 하나 있다면 스웨터만이 아니라 사람들의 색깔까지도 그렇다는 사실이다.

~~~~

6학년 무렵, 나는 처음으로 한 남자애한테 반했다. 그 아이의 이름은 브라이언으로 나와 같은 반이었다. 브라이언 옆에 있으면 내가 그의 에너지를 아주 좋아한다는 사실을 알 수 있었다. 무척 새로우면서도 마음을 들뜨게 하는 감정이었다. 나는 한동안 내 마음을 아무에게도 알리지 않았다. 그러다 친한 친구들에게만 털어놓았는데, 브라이언의 친구들 귀에까지 들어가고, 결국 브라이언도 알게 된 것 같았다. 그런데 똑같은 경로를 통해 브라이언이 나를 좋아하지 않는다는 말을 듣게 되었다. 브라이언은 내 친구인 리사를 좋아하고 있었다. 마음이 무너져 내리는 것 같았다.

너무나 혼란스러웠다. 나는 그토록 브라이언에게 끌리는데 그 애는 나와 같은 마음이 아니라니 믿을 수 없었다.

"나는 그 애의 에너지가 정말 좋은데, 어떻게 그게 아무 의미가 없을 수 있지?"

나는 중얼거렸다. 실망과 좌절로 너무도 고통스러웠다. 그 또래 아이들에게 짝사랑이 얼마나 힘든 것인지 알면서도, 내가 브라이언에게 느끼는 감정은 단순히 누군가를 좋아하는 감정 이상이라고 생각했다. 나는 브라이언과 연결되어 있다고 느꼈던 것이다.

결국 나는 브라이언을 잊고 7학년 때 같은 반인 로이라는 남자애한테 전만큼 강렬하게 빠져들었다. 하지만 이번에도 로이는 내가 아니라 내 친구 레슬리를 좋아한다는 말이 들려왔다. 그때 느낀 혼돈과 실망감은 정말 견디기가 힘들었다. 왜 내가 느끼는 감정이 아무런 결과도 가져오지 않는지 도저히 이해할 수 없었다. 로이와 잘되지도 않을 텐데 왜 나는 로이와 연결되어 있다고 느낀 걸까? 밤마다 어둠 속에서 침대에 앉아 내 감정을 없애려 했다. 하지만 불가능했다. 이 세상에서 사라지기라도 해서 다시는 그런 감정을 느끼고 싶지 않았다.

시간이 흐르면서 그런 감정이 양방향이 되기 시작했다. 남자애가 나를 좋아하는데 내 마음이 가지 않을 땐 나 역시 많이 힘들었다. 이건 물론 누구나 불편해할 상황이지만, 내 경우엔 그냥 누군가 날 좋아하는 일에 그치는 게 아니었다. 그의 에너지를 느꼈고, 그 아이의 슬픔이 오롯이 전해졌기 때문에 어깨 한 번 으쓱하고 대수롭지 않게 넘길 수가 없었다. 10대들 사이의 그런 전형적인 상호작용이 나에게는 너무나 소모적이고 치명적으로 여겨졌다.

그렇게 나는 가족 이외의 사람들과 관계를 형성하기 시작했고, 그러다 보니 내 능력에 대한 혼란스러운 마음은 더욱 커졌다. 그래도 항상 부정적이기만 한 것은 아니었다.

8학년 첫날 미술 시간이었다. 갑자기 교실 건너편에 있는 갈색 머리에 녹색 눈의 여자애한테 강렬한 끌림을 느꼈다. 마치 누군가 혹은 무언가가 나를 잡아당기는 느낌이었다. 그 여자애의 이름은 그웬이었는데, 사실 내가 가깝게 지내고 싶은 아이는 아니었다. 그 애는 마지와 친해서 깊은 얘기까지 나누는 사이인데다 뭔가 노려보는 듯한 표정을 짓곤 했다. 그래도 우리의 에너지가 서로 얽혀 있는 듯한 기분이 들었다. 나는 일어나서 그웬에게 다가가 인사를 건넸다. 그녀는 당황한 표정으로 나를 쳐다보았다. 마치 넌 누군데 나한테 말을 거는 거니?라고 묻는 것처럼 보였다. 하지만 나는 물러서지 않았다.

오래지 않아 그웬과 나는 가장 친한 친구가 되었다. 우리의 우정은 고등학교에서도 그리고 그 이후에도 지속되었다. 지금까지도 그웬은 내 가장 오랜 친구다. 우리는 서로의 삶에 한 부분을 차지하고 있다. 일이 잘 풀리지 않을 때면 서로를 응원하고 격려하며, 서로를 '단짝'이라고 부른다.

~~~~~

내가 열여섯 살이 되었을 때 우리 가족은 집에서 9시간가량 떨어진 서튼 산으로 스키 여행을 갔다. 친하게 지내던 다른 가족도 함께였다. 아빠와 같은 학교에서 영어를 가르치던 스미스 아저씨와 낸시 아줌마 부부, 그들의 아들인 데이먼과 데릭 그리고 데이먼의 친구 케빈까지 함께 갔다. 나보다 두 살 위인 케빈은 183센티미터 키에 금발 머리, 호리호리한 체형의 남자였다. 그를 보자마자 나는 그의 에너지를 사랑하게 되었다. 그 에너지는 행복하고 겸손하고 다정하며 예의 바르고 안전했다. 그를 방금 만났는데도 마치 예전부터 알던 사람처럼 느껴졌다.

우리는 스키 리조트 근처의 콘도에 묵었고, 저녁에 다 같이 콘도 옆 작은 식당에 갔다. 케빈과 나는 옆자리에 나란히 앉아 대화를 나누기 시작했다. 그 순간 우리 주변이 갑자기 고요해지더니, 놀랍게도 에너지들이 하나로 합쳐지는 느낌이 들었다. 우리 사이에 있던 에너지가 바뀌면서 서로 연결되는 듯한 끌림을 느꼈다. 놀라운 일이었고, 난생처음 느껴 보는 감정이었다.

어느덧 식당을 떠날 시간이 되었다. 내 안에서 에너지가 마구 소용돌이치는 것 같았지만 평정을 유지하고 침착해 보이려고 했다. 식당 출입구에서 추운 바깥으로 막 나가려는데 케빈이 돌아서며 부드럽게 미소 짓더니 고개를 숙여 나에게 키스했다. 입술에.

내 첫 키스였다. 세상이 폭발하는 것 같았다. 그 키스를 통해 케빈이 지닌 에너지장 속으로 완전히 빠져들어도 된다는 허락을 받은 느낌이었다. 갑자기 초대장이라도 받은 것 같았다. 전에는 한 번도 경험해 보지 못한 감정이었다. 그전까지 내게 다른 사람들의 감정은 늘 맞서거나 물리쳐야 하는 대상이었다. 하지만 케빈은 아니었다. 나는 그의 감정을 기쁘게 받아들였다. 너무나 설렜고, 미친 듯이 사랑에 빠져 버렸다.

우리는 연인으로 몇 달을 행복하게 지냈다. 서로 그렇게 깊은 친밀감을 느끼며 편안히 다가갈 수 있었는데도 예상치 못한 일이 우리를 기다리고 있었다. 그와 나는 함께할 인연이 아니었던 것이다. 사실 나는 아주 일찍부터 케빈의 인생길이 나와 멀어지리라고 예감했다. 나는 책 읽기에 푹 빠져 있던 반면, 그는 자동차나 전자 제품 다루는 것을 좋아했다. 나는 여전히 케빈을 사랑하고, 그가 아름답고 배려심 깊은 영혼의 소유자라고 생각했지만, 우리에겐 각자의 길이 있다고 느꼈다.

어쩌면 사랑하는 사람들이 많이 느끼는 감정일지도 모른다. 하지만 나는 그저 느끼기만 한 것이 아니다. 절대적 확신 속에서 그것을 알 수 있었다.

나와 케빈의 이별은 특별히 야단스럽지는 않았다. 아직도 나는 케빈이라는 사람을 사랑한다. 그는 내 첫사랑이었고 그 사실만으로도 내게 특별한 사람이다.

나는 10대 시절의 연애를 통해 인생의 중요한 교훈을 얻었다. 누군가를 사랑하고 그가 영혼의 짝으로 느껴진다 해도 반드시 평생 함께하는 것은 아니라는 사실을. 누군가의 영혼을 사랑하지만 그 사람과 함께하지 못할 수도 있음을 이해하게 되었다. 관계가 끝났다고 해서 실패는 아니며, 오히려 서로를 놓아줌으로써 각자 진정한 길을 찾아갈 수도 있다. 단지 우리에게 사랑에 대한 교훈을 주기 위한 인연도 있다.

나는 누군가의 사랑을 바라면서도 그 사람이 자기 길을 가도록 보내줄 수 있다는 것을 알게 되었다. 괴로움이나 비난, 분노 같은 건 없었다. 몇 년 동안 몇 번인가 케빈을 우연히 마주쳤는데, 그가 결혼해서 행복하게 살고 있고 예쁜 아이들이 있다는 소식을 듣고 기뻤다. 케빈은 자기가 원하는 삶을 살고 있었다. 내가 그에게 바란 건 그게 전부였다.

~~~~

케빈과 헤어진 지 얼마 되지 않아 나는 또 다른 사랑에 빠졌다. 그의 이름은 조니였고 롱아일랜드의 존 글렌 고등학교 10학년인 나와 같은 반이었다. 그는 우리 반에서 터프한 아이로 통했다. 183센티미터 키에 하얀 피부와 밤색 머리, 파란 눈을 가진 아이였다. 잘 웃고 장난을 잘 치면서도 거친 면이 있어서 자주 싸움을 했다. 조니는 또래의 다른 남자 아이들보다 더 자신감 넘치고 활기찼으며 모험심이 강했는데, 어쩌면 그런 이유로 다들 그에게 끌렸는지도 모른다.

우리는 핼러윈 데이 저녁에 처음 이야기를 나누었다. 나는 엘문도 스트리트와 엘크하트 스트리트가 만나는 모퉁이에 있어서 '엘 스트리트'라고 불리는, 그 지역 애들이 많이 모이는 장소에 친구들과 함께 있었다. 그때 핼러윈 의상은 입고 있지 않았다. 그런 것들이 세련되지 못하다고 생각했던 것 같다. 조니는 검정 가죽 재킷 차림이었다. 눈이 마주치자 조니가 나에게 다가왔다. 함께 이야기를 나누는 동안 그의 강하고 긍정적인 에너지가 내게 밀려오는 느낌을 받았다. 그리고 나도 모르게 그 에너지 속으로 빠져들었다. 조니는 그 문을 열기 위해 내게 키스할 필요도 없었다. 그저 내 옆에 있는 것만으로 충분했다.

조니의 에너지장으로 뛰어들자 그의 감정이 내 앞에 고스란히 펼쳐졌다. 처음 있는 일이었다. 말하자면 마치 책을 펼쳐 놓은 것처럼 조니의 감정을 들여다볼 수 있었다. 그는 남자다운 모습 뒤에 아주 깊은 상처를 간직하고 있었다. 조니가 아주 어릴 때 부모님이 이혼을 하셨고, 자라는 동안 어느 쪽에서도 거의 보살핌을 받지 못했다. 다시 말해 꽤 심각하게 방치됐고 그런 까닭에 사랑을 간절하게 원했다.

나는 조니가 하는 거친 행동의 이면을 보았다. 내가 그의 속마음을 얼마나 잘 아는지 깨닫자 조니는 자신의 배경과 두려움, 꿈 등 모든 것을 털어놓았다. 당연히 우리는 사랑에 빠졌다.

하지만 내 능력 때문에 조니와의 관계에서도 곤란한 문제가 생겼다. 그의 괴로움과 상처가 너무도 확연하게 느껴져 나는 그것들을 바로잡고 싶은 강한 충동을 느끼곤 했다.

마침 우리 학교에서 영어를 가르치던 엄마한테 조니와 사귄다고 이야기하자 이런 대답이 돌아왔다.

"조니? 그런 애랑 막 사귀고 그러지 마라. 전에 내가 학교 버스에서 학생들을 지도하고 있는데 조니가 나한테 손가락으로 욕을 하더구나."

나는 조니를 집에 초대했다. 엄마는 조니와 이야기해 보고는 금세 그를 좋아하게 되었다. 엄마도 나처럼 작고 외롭고 상처받은 조니의 내면을 보고는 어떻게든 돕고 싶어 하셨다. 그는 우리에게 마치 가족 같은 존재가 되었다.

우리의 관계는 한두 해 더 계속됐지만, 고등학생 커플들이 대개 그렇듯이 기복이 심했다. 애초에 내가 그에게 끌렸던 이유인, 숨겨진 아픔과 고통이 상황을 불안하게 만드는 데 한몫했다. 우리는 헤어졌다 만나고 또다시 헤어지기를 반복했다. 그것이 우리 관계의 특징이었다. 아무리 영혼 깊이 연결되어 있다고 느껴도 관계를 지속시키기에는 충분치 못했다.

조니가 지닌 강렬한 감정의 파노라마에 나까지 얽혀 들어서 우리 관계가 더는 참을 수 없을 만큼 복잡해진다는 것을 깨달았다. 사실 우리는 잘 맞은 적이 한 번도 없었다. 이제 우리 사이도 끝났다는 걸 알았다.

조니를 떠올리면 나는 여전히 사랑의 감정을 느낀다. 그와 함께한 시간을 통해 인생에서 누구를 만나는 데는 다 이유가 있다는 걸 마음 깊이 알 수 있었다. 이런 인연은 언제나 한쪽 또는 양쪽 모두에게 어떤 가르침이나 교훈이 있기 마련이다. 훗날 조니가 행복한 결혼 생활을 하고 있고, 두 아이의 아빠가 되었다는 소식을 듣고 몹시 기뻤다.

~~~~~

영적 능력 덕분에 연애를 더 편하게 할 수 있었던 건 아니지만 큰 그림을 이해하는 데는 도움이 됐다. 나는 내가 지닌 영적 능력에 대한 목록을 하나하나 만들어 갔다. 그 능력들에 제대로 된 이름이 있거나 그 의미나 사용법을 충분히 파악한 건 아니었다. 그래도 새로운 능력을 발견할 때마다 내 자의식도 함께 성장했다.

아무튼 나는 사람들의 에너지를 읽고 그들의 감정을 느낄 수 있었다. 사람들 주위에 나타나는 색깔을 보았고, 그 색들을 통해 주변 세상을 더 잘 이해할 수 있었다. 사람들의 삶을 들여다보고 형제자매가 몇 명인지, 부모님이 이혼을 했는지와 같은 상황을 알 수 있었다. 말이 안 될 만큼 생생한 꿈을 꾸기도 했다. 그 꿈들은 현실에 관한 상징적인 메시지들을 계속 전해 주었다.

지금은 그 모든 능력에 각각의 이름이 있다는 것을 안다. 하지만 당시에는 그런 능력들 때문에 삶이 혼란스럽고 갈수록 더 심해지는 것 같았다. 그런 능력들이 나에게만 있는 건지, 아니면 다른 사람들에게도 있는 건지조차 알지 못했다.

부인할 수 없는 사실은 10대로 들어서면서 내면의 에너지가 더 강해졌다는 점이었다. 수그러들지 않는 내 안의 모터를 잠재워 볼 방법을 찾았지만 소용없었다. 축구라는 뜻밖의 배출구를 발견하지 못했다면, 아마도 그 에너지가 내 삶을 모조리 소진해 버렸을 것이다.

나는 4학년 때 축구를 시작했다. 축구는 매우 빠른 속도로 나에게 구원이 되어 주었다. 엄청나게 큰 경기장 한가운데 털썩 주저앉기도 하고 마음껏 달리기도 했다. 축구를 하면서 자유로움과 해방감을 느꼈다. 그 과정에서 내 미친 에너지를 어느 정도 발산할 수 있었다.

나는 축구를 꽤 잘했다. 순회 경기를 하는 팀에서 뛰었고, 중학교 때는 대표팀에도 들어갔다. 몸집은 작았지만 공격에 맞서 꺾이지 않았다. 나는 다른 아이들보다 축구에서 많은 의미를 찾을 수 있었다. 축구는 나에게 단순한 취미 이상이어서 악착같이 매달렸다. 경기장에서 내 영적 능력은 강점이 되었다.

나는 상대팀 선수들의 에너지를 읽을 수 있었다. 오른쪽이나 왼쪽 전방, 공격 위치에 서서 나와 가장 가까이 있는 수비수를 처다보면 그 선수의 에너지를 바로 알아차릴 수 있었고, 그에 따라 내 다음 동작을 결정할 수 있었다.

저 여자애는 꽤 공격적이네. 먼저 달려가는 척 속여야겠어. 거기 걸려들면 옆으로 비껴가야지.

어떤 수비수가 비교적 수동적이라고 느껴지면 이렇게 생각했다.

저 애한테 바로 돌진해야겠다. 어차피 버티지 못할 거야.

가끔은 경기장 왼쪽 절반이 뻥 뚫려서 나를 불러들이는 것처럼 느껴질 때도 있었다. 그러면 공을 드리블하며 왼쪽으로 쭉 달려가 골키퍼 쪽으로 쉽게 도달할 수 있었다. 그 덕분에 많은 골을 넣을 수 있었다.

내가 반칙을 한 걸까? 가끔 그렇게 생각하기도 했다. 하지만 나도 어쩔 도리가 없었다. 나는 내가 느끼는 대로 행동할 뿐이었다. 원래 그런 내 능력을 차단할 수 없다면 차라리 건설적인 일에 쓰는 게 낫지 않겠는가. 나는 축구 덕분에 지역 신문에도 자주 실렸다.

"로라는 오늘도 경기장 구석구석을 종횡무진 뛰어다녔다. 그녀의 에너지는 멈출 줄 몰랐다."

그들이 진실을 알았다면 뭐라고 했을까?

5. 존 몬첼로

나는 축구 덕분에 학교생활을 헤쳐 나갈 수 있었다. 여전히 내 능력을 어떻게 조절해야 하는지는 알 수 없었지만 점차 그것을 감추는 법을 익히게 되었다. 나에게 일어나는 감정의 홍수나 기이한 색들, 강렬한 꿈에 대해서는 누구도 알지 못했고, 나는 그런 상태를 유지하기 위해 노력했다.

나는 뉴욕에서 북서쪽으로 322킬로미터 떨어진 뉴욕 주립대 빙엄턴 캠퍼스에 입학했다. 학부 과정이 매우 우수하다고 평가받는 곳이다. 처음으로 집에서 멀리 떠나 살게 되었다. 그것은 두려운 동시에 흥분되는 일이었다. 부모님과 떨어져 지내야 하는 건 슬펐지만, 집을 떠나는 것이 이상한 어린 시절로부터 벗어나 새로운 정체성을 만들 기회라고 생각했다.

하지만 대학 생활에서 내가 어떤 영향을 받을지는 예상하지 못했다. 너무 많은 학생이 좁은 공간에 밀집해 수업을 들어야 했던 탓에 새로운 생각, 감정, 에너지의 회오리에 휘말리고 있는 듯한 기분이 들었다. 어느 날은 기숙사 방과 공용 화장실 사이를 지나며 낯선 사람 다섯 명과 마주쳤다. 저마다의 낯선 에너지는 요란스럽고 한껏 곤두서 있었다. 나는 고개를 까딱하거나 가볍게 인사말을 건넸다. 그러나 무엇이 됐든 그 순간 그들이 느끼는 감정이 나를 휘감았다. 잠시 후 그 뒤에 지나가는 학생이 또다시 나를 가격했다. 슬픔과 불안, 두려움, 흥분, 외로움 같은, 이전에는 한 번도 느껴 본 적 없는 감정들의 집중 공세였다. 내가 마치 인간 소리굽쇠가 되어 정서적으로 요동치는 수많은 젊은이들의 에너지를 따라 진동하는 것 같았다.

놀라운 예술 작품과 역사, 정치사상, 아름다운 음악, 고전적인 그림, 역동적인 강의, 가슴을 흔드는 시들도 새롭게 접했다. 그 모든 것이 내 기분을 그 어느 때보다 끌어올려 주었다. 걷잡을 수 없는 기쁨에 마구 들떠서 숨 쉬기가 벅찰 때도 많았다. 하지만 강의실에서 나오다 침울한 학생이라도 마주치면 그 기분이 싹 사라지고 깊은 수렁에 빠져 버렸다. 얼음장 같이 차가운 물이 세차게 일렁이다가 어느 순간 잔잔해지지만 이번엔 너무 뜨거워 문제인, 물살과 수온이 계속 바뀌는 개천을 힘겹게 건너는 것 같았다. 도대체 무슨 일이 일어나고 있는지 알 수가 없었다. 어차피 내가 멈출 수도 없는 일이었다. 나로서는 물속에 그대로 있으면서 빠져 죽지 않도록 주의하는 수밖에 없었다.

겨울 방학엔 롱아일랜드의 집으로 돌아갔다. 고등학교 친구들을 다시 만나 예전에 졸업 파티를 했던 호텔 방 하나를 빌렸다. 우리는 둘러앉아 함께 술을 마시며 대학 생활에 관해 이야기를 나눴다. 나는 존 몬첼로라는 친구와 마음이 잘 맞았다.

존은 내가 아는 가장 아름답고 활기찬 사람 중 한 명이었다. 우리가 알고 지낸 것은 4학년 때, 존이 나를 좋아한다며 같이 롤러스케이트를 타러 가자는 쪽지를 내 책가방에 붙여 놓으면서부터였다. 그렇다고 우리가 데이트를 한 것은 아니었다. 무슨 이유에선지는 기억이 나지 않지만 나는 그의 멋진 제안을 거절했다. 그래도 나는 우리가 좋은 친구라고 생각했고, 항상 그가 지닌 에너지에 끌리고 연결되어 있다고 느꼈다. 존의 에너지는 정말 놀라울 정도로 긍정적이었다. 그는 학교에서 가장 똑똑한 학생 중 한 명이었고 같이 있는 사람을 편안하게 해 주는 스타일이었다. 친구들도 존을 우리 모임의 리더로 생각했다.

겨울 방학에 다시 만났을 때 존과 나는 호텔 방 구석에 앉아 내가 다니던 빙엄턴 대학과, 그가 다니던 버클리 대학에 대해 이야기를 나누었다. 밤이 깊어 가면서 다른 친구들은 모두 술에 취해 쓰러지거나 잠이 들었지만 존과 나는 밤새 대화를 나눴다. 존과는 항상 그런 식이었다. 나는 그와의 깊고 놀라운 대화에 빠져들었다. 그날 밤 우리는 존재의 본질에 관해 이야기를 나누었다. 다른 친구들과는 한 번도 다뤄 본 적 없는 주제였다. 갑자기 존이 말없이 창밖의 어두운 하늘을 쳐다보았다.

"우리가 죽으면 어떻게 될 것 같아?"

존이 물었다.

"음, 나는 천국이 있다는 걸 알아."

내가 대답했다.

"네가 어떻게 알아?"

"그냥 알아, 사후 세계도 있어. 우리는 죽으면 거기로 가는 거야."

존이 나를 보며 얼굴을 찡그렸다. 나는 호주에 관한 꿈이나 돌아가신 외할아버지를 만난 일, 그리고 그동안 나에게 일어났던 모든 이상한 일들을 털어놓고 싶은 강한 충동을 느꼈지만 참았다. 잠시 후 존이 미소 지으며 말했다.

"로라, 나는 그런 건 나중에, 지금보다 더 나이 들면 믿을 것 같아. 아직은 젊으니까 그런 걱정은 할 필요가 없다고 생각해. 지금은 사후 세계 같은 건 믿지 않을래."

나는 존을 설득하려 하지 않았다. 그럴 입장이 못 됐다. 그래서 그 이야기는 그 정도에서 마쳤다. 며칠 후 우리는 각자 학교로 돌아갔다.

캠퍼스로 돌아온 지 한 달 정도 되었을 때, 나는 다시 한 번 믿기지 않을 만큼 강렬하고 생생한 꿈을 꾸었다.

꿈에서 나는 빙엄턴이 아닌 다른 곳에 있었다. 나는 다른 사람이었고 금방이라도 쓰러질 것 같았다. 도와 달라고 소리치고 싶었지만 말이 나오지 않았다. 아무 도움도 받지 못하면 죽을 것 같은 끔찍한 기분이 들었다. 하지만 아무리 발버둥을 쳐도 죽음을 막을 수는 없었다.

그러다 갑자기 다시 나로 돌아왔다. 고등학교 친구들이 기숙사 내 방에서 침울한 표정으로 걸어 나오는 모습이 보였다. 그들은 울면서 어깨 위로 무언가를 나르고 있었다. 어떤 상자였다. 뚜껑이 닫혀 있어서 그 안에 무엇이 있는지는 알 수 없었지만, 굳이 볼 필요도 없었다. 상자 안에 사람이 있다는 걸 바로 알 수 있었다. 소년. 우리가 사랑했던 아이, 우리의 리더였다.

나는 그 자리에 꼼짝 않고 서서 행렬이 내 쪽으로 다가오는 것을 보면서 극도의 공포를 느꼈다. 내가 뭐라도 하지 않으면, 아니, 뭔가를 되돌려 놓지 않으면 내 친구들이 엄청난 고통을 받을 거라는 사실을 알고 있었다. 우리가 너무나 사랑하는 그 소년이 곧 사라져 버릴 것이기 때문이었다. 그리고 잠에서 깼다.

공포에 휩싸인 채 숨을 가쁘게 내쉬며 침대 옆 탁자에 놓인 디지털 시계를 보았다. 정확히 낮 12시였다. 나는 전화기를 들어 미친 듯이 엄마에게 전화를 걸었다.

"엄마, 누가 죽었어요?"

나는 반쯤 정신이 나간 채 물었다.

"뭐? 아니, 대체 무슨 소리를 하는 거니?"

나는 내 꿈에 대해 다급하게 알리면서 외할아버지의 임종 소식을 들었을 때와 같은 깊은 슬픔과 죄책감을 느꼈다.

"로라, 침착해, 아무 일 없어!"

"아니에요, 엄마. 그렇지 않아요! 누군가 죽었거나 아니면 죽을 거예요! 집에 꼭 계셔야 해요! 아무 데도 가지 마시고요!"

나는 울며 이렇게 말했다.

공포가 밀려왔다. 그런 생생한 꿈의 의미를 잘 알고 있었다. 그런데도 엄마는 별일 없을 거라며 가족들 모두 무사하다고 나를 안심시켰다. 나는 전화벨이 울리지 않기를 기도하며 남은 하루를 보냈다. 시간이 흘러도 나쁜 소식이 없자 불안감도 수그러들었다.

그러다 밤 8시쯤 전화벨이 울렸다. 고등학교 친구였다.

"로라, 끔찍한 소식이야. 존 몬첼로가 죽었어."

~~~~

존은 전날 밤 버클리 대학의 한 동아리에 가입 서약을 한 후 술을 꽤 많이 마셨다고 한다. 새벽 3시쯤에는 동아리 선배 몇 명이 존에게 전화해 동아리 방으로 오라고 했다.

"동아리 방 청소 좀 해 놔."

선배들이 말했다. 존은 너무 취해서 못 가겠다고 했다. 하지만 선배들의 등쌀에 못 이겨 옷을 갈아입고 동아리 방까지 비틀거리며 걸어갔다.

동아리 방을 깨끗이 청소한 후 존은 창문을 넘어 화재 대피용 비상계단으로 나왔다. 그때만 해도 남자애들이 동아리 방에서 나갈 때 비상계단을 이용하곤 했다. 그러나 술에 취해 있던 존은 발을 헛디뎌 3층 높이에서 차도로 떨어졌다.

아무도 존이 떨어지는 모습을 보지 못했고, 그가 그곳에 있는 것도 알지 못했다. 의식을 잃은 그는 피를 흘리며 아스팔트 위에 쓰러져 있었다. 몇 시간 후에야 누군가 존을 발견했지만, 이미 심정지 상태였다.

검시관의 보고서에 따르면 존의 사인은 두부 손상에 의한 과다 출혈이었다. 낙상이 아니라 혈액 부족으로 죽은 것이다. 존이 발견된 시각은 태평양 표준시를 기준으로 정확히 오전 9시였다. 뉴욕 시각으로는 낮 12시, 바로 내가 꿈에서 깨어난 시각이었다.

검시관의 보고서에는 존이 얼마 동안 의식이 있다 없다를 반복한 것 같다는 내용도 있었다. 존은 도움을 요청할 수 없었다. 혹은 도움을 요청했지만 아무도 듣지 못했던 것이다.

하지만 나는 그 소리를 들었다.

나는 무너져 내렸다. 친구의 전화 한 통에 완전히 평정을 잃었다. 나는 그 친구를 붙들고 존에 관한 꿈 이야기를 털어놓았다. 저주받은 느낌이었다. 내 문제가 무엇이든, 그 원천이 무엇이든, 이 영적 능력은 악한 성질의 것이 틀림없었다. 어떻게 친구의 죽음을 미리 알고도 그 결과를 바꾸지는 못한단 말인가? 왜 꿈은 꾸면서 누군가의 목숨을 살릴 수는 없단 말인가? 이렇게 병적이고 끔찍하고 무기력한 능력이 어디 있단 말인가?

존의 사망 소식을 들은 다음 날, 나는 빙엄턴을 떠나 롱아일랜드에 있는 집으로 돌아갔다. 그리고 고등학교 친구 몇 명과 함께 존의 집을 방문해 그의 어머니를 뵙고 조문했다.

존의 어머니는 큰 슬픔과 충격에 빠져 있었다. 그녀는 존의 물건들을 모두 거실에 쌓아 놓고 우리에게 원하면 가져가라고 했다. 친구 몇 명이 티셔츠, 책, CD, 스니커즈 같은 존의 물건들 앞으로 몰려갔다. 그 모습을 보니 마음이 아팠다. '제발 멈춰!'라고 소리치고 싶었지만 아무 말도 하지 못했다. 그 앞에 서자 한층 더 고립된 느낌이 들었다.

다음 날에 대한 기억은 흐릿하다. 존의 시신을 실은 영구차가 그의 집 앞을 천천히 지나갔다. 존이 꿈과 희망을 키우던 집이었다. 장례 미사는 현실처럼 느껴지지 않았고 마치 영화를 보고 있는 듯했다. 사람들이 앞에 나가 존이 얼마나 놀라운 사람이었는지 말해 주었지만 그런 말들은 내 슬픔을 조금도 덜어 주지 못했다. 오히려 존이 정말 죽었다는 사실만 또렷해지는 것 같았다. 그는 떠나 버렸다. 다시는 돌아오지 않을 것이다. 그를 사랑한 비탄에 빠진 이 사람들 가운데 오직 한 사람만 그가 세상에서 사라질 것을 미리 알았을 것이다. 나는 왜 그를 구하지 못한 걸까?

극심한 죄책감에 나는 지난 꿈 이야기를 사람들에게 말하기로 했다. 혹시 다른 누군가도 존의 죽음을 미리 알고 있었기를 내심 바랐던 것 같다. 나는 친구 서너 명을 한 명씩 만나 내 꿈에 대해 이야기했다. 모두들 예의 있게 들어 주었지만 그들에게 내 꿈은 아무런 의미도 없는 것이 분명했다. 마치 꿈은 그저 꿈일 뿐, 삶과 죽음이라는 현실과 무슨 상관이 있냐고 하는 것 같았다.

그 후 나는 꿈에 관해 이야기하는 것을 그만두었다. 내가 느끼는 모든 감정은 나 혼자만 알고 있기로 했다. 원래 그래야 했던 것인지도 몰랐다. 그나마 그것이 존을 구하지 못한 내가 속죄하는 길일 수도 있었다.

~~~~~

우리는 모두 자신이 어떤 사람인지, 이 세상에 어떻게 적응하며 살아가야 할지 생각해야 한다. 10대 시절 나는 내 영적 능력이 내 삶의 궁극적인 목적과 분리될 수 없고, 오히려 중심이 될 수도 있다고 생각했던 것 같다. 그런 생각을 피할 수도 멈출 수도 없었다. 그래서 이 능력을 잘 조절해 좋은 곳에 쓰고 싶었다.

그러나 존의 죽음과 그것을 예고한 꿈이 모든 것을 바꿔 놓았다.

내 삶의 목적이 이렇게 힘들고 고통스럽고 쓰라릴 수는 없었다. 그런 종류의 '인지'가 좋은 것일 리 없었다. 해로운 것이 틀림없었다.

　나는 내 영적 능력을 외면하기로 결심했다. 나는 그것을 원하지도 필요로 하지도 않았다. 나는 그 능력 없이 살기로 했다.

6. 리터니 번스

존의 장례식이 끝나고 빙엄턴으로 돌아가기 전, 나는 전에 다니던 롱아일랜드의 교회 목사님을 만나 보기로 했다. 누구에게라도 내 이야기를 털어놓고 싶었는데 목사님이 그 적임자 같았다. 내가 어릴 때부터 알고 지내던 목사님은 다정하고 친절했다. 마른 체형에 턱수염을 기른 모습이 꼭 예수님을 연상시켰다. 어쩌면 그래서 내가 그분을 더 신뢰했는지도 모른다.

교회 뒤편 사무실에서 목사님을 만났다. 나는 자리에 앉자마자 울음을 터뜨렸다. 흐느끼느라 숨을 헐떡이면서도 내 꿈부터 존의 죽음까지 모든 것을 목사님에게 말씀드렸다. 외할아버지에 관해서도 이야기했다. 이상한 충동 때문에 외할아버지를 만나러 갔는데 그것이 마지막이었다는 것까지 모두 털어놓았다. 혹시 비판하거나 경멸하는 표정은 아닌지 목사님의 얼굴을 살폈으나 그런 기색은 보이지 않았다. 목사님은 가만히 앉아서 내 이야기를 묵묵히 듣기만 하셨다. 마침내 모든 이야기가 끝나자 목사님이 물었다.

"로라, 대학에서 어떤 강의를 듣고 있지?"

나는 내 강의 시간표를 말씀드렸다. 문학, 역사, 철학…….

"철학 강의를 듣는다고?"

"네, 철학 개론이요."

"아, 그거군. 꿈이라든가 그걸 해석하는 방식, 그 모든 건 네가 듣는 철학 강의와 관련이 있어. 새로운 사상과 이론이 네 머릿속을 가득 채워서 그렇지. 그 강의 때문에 그런 꿈을 꾼 거란다."

목사님은 태연하게 말했다.

목사님의 말을 듣는 순간 눈물이 싹 말라 버렸다. 나는 심호흡을 하고 시간을 내주셔서 감사하다고 말하며 악수했다. 그리고 밖으로 나왔다. 목사님은 나쁜 의도로 한 말이 아니었다. 틀림없이 속으로는 나를 돕고 있다고 생각했을 것이다. 하지만 나는 목사님의 말이 맞지 않다는 걸 바로 알 수 있었다. 게다가 나에게 영적 능력이 나타난 건 철학 개론 강의를 듣기 훨씬 전부터였다.

어디가 됐든 교회에서는 답을 찾지 않기로 했다. 나는 하느님을 믿었고 그분께 답이 있다고 믿었다. 하지만 목사님과 만난 후, 하느님은 교회보다 훨씬 더 크고 강력하다고 믿게 되었다. 답은 저 바깥에 있었다. 다른 어딘가에.

빙엄턴으로 돌아간 나는 다시 대학 생활에만 몰두하려 했다. 내 영적 능력에 대해 말할 엄두를 못 냈던 것처럼 당시 내가 얼마나 불안하고 힘들었는지 역시 아무한테도 말하지 않았다. 그저 평범한 대학생처럼 행동하려고 애썼다. 파티도 가고 공부도 열심히 하고 남학생 몇 명과 데이트도 했다. 하지만 존에 관한 꿈은 마음에서 지워지지 않았다. 나는 깊은 우울감에 빠졌다.

그때 나를 구해 준 건 친구 모린이었다.

모린은 대학에서 나와 가장 친한 친구였고, 나는 그녀에게 내 영적 능력에 대해 슬쩍 이야기한 적이 있었다. 어느 날 모린이 나이액이라는 작은 강가 마을에 사는 여자에 대해 이야기해 주었다. 나이액은 뉴욕주 북쪽에 있는 마을이자 모린의 고향이었다.

"그 여자 이름은 리터니 번스이고 초능력자야. 몇 년 전 샘의 아들 사건• 수사에도 참여했대. 그분이라면 너에게 답을 줄지도 몰라."

모린이 말했다.

나는 곧바로 리터니 번스와 1시간의 상담 약속을 잡았다. 그녀는 투시력이 있었고 빙의가 가능한 영매이자 영적 치유사였다. 1977년 맨해튼의 검사로부터 샘의 아들 사건 수사 협조를 요청받기도 했다. 리터니는 자신의 영적 활동에 대해 광고를 하지 않았지만 입소문을 타고 고객이 계속 찾아오는 듯했다.

1주일이 지난 3월의 어느 화창한 날, 나는 모린과 컨버터블 자동차를 타고 나이액을 향해 3시간을 운전해 갔다. 나이액은 허드슨 강가에 자리 잡고 있었는데, 마치 지난 세기에 시간이 멈춰 버린 듯한 작고 예쁜 마을이었다. 리터니의 사무실은 큰길 모퉁이에 자리한 평범한 옛날식 2층 벽돌 건물에 있었다. 주차할 공간을 발견한 모린은 나에게 행운

• 1976년부터 1977년까지 데이비드 버코위츠가 권총으로 여섯 명을 살해하고 일곱 명에게 중상을 입힌 사건. 그는 체포된 이후 '샘'이라는 악령이 자신을 조종해 살인을 저질렀다고 말해 '샘의 아들'이라 불렸다.

을 빌어 준 뒤 쇼핑을 하러 갔다. 나는 설레는 동시에, 약간 두려운 마음이 들었다. 1층 출입문까지 갔지만 막상 초인종을 누르려니 망설여졌다. 마음이 무척 혼란스러웠다. 마침내 심호흡을 한 번 하고 벨을 누르자, 리터니가 나와서 나를 맞아 주었다.

30대인 그녀는 어깨 길이의 금발 머리에 사랑스럽고 선해 보이는 녹색 눈을 하고 있었다. 리터니의 환히 빛나는 에너지 덕에 나는 마음이 편안해졌다. 그녀 주위로 파란색이 보였다. 마음이 저절로 치유될 듯한 따뜻한 파란색이었다. 그녀 옆에 있으니 얼어붙을 듯이 추운 날 난방기구 옆에 서 있는 듯한 느낌이 들었다. 초조함도 바로 사라졌다.

악수를 나눈 후 리터니는 나를 소파로 안내하고는 맞은편 의자에 가서 앉았다. 그녀의 사무실은 작고 아늑했으며 소박했다. 수정 구슬들이 있지도 않았고 그 비슷한 물건도 없었다. 소파와 의자, 책상 하나씩이 전부였다. 벽은 라벤더 색으로 칠해져 있었다. 안전하고 편안한 장소처럼 느껴졌다. 처음에 리터니는 아무 말도 하지 않았다. 그저 나와 내 주변을 바라볼 뿐이었다. 나를 가늠해 보는 것 같았다. 드디어 그녀의 얼굴에 옅은 미소가 떠올랐다.

"아, 당신도 우리 같은 사람이군요."

리터니가 부드럽고 나긋나긋한 목소리로 말했다.

그녀는 마치 아이에게 열이 있다고 말해 주는 양호 선생님처럼 너무도 태연했다. 나는 미덥지 않은 마음으로 앉아 있었다.

"당신도 알고 있나요? 당신이 초능력자라는 사실을요?"

리터니가 물었다.

"아니요, 그런 건 모르겠어요. 그냥 제가 좀 괴짜 같아요."

리터니는 미소를 지어 보이더니 다시 물었다.

"사람들에 대해 감지하나요?"

나는 고개를 끄덕였다.

"사람들의 에너지를 읽을 수 있고요?"

나는 또 한 번 그렇다고 말했다.

"다른 사람들한테는 보이거나 들리지 않는 것들을 당신은 보고 들을 수 있나요?"

나는 다 그렇다고 말했다.

"당신은 투시력도 있고 투청력도 있군요. 당신에게는 영적 재능이 있어요. 때가 되면 그걸 어떻게 사용할지 알게 될 거예요. 우선 그 재능을 두려워하지 말아야 합니다. 저주받았다거나 부끄럽게 생각하지 마세요. 당신은 괴짜가 아닙니다. 당신의 재능은 아름다운 거예요."

리터니가 단언했다. 그저 몇 마디 나눴을 뿐이지만 리터니는 내 삶을 이해했다. 거대한 창문을 가리고 있던 무거운 검은 커튼이 확 젖혀지며 눈부신 햇살이 쏟아지는 것 같았다. 태어나서 처음으로 내 겉모습뿐만 아니라 내면 깊은 곳까지 속속들이 이해해 주는 사람을 만난 느낌이었다.

"당신은 남동생이 한 명 있군요. 언니도 한 명 있고요. 당신 아버지는 감정이 풍부하지만 그걸 표현하는 건 좀 힘들어하시네요. 그리고 어머니는 당신 인생에 큰 힘이 되어 주시는군요."

리터니가 말했다. 만난 지 몇 분 되지도 않았는데 리터니는 우리 가족에 대해 잘 알고 있는 것처럼 보였다. 그녀는 더 깊이 들어갔다.

"당신은 세심하고 타고난 치유사입니다. 어려움을 겪는 사람들한테 잘 끌리죠. 그들을 돕고 싶어 해요. 꿈도 많이 꾸는군요. 당신은 꿈을 통해 저세상과 연결되어 있어요."

리터니가 말했다.

그녀의 말에 나는 너무나 큰 위안을 받았다. 아니, 그 이상이었다. 거의 용서받은 기분이었다. 어쩌면 내가 꿈에서 존을 본 것도 단지 내가 그런 능력이 있기 때문이라는 생각이 불현듯 들었다. 저주를 받아서가 아니라 저세상과 연결되어 있어서 그의 목소리를 들은 건지도 모른다. 어쩌면 그가 죽어 갈 때 그 꿈을 꾼 것도 내가 끼어들거나 존을 구해야 해서가 아니라 그의 작별 인사를 들어야 해서였는지도 모른다.

리터니가 계속 말을 이어 갔다.

"당신은 영매이기도 하군요. 다른 사람들의 감정을 느낄 수 있죠. 정작 그 사람은 그 감정의 존재조차 모른다 해도 당신은 그것을 감지할 수 있습니다."

나는 조용히 앉아서 그녀의 말 한마디 한마디에 집중했다. 바로 몇 분 전까지 들리던 큰길의 차와 트럭 소리가 모두 사라지고 리터니의 목소리만 귀에 들어왔다. 온 세상이 뒤로 물러나 사라져 버린 느낌이었다.

"당신은 아주 어렸을 때부터 이 세상에서 뭔가 할 일이 있다는 것을 알고 있었습니다. 소명이 있다는 걸 알고 있었던 거죠. 그리고 올해가 바로 당신이 이 사실을 제대로 이해하기 시작하는 때입니다. 지금 이렇게 압박을 느끼는 것도 바로 그것 때문이에요. 당신은 다른 사람을 돕게 되어 있습니다. 당신의 힘을 두려워하지 마세요. 이 모든 것은 당신이 지닌 사랑과 치유의 능력을 스스로 편안하게 받아들이기 위한 과정입니다. 그래야 그 능력을 제대로 감지하고 사용할 수 있을 테니까요."

리터니가 설명했다.

~~~~

상담이 끝나 갈 때쯤 리터니가 나에게 질문이 있는지 물었다. 나는 지갑 안쪽에서 존의 사진을 꺼냈다. 내가 왜 그 사진을 가져갔는지는 정확히 알 수 없지만 그녀에게 보여 줘야 할 것 같았다.

거의 들리지도 않을 만큼 작은 소리로 내가 말했다.

"이 아이는 제 친구였어요. 이 사진을 가져온 건, 이 친구가 높은 데서 떨어져 죽었는데 어떻게 그런 일이 일어난 건지 아무도 제대로 알지 못해서예요."

리터니는 사진을 잠시 들여다보다 내려놓았다. 그리고 이렇게 말했다.

"사고였어요. 누가 밀치거나 한 게 아니에요. 술에 취한 것 같지만 본인이 스스로 마신 거고요. 범죄 같은 건 없었어요."

리터니가 갑자기 말을 멈췄다. 그녀는 어딘가 달라져 있었다. 얼굴, 눈빛, 표정 등이 미묘하지만 눈에 띄게 변했다. 마치 다른 장소에 가 있는 사람 같았다. 도대체 무슨 일인지 알 수가 없었다. 리터니가 몸을 앞으로 숙이며 말했다.

"존은 당신이 친구들한테 인사를 전해 주길 원한대요. 이렇게 말하네요. '나 여기 있어. 나는 괜찮아. 단지 우리 엄마가 괜찮아지길 바랄 뿐이야. 엄마를 계속 찾아가서 이야기하고 도와 드리고 싶은데 엄마는 내 말을 전혀 듣지 못해서.'"

무슨 일이 일어나고 있는 걸까? 리터니는 마치 자신이 존인 것처럼 나에게 이야기하고 있었다. 정말 존이 말하는 것처럼 들리기도 했다. 말투까지 존과 똑같았다. 하지만 어떻게 그게 가능하단 말인가?

"여기는 아주 멋진 곳이야."

리터니는 계속 이야기했다.

"나는 사람들을 볼 수 있어. 사람들이 그립긴 하지만, 내가 정말 모두와 떨어져 있다고 느껴지진 않아. 나는 여전히 여기 있어. 내가 주변에 있다는 사실을 네가 알아주면 좋겠어. 네가 내 존재를 느낄 수 있다는 걸 알아. 나는 계속 올 거야. 너도 곧 나를 감지하고 내가 여기 있다는 사실을 이해하게 될 거야. 그리고 누가 알아? 내가 언젠가 누군가의 자식으로 다시 태어날지."

리터니는 이렇게 말하고 웃었다. 하지만 그것은 그녀가 아닌 존의 웃음이었다. 게다가 누군가의 자식으로 태어나 돌아오겠다는 말은 딱 존이 할 만한 농담이었다. 리터니는 한 번도 존을 만난 적 없지만 바로 이곳, 나이액에 있는 자신의 작은 사무실에서 존에게 다시 생명을 불어넣고 있었다. 나는 존의 존재를 느낄 수 있었고, 그가 거기 있다는 걸 알았다.

"존은 잘 지내고 있습니다. 여기 있을 때처럼 장난꾸러기 같은 면도 있고요. 행복하고 안전하게 잘 있습니다. 존은 사람들이 이 사실을 알기를, 무엇보다 그가 모두를 여전히 사랑한다는 것을 알아주길 원하고 있어요."

리터니가 말했다.

나는 고개를 숙이고 울기 시작했다. 무엇보다 영혼 깊숙이 안도감을 느꼈다. 존이 잘 있다는 데 대한 안도감이었다. 동시에 내가 방금 목격한 장면에 대한 안도감이기도 했다. 방금 리터니는 존을 불러냈고, 그것은 결코 어둡거나 일그러진 것이 아니었다. 기쁘고 너그럽고 치유와 사랑이 깃든 것이었다! 아름다웠다!

바로 그 순간 분명해졌다. 무언가가 '변했다'. 나는 이 순간이 내 인생의 전환점이 되리란 사실을 곧바로 깨달았다.

두려움에 떠는 대신 처음으로 희망에 부풀었다.

떠나기 전 리터니는 나에게 또 다른 선물을 주었다. 그녀가 몇 년 전에 쓴 『당신의 영적 능력을 개발하라』라는 책이었다.

"이 책이 당신에게 많은 것을 설명해 줄 거예요."

그녀가 내게 말했다.

나는 그녀를 포옹하고 싶었고 이대로 떠나고 싶지 않았지만, 그냥 악수만으로 정중하게 감사 인사를 했다.

나는 계단을 달려 내려가 모린을 만나자마자 방금 무슨 일이 있었는지 이야기했다. 들뜨고 흥분되었다. 몇 년간 느껴 보지 못한, 아니, 이제껏 한 번도 경험해 보지 못한 해방감이 들었다.

빙엄턴으로 돌아오자마자 나는 리터니의 책을 정신없이 읽기 시작했다. 한 페이지 한 페이지 읽을 때마다 깨달음의 물결에 휩싸였다.

"맙소사, 이거 완전 내 이야기잖아!"

나는 책을 읽으며 허공에 대고 소리쳤다.

"다른 사람들도 그러네! 그걸 부르는 말이 바로 이거였어!"

나는 리터니의 책을 빠르게 다 읽은 후 서점으로 가서 비슷한 책이 또 있는지 찾아보았다. 나도 내가 무슨 책을 찾는 건지 알 수 없었지만 피트 A. 샌더스 주니어가 쓴 『당신은 초능력자입니다 : 자유로운 영혼이 되는 법』이라는 책이 마음에 들었다. 매사추세츠 기술 연구소의 생체 의학 및 뇌과학 전문가가 쓴 책이라는 사실만으로도 굉장히 눈길을 끌었다. 책의 서두에 이렇게 쓰여 있었다.

"당신이 이 책을 다 읽을 때쯤이면, 다른 사람의 기질과 성격을 파악하고 어떤 사건이 일어나기 전에 그것을 미리 감지하고 느끼며 보고 듣는 능력이 일상적인 일이 될 것입니다."

나는 계속해서 홀린 듯이 읽어 나갔다. 뒷부분으로 갈수록 깨달음을 주는 내용이 더 많았다. 심지어 '네 가지 초자연적 감각'이라는 챕터도 있었다. 이 네 가지 감각 중 첫째가 초자연적 직관이었는데, 작가는 그것을 '인지'라고 불렀다.

인지라니! 나도 똑같은 이름으로 부르고 있었다! 인지는 "특정한 내 감각이나 외부 자극과 상관없이 형성되는 내적 인식이다. 말하자면 그냥 아는 것이다!"

리터니와의 만남은 내 인생의 전환점이 되었다. 그녀와의 만남 덕분에 나는 내 영적 능력을 무시하고 차단하는 대신 끌어안기 시작했다. 내 영적 능력을 발달시키고자 노력했고, 그것이 나의 일부라는 사실(아무튼 내 인생의 한 부분이 될 거라는 사실)을 이해했다.

리터니와의 만남 이후 내가 고립되고 별난 존재라는 생각을 덜하게 되었다. 나로서는 그것만으로도 기적이었다. 마침내 답을 찾기 시작한 것이다. 수수께끼가 풀리기 시작했다. 내가 어디에 어떻게 쓰일 수 있을지 이해하기 시작했다.

리터니와의 만남이 그저 내 기분을 좋게 하기 위한 것이 아님을 나는 알고 있었다. 그 만남은 과거가 아닌 미래를 위한 것이었다.

"당신의 재능을 사용하세요. 영적인 일을 하세요. 당신의 직감이 가장 훌륭한 동반자가 되어 줄 겁니다. 그러니 그 직감을 최대한 따르세요. 직감을 따르고 사용하고 연습하도록 하세요. 그러면 진정한 당신의 길을 걷게 될 겁니다."

나와 헤어질 때 리터니는 이렇게 말했다.

7. 내 앞에 놓인 길

리터니와의 만남이 내가 답을 찾던 그 과정의 끝은 아니었다. 어떤 면에서는 시작에 불과했다.

그녀가 나에게 해 준 말과 내가 책에서 읽은 내용은 전부 마음을 열어야 한다는 똑같은 강렬한 메시지를 담고 있었다. 새로운 사고, 새로운 정보의 흐름, 새로운 가능성에 열려 있어야 한다고 했다. 그런데 나는 내 영적 능력에 대해서는 조금 더 이해하게 되었는지는 몰라도 그것을 어떻게 사용해야 하는지는 여전히 알지 못했다. 그래서 계속 파고들었다.

대학교 3학년 때 집에 잠시 들렀다가 알린 아줌마에게 안부 인사를 하러 간 적이 있다. 나는 전에 알린 아줌마가 가진 색깔을 감지한 적이 있었고 늘 그녀의 개방적인 에너지에 끌렸다. 알린 아줌마는 점성술에 관심이 많았다. 나는 점성술에 대해서는 잘 몰랐지만 아줌마가 내 점괘를 봐 준다고 했을 때 거부감이 들지는 않았다.

점괘는 내가 태어난 정확한 시각에 따라 행성들과 달, 해의 위치를 나타냈다. 아줌마는 열두 가지 별자리 안에서 여러 위치들을 살펴보면 내 인생의 행로와 그 목적을 알 수 있다고 했다.

우리는 아줌마네 부엌 식탁에 앉았고, 아줌마는 빠르고 위엄이 있는 목소리로 점괘를 풀어냈다. 아줌마의 점괘는 잘 맞는 것 같았다. 내가 지시받는 걸 좋아하지 않는다는 것, 내성적인 면과 외향적인 면이 둘 다 있다는 것, 또 나 자신의 에너지를 감당하기 힘들다는 것 등이 그랬다.

그러다 전혀 이해가 안 되는 이야기를 들었다.

"너는 태양과 세미섹스타일*을 이루고 있는 토성이야."

아줌마는 말을 이어 갔다.

"사람들은 너를 신뢰하고 네 말에 호응하지. 혹시 선생님이 되려고 하니?"

선생님? 아니다. 나는 선생님이 될 생각이 없었다. 더 큰 계획이 있었다. 나는 변호사가 될 생각이었다.

언니 크리스틴은 프린스턴 대학의 우등생이었고 하버드 대학에서 법학 학위를 따기 위해 학업을 이어 가고 있었다. 언니가 우리 집의 기준을 높여 놨다. 나도 변호사나 의사 둘 중에 하나는 될 수 있을 것 같았다. 다만 수학을 싫어했기 때문에 변호사 쪽이 더 유리해 보였다.

나는 이런 계획을 말씀드렸고, 아줌마는 계속해서 점괘를 보았다. 그

● Semi-sextile, 점성술에서 별자리로 운명을 해석할 때 사용하는 용어 중 하나. 여기서 세미섹스타일은 360도를 12등분한 30도의 각도를 의미한다.

런데 몇 분도 안 되어 고개를 들더니 이렇게 말했다.

"확실히 가르치는 일에 초점이 맞춰져 있는데, 네 진로 안에 그게 있어. 가르치는 일과 교육이 네가 하는 일 중 하나가 될 거야."

점괘가 좀 안 맞는군.

나는 생각했다. 그런 일은 없을 것이기 때문이다. 최근에 법대에 가기로 마음을 먹었다고 다시 한 번 말씀드렸다.

"그래? 그렇다면 너는 법을 가르치게 될 거야. 가르치는 일이 네 길이라고 되어 있거든."

아줌마는 마지막으로 이렇게 말했다.

내가 아직 알지도, 또 이해하지도 못하는 어떤 역할을 하도록 예정되어 있다는 것이 점괘의 요지였다.

"로라, 너는 인류를 위해 일하게 될 거야. 뭔가 새로운 것, 사람들이 찾고 도움이 된다고 생각하는 일이지. 너에겐 세상과 나눠야 할 어떤 재능이 있어. 다만 그렇게 되려면 시간이 좀 걸려. 바로 할 수 있는 일은 아니야."

알린 아줌마가 말했다. 알린 아줌마는 시간이 얼마나 걸릴지도 알고 계셨다. 우주로부터 필요한 것을 받는 데 16년, 그리고 실제 행동으로 옮기는 데 8년이 더 걸릴 거라고 했다.

나에게 큰 소명이 있다는 말은 듣기 좋았다. 그래도 24년은 너무 까마득한 시간이었다.

점괘 풀이가 끝나 갈 때 알린 아줌마가 조언을 해 주었다.

"마음을 자유롭게 놔둬 보렴. 그리고 배워야 할 게 있으면 무엇이든 배우도록 해. 생각지 못했던 일도 기대해 보고. 그러면 기반을 다질 수 있을 거야."

나는 흥분에 휩싸였다. 알린 아줌마의 말씀은 리터니가 해 준 조언과 비슷했다. 리터니도 당신의 재능을 사용하세요. 영적인 일을 하세요. 직감을 따르세요라고 말했다. 이번에는 알린 아줌마가 내 능력을 개발하라고 말하고 있었다. 아줌마는 내가 답을 찾는 방식이 잘못되지 않았으며, 내가 진정한 길을 발견해야 한다고 확인해 주었다.

나는 알린 아줌마와 포옹했다. 현관에서 아줌마가 미소 지으며 말했다.

"즐거운 모험이 되길 바란다!"

~~~~~

빙엄턴으로 돌아간 나는 내 영적 능력으로 할 수 있는 새로운 길을 모색했다. 내 능력을 계속 감춰야 한다고 생각하지는 않았지만 그렇다고 여기저기 알리고 싶지도 않았다. '초능력 소녀'가 되고 싶지는 않았다. 나는 내가 가진 영적 능력으로 정의되지는 않겠노라고 결심했다. 이 능력은 그저 나라는 사람의 일부였다. 프랑스어나 축구처럼 내가 할 수 있는 특기 중 하나였다.

영적 능력에 대해 솔직해지니 기분도 좋아졌다. 놀라울 만큼 자유롭게 느껴졌다. 나는 내 재능과 일상의 삶을 통합하는 법을 배워 가고 있었다.

그러나 영적 능력을 대수롭지 않게 여기다 보니 예기치 못한 상황이 벌어졌다. 나도 모르게 그 능력을 심각하게 생각하지 않고 무책임하게 사용하게 되었다.

어느 날 밤 학교 근처에 있는 랫이라는 바에서 친구들과 술을 마시고 있었다. 술을 두어 잔 마시자 영적 능력이 발동하기 시작했다. 무슨 마법의 공식 같았다. 사실 이해가 안 되는 것도 아니었다. 술을 마시면 분석적 사고가 멈추기 때문에 영적 정보를 더 쉽게 받아들이는 것이다. 술을 두어 잔 마시면 사람들에 대한 정보가 마구 밀려왔다.

둘째 잔을 마신 후 맞은편을 바라보다가 아주 귀여운 남자애를 발견했다. 그는 벽에 몸을 기대고 있었고 밤색 곱슬머리가 빨간 야구 모자 아래로 살짝 삐져나와 있었다. 편안하면서도 대담하고 자신감 넘치지만 거만하지 않은 에너지를 지닌 아이였다. 178센티미터 정도 되는 키에 운동선수 같은 체격이었고 초록색 눈에 여유롭고 편안한 미소를 짓고 있었다. 나는 그 남자애한테 말을 걸어 보겠다고 친구에게 말했다.

"그래, 한번 잘해 봐."

친구가 말했다.

그 남자애 곁으로 다가가자 그의 기운이 나를 더욱 끌어당기는 느낌이 들었다.

"안녕하세요. 혹시 이름이 J로 시작하나요?"

내가 말을 걸었다.

"어, 맞아요, 제러미예요."

그가 대답했다.

더 많은 정보가 나타났다.

"형이 한 명 있죠? 두 살 많은 형이요. 그리고 남자 형제가 한 명 더 있네요. 음, 일곱 살?"

제러미의 여유로운 미소가 사라지기 시작했다.

"그리고 당신은 루터교 신자군요, 맞죠? 가족들이 모두 루터교네요. 아버지는 사실상 당신 곁에 안 계셨네요. 대신 어머니가 큰 힘이 되어 주시네요. 어머니와 아주 가깝군요. 늘 그랬지만 지금은 훨씬 더 친밀하고요."

나는 계속해서 제러미와 가족들에 대한 구체적인 정보들을 늘어놓았다.

"아니, 어떻게……. 당신 혹시 스토커예요?"

제러미가 물었다.

"아니요. 그냥 초능력이 있는 거예요."

그리고 내가 대답했다. 내가 사람들에 대한 정보를 어떻게 알게 되는지 그에게 설명해 줬다. 다행히 제러미는 그리 이상하게 생각하지 않고 받아들였다.

사실 나는 남자를 고를 때도 영적 능력을 사용했다. 내 영적 능력이 어둡고 힘든 게 아니라 재미있고 유용하며 생산적일 수 있는 방법을 찾으려 했다. 나는 내 재능이 얼마나 유용한지 알고 싶었고, 심지어 파티에서 개인기로 쓸 수도 있지 않을까 하는 생각까지 했다. 가끔 정말 부끄럽게 사용한 적도 있다. 자주는 아니고 몇 번 그랬다. 누군가와 싸우고 나면 그들에 관한 정보를 알아냈고, 그 내용이 부정적이면 기분이 좋아졌다.

저 애는 자기 남자 친구가 3개월 뒤에 자기를 차 버릴 거라고는 생각도 못하겠지.

이렇게 생각하며 우쭐했다. 친한 친구가 누군가와 싸우면 그 사람에 대해 '들여다보고' 친구에게 말해 주기도 했다.

"아, 그 애 부모님은 곧 이혼하실 거야."

돌이켜 생각해 보면 영적 능력을 부적절하게 사용한 것이 너무도 부끄럽다. 솔직히 못되게 굴려고 한 것은 아니었다. 그때 나는 겨우 열아홉 살이었고, 그 또래의 다른 여자아이들처럼 내 삶을 이해하려 애쓰고 있었다. 내가 나의 영적 능력에 대해 무모했던 것은 그것이 얼마나 특별한지를 아직 깨닫지 못했기 때문이다.

~~~~~

나는 배우고 성장하며 발전하고 있었다. 고등학교 시절엔 공부를 아주 열심히 하거나 학업을 그리 중요하게 생각하지 않았다. 성적은 괜찮았지만 공부를 열심히 한 덕은 아니었다. 하지만 빙엄턴에서는 훨씬 진지한 자세로 공부에 임했다.

내 멘토가 되어 준 데이비드 보스닉이라는 영문학 교수님 덕분이었다. 교수님의 에너지는 굉장했다. 그분이 교실에 들어서는 순간 나는 그 에너지에 사로잡혔다. 그분 곁에 있으면 그의 활기찬 에너지에 나까지 마음이 들떴다.

3학년이 되자 교수님이 나에게 조교 자리를 제안했다. 나는 영광이라고 생각해 곧바로 받아들였다.

1주일에 한 번씩 과제물을 만들고 답안지 채점하는 일을 도왔는데, 그때 내가 수업 관련된 일을 꽤 잘한다는 사실을 알게 되었다. 스물다섯 명 정도의 학생이 듣는 수업에서 토론 부분을 직접 가르치기도 했고, 내가 아는 학생들의 답안지를 채점하기도 했다. 그중엔 나보다 한 학년 높은 4학년 학생들도 있었다. 보스닉 교수님은 그때마다 은근히 혹은 대놓고 내가 학계에 관심을 가지도록 격려하셨다.

"세상에 이미 변호사는 충분해. 가르치는 일을 하란 말이야! 가르치는 일! 선생님이 되라고!"

교수님이 고함치듯 말했다.

여전히 법 공부에 마음이 있긴 했지만 한 학기 동안 옥스퍼드 대학에서 교환 학생으로 공부해 보고 싶다는 생각이 들었다.

"이제 너도 4학년이잖아. 어디로든 떠나 봐. 가서 파티도 하고 즐겨!"

내 친구가 말했다.

하지만 이미 보스닉 교수님이 학업에 대한 내 열정에 불을 지펴 놓은 상태였다. 교수님은 새로운 사고에 마음을 열고 학문적으로 도전해 보라고 하셨다. 나는 파티에 가고 싶지 않았다. 옥스퍼드 대학에 가서 공부를 하고 싶었다.

8. 옥스퍼드 대학

옥스퍼드 대학은 마치 인류의 에너지와 사고思考가 걸어온 역사를 거슬러 올라가는 타임머신과 같았다. 주변 곳곳에서 그런 에너지를 느낄 수 있었다. 가장 대담한 지성인들이 진리와 지혜를 추구한 곳도 바로 이곳이었다. T. S. 엘리엇, 위대한 과학자 라이너스 폴링, 그 밖에도 수십 명의 노벨 문학상 수상자가 이곳에서 공부했다. 수천 가지 매혹적인 고대 유물의 본고장이기도 했다. 그중엔 해시계, 초기의 망원경, 1400년대의 고딕 아스트롤라베*, 1318년 제작된 천구의天球儀, 메리 셸리의 『프랑켄슈타인』 원고 초안, 1215년 마그나 카르타 대헌장** 원본 네 점이 있다. 게다가 브로드 스트리트에는 감탄을 자아내는 웅장한 보들리 도서관이 있었다. 그곳은 현존하는 가장 오래된 도서관 중 하나였다. 수 세기

---

* 별의 위치와 경위도 등을 관측하기 위한 천문기구로, 중세 유럽에서 많이 사용했다.
** 1215년 영국의 귀족들이 존 왕에게 강요하여 왕권의 제한과 제후의 권리를 확인한 문서로, 전제 군주의 압제에 대한 항거의 상징이자 오늘날 헌법의 토대로 평가된다.

동안 '보드'라고 불려 온 그 도서관은 그야말로 굉장했다. 처음 그곳에 갔을 때는 출입구도 그냥 지나치기 힘들었다. 돌로 된 육중한 아치형 출입구에 옥스퍼드 개별 대학의 문장紋章들이 새겨져 있었다. 안으로 들어서자 책들의 퀴퀴한 냄새와 높이 솟은 천장, 반짝거리는 마호가니 책상, 오래된 가죽 장정의 책들이 빽빽이 들어찬 나무 선반이 끝없이 이어져 현기증이 날 정도였다.

그리고 책들! 총 1,100만 권에 달하는 책들에 각 저자의 힘과 에너지가 새겨져 있었다. 작가 에즈라 파운드는 이렇게 말했다.

"책을 읽는 사람은 분명 활기 넘치는 사람일 것이다. 책은 손안에 든 빛 덩어리와 같다."

그것은 내가 보드 도서관에 처음 걸어 들어가며 느낀 감동과 완벽하게 일치하는 표현이다. 현란하게 소용돌이치는 수백만 개의 빛 덩어리가 내 주위에서 춤을 추며 영혼을 채우는 느낌이었다. 이 도서관에 온 게 이번이 처음이 아닌 것 같았다. 내가 속한 곳으로 돌아온 기분이었다.

~~~~~

나는 빠르게 일상에 잘 적응해 갔다. 비커리지 로드에 있는 하얀색 작은 아파트에서 지내게 되었다. 내 방에서는 작은 정원이 보였는데, 그 덕에 요정이 나올 듯한 신비로운 분위기가 풍겼다.

매일 아침 녹슨 파란색 자전거를 빌려 타고 보드 도서관으로 갔다. 그리고 셰익스피어와 제인 오스틴에 관해 오랜 시간 동안 읽고 쓰고 연구했다. 밤에는 근처 술집에서 친구들을 만나 심야의 칵테일을 즐겼다.

교과 과정은 엄격했으며, 학생들은 연구 일정을 스스로 짜야 했다. 나는 두 교수님을 1주일에 한 번씩 만났다. 그 짧은 면담 시간 동안 내 연구가 얼마나 진전되었는지 이야기했다. 나머지 시간은 내가 알아서 해야 했고, 한 주가 끝날 때마다 과제물을 하나씩 제출해야 했다. 봐주기나 부드러운 격려 같은 건 없었다. 살아남든 망하든 혼자 힘으로 알아서 해야 하는 외줄타기 같았다. 나는 그런 점이 좋았다. 옥스퍼드에서의 대학 생활은 나를 정당화하는 시간이기도 했다. 내가 어떤 이상한 능력을 가지고 있든 학문적으로도 큰 성취를 이뤄낼 잠재력이 있음을 확인했다. 나는 그 어느 때보다 열심히 공부하며 전과는 달리 도전적으로 임했다. 거의 모든 시간을 공부하고 책을 읽으며 보냈다. 그리고 살아남았다. 아니, 사실 나는 날고 있었다. 셰익스피어 연구에서 A+를, 제인 오스틴 연구에서 A를 받았다. 빙엄턴으로 돌아간 후에는 마지막 학기를 4.0으로 마무리했다.

옥스퍼드에서의 대학 생활은 내 인생에서 가장 행복한 시절 중 하나로 꼽힌다. 정신적으로 깊은 충만함을 느꼈던 때이기도 했다. 또한 사고가 확장되는 것을 느끼며 마음이 설렜다. 여행을 하며 생각과 마음이 열리고 에너지로 충만해지기도 했다. 내가 누구인가 하는 정체성도 근본적으로 바뀌었다.

~~~~

옥스퍼드에서 보낸 시간이 매우 멋지긴 했지만 변호사가 되려는 결심은 흔들리지는 않았다. 이미 로스쿨 입학 허가를 받아 놓은 상태였다. 나는 성공을 위한 길 위에 서 있었다. 그렇지만 마음 한구석에서는 완전한 확신이 서지 않는다는 점을 인정해야 했다.

"당신은 아주 어렸을 때부터 이 세상에서 뭔가 할 일이 있다는 것을 알고 있었습니다. 소명이 있다는 걸 알고 있었던 거죠. 당신은 다른 사람을 돕게 되어 있습니다."

리터니 번스가 했던 말이다. 나는 변호사가 될 건데 이런 표현이 어울릴까? 어떤 의미에서는 그럴 수 있을 것 같기도 했다. 하지만 과연 그게 내 진정한 목표일까? 최선의 길일까? 나의 특별한 재능을 세상과 나누는 일과 그 길이 맞을까?

대학을 졸업하기 직전 '파이 시그마 시그마'* 여학생 클럽 회원 중 한 명인 앤이 나에게 영적 상담을 부탁했다. 우리가 특별히 친하지는 않았지만 그녀는 내 영적 능력에 대해 들었다며 정중하지만 급하게 만남을 요청했다. 앤은 심심풀이 상담이 아니라 진짜 도움을 원했다. 내게는 처음 있는 일이었다. 지금까지 나는 사람들 앞에서 내 영적 능력을 밝고 경쾌한 것으로 보이려고 애써 왔다. 하지만 앤은 진지한 답을 필요로 했다.

앤과 나는 우리 집 부엌 식탁에 앉았다. 앤이 바로 본론으로 들어갔다.

"궁금한 게 있어. 내가 지금의 남자 친구와 미래를 함께하게 될지 알

• Phi Sigma Sigma, 모든 신앙과 배경을 가진 여성의 회원 자격을 허용한 최초의 비종파적 여학생 클럽. 인류애의 증진과 세계의 고통 완화를 목표로 1913년 11월 26일 설립되었다.

고 싶어."

앤은 좋은 사람과 몇 년째 사귀고 있었다. 대학생 남자 친구를 둔 다른 여자애들처럼 앤도 자신이 평생의 반려자를 만난 건지, 아니면 대학 생활 자체가 그렇듯 이 관계도 일시적이고 순간적인 것인지 궁금해하고 있었다. 앤의 걱정과 불안이 느껴졌다. 그녀와 마주 앉자 이전에는 경험하지 못했던 어떤 책임감이 들었다.

"나는 그 애를 사랑해, 정말 많이."

앤이 말을 이었다.

"그 애하고 평생 함께할지 알아야겠어. 앞으로 우리가 어떻게 될지 말해 줄 수 있어?"

나는 어떤 정보를 받게 될지 예상할 수 없었다. 그래서 이미지가 떠올랐을 때 무척 안도했다. 하얀 웨딩드레스를 입고 있는 앤의 모습이 보였다.

"응. 그래, 너희 둘은 미래를 함께할 거야. 결혼도 하고. 집도 살 거고 아이도 낳게 돼. 한 명 이상. 둘 아니면 셋. 인생을 함께하는 게 너희의 길이야. 그와 함께 너는 행복할 거야."

앤의 얼굴에서 불안이 가셨다. 앤이 상기된 얼굴로 활짝 미소 짓자 그녀의 존재 전체가 환해지는 것 같았다. 평온함이 그녀를 감싸자 앤은 완전히 다른 사람이 되었다. 그것은 내가 이제껏 목격한 가장 아름답고 강력한 변화 가운데 하나였다. 영적 상담을 통해 앤이 매우 깊은 곳으로부터 평화와 기쁨과 확신으로 충만해진 것이다.

하지만 그날 바뀐 것은 앤뿐만이 아니었다. 나 또한 내면으로부터 뭔가 변화가 일어나기 시작한 것 같았다. 이미 말했지만 앤과 나는 그리

가까운 사이는 아니었다. 그러나 영적 상담을 해 주면서, 그리고 그 이후에도 나는 그녀와 놀라울 만큼 가까워진 기분이 들었다.

우리는 무언가 서로 주고받은 게 있었다. 나는 앤의 에너지를 감지했고, 그것을 해석해서 구체적이고 의미 있는 정보로 다시 그녀에게 전달해 주었다. 그 과정에서 우리 사이에 어떤 친밀감이 생겨났다. 평가받았거나 침해당했다는 느낌도, 그런 일이 하찮다는 생각도 들지 않았다. 사랑과 유대감과 소명만이 느껴졌다. 처음으로 심오하고 의미 있는 어떤 것으로부터, 앤이나 나보다 더 큰 무언가로부터 초대받은 기분이 들었다. 나는 인정을 받은 느낌이었고 내 영적 능력에 관한 주인의식 같은 것이 생겼다.

이후 앤은 남자 친구와 결혼했고 아이들도 낳았다. 그리고 여전히 행복한 결혼 생활을 하고 있다고 들었다.

9. 세도나

졸업하는 게 신나야 하는데 이상하게도 김빠지는 기분이었다. 가족들이 졸업식에 왔다. 그건 분명히 멋진 일이었지만, 왠지 내겐 모든 것이 불필요해 보였다. 졸업으로 내 인생의 한 시기가 끝난다기보다는 확장될 것 같은 예감이 들었다.

졸업식에 모인 사람들의 설렘이 불안과 슬픔의 강한 기류와 섞여 집단 에너지를 이루며 나에게 전달되자, 나는 포화 상태가 되어 균형이 깨지고 취약해지는 느낌을 받았다. 수천 명의 사람이 뿜어내는 감정의 소용돌이는 너무나 압도적이었다. 그토록 강력한 감정들이 뒤섞인 다수의 군중 속에 있어 본 적이 없어서, 주변 에너지의 엄청난 변화에 정신을 차릴 수가 없었다. 좋은 느낌이 아니었다.

다른 사람들의 에너지와 감정으로부터 스스로를 보호해야 한다는 생각이 들었다. 이 문제로 오랫동안 애를 쓰고 있었지만 이제 세상으로 나갈 때가 되니 더 다급한 문제가 되었다. 어떻게 하면 다른 사람들의 에너지를 차단해 포화 상태에 이르지 않을 수 있을지, 그 문제만 골똘히 생각했다. 방패가 필요했다. 내 몸 주변에 어떤 힘의 장場을 상상하기 시작했다. 하얀 빛이 내 머리 위로 내려와 몸을 감싸고 내 에너지를 봉인하며 바닥으로 향하는 모습을 그려 보았다. 그러자 신기하게도 보호받는 느낌이 들었다.

~~~~

졸업식 후, 나는 친구 그웬과 함께 오랫동안 계획했던 애리조나 여행을 떠났다. 피닉스에 도착해 빨간 컨버터블 자동차를 빌려 지붕을 내린 채로 세도나까지 갔다. 딴세상 같은 거대한 사암층이 펼쳐졌다. 그 유명한 붉은 바위들이 빛을 받아 짙은 빨강에서 강렬한 호박색으로 빛나고 있었다. 나는 그 광경, 그 냄새, 그 에너지에 매료되었다. 세도나는 내 영혼을 날아오르게 했다.

그곳에 도착한 첫날, 우리는 크리스털 제품을 파는 가게에 들렀다. 들어가자마자 계산대 쪽으로 눈길이 갔다. 초능력자 론 엘가스라고 적힌 명함이 놓여 있었다.

그웬과 나는 그곳에 연락해 예약을 잡았다. 리터니와의 상담은 나에게 매우 소중한 경험이었지만, 리터니의 통찰이 나에게만 해당됐던 건지 초능력자를 찾아가는 모든 사람이 비슷한 이야기를 듣는 건지 궁금했다. 그웬과 나는 따로 상담을 한 뒤 그 내용을 비교해 보기로 했다.

머리를 땋은 론의 아내가 작업복 차림으로 현관에서 환한 미소로 맞아 주었다. 집은 바람이 잘 통하는 것 같았고 사랑스러운 빛으로 가득

차 있었다. 론이 방으로 들어오자 그의 에너지가 바로 전달되었다. 따뜻하고 편안한 에너지였다. 론은 흰머리를 하나로 묶고 있었고, 그의 얼굴은 친절하고 여유로워 보였다. 론이 의자에 앉았고, 나는 그 맞은편 소파에 앉았다.

상담이 시작되었고, 론이 나를 쳐다보았다. 그가 처음 한 말은 "에너지가 밝군요"였다. 그리고 한참 동안 말이 없었다.

그러다 마침내 그가 입을 열었다.

"당신은 특별한 에너지를 지니고 있습니다. 신의 불이라 불리는 에너지죠. 그것은 더 높은 자신을 향해 나아가야 하는 책임 같은 것이라 할 수 있습니다. 살면서 무슨 직업을 갖든 영적인 일과 관련되겠군요. 궁극적인 길을 향해 가는 중에 배워야 할 교훈들을 모두 습득하게 될 겁니다."

론이 계속 말을 이어 갔다.

"내가 볼 때 당신 주변의 빛과 에너지는 평범한 것이 아닙니다. 당신의 주변에서 빛줄기가 사방을 향해 뿜어져 나오고 있어요. 그것은 신과 연결된 것이고, 그 연결은 당신 안에 있습니다. 당신이 이미 선택한 것입니다. 당신의 운명이지요."

무엇이 내 운명이란 말일까? 도대체 이게 다 무슨 소리지?

나는 생각했다.

"당신은 빛으로 이루어진 존재들의 무리와 연결되어 있어요. 당신은 그들의 메신저예요. 그들은 당신을 통해서 힘을 발휘합니다. 당신 주변 어디에나 거대한 에너지 그물망이 당신과 연결되어 있습니다. 당신이 그것을 어떻게 사용할지는 모르겠지만, 그것이 당신의 운명인 건 맞습니다. 당신은 주변에 많은 변화와 깨달음을 만들어낼 거예요.”

론이 설명했다. 그리고 그는 나에 대해 더 많은 이야기를 들려주었다. 그는 어떤 소리를 집중해서 듣는 것처럼 한동안 말을 멈추더니, 다시 빠르고 단호한 목소리로 말했다. 론은 사람들에 관한 정보가 보이고 들리는 것에 대해 내가 아직도 불편해한다는 사실을 감지하고 도움이 될 만한 조언을 해 주었다.

“애써 들으려고 하지 마세요. 어차피 정보는 들리게 마련입니다. 뭔가 보이거나 들릴 때 두려워하거나 자신 없이 행동하지도 마세요. 그저 할 일을 하다 보면 성과가 따를 겁니다.”

론은 나의 진정한 길이 무엇이든 그것을 바로 찾지는 못할 거라고 했다. 내가 마음을 열었다가도 이내 닫고 물러서기를 반복하며 고심할 거라고 했다. 또한 내가 결혼해서 딸 둘에 아들 하나를 낳을 거라고, 그 모든 일이 진정한 길을 완전히 받아들이기 전에 일어날 거라고 했다.

“그리고 어느 날 사람들 앞에 서게 될 겁니다. 영적인 것들에 대해 가르치고 이야기할 겁니다. 다른 사람들을 위해 힘차게 문을 열 거예요. 지금 내가 하는 일과 비슷한 일을 할 겁니다. 사람들의 에너지를 바꾸는 일이죠. 당신은 사람들의 의식이 더 높은 단계에 도달하는 것을 돕기 위해 여기에 존재하기 때문입니다. 사람들이 그 단계를 보도록 돕고 가르칠 겁니다. 그러나 우선은 다른 일을 할 거예요. 가정을 이루고 다른 일을 할 겁니다. 하지만 당신 내부에서 뭔가가 계속 확장될 거예요. 그렇게 고리들이 점차 연결되면서 당신의 운명으로 들어서게 되는 거지요. 당신은 인류를 가르치는 일을 할 겁니다.”

론이 말했다. 또다시 가르치는 일을 하게 될 거라는 이야기였다. 빠져

나올 수가 없었다.

"당신은 여전히 살피며 찾고 있습니다."

론이 말을 이었다.

"아직 확실하게 이해하지는 못했어요. 원하는 것을 찾지 못했죠. 하지만 그것은 여기에 있어요. 당신 바깥이 아닌 '내부'에 있다는 말입니다. 온 우주가 당신 안에 있어요. 스스로에게 조용히 귀 기울여 보세요. 그리고 그 에너지 안에서 이리저리 부드럽게 움직여 보세요. 당신이 언제 깨달을지 모르지만, 답은 이미 나와 있습니다. 로라, 당신에겐 소명이 있어요."

나중에 차 안에서 나는 그웬에게 상담이 어땠는지 물었다. 그웬의 상담 내용은 나와 전혀 달랐다. 빛이나 운명, 더 높은 영적 존재와의 연결 같은 이야기는 없었다. 그웬이 전해 들은 상담 내용은 마주한 도전들이나 앞으로의 진로 같은 아주 구체적인 것들이었다.

그웬과 나는 세도나의 에너지와 아름다움을 최대한 만끽했다. 주술사와 함께 계곡에서 명상을 하고, 근처에 천연 바위 미끄럼틀이 있는 강에서 수영을 하기도 했다. 이어서 그랜드캐니언으로 이동했다. 차에서 내린 우리는 주위를 둘러보다 약간 당황했다.

"어?"

뜻밖에도 그랜드캐니언의 장관은 세도나라는 도시가 지닌 놀라운 에너지와 매력에는 미치지 못했다. 다음 날 우리는 컨버터블을 타고 다시 세도나로 향했다.

뉴욕으로 돌아오자 로스쿨 가을 학기 등록을 약속하는 보증금을 보내야 하는 때가 되었다. 나는 로스쿨 등록을 위한 안내장을 가만히 손에 쥐고 있었다. 모든 게 잘못됐다는 느낌이 들었다.

뭔가가 바뀌고 있었다. 리터니 번스부터 시작해 알린 아줌마 그리고 론까지. 보스닉 교수님과 옥스퍼드와 세도나도 자극제가 되었다. 나는 새로운 출발점에 서 있다고 생각했지만 그게 아니었다. 나는 교차로에 서 있었다. 마음속 깊은 곳에서는 내가 어떤 길을 선택해야 하는지 알고 있었다.

집에 가니 부엌에 엄마가 있었다.

"엄마, 저 로스쿨에 안 갈래요. 가르치는 일을 하려고요."

내가 말했다.

엄마가 나를 쳐다보며 미소 지었다. 뭔가 안다는 듯한 미소였다. 엄마가 다가와서 안아 주며 이렇게 말했다.

"그래, 멋진 일이구나!"

~~~~~

스물두 살에 나는 중등 영어 교육 석사 학위를 취득했다.

교사 자리를 알아보는 동안에는 비영리 교육 단체에서 일했는데, 그때 션이라는 남자와 사귀었다. 우리는 서로 사랑했다. 그는 아름답고 예술적이며 열정적인 에너지를 지닌 음악가였다. 그가 노래를 하거나 직접 만든 곡을 연주하면 내 마음은 기쁨으로 가득 찼다. 우리는 롱아일랜드 헌팅턴의 차고를 개조한 집을 얻어 함께 살았다. 넓고 통풍이 잘 되는 곳이었다. 샤워부스가 딸린 작은 화장실이 뒤쪽에 있고, 아늑한 부엌과 가벽으로 분리된 작은 침실도 하나 있었다. 그곳은 나에게 천국이었다.

나에게는 남자 친구와 석사 학위, 아담한 집 그리고 퀸시라는 작은 테리어 품종 개까지 있었다. 이것이야말로 내가 바라던 모든 것이었다. 드디어 내 인생이 제자리를 찾아가고 있었다. 전보다 내 영적 능력에 좀 더 익숙해졌고 불안감도 줄어들었다.

나는 「페니세이버」라는 지역 신문에 이렇게 광고를 냈다.

영적 상담을 원하는 분은
로라에게 연락 주세요.

10. 혼돈

처음 광고를 보고 연락한 사람은 나이가 좀 있는 여성이었다. 그녀는 내가 자란 곳과 그리 멀지 않은 로이드 넥이라는 곳에 살고 있었으며, 이름은 들로리스였다. 만날 날짜와 시간을 정하고 그녀에게 내 주소를 알려 주었다. 상담하는 날이 되자 너무 긴장돼서 숨 고르기도 힘들었다. 그때까지 친구나 지인이 아닌 사람과 정식으로 영적 상담을 해 본 적이 한 번도 없었다. 계획이나 준비된 절차도 없었고, 영적 상담이 무엇인지조차 제대로 알지 못했다. 혹시 내 영적 능력이 제대로 발휘되지 않으면 어쩌지?

초인종이 울렸다. 이제는 물러설 곳이 없었다. 문을 열자 나 못지않게 긴장한 얼굴로 들로리스가 서 있었다. 그녀는 작은 체구에 구부정한 자세를 하고 있었는데, 한눈에 봐도 내성적으로 보였다. 나는 그녀를 집 안으로 안내하고 함께 부엌 식탁에 앉았다. 조명이 어두워서 촛불을 켰다. 그녀는 애원하는 듯한 슬픈 눈길로 나를 바라보았다. 어떻게 시작해야 좋을지 알 수 없었다.

다행히 들로리스는 자기가 어쩌다 이곳에 오게 됐는지 먼저 이야기했다.

"저는 예순 살이고 아이를 한 명 입양하고 싶어요."

그녀가 말을 이었다.

"그것이 옳은 일이라고 생각하지만, 그래도 확신을 갖고 싶어요."

누구든 들로리스와 마주 앉으면 그녀가 외롭고 어쩐지 실의에 빠져 있다는 걸 알아챘을 것이다. 그러나 나는 그녀에 관한 다른 사실, 즉 그녀의 남편이 죽었다는 것 또한 알 수 있었다. 내가 그걸 알 수 있었던 건 그녀의 남편이, 더 정확히 말해 그녀의 남편으로 짐작되는 밝은 점 하나가 내 눈 바로 위쪽에 보였기 때문이다. 나는 그가 어딘가 다른 장소에 있다는 걸 알 수 있었다. 그는 들로리스와 함께 있지 않았다.

그것을 알게 되자 들로리스에 관한 더 많은 정보가 흘러나왔다. 남편을 잃고 상실감에 빠진 그녀는 필사적으로 지지나 목적, 위로가 될 만한 것들을 찾으려 한다는 걸 알 수 있었다. 들로리스는 균형을 잃고 혼란스러운 상태였다. 어디로 가야 할지, 무엇을 해야 할지도 알지 못했다.

가장 분명하게 알 수 있었던 건 그녀의 고통이었다. 영혼 깊은 곳에 새겨진 지독한 아픔. 그런 종류의 고통은 우리를 무력하고 혼란스럽게 만들기 때문에 해결이 필요했다. 살아오면서 다른 사람들의 아픔과 슬픔을 자주 느꼈던 것처럼 나는 들로리스의 고통도 감지할 수 있었다. 다만 이번에는 더 강하고 분명했으며 내가 그 감정을 스스로 불러들이고 있었다.

들로리스의 감정을 느낀 것은 물론이고, 그녀가 무엇을 하려는지도 알 수 있었다. 들로리스는 고통에서 벗어나기 위해 새로운 누군가를 자신의 인생으로 끌어들이려 하고 있었다. 그래서 아이를 입양해, 남편의 죽음이 남긴 끔찍한 공허함을 메우고 싶어 했다. 어린 영혼을 양육하고 가르치기 위해서가 아니었다.

그보다도 들로리스의 나이와 형편에 아이를 입양하는 건 심각한 잘못이라고 느껴졌다. 그것은 분명 나의 생각이 아니라 누군가 나에게 그렇게 말했다. 입양은 들로리스의 길이 아니라고.

어떻게 말해야 할지 생각할 새도 없이 나는 이미 내뱉고 있었다. 말이 저절로 쏟아져 나왔다. 생각을 가다듬거나 정리한 기억도 없다. 그것은 의식의 흐름에 가까웠다. 마치 다른 누군가의 말을 대신 전달하고 있는 기분이었다.

"당신의 인생을 다른 사람의 인생과 얽히게 하는 실수를 하지 마세요. 그런다고 그 빈자리가 채워지지는 않아요. 외로움을 외면하지 말고 이 세상과 다시 연결되는 다른 방법을 찾으셔야 해요. 독서 모임을 나가거나 새로운 사람을 만나세요. 아니면 당신의 사랑과 보호, 위로가 필요한 반려 동물을 기르는 것도 좋고요. 동물을 기르는 것은 괜찮습니다."

내가 말했다.

들로리스는 집중해서 들었다. 나중에 생각해 보니 전문적인 초능력자로서 내가 처음 한 일은 나이 든 여성에게 반려 동물을 키우라고 권한 것이었다.

상담은 1시간가량 계속됐다. 들로리스가 떠난 후, 내가 만약 그녀에게 어떤 영향을 주었다면 그게 무엇일지 생각해 보았다. 내가 보기에 들로리스는 안도한 듯했다. 그녀 안에 있던 무언가가 제거된 것처럼 긴장이 한결 누그러지고 덜 심각해 보였다. 어쩌면 그녀도 입양이 불가능하진 않더라도 그리 좋은 생각은 아니라는 걸 이미 알고 있었는지도 모른다. 다만 다른 사람의 입을 통해 그 말을 들어야 했을 수도 있다. 실질적으로 내가 들로리스에게 도움이 되었는지는 확실히 알 수 없었다. 하지만 적어도 내가 해 준 말은 진실이고 의미가 있었다고 생각한다. 이후 들로리스와 다시 이야기해 보지 않았기 때문에 내 상담이 성공이었는지 실패였는지는 알 수 없다.

그래도 이 일을 계속해도 괜찮다는 느낌을 받았다.

~~~~~

광고를 보고 연락하는 사람들이 이어졌다. 예상보다 훨씬 더 많은 수십 명이 연락을 해 왔다. 버지니아 주에 사는 어떤 여성으로부터는 유선 상담이 가능한지 묻는 전화까지 받았다.

"저도 모르겠어요. 그렇게 해 본 적이 없어서요."

내가 대답했다.

"그럼 어떻게 될지 모르지만 한번 시도해 주실 수 있을까요?"

그렇게 나는 첫 전화 상담을 하게 되었다. 다시 말하지만 나에게는 준비된 절차나 체계, 구상 같은 것은 전혀 없었고 그냥 시도해 보았다. 그런데 놀랍고 다행스럽게도 전화 상담이 가능했다. 바로 옆에 있을 때와 같은 양의 정보를 알 수 있었다.

몇 주 뒤에는 폴이라는 남자의 전화를 받았다. 영적 상담을 무척 받고 싶어 했던 그는 바로 상담 예약을 잡았다. 그가 우리 집으로 와서 부엌 식탁에 앉았다. 그는 20대 후반으로, 그날 약간 초조한 것 같았지만 전반적으로는 쾌활하고 대담해 보였다. 곧바로 소소하고 다양한 정보들이 들어왔다. 많은 부분이 그의 여자 친구인 에이미와 관련된 정보였다. 폴은 에이미를 많이 사랑하고 있었다. 당연히 내가 받는 정보들은 에이미와 그들의 관계에 집중되어 있었다.

그런데 바로 그때, 어떤 일이 일어났다. 상담 중 처음으로 뒤에서 어떤 존재가 느껴졌다. 그전까지는 언제나 오른쪽 앞에서 느껴지던 것이었다. 사실 정보를 어디서 보는지 정확히 따져 보진 않았지만, 그래도 뒤쪽이라고 느낀 적은 한 번도 없었다. 어떤 생각이 떠오를 때는 그것이 오른쪽이나 왼쪽에서 생기는 것이 아니라 그냥 그 자리에 있는 느낌이었다.

그때 내 가시 범위가 생각보다 넓다는 것을 깨달았다. 정보가 오는 방향이 하나 이상이었고, 완전히 색다른 새로운 문이 열려 있었다. 내 오른편과 약간 뒤편에서 나타나 앞으로 움직이는 존재는 명확하고 생생하고 강하고 단호했다. 이름이 들렸다. 누구의 이름이지? 무슨 일이 일어나고 있는 거지? 알 수가 없었다. 나는 내가 보고 듣는 그 존재가 직접 나서도록 그냥 놓아두었다.

"에이미와 관련된 크리스라는 사람이 와 있어요. 그가 에이미에 대한 자세한 정보를 들려주고 있고요."

내가 폴에게 말했다.

크리스가 주는 정보가 너무나 구체적이어서 나는 깜짝 놀랐다. 에이미의 신발 사이즈, 그녀가 좋아하는 가방과 모자, 그 밖의 사적인 내용들이었다. 내가 그런 세세한 사항을 계속 늘어놓는 동안 폴은 조용히 듣기만 했다. 하지만 말을 하면 할수록 나는 점점 더 혼란스러웠다. 폴의 상담인데 왜 자꾸 에이미에 관한 내용으로 흘러가는 걸까? 폴 때문에 마음이 불편해지기 시작했고, 잠시 후 나는 억지로 말을 멈추었다.

"정말 미안해요, 폴. 이런 이야기를 들으러 온 게 아닐 텐데. 왜 당신 상담이 전부 에이미와 크리스 이야기가 되는지 모르겠네요."

내가 말했다.

"괜찮습니다. 당신이 방금 한 말은 모두 100퍼센트 정확해요. 다 맞는 말입니다."

폴이 차분하게 대답했다. 화가 났거나 불쾌해 보이지는 않았다.

폴의 말을 들으니 좀 안심이 되었다. 그러나 이게 도대체 무슨 상황인지 여전히 이해는 되지 않았다. 폴이 숨을 크게 한 번 들이쉬더니 나에게 설명해 주었다.

"크리스는 죽었습니다. 에이미와 데이트하던 중 자동차 사고로 죽었어요. 사고가 났을 때 에이미도 그 차 안에 함께 있었고요."

폴이 나직한 목소리로 말했다.

몸에 한기가 느껴졌다. 도대체 이게 무슨 말일까? 그러니까 크리스가 저세상에서 왔다고? 지금 내가 내 집에서 죽은 사람의 말을 또렷하게 듣고 있단 말인가?

그 순간 나는 어떤 공포를 느꼈다. 나는 초능력자로서 사람들의 영혼과 인생길을 감지하는 내 영적 능력을 이해해 가고 있었다. 그래도 내가 세상을 떠난 이들과 소통하는 영매일 거라고는 생각해 본 적이 없었다. 그런데 세상을 떠난 사람에게서 분명하고 구체적인 정보를 듣고 있었던 것이다. 내 쪽에서 그런 정보를 찾거나 얻으려고 애쓴 게 아니었다. 틀어 놓은 수도꼭지에서 물이 나오듯 정보가 그냥 흘러나왔다. 나는 두려웠다.

이건 계약 위반이야. 너무 이상해. 책임이 너무 막중해. 나는 아직 준비가 안 됐어.

나는 생각했다. 그때 나는 겨우 스물세 살이었고, 그런 종류의 책임을 감당할 준비가 전혀 되어 있지 않았다. 죽은 사람과 소통한다니, 도대체 무슨 일인지 이해도 안 되고 섬뜩하기만 했다. 거기서 어떤 아름다움이나 우아함도 찾을 수 없었다. 그저 이상하고 뭔가 잘못된 것만 같았다. 영적 능력에 대한 그간의 부정적인 감정이 불현듯 되살아났다.

폴의 용인 하에 나는 상담을 이어 갔다. 크리스는 끈질기게 에이미에게 초점을 맞추려 했다. 내가 받은 정보는 폴과 에이미가 삶을 함께한다는 내용이었다. 그들은 인생에서 함께 성장하게 되어 있었다. 둘은 결국 결혼하고 두 명의 아이를 갖게 될 거라고 했다.

상담이 끝났을 때, 나는 폴에게 작별 인사를 하며 행운을 빌어 주었다. 내 말을 들은 그는 행복해 보였다. 여자 친구의 죽은 애인이 그들을 지켜보고 있다는 사실에도 전혀 겁을 먹지 않은 것 같았다.

하지만 나는 혼란스러웠다. 내가 죽은 이들과 소통할 수 있다니, 그럼 앞으로 내 인생은 어떻게 되는 걸까? 그때까지만 해도 내가 저세상으로부터 받는 정보를 그저 전달하는 것뿐만 아니라 '해석'까지 해야 한다는 사실을 충분히 이해하지 못하고 있었다.

지금 돌이켜 생각해 보니 그때 크리스가 무엇을 하려고 했는지 알 것 같다. 그는 폴을 축복하려 했던 것이다. 에이미와 자신의 관계를 폴에게 확인시킴으로써, 에이미와 폴 두 사람이 서로 사랑하고 행복하길 바란다는 의사를 분명히 밝힌 것이다. 그는 문을 박차고 들어와 폴의 상담을 가로챔으로써 폴에게 질투심을 일으키고 관계를 복잡하게 만들려고 한 것이 아니었다. 저세상은 부정적인 일을 하지 않는다. 나도 나중에야 알게 된 것인데, 저세상으로부터 오는 모든 것은 사랑에 기반을 두고 있다.

하지만 그때는 그런 것을 전혀 알지 못했다. 폴과 상담을 하면서 그저 겁이 났을 뿐이다. 그날 밤 나는 그 일을 선에게 이야기했다.

"무슨 일이 일어난 건지 모르겠어. 마음이 편치 않아. 이제 이 일을 계속하고 싶은 건지도 잘 모르겠어."

내가 말했다.

그래도 사람들에게 계속 전화가 왔다. 광고를 더 하지 않았는데도 친구들에게 내 이야기를 들었다며 상담을 받고 싶다고 했다. 어느 날 저녁에는 현관에서 노크 소리가 났다. 문을 열어 보았지만 아무도 없었고, 쪽지 한 장이 문에 붙어 있었다.

쪽지에는 이렇게 쓰여 있었다.

"당신과 이야기하고 싶어요. 저는 상담이 필요해요. 전화 주세요."

나는 문을 닫고 쪽지를 구겨 버렸다. 무언가를 침해받고 취약해진 기분이 들었다. 나는 아직 그 정도를 감당할 준비가 되어 있지 않았다.

~~~~~

1996년 7월 17일 저녁, 나는 집에 혼자 있었다. 선은 일하는 중이었고 곧 돌아올 예정이었다. 나는 편하게 책을 읽고 있었다. 특별할 것 없는 저녁이었다. 그러나 8시가 좀 지났을 때 나도 모르게 몸에 경련이 일어나면서 긴장이 되었다.

나는 자세를 고쳐 앉고 갑작스럽게 닥친 두려움에 맞서 마음을 다잡았다. 그것은 슬픈 사람들이 옆에 있을 때 종종 밀려오던 슬픔의 파도 같은 것이 아니었다. 세상에 종말이라도 다가오는 것처럼 심각하고 절박했으며, 두려움과 혼돈, 파괴적인 감정이었다. 그게 도대체 무엇이고 왜 그런 건지는 알 수 없었지만, 뭔가 끔찍한 일이 벌어지고 있다는 것은 알 수 있었다. 세상에 뭔가 혼돈이 생겼음을 알 수 있었다. 무섭고 끔찍하고 모든 것을 무력화하는 무질서였다. 갑자기 숨도 제대로 쉬기 힘들어졌다. 나는 공포에 떨며 선에게 전화를 걸었다.

숨을 헐떡이며 그에게 물었다.

"아무 일 없어?"

"응, 별일 없어."

그가 대답했다.

하지만 나는 전혀 괜찮지 않았다. 눈물을 참느라 말도 제대로 나오지 않았다. 자꾸 높고 갈라진 목소리가 새어 나왔다.

"집으로 좀 와줘. 올 때 운전 조심하고. 와서 나랑 같이 있어 줘. 뭔가 잘못됐어."

나는 선에게 애원했다.

선을 기다리며 TV를 켜니 뉴스 속보가 나왔다. 비행기 사고 소식이었다. 검은 하늘을 배경으로 불타는 기다란 선들이 보였다. 나는 자리에 앉은 채 머리를 맑게 하고 집중했다. 그러나 사실 알아야 할 것은 이미 알고 있었다.

비극적인 사건이 일어났고, 나는 그 참사에 대해 알고 있었다.

선이 집 진입로에 들어설 무렵, 나는 흐느껴 우느라 몰골이 엉망이었다.

"도대체 내가 뭐가 문제인 거지? 나는 왜 이런 걸 느껴야 하는 걸까? 왜 이런 것들을 미리 알고, 그러면서도 아무것도 바꿀 수 없는 걸까? 나에게 왜 이런 능력이 있는 거지?"

선에게 물었다. 낯익은 감정이 밀려왔다. 저주받은 느낌이었다.

그로부터 며칠 동안 구체적이고 끔찍한 정황들이 속속 밝혀졌다. 뉴욕 JFK 공항에서 로마로 가던 보잉 747-100 기종의 TWA 항공 800편 여객기가 밤하늘에서 폭발해 롱아일랜드의 이스트 모리치스와 가까운 대서양으로 추락했다. 내가 살던 곳에서 64킬로미터 정도 떨어진 곳이었다. 비행기에 타고 있던 230명 전원이 사망했다.

추락에 대한 공포 그리고 내가 그 사고 소식을 듣기 전에 혼돈을 미리 느꼈다는 공포는 치명적이었다. 그 사건 하나로 그때까지 내가 내 재능에 대해 이루어 온 진전이 모두 물거품이 되어 버렸다. 나는 또다시 그런 '인지'를 원치 않게 되었다. 죽은 사람들이 전해 달라는 말들을 들을 수 있다는 사실이 섬뜩했다. 나에겐 너무 막중한 책임이었다. 그래서 상담을 그만두었다. 전화 상담도 중단했다. 현관문을 두드리는 사람들에게도 응답하지 않았다. 내가 초능력자라는 생각도 하지 않기로 했다. 다시는 영적 활동을 하지 않기로 마음먹었다.

전화도 노크 소리도 영적 상담도 모두 사라졌다. 나는 평범한 사람으로 살기 위해 노력했다. 우주는 한동안 나를 내버려 두었다. 저세상도 나에게 오는 일을 멈추었다. 신비롭던 환영도 더 이상 보이지 않았다. 나를 이끌던 힘들이 나를 그냥 놔두기로 한 것 같았다. 나는 준비가 되어 있지 않았다.

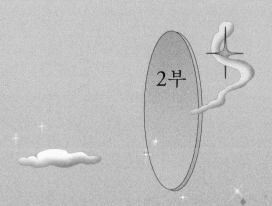

2부

"벽을 없애고 경계를 푸세요. 그래야 우리를 볼 수 있어요.
두려워하거나 혼란스러워하거나 거부하지 마세요.
지금 이 순간 우리가 여기 엄마 아빠 곁에 있다는 걸 알아주세요."
그 생기 넘치고 빛으로 가득한 아이들이 자신들의 행복한 에너지 안에서
헤엄치자며 우리를 초대하고 있었다. 오직 순수한 사랑만 느껴졌다.
고통도 두려움도 죄책감도 아닌 사랑뿐이었다.

_18.「경찰모」중에서

11. 마음의 문 열기

영적 상담을 그만두고 몇 달 후 나는 어느 고등학교에 첫 교사직을 얻었다. 그 고등학교는 내가 자란 동네에서 겨우 30분 거리에 있었지만 분위기는 완전히 딴판이었다. 그곳은 마약과 범죄로 골머리를 앓고 있었다. 보안 요원들이 학교 복도를 순찰했고, 학생들도 대부분 결손 가정에서 자란 아이들이었다. 한 부모만 있는 아이가 많았고, 삼촌이나 이모만 있는 아이들도 있었다. 어떤 아이들은 그마저도 없었다.

수업을 시작한 첫날, 앞으로 얼마나 힘든 길이 될지 금세 알 수 있었다. 학생들은 산만하고 반항적이었다. 어느 졸업반 영어 수업에서는 한창 수업 중에 이베트라는 여자아이가 자리에서 일어나 창 쪽으로 걸어가더니 창문을 열고 침을 뱉었다. 그리고 여유롭게 자리로 돌아와 앉았다. 아이들이 전부 고개를 돌려 나를 쳐다보며 내 반응을 기다렸다. 나는 그냥 넘어갔다. 이베트가 왜 그런 행동을 했는지 알고 있었기 때문이다. 그 아이는 나에게 도전한 게 아니었다. 내 관심을 끌기 위해 한 행동이었다.

　나는 사람들의 에너지를 읽는 영적 능력 덕분에 학생들에게 무슨 일이 일어나고 있는지 이해할 수 있었다. 그들은 나쁜 아이들이 아니었다. 그저 애정에 굶주려 있었을 뿐이다. 아이들은 사랑과 관심, 보살핌을 간절히 원했다. 길을 잃고 혼란스러운 상태에서 누군가 길잡이가 되어주길 바라면서도 자신을 방어하기 위해 거칠게 행동했다. 사람들 앞에서 자기의 진짜 모습을 감추는 일에 익숙했다.

　나는 그들의 분노와 좌절을 느낄 수 있었고, 아이들의 에너지가 막혀 있는 것도 알 수 있었다. 무엇보다 고통이 먹구름처럼 아이들을 덮고 있는 것이 보였다. 그들에게는 착한 학생이 되기 위해 있어야 할 것들이 없었다. 사랑이 필요했다.

　이베트가 창밖으로 침을 뱉는데도 내가 아무런 반응도 보이지 않은 순간은 교사로서 나의 정체성이 정의되는 순간이었을 것이다. 그렇게 함으로써 학생들에게 만만하게 보일 수 있다는 건 알고 있었다. 하지만 나는 내 직감을 따라야 했고, 그것은 아이들에게 화를 내는 게 아니라 그들의 고통 속으로 뛰어드는 것이었다.

　수업이 끝난 후 나는 이베트에게 다가가서 물었다.

　"괜찮은 거니? 혹시 몸이 안 좋아?"

　이베트는 조금 놀란 표정이었다.

　"아뇨, 괜찮아요."

　이베트는 조용히 대답한 뒤 발을 끌면서 걸어 나갔다.

　그 일이 있고 이베트는 매일 조금씩 나에게 마음을 열기 시작했다. 우리는 이베트의 인생에 관해 이야기를 나누기도 하고, 내가 공부를 도와주기도 했다. 우리 사이는 점점 더 돈독해졌다. 내 앞에서 이베트는 다른 모습인 척하지 않아도 되었고, 내 관심을 끌기 위해 애쓸 필요도 없었다. 이미 나의 관심을 충분히 받고 있었기 때문이다.

이베트와의 이런 교류 덕분에 교육에 대한 내 나름의 철학이 생겼다. 나는 책과 가르치는 일을 사랑했고 아이들 또한 사랑했다. 나에게 교육은 그저 아이들에게 시험 준비를 시키는 것이 아니라, 아이들과 연결되어 그들이 자신의 빛을 보며 최대한 잠재력을 발휘할 수 있도록 도와주는 것이었다. 아이들로 하여금 자신이 중요한 존재라는 사실을 깨닫게 하는 일이었다.

수업을 할 때도 그들의 통찰력과 에너지가 중요하다는 사실을 학생들 스스로가 알기를 원했다. 만일 학생 중 한 명이 내 수업을 빼먹으면, 나는 아이들에게 교실을 지키게 하고는 그 아이를 찾아 학생 식당으로 가서 말했다.

"얘, 가자! 같이 수업해야지. 정말 재미있을 거야!"

처음에 아이들은 나를 미친 사람 보듯 쳐다보았다. 그래도 곧 나를 따라 교실로 왔다. 아이들은 화내거나 귀찮아하지 않았다. 행복해했다! 누군가 자기들을 돌봐 준다는 사실에 행복해했다.

그 학기가 끝나 갈 즈음 이베트가 오더니 직접 만든 카드를 나에게 주었다. 카드에는 하트 스티커들이 붙어 있었고 이런 글이 적혀 있었다.

"정말 감사합니다. 선생님이 그리울 거예요. 선생님을 언제나 기억할게요."

이베트의 카드 덕분에, 나는 변호사의 길을 포기한 내 결정에 대해 혹시나 남아 있었을지 모를 미련을 말끔히 씻어 버릴 수 있었다.

나는 선생이었다. 가르치는 일이 내 길이었다.

~~~~~

그때쯤 션과 같이 산 지 거의 1년이 되었다. 우리는 서로 사랑했다. 션이 청혼했고, 나는 받아들였다. 하지만 그 관계가 어쩐지 불안하게 느껴졌다. 션과 약혼한 날 밤, 나는 선명한 3D 꿈을 꾸었다. 꿈속에서 내 손가락에 끼워진 다이아몬드 반지는 설탕으로 만들어진 것이었고, 내가 손을 씻자 물줄기에 모두 녹아 버렸다. 잠에서 깬 나는 그 꿈의 의미를 알았지만, 그걸 받아들일 준비가 되어 있지 않았다.

우리의 하루 일과는 완전히 달랐다. 나는 오전 5시에 일어나 출근할 준비를 했고, 션은 새벽 4시까지 밖에서 밴드 연습을 하는 날이 많았다. 얼굴을 마주하는 일이 점점 줄어들었고 그만큼 더 많이 싸웠다. 얼마 후 내 머릿속에 어떤 장면이 떠올랐다. 배를 타고 물가에서 떠내려가는 내 모습이 보였다. 션에게서 멀어진다는 의미였다. 나는 노를 저어 그에게 돌아갈 수도 있었고, 아니면 그냥 떠나 버릴 수도 있었다.

나는 그냥 떠나는 길을 선택했다.

차고를 개조한 집에서 나와 다시 부모님 집으로 들어갔다. 이별은 고통스러웠다. 나는 슬픔에 잠겼고, 내 자신 속으로 침잠해 들어갔다. 학생들을 가르치지 않을 때는 책을 읽고 시를 쓰거나 동네 서점에서 시간을 보냈다.

어느 날 밤, 질이라는 친구가 내게 전화를 걸어 왔다.

"로라, 이제 다시 세상 사람들과 어울려야지."

그러면서 자기와 자기 남자 친구 크리스 그리고 크리스의 친구와 함께 놀러 가자고 제안했다.

"생각 없어."

내가 대답했다.

"로라, 가야 해. 그냥 같이 가자, 재미있을 거야."

질이 말했다.

"아니야, 정말 가기 싫어서 그래. 마음은 고맙지만 지금 누구를 소개 받고 싶지는 않아."

"소개하는 거 아니야. 그냥 친구들과 같이 즐겁게 시간을 보내자는 거지."

질은 끈질겼다.

"그게 나한테는 소개팅처럼 들려."

"알았어, 그럼 이건 어때? 크리스한테 친구를 두 명 데리고 오라고 할게. 그러면 너와 남자애 둘만 있는 건 아니잖아."

나는 생각해 보았다. 소개팅만 아니라면 나쁠 거 있겠어? 최악이라고 해야 형편없는 시간을 보내는 정도겠지.

"알았어. 대신 크리스가 꼭 친구 두 명을 데려오는 거다."

며칠 후, 나는 질과 크리스와 함께 맨해튼으로 가는 기차를 탔다. 기분이 울적했고 같이 가기로 한 것이 후회되었다.

우리는 롱아일랜드 철도의 한 승강장에서 크리스의 친구들을 만났다. 한 명은 키가 작고 외향적인 리치라는 친구였는데, 그날 저녁 내내 내 옆에 있으려 했다. 다른 친구는 키가 크고 말수가 별로 없었다. 크리스가 우리를 소개시켜 줬다. 그런데 그 사람과 악수할 때, 내 안에 뭔가 변화가 일어났다.

마치 찬물에서 뜨거운 물로 확 바뀐 수도꼭지 아래 손을 내밀고 있는 것처럼 날카롭고 갑작스러웠다. 로맨틱하다고 말할 순 없을 것 같다. 사실 어떤 감정도 아니었다. 펜Penn 기차역의 소음을 뚫고 내 내면의 목소리가 들렸다.

마음만 열면 돼.

그 말은 나의 부정적인 생각들을 없애기에 충분했다.

아무것도 안 해도 돼. 그냥 열린 마음으로 있으면 되는 거야.

나는 마음속으로 생각했다.

"안녕. 나는 개럿이라고 해."

그가 말했다.

~~~~~

브루클린에 있는 로스쿨에 갈 예정이라는 것 말고는 나는 개럿에 대해 아는 것이 하나도 없었다. 그날 저녁 대부분의 시간 동안 우리는 이야기를 나눌 기회가 많지 않았다. 리치가 내 곁을 떠나려 하지 않았기 때문이다. 자정이 다 되어 갈 즈음 우리는 다 같이 마지막 술집에 들렀다. 안쪽에 테이블 몇 개만 놓여 있는 아주 작고 어둡고 담배연기가 자욱한 술집이었다. 리치가 화장실에 간 사이 개럿과 내가 나란히 앉게 되었다.

"이제 너에 대해 말해 줄래?"

개럿이 가볍게 말했다.

나는 개럿에게 내 이야기를 했다. 나에 관한 모든 이야기를. 연기가 자욱한 그 작은 술집에서 그에게 모든 것을 털어놓았다. 나의 어린 시절, 두려움, 최근의 이별까지. 에둘러 말하지도, 미화하지도 않고 그냥 전부 말했다. 내 솔직함에 맞춰 개럿도 자기 이야기를 했다. 부모님이 이혼하셨을 때 자신이 얼마나 힘들었는지 털어놓았다. 몇 달 전 마지막 연애가 좋지 않게 끝났다는 얘기도 했다. 우리는 보통 소개팅 비슷한 자리에서 할 거라고는 생각도 못할 이야기들을 서로에게 털어놓았다.

집으로 돌아갈 시간이 되었을 때 개럿이 나에게 전화번호를 물었다.

~~~~~

우리가 정식으로 첫 데이트를 하던 날, 나는 맨해튼의 고급 해산물 식당에서 모든 이야기를 다시 털어놓았다. 거짓이나 가식 같은, 우리를 방해하는 것은 아무것도 없었다. 나는 용기를 내 개럿에게 내 영적 능력에 대해 말했다.

그는 당황한 기색도 없이 관심을 보였고, 심지어 매료된 것 같았다. 서로의 환심을 사려 애쓰는 구애 기간 같은 건 따로 없었다. 만난 지 넉 달도 되지 않아 우리는 결혼 이야기를 하고 있었다.

12. 아기의 탄생

그 일은 따뜻한 여름의 어느 일요일, 뉴욕 존스 비치의 하늘에서 일어났다.

개럿은 풀타임으로 일하면서 밤에 로스쿨까지 다니고 있었다. 그의 일과는 살인적이었다. 일과 수업, 공부를 병행하느라 나와 함께 보낼 시간은 많지 않았다. 우리가 사귄 지 1년쯤 되었을 때, 나는 엄마와 함께 존스 비치에 갔다. 거기서 열린 철인 3종 경기에 참가한 남동생을 응원하기 위해서였다. 나는 늘 롱아일랜드 남쪽 해안을 에워싸는 기다란 섬들 중 하나인 존스 비치가 멋지고 영적인 장소라고 생각했다. 끝없이 펼쳐진 수평선을 바라보면 마치 내가 우주와 연결된 듯한 느낌을 받았다.

그런데 그날은 뭔가가 해를 가리고 있는 것 같았다. 하늘을 올려다보니, 빛에 일렁이는 어두운 장막 같은 것이 하늘을 가로지르고 있었다. 눈이 빛에 좀 적응되자 그것이 검은색이 아니라 빛나는 짙은 호박색이라는 걸 알 수 있었다. 움직이고 펄럭거리는 게 왠지 살아 있는 것처럼 보였는데, 그것은 거의 햇빛까지 막은 채로 해안을 휩쓸고 있었다. 나는 공중에서 일어나는 그 진귀하고 강렬한 광경에 감탄하며 모래사장 위에 꼼짝 않고 서 있었다.

자세히 보니 수천, 아니 수만 마리의 제왕 나비였다.

우리는 곤충의 대이동을 보고 있었던 것이다. 밝은 주황빛 날개에 검은색 고리 무늬가 있는 제왕 나비는 그들의 목숨을 위협할 수도 있는 겨울 추위를 앞두고 캐나다에서 멕시코까지 떼를 지어 과감한 여행을 하고 있었다. 하늘을 가득 메우다시피 한 제왕 나비 중 몇 마리는 과감하게 아래쪽으로 내려와 사람들의 팔과 어깨 위에 앉았다가 다시 날아올라 무리에 합류하기도 했다. 매혹적이었다. 나는 그 나비들에게 벅찬 사랑과 감정을 느꼈다. 예상치 못한 전율 때문만은 아니다. 나에게 나비는 신호였다. 어렸을 때 외할아버지가 포치에 앉아 계실 때마다 찾아온 갈색과 흰색이 섞인 나비 한 마리가 있었다. 우리는 그 나비를 '외할아버지 나비'라고 불렀다. 세월이 흐른 뒤, 나는 저세상에 있는 내 영혼의 인도자 그리고 고인이 된 사랑하는 사람들에게, 내 곁에 있다는 신호를 보내 달라고 요청하기로 했다. 나는 주황색을 가장 좋아했기 때문에 제왕 나비를 골랐다. 제왕 나비들은 내가 큰 시험이나 중요한 결정을 앞두고 있을 때면 어김없이 나타나 저세상의 존재들이 나를 지켜보고 있으며 내가 혼자가 아니라는 사실을 일깨워 주었다.

그리고 지금, 말 그대로 난데없이 그들이 여기 와 있었다! 나는 고개를 돌려 엄마의 팔을 붙잡으며 말했다.

"바로 이거예요. 우주가 나에게 뭔가를 말하고 있어요. 제왕 나비가 그걸 알려 주는 거죠! 뭔가 기적 같은 일이 생길 거예요!"

나는 나비들의 흐릿한 윤곽만 남을 때까지 오랫동안 하늘을 바라보았다. 그들이 내게 알려 주려고 한 것은 무엇일까? 나는 궁금했다. 우주는 나에게 무슨 말을 하려는 걸까?

다음 날 나는 임신한 것을 알게 되었다.

~~~~~

임신했다는 사실을 알게 된 순간 모든 것이 이해됐다. 나는 아직 태어나지도 않은 아이에게 강력하고 압도적이며 무조건적인 사랑을 느꼈다. 흔들리지 않는 깊은 감정이었다. 내 작은 인생보다 훨씬 더 크고 의미 있는 어떤 것에 연결된 기분이 들었다. 거대하고 경이롭고 기적 같은 어떤 것의 일부가 된 것 같았다. 이제 새로운 생명이 세상으로 나오는 통로가 된 것이다. 내 아이는 사랑 속에서 자랄 것이며, 용감하고 씩씩하게 성장해 세상을 변화시킬 것이다! 갑자기 개릿과 내가 가끔 싸우는 것은 문제가 아니라는 생각이 들었다. 아직은 둘 다 더 성장하고 변화하여 나아져야 하기에 싸우고 있지만, 결국은 함께 성장하고 변화하며 나아지게 되어 있었다. 어려운 길일 테지만 우리는 그런 사람, 그런 부모가 되도록 서로 도울 운명이었다. 그것은 나만의 길이 아니었다. 우리의 길이었다.

~~~~~

우리는 롱아일랜드에 있는 루터 교회에서 결혼을 했고 결혼 생활에 수월하게 적응했다. 출산 예정일 3주 전 진통이 왔고, 헌팅턴 병원 분만실에서 우리의 예쁜 딸이 태어났다.

이름은 애슐리였다. 아기는 너무나도 작았고 붉은 빛을 띠었으며 통통했다. 작은 눈은 부은 채로 감겨 있었다. 애슐리를 안았을 때 나는 왠지 이 아이를 처음 만난 것 같지 않았다. 마치 줄곧 나의 한 부분이었고 이미 알고 있었다는 기분이 들었다. 이 아이를 만나 내 영혼의 에너지가 배가되는 것 같았다. 애슐리에 대한 조건 없는 사랑이 나를 변화시키고 있었다. 나는 성장하며 다음 단계로 넘어가고 있었다. 애슐리라는 기적으로 인해 내 인생은 이제 결코 이전과 같을 수 없었다.

~~~~

TWA 항공 800편 추락 사고 이후 나는 영적 상담을 그만두었다. 그리고 거의 3년간 내 영적 재능을 차단하고 살았다. 그러나 여전히 사람들의 에너지는 보였다. 보지 않을 수 없었다. 그래도 저세상으로 통하는 문은 닫혀 있었다.

그런데 임신 사실을 알기 며칠 전부터 낯선 에너지가 느껴지기 시작했다. 가끔은 그 에너지가 너무 커서 운동화 끈을 꼭 묶고 달려야 했다. 마치 축구를 하던 시절로 되돌아간 것 같았다. 그때는 그 에너지를 가라앉히는 방법이라곤 몇 시간씩 쉬지 않고 달리는 것뿐이었다. 그 모든 에너지가 도대체 어디서 오는 건지 알 수 없었다. 그저 에너지가 모두 소진될 때까지 오랫동안 달리는 수밖에 없었다.

임신 사실을 알게 되자 에너지는 훨씬 더 강해졌다. 전에 영적 상담을 할 때처럼 말과 이미지, 소리와 장면 같은 정보들이 불현듯 떠오르기 시작했다. 그런 현상은 임신 기간 내내 계속되었다. 하지만 애슐리가 태어난 후 나는 그것들을 생각하지 않으려 애쓰며 평범한 삶을 살아갔다. 저세상과 다시 연결되는 일에는 관심이 없었다.

그러나 곧 무슨 일이 일어나고 있는지 깨달았다. 애슐리가 태어나면서 그 아이가 있던 세상과 이 세상 사이에 빛의 문이 열린 것이다. 열린 문을 다시 닫을 길은 없었다. 애슐리의 탄생은 나를 크고 강렬한 사랑으로 채웠으며, 내가 아름답고 심오한 방식으로 인류와 연결되어 있다는 느낌을 주었다.

어느 날 아침 출근하기 전에 개럿에게 말했다.

"아무래도 영적 상담을 다시 해야 할 것 같아."

나는 결혼한 지 얼마 되지 않았고 이제 막 아기를 낳은 엄마였다. 게다가 새로 부임한 고등학교에서 종신 재직을 제안받은 상태였다. 개럿은 풀타임으로 일하면서 밤에는 로스쿨에 다녔다. 이런 상황에서 나는 왜 저세상으로 향하는 문을 다시 열어 우리의 바쁜 일상에 그 모든 것을 끌어들이려 하는 걸까? 그러나 나에게는 선택의 여지가 없었다.

"당신의 교사 자리가 위태로워질 수도 있어."

개럿이 말했다.

"그럼 익명으로 하지 뭐."

내가 대꾸했다. 쏟아지는 정보들에서 벗어날 수 없었다. 그 힘을 무시할 수가 없었다.

이번에는 이베이에 광고글을 올렸다. 내 가운데 이름인 '린'만 사용해 투시력이 있다고 소개했다. 영적 상담을 위한 입찰 시작가는 5달러로

정했다. 누가 응하기나 할지 알 수 없었다. 그런데 하루 만에 몇 명이 입찰했다. 낙찰가는 애리조나 주에 사는 중년의 경찰관이 적어 낸 75달러였다. 우리는 상담 약속을 잡았다.

상담을 하기로 한 날, 나는 너무나 익숙한 불안감을 다시 느꼈다. 누구든 무엇이든 나타나기는 할지 확신이 서지 않았다.

나는 약속 시간에 맞춰 경찰관에게 전화를 걸었다. 그러자 곧바로 두 형체가 모습을 드러냈다. 그의 부모님이었다. 그들은 아들을 안심시키고 위로하기 위해 왔다. 자신들은 편안하게 잘 지내며 아들이 자랑스럽다고 했다. 경찰관의 어머니는 사망하기 전 아들이 자신을 위해 한 일들에 대해 이야기했다. 그의 아버지는 심장마비로 세상을 떠나는 바람에 아들과 작별 인사도 제대로 나누지 못했다고 했다. 부모님은 아들에게, 아버지의 임종을 지키지 못한 죄책감을 그만 내려놓으라고 했다. 상담이 끝나 갈 때쯤 경찰관의 목소리가 변해 있었다. 그는 마음이 놓이고 행복한 것 같았다. 이 상담이 그에게 깊은 치유가 됐음을 알 수 있었다. 전화를 끊었을 때 나는 지쳐 있었지만 동시에 약간 들떠 있었다.

애슐리는 그저 문을 열기만 한 게 아니었다. 아주 활짝 열어젖혔다.

~~~~~

내가 하는 일을 개럿이 아주 좋아하지는 않는다는 것을 알고 있었다. 그는 언제나 내 영적 재능을 열린 마음으로 지지해 주었지만 앞으로는 이 활동이 내 인생에서 큰 부분을 차지할 걸 알고 염려했다.

"혹시라도 당신이 어두운 세계와 연결되지는 않을지 어떻게 장담해?

당신이 악마와 소통하는 건 아닌지 어떻게 알 수 있겠어?"

그가 물었다.

당연히 생길 수 있는 의문이지만 내가 할 수 있는 대답은 그냥 안다는 것뿐이었다. 내가 그렇게 말할 수 있는 이유는 그동안 영적 상담을 하며 경험한 모든 것이 사랑에 기초한 선한 것이었기 때문이다. 그렇기는 하지만 그때까지 그리 많은 상담을 한 것은 아니었다. 어쨌든 그때까지는 모든 것이 선하고 옳아 보였다. 그런데 만약 그렇지 않다면? 내가 우리 집으로 끌어들인 건 정확히 무엇일까?

나에게는 제대로 된 답이 없었다.

그러던 어느 날, 나처럼 딸 하나를 둔 또래 여성과 전화 상담을 하게 되었다. 다만 그녀의 딸 헤일리는 세 살 때 세상을 떠났다.

상담을 하면서 나는 참담한 슬픔을 느꼈고, 이 엄마가 슬픔에 갇혀 있다는 걸 알게 되었다. 또한 자신이 딸을 구하지 못했다는 죄책감에 단단히 싸여 있었다. 이런 이유로 그녀는 집 안에만 틀어박힌 채 밖으로는 거의 나가지 않았다. 명절도 무시하고 친구들도 피했으며, 매일매일을 괴로움 속에서 보냈다. 삶도 마음도 영혼도 모두 처참하게 무너져 있었다. 더 이상 어떻게 살아야 할지 갈피를 잡지 못하고 있었다.

상담을 시작하고 얼마 되지 않아 아주 작은 형체가 나타났다. 죽은 딸이라는 걸 알 수 있었다. 아이는 나에게 자기 엄마에 대한 모든 것을 말해 주었다. 딸을 구하지 못했다는 생각에 얼마나 자책하고 비탄에 빠져 있는지 이야기했다. 그러더니 자기 배 위에 손을 올려놓았다. 나는 아이가 무슨 말을 하려는지 이해했다.

"따님이 여기 와 있어요. 자기는 간에 문제가 있어서 죽었다고 하네요. 엄마가 바꿀 수 있는 건 아무것도 없었대요. 아이가 말하길, 자기는 원래 이곳에 오래 머물지 못할 운명이었대요. 이곳에 와서 조건 없는 사랑을 받기로 되어 있긴 했지만 오래 머무를 운명은 아니었다고요. 아이는 당신이 슬픔과 죄책감을 혼동하면 안 된다고 말하고 있어요. 그러니 이제 그만 죄책감에서 벗어나셔야 해요. 당신은 아이를 구하지 못한 실패한 엄마라고 느끼지만, 아이를 구하는 것은 당신의 역할이 아니었어요. 당신의 역할은 아이를 사랑하는 것이었어요."

내가 이렇게 말하자 전화기 너머에서 긴 침묵이 흘렀다. 가끔 흐느끼는 소리만 희미하게 들렸다. 씩씩하고 예쁜 딸이 나타나 엄마를 위로하고, 엄마가 죄책감에서 벗어나도록 단호한 태도로 돕고 있다는 사실은 아이 엄마뿐 아니라 나에게도 믿을 수 없을 정도로 감동적이었다.

며칠 후 나는 그 여성으로부터 소포 하나를 받았다. 동봉된 편지에는 그녀가 나와의 상담을 통해 고통의 그림자를 거둬낼 수 있었고 다시 숨을 쉴 수 있게 되었다고 쓰여 있었다. 딸이 여전히 함께 있다는 걸 알게 되면서 그녀의 삶이 달라졌다. 참으로 오랜만에 집 밖으로 나가 친구들을 만날 수 있었다. 그녀의 딸이 그녀의 삶을 구한 것이다.

소포 안에는 뽁뽁이로 조심스럽게 감싼 물건이 들어 있었다. 도자기로 된 작은 아기 천사 인형이었다. 어린 딸과 너무 닮아서 아이가 아프기 전에 샀다고 했다. 그리고 딸이 죽은 후에는 그 천사 인형이 자신의 가장 소중한 물건이 되었다고 했다. 그녀는 그 인형이 사라져 버린 딸의 아름다운 영혼과 연결될 수 있는 유일한 통로라고 믿었다.

하지만 이제는 내가 그 인형을 보관해 주면 좋겠다고 편지에 쓰여 있었다. 여전히 그 인형을 아끼지만, 예전만큼 필요하지는 않다고 했다. 나는 편지와 인형을 개럿에게 보여 주었다. 그는 편지를 읽더니 잠시 자리를 비웠다. 그러고는 거실에 있던 인형을 들고 와 내 옆에 앉았다.

"당신과의 상담이 이 여자의 인생을 바꿔 놓았어. 이분은 상실감으로 무력해져 있었지. 집에만 틀어박혀 있고 살고 싶은 마음도 없었어. 그런데 당신과 이야기하고 나서 다시 살고 싶어진 거야. 이 편지에 쓰인 모든 것이 순수하고 긍정적이고 아름다워. 모든 게 치유와 관련한 것이고. 당신이 하는 일이 곧 치유인 거야."

개럿이 말했다.

그의 확신에 찬 말 덕분에 내 확신도 강해질 수 있었다. 오랫동안 나는 내 영적 능력 때문에 고심했지만, 이제는 그것을 받아들이게 되었다. 개럿이 없었다면 과연 그 단계까지 나아갈 수 있었을까? 마침내 우리가 함께 그 일을 해낸 것이다.

13. 영적 스크린

션과 지내면서 처음 영적 활동을 시작했을 때, 나는 그 일이 어떤 것인지 제대로 이해하지 못했다. 내가 사람들의 에너지를 파악할 수 있고 그것을 통해 그들의 인생과 목적에 대해 약간의 정보를 얻는다는 것은 알고 있었다. 그러다 내가 저세상 사람들과 연결될 수 있다는 사실 또한 알게 되었다. 나는 이 세상 사람들과 저세상 사람들 사이의 중개자가 될 수 있었다. 영적으로 나타나는 모든 것을 해석하고 통역하는 사람이 되어야 한다는 사실도 알게 되었다. 처음에는 외국어를 배우는 것처럼 힘들었지만 시간이 흐르면서 차츰 나아졌다. 상징이 나타내는 의미까지 이해하기 시작했다. 영혼들과 몸짓 알아맞히기 게임을 하는 것 같았지만 점차 더 잘해 나가게 되었다.

나는 영적 활동을 위한 원칙을 세운 적이 없었지만 다행히 뒤죽박죽 섞이는 일 없이 이런저런 영적 능력을 다양하게 사용하곤 했다. 하지만 애슐리가 태어난 이후 저세상으로부터 오는 정보가 더 분명하고 확실해지면서 저세상과 소통할 좀 더 체계적인 방법을 찾아야 했다. 얼마 후 나는 나만의 방식을 개발했다. 학생들을 가르치거나 학급을 관리하는 일과 마찬가지로, 죽은 이들과 더욱 효과적으로 연결될 수 있는 체계를 생각해낸 것이다.

우선 나는 전화 상담을 할 때 온전히 몰입할 수 있어서 가장 편하다는 사실을 알게 되었다. 그렇다고 대면 상담이나 많은 사람들 앞에서 하는 상담이 효과가 없다는 뜻은 아니다. 내담자와 거리를 두고 전화로 상담할 때 나 자신이 사라지면서 온전히 매개체가 될 수 있다는 의미다. 영적 상담을 할 때, 나는 일단 침실로 가서 문을 닫고 조도照度를 최대한 낮춰 놓는다. 그런 다음 요가 자세로 앉아 양말을 벗는다. 바보같이 들릴지 모르지만, 맨발바닥끼리 마주 대면 어떤 고리가 형성되면서 내 몸 안에 에너지가 계속 흐르는 느낌이 들기 때문이다.

나는 눈을 감고 호흡에 집중한다. 준비가 됐다고 느끼면 무선 헤드셋을 쓰고 내담자에게 전화를 건다. 그리고 다시 눈을 감는다. 상담 내내 눈을 감고 있다가 저세상의 에너지가 물러나고 나 자신의 에너지로 돌아오면 눈을 뜬다.

내담자와 통화하면서 내가 무엇을 할 건지, 그리고 상담 중 내담자는 어떤 역할을 해야 하는지 짧게 말해 준다. 나는 영적 상담을 빛의 삼각형이라고 생각한다는 설명도 한다. 내 에너지를 내담자와 고인의 에너지와 연결하기 때문이다. 그리고 내담자가 궁금해하는 것을 저세상에서 알려 주기를 바라며 상담이 끝나기 전까지 어떤 질문이든 하라고 한다. 영적 상담이 몸짓을 보고 뜻을 알아맞히는 게임과 매우 비슷하다는 설명도 해 준다. 단어, 이름, 날짜, 상징, 이미지 등 온갖 종류의 정보가 등장한다. 내 역할은 그 정보들을 해석해서 전달하는 것이다. 나는 내담자에게 만약 내가 말이 안 되는 이야기를 하면 거기에 맞추려 하지 말고 이해가 안 된다고 말해 달라고 한다.

예를 들어 저세상에서 나에게 아주 큰 사과를 보여 주면서 내담자의 직업이 선생님이라는 걸 알려 줄 수도 있다. 그런데 내가 그것을 잘못 해석해 "사과파이 만드는 걸 좋아하세요?"라고 물을지도 모른다. 그럴 때 내담자가 나에게 이해가 안 된다고 말해 주면, 나는 한발 물러나 그 이미지를 다시 해석하려 한다. 반면 내담자가 예의를 차리느라 틀린 해석에 맞추려고만 하면 내가 메시지를 놓칠 수 있다. 내가 전달하는 메시지의 뜻을 내담자 본인이 이해한다면 내가 이해 못 하는 건 상관없다는 말도 해 둔다. 그런 일은 꽤 자주 일어난다. 고인이 메시지를 전달할 때 내담자는 그것의 정확한 의미를 알아도 나는 그러지 못할 수 있기 때문이다. 상담이 끝날 때나 혹은 나중에 이메일로 내담자가 그 메시지의 뜻을 말해 주기도 한다. 무척 특별한 뜻이거나 자기들끼리만 아는 농담일 때도 있다. 저세상에서 보낸 사적인 메시지들을 전하면서도 정작 나는 그 뜻을 모르는 것은 아직도 신기하다. 상담 중에 영적으로 완전히 연결되면 시각적인 이미지가 보인다. 내가 스크린이라고 부르는 직사각형 틀 하나가 마음속에 떠오른다. 우연치 않게 이 스크린은 교사들이 사용하는 칠판과 매우 비슷하다. 내가 저세상과의 소통을 위해 만들고 체계화한 스크린이다. 그림, 상징, 이미지, 심지어 짧은 동영상까지 이 스크린에 나온다.

나는 훈련을 통해 이 스크린을 반으로 나눌 수 있게 되었다. 왼편에는 영적 활동이 나타난다. 이곳이 내가 상담을 시작하는 지점인데, 내담자의 에너지에 나를 맞추고 연결하는 데 도움이 되기 때문이다. 내담자의 핵심 기운core aura과 그의 영적 인생길의 색상 분포color map를 확인하는 곳이기도 하다. 예를 들어 어떤 사람의 핵심 기운이 주황색이면 그는 예술가이고 그의 인생 또한 예술과 작품 활동으로 가득할 거라는 사실을 알게 된다. 파란색은 교사나 치유자 역할을 하는, 매우 직관적이고 영이 발달한 사람을 의미한다.

가끔은 내담자의 핵심 기운이 두 가지 이상의 색일 때도 있다. 그와 별도로 또 다른, 내담자의 현재 인생과 관련된 좀 더 즉각적인 기운이 보이기도 한다. 이 두 번째 기운은 선線으로 나타난다. 이 선을 통해 내담자가 예전에 어떤 에너지 안에 있었고 현재는 어떤 에너지 안에 있는지를 빠르게 엿볼 수 있다. 내담자의 앞길에 무엇이 놓여 있는지 또한 하나의 도표처럼 보인다. 예를 들어 내가 스크린 왼쪽에서 노란색을 보고, 중간 부분에서는 초록색, 오른쪽에서는 주황색을 본다고 하자. 나는 이 내담자가 전에는 아프고 우울하며 침울한 시절을 지나왔고, 현재는 변화하고 성장하는 중이며, 앞으로는 매우 창의적이고 풍요로운 시기로 들어서게 될 거라는 사실을 알 수 있다.

스크린 왼쪽은 내담자의 영혼의 인도자가 빛의 점들로 나타나는 곳이기도 하다. 영혼의 인도자는 멘토로서 우리의 앞길을 이끌어 주는 성숙한 영적 존재다. 영혼의 인도자는 누구에게나 있으며 보통 둘이나 셋이 팀을 이루어 활동한다.

스크린 왼쪽에서 시간을 표시하는 가로선도 볼 수 있다. 이 선은 역사의 연대표와 같다고 할 수 있는데, 어느 나이 대에 작은 세로선들이 그어져 있으면 과거든 미래든 내담자의 인생에 의미 있는 사건들을 나타낸다.

스크린 오른쪽으로 '밀고 들어오는' 존재를 보고 느끼기 전까지 나는 스크린 왼쪽에 머문다. 내담자의 기운을 읽고 에너지에 접근하며 시간 표시 선을 확인한다. 스크린의 반을 차지하는 오른편은 다시 위, 가운데, 아래로 나뉜다. 이 세 개의 층은 작지만 선명한 빛의 점들이 보이는 곳이다. 이 점들은 저세상에서 찾아오는 방문객들의 에너지다. 나는 내담자의 외가 쪽 식구들을 위해 오른쪽 윗부분을, 친가 쪽 식구들을 위해 오른쪽 아랫부분을 남겨 둔다. 친구나 동료, 사촌들은 보통 가운데에 나타난다.

일단 빛의 점들이 나타나면 글자나 단어, 이름, 이미지를 보여 줄 때가 많다. 나는 그 단서들이 어디서 비롯된 것인지 알아내고 최대한 해석한 다음 내담자에게 전달한다. 방문자들에게서 뭔가를 '듣기'도 한다. 투청력이라는 현상인데, 외부가 아닌 내면의 소리를 듣는 것이다. 생각을 '듣는' 것과 같다고 할 수 있다.

저세상에서는 스크린과 함께 내 몸도 사용한다. 이런 현상은 감각 투시라고 불린다. 영적 상담을 하며 나는 실제로 압박, 답답함, 고통 등의 감각을 느낀다. 누군가 내 위에 앉아 있기라도 한 것처럼 가슴이 무겁게 느껴지기도 하고, 숨이 가쁘기도 하며, 가슴에 돌연 충격이 오거나 타는 듯한 느낌을 받기도 한다. 연기 냄새를 맡거나 따뜻하다고 느끼는 등 수십 가지 감각을 경험한다. 나는 이 모든 감각을 상황에 맞게 해독한다. 저세상에서 심장마비를 알릴 때 느껴지는 감각(갑작스러운 충격)과 만성 심부전을 가리킬 때의 감각(폐에 물이 차는 느낌)을 구별할 수 있다.

이 느낌들은 영적 활동에서 사용하는 어휘다. 내 안에서 알려 주는 이 소통 체계를 통해 내 영적 상담을 더 깔끔하고 효과적으로 관리할 수 있었다. 이 체계가 없었다면, 금요일 오후의 고등학생만큼이나 다루기 힘든 영혼들 앞에서 속수무책이었을 것이다. 사실 이런 체계가 준비되어 있어도 가끔 영혼들이 제멋대로일 때도 있다. 나는 내담자에게 저세상에 있는 친구들과 친척들이 모두 다르기 때문에 모든 상담은 다를 수밖에 없다고 설명한다. 어떤 상담에서는 고인들이 차례를 정해 한 명씩 하고 싶은 말을 한다. 또 어떤 경우에는 마치 난투극을 벌이는 것처럼 한꺼번에 몰려들어 누가 이야기를 하든 말든 끼어들기도 한다. 그러나 어떤 방식이든 그들은 나와 내담자의 관심을 받는 일에 늘 행복해 보인다.

저세상에 있는 영혼들이 어떻게 내 몸과 스크린을 다루는지, 심지어 나를 어떻게 찾아냈는지 궁금해할지도 모르겠다. 내 대답은 그들이 그냥 안다는 것이다. 우리는 한때 우리가 사랑했던 모든 이들과 빛의 끈으로 연결되어 있다. 이 끈은 절대 끊어지지 않는다. 사랑의 낚싯줄이라고 생각해 보라. 한쪽에서 줄을 잡아당기면 반대편에서 그것을 느낄 수 있다. 저세상의 영혼들은 이 세상과의 사이에 혹시 틈이 생기지 않는지 늘 주의를 기울이고 있으며 필요하면 문을 만들어낸다.

내담자가 알아야 할 가장 중요한 것은 세상을 떠난 사랑하는 이들과 소통하기 위해 반드시 영매가 필요한 것은 아니라는 사실이다. 우리가 마음을 열기만 하면 영혼들이 우리에게 보내는 신호와 메시지를 볼 수 있고 매일의 삶 속에서 그들의 존재를 느낄 수 있을 것이다.

14. 사랑과 용서

저세상과의 소통 체계를 만들고 나니 영적 상담이 좀 더 확실하고 강력해졌다. 조앤이라는 중년 여성과의 상담 또한 그랬다. 그녀는 친구에게 내 이야기를 듣고 상담을 신청했는데, 영적 상담은 처음이라고 했다.

통화를 시작하자 바로 조앤의 아버지가 나타났다. 그는 자신이 30년 전 스스로 목숨을 끊었다고 했다. 그는 딸에게 사과의 말을 전하며 세상을 떠날 땐 자신이 제정신이 아니었다고 설명했다. 조앤은 자기도 잘 알고 있고 이미 수년 전 아버지를 이해하고 용서했다고 말했다.

조앤의 아버지가 나에게 조그만 새끼 고양이 한 마리를 보여 주었다. 새끼 고양이는 그의 발치에 있었다. 그는 딸이 꼭 알아야 할 것이 있다고 했다.

"조앤, 이상하게 들릴지 모르지만 당신 아버지께서 새끼 고양이 한 마리를 보여 주시면서 그 고양이가 잘 있다는 걸 당신이 꼭 알아야 한다고 하세요."

조앤은 한참을 말없이 있다가 힘겹게 입을 열었다.

"아버지가 무슨 말씀을 하시는 건지 알 것 같아요. 사실은 누구한테도 이 이야기를 해 본 적이 없는데……"

조앤은 어렸을 때 고양이는 높은 데서 떨어져도 가뿐히 착지한다는 이야기를 들었다고 한다. 그녀는 그 말이 사실인지 직접 확인하고 싶어서 집에서 기르던 브리슬이라는 아주 작은 새끼 고양이를 집어 들었다. 그리고 가족과 함께 살던 5층 아파트의 창가로 가서 고양이를 창문 밖으로 떨어뜨렸다. 새끼 고양이는 인도로 떨어져 죽고 말았다.

그 후 50년간 조앤은 자신이 한 행동에 대해 깊고 쓰라린 죄책감을 느끼며 살았다. 마음 깊은 곳에서 자신이 끔찍한 사람이라는 생각을 도저히 떨쳐 버릴 수가 없었다. 고양이를 죽인 자신을 결코 용서할 수 없었고, 그 때문에 삶은 더 힘들고 어두워졌다.

조앤의 아버지는 그녀에게 이렇게 말하고 있었다.

그만해라. 이제 그만 내려놔. 네가 짊어지고 있는 죄책감은 네가 감당해야 할 것이 아니란다. 이제 그만 너 자신을 용서하고 떨쳐 버리렴.

조앤과 아버지의 대화는 조앤에게도 그랬겠지만 나에게도 너무나 감동적이었다. 상담이 끝난 후 조앤은 죄책감을 조금씩이나마 덜어내기 시작했다. 자신이 저지른 실수를 곱씹으며 보내던 시간이 줄었다. 시간이 흐르면서 스스로에 대한 생각 또한 끔찍하고 몰인정한 쪽에서 친절하고 다정하며 선한 쪽으로 바뀌었다. 빛의 길을 끌어안으면서 조앤은 더 분명하고 더 나은 사람이 될 수 있었다.

자신과 타인의 불완전함을 받아들이고 사랑하고 용서할 수 있는 능력은 우리가 가진 가장 커다란 강점이라 할 수 있다. 저세상은 조앤과의 상담을 통해 나에게 이 사실을 알려 주었다. 이것은 우리 모두에게 아주 중요한 교훈이다. 왜냐하면 사랑과 용서는 계속되기 때문이다. 우리의 삶에는 언제나 용서를 바라는 누군가가 있을 것이며, 때로 그 누군가가 나 자신이 될 수도 있다.

계속 용서하지 않는 경우도 종종 있다.

"난 그가 한 짓을 절대 용서하지 않을 거야."

이렇게 말하면서 수년 동안, 어쩌면 수십 년 동안, 심지어 그 사람이 죽고 난 이후에도 괴로워하며 살아간다. 어느 때는 용서하지 못하는 마음이 저세상으로까지 이어지기도 한다. 그리고 그제야 사람 사이의 관계가 이 세상 이후까지 이어지며 용서의 필요성이 절대 사라지지 않는다는 것을 깨닫는다. 이 교훈을 배우지 않으면 빛의 길을 따라갈 수도, 참되고 진정한 자신이 될 수도 없을 것이다.

그럼에도 불구하고 다행인 건 용서하기에 너무 늦은 시간은 없다는 것이다. 용서를 구하는 일 역시 너무 늦은 때는 없다.

조앤과의 상담을 통해 나는 저세상에서 하는 모든 일이 사랑으로 이루어져 있다는 걸 알게 되었다. 사랑은 저세상에서도 통용된다. 그래서 조앤의 아버지가 그랬듯 우리가 용서를 구하지 않더라도 저세상에서는 우리를 용서할 방법을 어떻게든 찾아낸다.

저세상으로부터 용서를 받기 위해 반드시 영매와 상담해야 하는 것은 아니다. 그저 용서를 구하기만 하면 된다. 사랑하는 고인들에게 당신의 생각을 보여 줌으로써 그들에게 다가갈 수 있다. 저세상에 당신의 용서를 보내면 그곳에 있는 사랑하는 이들은 언제나 그 메시지를 받아들인다. 고인이 된 사람을 용서하는 길은 진심으로 용서하는 것밖에 없다. 그리고 용서받는 길은 용서를 구하는 것뿐이다. 용서를 구하든 베풀든 용서는 기적 같은 선물이다.

나는 용서를 통해 조앤의 삶이 바뀌는 것을 보았다. 용서가 그녀를 치유했다.

~~~~~

초기에 했던 또 다른 상담을 통해서도 나는 용서의 힘에 관해 많은 것을 배울 수 있었다. 50대 여성 바브 또한 친구로부터 내 이야기를 들었다고 했다. 그녀는 펜실베이니아에 있는 자기 집 부엌에서 전화 상담을 하며 내가 하는 말들을 옆에 있는 남편 토니에게 전달했다.

"남편은 이런 것을 전혀 믿지 않아요. 죽으면 끝이라고 생각하죠. 땅속에 묻히면 전부 사라진다고요. 그래도 전 당신이 내 남편과 통화해 주면 좋겠어요."

바브가 나에게 말했다. 그리고 내가 뭐라 말을 하기도 전에 바브는 남편에게 수화기를 넘겨 버렸다.

아, 이런. 이제 어떻게 되는 거지? 저세상이 의심 많은 사람에게도 모습을 드러낼까?

내가 이런 생각을 하고 있을 때, 토니가 언짢아하는 목소리로 인사했다. 자신은 이런 걸 전혀 믿지 않는다는 걸 보여 주려는 심산인 듯했다. 나는 숨을 깊이 들이마신 후 그를 위해 누군가 오기를 기다렸다. 곧이어 누군가가 나타났다. 그의 아버지였다.

토니의 아버지는 자신을 로버트라고 소개하면서 아들에게 전할 급한 메시지가 있다고 했다.

"당신 아버지가 와 계세요. 당신에게 전할 중요한 말이 있으시대요. 제가 이 메시지를 정확히 받고 제대로 전해 드리는 일은 굉장히 중요해요. 당신 아버지는 벨트 때문에 당신에게 미안하다고 말하고 계세요."

내가 토니에게 말했다.

수화기 건너편에서 토니는 말이 없었다. 나는 말을 이어갔다.

"아버지께서 당신에게 알려 주고 싶은 것이 있대요. 당신 아버지는 저세상으로 가서 자신의 삶을 되돌아보고 나서야 자신이 예전에 무슨 짓을 한 건지 알게 됐대요. 그래서 벨트와 관련한 일에 대해 많이 미안하다고 하십니다. 아버지는 당신에게 용서를 구하고 계세요. 당신이 용서해 주기를 기다리세요."

토니가 조용히 흐느끼는 소리가 들렸다.

그의 아버지는 나에게 더 많은 것을 보여 주었다. 그 사건은 내가 '동영상'이라 칭하는 형태로 내 마음속에 나타났다. 어린 토니는 방문을 닫고 침대 위에 앉아 있었다. 토니는 손에 벨트를 들고 있었는데, 그 벨트가 토니에게 큰 의미가 있다는 걸 알 수 있었다. 나는 이 이미지들을 토니에게 전달했다. 그러자 토니는 잠시 마음을 진정시킨 후 나에게 이야기를 들려주었다. 지금껏 누구에게도 말해 본 적 없는 이야기라고 했다. 토니가 일곱 살이었던 추운 12월의 어느 날 밤, 그는 보이스카우트 모임에서 DIY 가죽 벨트 세트를 받았다. 토니는 크리스마스 선물을 만들어 아버지에게 드릴 생각에 마음이 들떴다.

토니는 모임에서 열심히 벨트를 만들었다. 디자인에 따라 가죽을 자르고 구멍을 뚫고 버클도 달았다. 모임이 끝난 뒤 남은 작업을 마무리

하기 위해 벨트를 외투 주머니 속에 숨겨서 집으로 가져와 남은 작업을 마무리하려고 곧장 방으로 올라갔다. 그런데 너무 들뜬 나머지 밤에 쓰레기를 내놓기로 한 약속을 잊어 버렸다.

토니가 쓰레기 내놓는 일을 깜빡한 건 그때가 처음이 아니었고, 그럴 때마다 아버지는 화를 많이 내곤 했다. 하지만 그날 밤 아버지는 유난히 더 분노하며 토니의 방까지 뛰어 올라와 문을 홱 열어젖혔다.

아버지는 눈에 띈 벨트를 낚아채더니 그것으로 토니를 때리기 시작했다. 때린 시간은 아주 짧았지만 그때 토니와 아버지 사이에 존재하던 신성한 무언가가 손상되었다.

"저는 결국 그 벨트를 아버지께 드리지 않았어요. 벨트에 대해서는 아버지께 말도 하지 않았고요. 사실 아무에게도 말하지 않았죠. 하지만 그 일을 생각하면 저는 늘 슬펐습니다. 어떤 면에서는 제가 아버지를 실망시켰다고 생각했으니까요."

토니가 말했다.

그때 토니 아버지가 다시 나타났다. 내가 토니에게 말했다.

"아니에요! 당신 아버지는 실망을 시킨 건 오히려 자신이었다고 하세요. 그때는 몰랐지만 지금은 안다고요. 아버지는 많이 미안하다면서 용서를 구하고 계세요. 자신이 아들을 얼마나 사랑하는지, 당신이 얼마나 훌륭한 아들이었는지 알면 좋겠다고 하세요."

나는 눈물을 참아야 했다. 이 슬픈 이야기 때문이 아니었다. 방금 토니와 아버지 사이에 아름다운 빛이 지나가는 모습을 보았기 때문이다. 토니는 그 일로 인한 상처를 평생 짊어지고 살았지만 이제 그것을 내려놓는 것이 느껴졌다. 나는 아버지와 아들 사이에 이루어진 멋진 치유를 목격하고 있었다. 그것도 아버지가 돌아가신 후에.

"괜찮아요, 아버지! 괜찮아요! 제발 우리 아버지한테 괜찮다고 말해 주세요."

토니가 감정이 격해져 갈라진 목소리로 말했다.

"제가 없어도 말씀하실 수 있습니다. 혼자서도 아버지께 말씀드릴 수 있어요. 아버지는 항상 당신 곁에 계십니다. 언제나 바로 곁에요. 하고 싶은 말이 있으면 하세요. 아버지는 당신의 말을 들을 수 있으니까요."

내가 말했다.

토니가 다시 아내에게 전화기를 넘겼다. 옆에서 그가 하는 말이 들렸다.

"괜찮아요, 아버지. 괜찮아요, 괜찮습니다. 정말 괜찮아요."

토니는 몇 번이고 반복해서 말했다.

이 상담을 통해 나는 우리를 사랑하는 영혼들과 이어 주는 빛의 끈은 우리가 죽는다 해도 결코 끊어지지 않는다는 사실을 알게 되었다. 그 끈은 닳아 떨어지지 않으며 더 강해질 수도 있다. 토니와 조앤의 상담은 죽음 이후에도 관계가 얼마든지 성장할 수 있다는 사실을 알려 주었다. 토니의 아버지는 지상에 있을 때는 할 수 없었던 방식으로 모든 것을 깨닫게 되었다. 나는 우리의 생각과 행동이 저세상에 있는 영혼들에게 무척 중요하다는 것뿐만 아니라, 우리의 사랑과 이해로 그들이 계속 성장하도록 도울 수 있다는 것도 배웠다. 우리에겐 사랑하는 이들을 치유할 수 있는 힘이 있다.

15. 나의 아이

영적 상담을 할 때마다 나는 많은 것을 배웠다. 나를 찾아오는 많은 사람들이 어디로 가야 할지 확신하지 못하고 삶의 갈림길에 서 있기는 했지만, 나는 내 역할이 조언이라고 생각하지는 않는다. 우리가 스스로 올바른 결정을 내리도록 저세상에서 징후와 신호를 보내 줄 것이기 때문이다.

처음 메리 스테피를 만났을 때, 나는 그녀가 특별한 영혼이라는 것을 알았다. 메리는 불우한 처지에 있는 아이들을 돌봐 주는 위탁모였다. 그녀는 나에게 상담을 받은 적이 있었다. 그런데 또다시 나를 찾아온 건, 그녀가 돌보고 있던 어린 여자아이 앨리를 입양할지 말지 큰 결정을 내려야 했기 때문이다. 상담을 시작하자 메리는 곧바로 본론으로 들어갔다.

"앨리를 입양하면 우리 딸 머라이어한테 안 좋을까요?"

나는 확실한 답을 받지 못했다. 대신 메리의 기운이 보라색으로 보였다. 그녀가 성숙한 영혼을 지녔으며 이번 생에서 다른 사람들을 도우며 산다는 뜻이었다. 그런데 메리의 빛나는 보라색 기운 언저리에 어둠 한 겹이 끼어 있었다. 나는 메리에게 말했다.

"어둠은 당신이 갇힌 듯한 기분을 느낀다는 걸 의미해요. 이 어둠이 당신 에너지에 막을 씌우고 있어요. 그렇다고 비참한 인생을 산다는 건 아니에요. 다만 쉽지 않을 거라는 의미예요."

이어서 앨리 문제가 더 뚜렷하게 나타났다. 내가 계속 말했다.

"저세상에서 앨리를 생물학적인 가족으로부터 밀어내고 있네요. 앨리는 이미 방치당해 죽음의 문턱에서 간신히 벗어난 적이 있습니다. 좀 더 보니 몇 가지 경우의 수가 보이네요. 여러 가지 다른 길과 결과들이 보여요. 가능한 결과가 한 개 이상이군요. 앨리를 데려갈 수 있는 다른 가족도 있고요."

지난번 상담을 통해 나는 메리가 살아온 삶에 대해 몇 가지 구체적인 사항들을 알고 있었다. 그녀가 평생 품어 온 꿈은 엄마가 되는 것이었다. 사회 복지사였던 그녀는 아이들, 특히 문제가 있는 아이들과 함께 지내는 일이 많았다. 메리는 유정油井 굴착 전문가이자 환경 사업을 하는 탠디와 결혼했고 곧이어 임신을 했다. 그러나 4개월 만에 유산되었다. 다시 임신했으나 그 아이 역시 잃고 말았다. 한번은 임신 중에 극도의 통증을 느끼며 잠에서 깼고 그대로 병원으로 달려갔다.

의사가 메리에게 말했다.

"운이 좋았습니다. 몇 분만 늦었으면 당신도 위험할 뻔했어요."

하지만 메리는 운이 좋다는 생각이 들지 않았다. 그때까지 여섯 번이나 유산을 겪어야 했다.

메리는 무거운 마음으로 엄마가 되는 꿈을 포기했다. 심지어 위탁모 일도 포기했다. 자신의 아이가 없는 상황에서 생물학적 가족에게 돌아 갈 수도 있는 다른 아이들을 맡아 기르는 건 감정적으로 감당하기 너무 힘들 것 같았기 때문이다. 대신 메리는 애견 위탁 사업을 시작했고 개들에게 둘러싸여 지냈다. 우선순위를 재조정했으며 그때까지 품어온 꿈은 잊었다.

그러던 어느 날 아침, 잠에서 깬 메리는 메스꺼움을 느꼈다. 곧바로 자신이 임신했다는 사실을 알게 되었다. 임신 기간은 힘들었다. 산 너머 산이었다. 임신 중독증, 고혈압에 두 번의 입원까지. 4개월이라는 긴 시간을 침대에 누워서 보냈다. 그래도 그녀는 희망을 가졌다. 머라이어라는 아이의 이름까지 정해 놨다. 머라이어는 미미 이모에게서 떠올린 이름이었다.

"미미 이모는 폭풍우가 몰아칠 때마다 '바람이 심하게 불면 머라이어가 문간에 있는 거란다'라고 말씀하셨어요. 그게 바로 제가 원하는 이름이었죠."

서른아홉 살이 되고 한 주가 지난 어느 날, 메리는 아직 산달을 채우지 못했지만 진통을 느꼈다. 아기가 태어났고, 간호사는 곧바로 아이를 받아서 데리고 나갔다. 메리는 아기의 상태가 너무 궁금했다. 아기는 건강할까? 2.5킬로그램 정도는 될까?

얼마 지나지 않아 간호사가 소식을 가지고 돌아왔다. 머라이어는 2.5킬로그램이 아니었다! 3.5킬로그램도 아니었다! 4.7킬로그램으로 무척 튼튼했다!

머라이어를 낳은 기적 덕분에 메리는 자신의 또 다른 꿈이었던 위탁모 일을 다시 시작할 힘을 얻었다.

~~~~~

"그런데 머라이어는 어떨까요? 앨리를 입양하는 것이 머라이어한테 안 좋을까요?"

메리가 나에게 물었다.

"모든 일에는 이유가 있습니다. 앨리는 여러 면에서 머라이어를 변화시킬 거예요. 그건 나쁜 일은 아니에요, 어려울 뿐이죠. 앨리는 항상 머라이어에게 도전할 거예요. 하지만 머라이어가 성숙한 영혼을 가진 것이 저에게는 보입니다. 머라이어의 영혼은 어떤 상황에서도 노래하며 기뻐할 겁니다. 언제나 노래할 수 있어요."

내가 말했다.

메리는 펜실베이니아에 있는 시골집으로 아이들을 데려와 잠시 돌봐 줌으로써 정규 위탁 부모가 숨을 좀 돌릴 수 있게 하는 임시 위탁모로서 돌봄 활동을 시작했었다. 메리는 상대적으로 다루기 수월한 갓난 아기나 유아는 맡지 않았다. 대신 10대 청소년들을 돌보았다. 10대 청소년들은 보통 불만으로 가득 차 있거나 내성적이었고 거칠거나 다루기가 어려웠다. 하지만 아이들이 아무리 성이 나 있어도 메리는 그 분노 너머의 상처를 알아볼 수 있었다. 아이들의 선하고 연약한 부분을 볼 수 있었다. 메리가 말했다.

"10대 아이들은 자신이 어디에 속하고 어디에 어울리는지 알지 못해요. 가족이 없는 아이들, 거부당하고 버려지고 쫓겨난 아이들은 특히 더 그렇죠. 나쁜 아이처럼 굴 때도 있지만 사실 그렇게 나쁘지 않아요. 자기들 딴에는 상대방이 어떤지 가늠해 보는 거예요."

어느 날 메리는 아동 보호 시설에 있는 사회 복지사로부터 전화를 받았다. 사회 복지사가 말했다.

"맡아 주셨으면 하는 아이가 한 명 있습니다. 방법을 찾을 때까지 2주 동안만 봐 주시면 좋겠어요."

"그 아이는 지금 어디 있는데요?"

"저희 사무실에 있습니다. 격리해 놓은 상태죠."

"격리요? 왜요?"

"만나는 사람마다 때리고 다니거든요."

아이는 세 살이었고 이름은 앨리였다. 앨리는 끔찍한 학대를 당한 피해자이기도 했다. 가정 폭력으로 가족이 뿔뿔이 흩어지기 전까지 엄마와 몇 개월간 길거리 생활을 했다. 보호소에서 지낸 적도 있었지만 오래 머물지는 못했다. 앨리의 공격적인 행동 때문에 매번 쫓겨났기 때문이다. 앨리는 사람들을 물고 때리고 할퀴었다. 한번은 교실에서 선생님을 쫓아다니며 짐승처럼 으르렁거린 적도 있었다.

앨리는 손톱, 펜, 크레파스, 심지어 쓰레기까지 손에 넣은 건 모두 먹는 장애까지 있었다. 어른들의 신체 부위를 움켜잡는 부적절한 행동으로도 유명했다. 네 살이 다 되어 가는데도 아직 말을 한마디도 하지 못했다. 사회 복지사는 앨리를 숲속에서 자란 아이에 비유했다. 수북이 쌓인 앨리에 관한 파일들이 전부 앨리를 '심각'이라고 평가하고 있었다.

"메리, 이 말씀은 드려야겠네요. 앨리는 제가 본 최악의 사례 중 하나예요."

사회 복지사가 경고했다.

메리에게는 아이 한 명을 더 데려오기에 적당한 타이밍은 아니었다. 얼마 전에 넘어져서 발목이 부러진 일곱 살배기 딸을 돌보는 것도 벅찬 상황이었다. 게다가 딸 머라이어가 주의력 결핍 장애와 감각 통합 기능 장애 진단을 받았다. 머라이어는 밝은 빛과 시끄러운 소리, 양말의 삐져나온 솔기 같은 자극에도 온 집 안을 뛰어다니거나 강박적인 반응을 보였다. 그런 상황에서 앨리처럼 쉽지 않은 아이까지 집 안에 들이는 건 딸 머라이어나 남편, 심지어 메리 자신에게도 바람직하지 않은 결정이라는 생각이 들었다. 메리에게는 앨리를 받아들이지 못할 이유가 충분했다. 하지만 메리는 아이를 맡겠다고 했다.

메리는 앨리를 처음 만났을 때의 이야기를 나에게 들려주었다. 그녀는 머라이어와 함께 포치에 서서 파란색 지프 한 대가 집 앞에 멈춰 서는 모습을 지켜보았다. 차 뒷문이 휙 열리더니 사회 복지사가 헝클어진 금발의 곱슬머리 여자아이를 안고 내렸다. 아이는 한눈에도 작아 보이는 닳아빠진 스니커즈에 너무 크고 때가 탄 흰 티셔츠, 다 해진 반바지를 입고 있었다. 아이는 잠든 것 같았다. 아니, 진정제를 투여했을 가능성이 더 컸다.

사회 복지사가 앨리를 현관 입구에 있는 고리버들 의자에 눕혔다. 메리는 앨리에게 다른 옷은 없는지 물었다.

"없어요, 이게 다예요."

사회 복지사가 말했다. 앨리가 천천히 눈을 떴다. 멍한 표정이었다.

"꼭 전쟁터에 남겨진 아이 같아."

머라이어가 작은 소리로 말했다.

메리는 사회 복지사가 차를 타고 떠나는 모습을 지켜보았다. 이제 앨리는 메리가 돌봐야 했다. 메리는 용기를 내서 아이에게 한 걸음 다가갔다. 앨리가 흐릿하고 멍한 눈으로 메리를 올려다보았다.

"안녕, 앨리. 애는 내 딸 머라이어야."

머라이어가 작게 손을 흔들었다. 앨리는 아무 반응이 없었다. 이어서 메리가 말했다.

"나는……."

하지만 메리가 말을 마치기도 전에, 자기 이름을 말하기도 전에 앨리는 알 수 없는 행동을 했다. 오른손을 들고 검지를 쑥 내밀어 자신의 관자놀이에 갖다 대더니 곧바로 메리를 가리켰다. 그리고 말했다.

"엄마."

~~~~~

메리는 앨리처럼 거칠고 신경질적이고 파괴적이며 예측 불가능하고 신기할 정도로 말이 없는 아이를 맡게 되리라고는 생각도 하지 못했다. 메리가 앨리를 데리고 처음 드라이브를 가는데, 앨리가 안전벨트의 금속 버클로 머라이어의 얼굴을 세게 내리쳤다. 며칠 후에는 무선 전화기로 또 때렸다. 머라이어의 멍든 눈과 부은 코를 보자 메리는 눈물이 났다. 하루는 앨리가 자기 스니커즈 밑창에 묻어 있는 먼지와 이물질을 먹고 있는 모습을 보았다. 저녁 식탁에서는 음식을 움켜쥐고 입안으로 마구 쑤셔 넣었다. 메리가 앨리를 어린이집에 데려다주면 다른 아이들은 "아, 어떻게 해, 앨리가 왔어"라고 말하곤 했다. 메리는 마음이 아팠다.

머라이어가 물었다.

"앨리 엄마는 앨리를 언제 데리러 와요? 엄마, 앨리를 제발 자기 집으로 다시 보내요. 애가 너무 못됐어요."

앨리를 아동 보호 시설로 돌려보내는 것이 쉽고 어쩌면 현명한 선택이었을지 모른다. 하지만 메리는 원래 약속했던 2주일이 넘도록 앨리를 데리고 있었다. 곧 사회 복지사가 앨리를 입양하라며 메리를 압박하기 시작했다. 앨리를 맡을 가족을 찾을 수 없었던 것이다. 하지만 머라이어는 어떻게 받아들일까? 내가 내 딸 머라이어를 다치지 않게 하면서 앨리를 도울 수 있을까? 그건 어려워 보였다. 메리는 몇 주 동안 마음의 결정을 내리지 못하고 괴로워했다.

마침내 사회 복지사가 메리에게 마음을 정해야 한다고 말했다.

"앨리에게 하루 빨리 가족을 찾아 줘야 합니다."

"시간이 좀 더 필요해요."

메리가 사회 복지사에게 말했다.

"더는 시간이 없어요. 이제는 앨리에게 가족을 찾아 줘야 해요."

"알겠습니다, 그럼 그렇게 하세요. 앨리를 다른 가족에게 보내세요."

메리가 눈물을 머금고 말했다.

다음 날, 어느 40대 부부가 앨리와 함께 하루를 보내기 위해 메리네 집을 찾았다. 그들에게 앨리를 입양할 기회를 주면 자신은 그 기회를 잃을 수도 있다는 걸 메리도 알고 있었다. 앨리에게서 엄마라는 말을 들은 이후로 메리는 앨리에게 마음이 갔다. 사실 그보다는 앨리의 행복에 책임을 느꼈다. 그러나 머라이어를 생각해야 했다.

메리는 부부가 앨리를 차에 태우고 가는 모습을 지켜보았다. 그런 다음 앨리가 지내던 방으로 가 커튼을 닫고 침대에 기대어 울었다.

몇 시간 후, 차가 멈추는 소리가 들렸다. 메리는 포치에 서서 여자가 앨리를 안고 차에서 내리는 모습을 보았다. 앨리는 팔다리를 마구 흔들며 여자에게서 벗어나려 했다. 무슨 일인지 알 것 같았다. 앨리는 메리에게 돌아오기 위해 투쟁하고 있었다.

메리가 현관 계단을 내려가자 앨리가 그녀의 품으로 뛰어들었다. 바로 그 순간 확고하고 강력한 생각이 메리의 마음속에 피어올랐다.

이 아이는 내 아이다.

"우리는 정말 즐겁게 놀다 왔어요. 수영장에 가서 다 같이 수영을 했죠. 앨리도 좋아했고요."

여자가 말했다.

하지만 메리에게는 거의 들리지 않았다. 메리는 무엇을 해야 하는지 알고 있었다. 앨리가 메리의 다리를 꽉 붙잡았다. 그러나 안다고 해서 결정이 쉬운 건 아니었다.

"엄마, 엄마는 왜 앨리랑 같이 살려는 거예요? 엄마하고 아빠하고 나, 이렇게 셋이 완벽한 삼각형을 이루잖아요."

머라이어가 물었다.

"그래, 하지만 앨리까지 넷이 있으면 훨씬 더 멋진 다이아몬드가 될 수 있을 거야."

메리가 대답했다.

어떤 결정을 하면서 그렇게 확신에 찬 적이 없었다. 하지만 동시에 그렇게 불확실한 적도 없었다. 메리가 나에게 전화한 것이 바로 그때였다.

"저세상은 앨리에 관해 당신에게 조언할 수 없어요. 이 결정은 당신의 영혼을 테스트하기 위한 거라서요. 결정은 당신의 몫이에요. 진정한 삶의 길과 목적은 당신 스스로 찾아야 하는 거죠. 앞으로 일어날 일에 대해선 당신이 결정해야 합니다."

내가 메리에게 말했다. 물론 그녀가 듣고 싶어 하는 답이 아니라는 건 나도 알고 있었다. 그녀는 구체적인 지침을 바랐을 것이다.

저세상은 메리가 말을 꺼내기도 전에 앨리를 맡고 싶어 하는 또 다른 가족이 있다는 걸 나에게 보여 주었다. 내가 메리에게 말했다.

"그 가족은 아이가 없고 앨리를 입양할 수 있어요. 이미 연결되어 있네요. 당신이 그 가족에게 기회를 줬어요. 당신은 앨리를 보내기로 결정했고, 그래서 힘들어하죠. 이건 여러 경우의 수 가운데 하나입니다. 앨리는 다른 길로 갈 수도 있어요. 앨리에게는 많은 길이 있고, 그중에는 좋지 않은 길도 있습니다."

메리에게 알려 줄 수 있는 정답은 없었다. 그래도 저세상에서는 그녀를 위로하려 했다. 메리가 너무 괴로워했기 때문이다.

"앞으로 일이 어떻게 되든, 당신은 이미 앨리에게 많은 걸 베풀었다는 걸 아셔야 해요. 앨리에게 아주 큰 영향을 주셨죠."

내가 말했다.

"머라이어는 어떨까요?"

메리가 물었다.

집중해서 귀를 기울이자 내 입에서 말이 쏟아져 나왔다.

"앞으로는 사랑이 당신의 길을 인도하게 하세요. 이제는 하나의 이정표만 있는 겁니다. 바로 사랑이죠. 어떤 일을 결정할 때 두려움이 아닌 사랑이 당신의 인도자가 되게 하세요. 언제나 사랑이 당신의 길을 인도하도록 해야 합니다."

~~~~~

2005년 상담 이후 거의 10년이 흐른 지금, 펜실베이니아의 메리네 집에서는 하루하루가 그 어느 때보다 정신없다.

상담 이후 메리는 특별한 보살핌이 필요한 다섯 명의 아이를 입양 했다. 한 명은 약물에 중독된 채 태어났고, 다른 한 명은 입양되었다가 양부모로부터 파양되었다. 또 다른 한 명은 끔찍한 학대를 당했다. 모두 시설의 관리를 받으며 여러 위탁 가정을 거쳐야 했고, 그러다가 메리를 만났다.

아이들에 관해 말할 때면 메리는 그들이 얼마나 먼 길을 돌아 자기에게 왔는지 감탄과 애정을 가지고 이야기했다. 자신이 처음 아이들을 만났을 때를 '정말 최악'이라고 표현했다.

"여기 오지 못했다면 그 아이들은 아마 병원이나 감방, 정신 병원에 있거나 죽었을 거예요. 그 아이들에 비하면 앨리는 오히려 아무 문제도 없는 아이 같았죠. 하지만 전 그 아이들을 너무나 사랑해요. 제가 홈스쿨링으로 아이들을 직접 가르치는데, 마치 우리만의 특별한 작은 교실 같답니다. 우리만의 유토피아죠. 한번은 우리 막내가 성이 잔뜩 나서 '나 여기서 나갈 거야'라고 소리친 적이 있어요. 그래서 제가 말해 줬죠.

'너는 여기서 나갈 수 없어. 우리는 가족이니까. 우리 관계는 영원한 거란다.'"

그 아이들을 기르는 건 메리 혼자가 아니었다. 메리에게는 멋진 남편이 있었고 머라이어도 있었다. 머라이어는 입양된 동생들을 너무나 사랑하고 잘 보살피는, 아름답고 섬세하고 헌신적인 여성으로 성장해 있었다.

그리고 메리에게는 그녀를 도와주는 특별한 조력자가 한 명 더 있다. 바로 딸 앨리다.

~~~~~

2005년, 상담이 끝난 후 메리는 앨리를 입양하기로 했다.

"그건 제가 살면서 내린 가장 힘든 결정이자 최고의 결정이었어요. 앨리는 누구보다 사랑이 많은 아이가 됐어요. 언어 구사 능력이나 다른 문제들로 힘들어하기도 했지만 다행히 삶을 안전한 것으로 느끼기 위해 필요한 것들을 잘 받아들였어요. 제가 처음 앨리를 맡았을 때 앨리는 읽지도, 심지어 말하지도 못했어요. 그런데 지금은 분당 130단어를 읽고 자기 느낌도 표현할 줄 알죠. 손으로 하트를 만들고 '엄마, 사랑해요'라고 말한답니다. 앨리는 포옹도 굉장히 좋아해요. 제가 아는 사람 가운데 가장 애정이 많은 아이 중 하나예요."

어느 사회 복지사는 앨리에 대한 평가서에 "이 아이에게 어떤 치유라도 가능할지 의문이다. 상처가 너무 크다"라고 써 놓았다. 하지만 메리는 앨리에게서 그 누구도 보지 못한 점을 보았다. 메리가 말했다.

"저는 앨리의 영혼에서 밝은 면을 보았어요. 그 아이는 그저 사랑하는 법을 배워야 했을 뿐이에요."

메리와 앨리는 애착 치료를 받았다. 앨리가 삶에서 놓쳐 버린, 유대감을 형성하는 순간들을 다시 만들기 위해서였다. 메리가 당시를 떠올리며 말했다.

"하루는 앨리가 저에게 오더니 '엄마, 나 엄마 배 속에서 나온 거지, 그치?'라고 물었어요. 그래서 제가 '너는 어떻게 생각하는데?' 하고 되물었더니, 앨리가 '난 엄마 배 속에서 나온 것 같아' 하더라고요. 그래서 제가 '그렇구나'라고 했어요."

메리와 앨리는 엄마와 딸로서 그들만의 역사를 만들어 갔고, 이것은 메리가 자신의 삶이 반드시 수월하지는 않을 거라는 걸 이해하는 데서 시작되었다.

"저는 앨리를 맡고 싶었고, 그렇게 될 거라는 걸 알고 있었어요. 하지만 그것이 머라이어를 다치게 하는 일이라면 하고 싶지 않았죠."

메리는 말했다. 그러나 앨리를 데려온 건 머라이어에게도 큰 축복이 되었다.

지금 머라이어는 이렇게 말한다.

"앨리와 다른 동생들 덕분에 제 인생은 완전히 바뀌었어요. 오히려 제가 배운 게 너무 많아요. 저는 그 아이들이 저를 얼마나 사랑하는지, 그 사랑이 얼마나 순수하고 무조건적이고 무한한지 알아요. 그래서 저도 동생들이 생각하는 그런 사람이 되고 싶어요. 동생들의 사랑에 부응하는 삶을 살고 싶고요."

실제로 머라이어는 작업 치료*를 공부해 앨리 같은 아이들을 도와

줄 계획을 세우고 있다.

돌아보면 메리 스테피는 자신이 앨리의 엄마가 되기로 결심했을 때 강력한 힘이 작용했다는 걸 깨달았다. 그녀가 내린 결정의 핵심은 사랑이었다. 메리가 말했다.

"제가 그 모든 것을 이해할 수 있었던 건 사랑 덕분이었어요. 앨리에 대한 저의 사랑뿐 아니라 저에 대한 앨리의 사랑도 있었죠. 머라이어에 대한 앨리의 사랑도 있었고요. 제가 그런 결심을 내린 이후로 제 삶은 더없는 축복을 받고 있답니다."

• 적당한 육체적 작업을 통해 신체적·정신적 개선을 꾀하는 치료법.

16. 영원한 가족

교사가 된 이듬해에 나는 롱아일랜드에 있는 고등학교에 교사 자리를 얻었다. 학생 수가 1,400명 정도인 그 학교는 뉴욕 주에 있는 우수 공립 고등학교 중 하나로 꾸준히 꼽혀 왔다. 16개의 스포츠 팀과 20여 개의 고급 심화 학습 과정이 있었고, 음악과 연극 동아리도 나날이 늘었다. 나는 그 학교가 정말 좋았고 곧바로 편안함을 느꼈다.

덕분에 교사로서 내 자신감도 날개를 달게 되었다. 영적 능력도 마찬가지였다. 일을 할수록 더 잘하게 되었다. 두 영역에서 모두 진전을 보이자 흥분이 됐다. 평행선을 이루던 두 가지 길이 내 생각만큼 분리되어 있지 않다는 사실을 깨달았다.

영매로서 나의 존재는 내가 교사로 성장하는 데 도움이 되었다. 영적 재능 덕분에 나는 학생들과 나의 관계를 존중하는 일이 얼마나 중요한지 이해할 수 있었다. 아이들이 어떤 존재이며 무엇을 필요로 하는지도 통찰할 수 있었다.

마찬가지로 교사로서의 경험도 내 영적 능력을 명확히 하고 개선하는 데 도움이 되었다. 영적 상담이 정답을 알려 주는 일이라기보다 배우고 질문하고 탐구하는 일이라는 것도 알게 되었다. 이 두 가지 능력에는 공통적인 목표가 있었다. 사람들이 자신의 잠재력을 계발하도록 돕는 일이었다.

그래도 나는 내 삶의 두 가지 면이 구별되도록 계속 주의를 기울였다. 영매로 활동하는 것이 부끄러워서가 아니라, 교사직을 잃을 수도 있는 위험을 무릅쓰고 싶지 않았기 때문이다. 사람들이 어떻게 반응할지 확신할 수 없었고, 만약 학생들이 알면 혼란스러워하지 않을까 염려도 되었다. 그래서 학교에서는 학생이든 동료 교사든 교장 선생님이든 그 누구도 나의 또 다른 정체성에 관해 알지 못하게 했다.

동료와 일상적인 대화를 나누는 중에 그에 대한 정보가 밀려들 때도 있었다. 당사자에게 알려 줘야 한다고 생각하면 "내가 생각하기에는……" 아니면 "내가 보기에는……"과 같은 방식으로 조심스럽게 이야기해 주었다. 한번은 나와 친하고 내가 좋아하는 에너지를 지닌 존과 이야기를 하던 중 갑자기 정보가 물밀듯이 밀려들었다. 나도 모르게 이렇게 말했다.

"저기, 존, 당신 차가 고장 날 거예요. 그리고 여자 친구와도 헤어질 거고요. 하지만 걱정하지 마세요. 둘 다 더 잘될 테니까요. 차는 더 좋은 것으로 바꾸게 될 거고, 곧 새로운 여자도 만날 거예요. 그 여자가 바로 당신과 결혼할 사람이에요."

존은 이상하다는 듯이 나를 바라보았다. 그리고 당혹스러운 침묵 끝에 그가 물었다.

"선생님 혹시……?"

"맞아요. 하지만 아무한테도 말하지 말아 주세요."

내가 대답했다.

다행히 존은 내 비밀을 지켜 주었다. 그리고 나의 말대로 그는 여자 친구와 헤어졌지만 곧 새로운 여자를 만났고, 결국 결혼까지 하게 되었다. 차도 고장 났지만 훨씬 좋은 차를 몰게 되었다. 아마도 저세상에서 이런 일을 존에게 미리 귀띔하여 혹시 안 좋아 보이는 일들이 일어나도 상심하지 말고 모든 것이 더 큰 계획의 일부라는 걸 그가 이해하도록 알려 준 것 같다.

~~~~~

영적 상담은 잘되고 있었지만 나는 더 확장하고 싶었다. 최대한 많은 사람들을 도와 인생에서 더 분명한 길을 찾게 해 주고 싶었다. 그들이 결코 혼자가 아니라는 걸 알려 주고 싶었다. 힘들어하는 사람들을 도와야 한다는 생각도 머릿속에서 떠나지 않았다. 나는 그들이 슬픔을 이겨내고, 세상을 떠난 사랑하는 이들의 존재를 삶 속에서 느낄 수 있기를 바랐다.

나는 '영원한 가족 재단'이라는 단체에 대해 들어 본 적이 있었다. 그들의 사명은 "가족 구성원이 육체적인 의미에서 세상을 떠나더라도 가족이 지속되도록 돕는 것"이었다. 그 단체는 과학에 기초하고 있었으며, 사후 세계에 관한 연구에 전념했다. 그들이 하는 활동은 모두 비영리 목적이었으며, 영원한 가족 재단이 공인한 영매들 역시 모두 자원봉사

자들이었다.

이 조직은 밥과 프란 긴즈버그 부부가 만들고 운영했다. 밥은 따뜻하고 목소리가 부드러웠으며 선한 눈에 장난기 있는 미소를 지니고 있었다. 프란은 놀라울 정도로 강인한 마음을 가진 갈색 머리의 아름다운 여성이었다. 그녀는 매우 직관적이었고 가끔 초자연적인 경험을 하기도 했다. 예를 들어 자신의 차를 수리하고 있는 직원을 보면 바로 어디를 고쳐야 하는지 알 수 있었다. 한번은 프란이 밥에게, 아무래도 새 자동차를 얻게 될 것 같다고 말했는데, 실제로 이틀 후 주방용품 회사인 타파웨어가 주최한 대회에서 녹색 포드 자동차를 받았다. 그런데도 그녀는 자신의 그런 능력을 크게 신뢰하지 않았다.

2002년 9월 어느 날 밤, 프란은 강렬한 꿈에 놀라 잠에서 깼다. 다음 날 아침 그녀는 밥에게 뭔가 끔찍한 일이 생길 것 같아 두렵다고 했다.

"오늘은 밖에 나가면 조심해야겠어요."

그날 저녁 긴즈버그 부부는 큰아들 존과 예쁘고 쾌활한 막내딸 베일리와 함께 롱아일랜드에 있는 중국 식당에서 저녁 식사를 했다. 식사를 마친 후 프란과 밥은 그들의 차를 타고 집으로 향했고, 존과 베일리는 존의 마즈다 자동차에 탔다. 프란과 밥은 우유를 사기 위해 길을 좀 돌아갔는데, 집으로 가던 중 사고가 났다.

한쪽에는 물이 흐르고 다른 한쪽에는 풀이 우거진 둔덕이 있는 좁고 굴곡이 심한 2차선 도로에서, 마주 오던 SUV 차량이 존과 베일리가 탄 자동차를 들이받았다. SUV 차량은 전조등만 깨졌지만 베일리가 타고 있던 자동차는 조수석 쪽이 완전히 파손되었다.

존은 헬리콥터에 실려 동쪽으로 몇 킬로미터 떨어진 병원으로 이송

되었으며, 밥이 동행했다. 베일리는 구급차에 실려 헌팅턴 병원으로 급히 이송되었다. 프란이 경찰차를 타고 구급차를 뒤따라갔다. 이송 중 구급대원들이 베일리에게 몇 차례 심폐 소생술을 실시했다.

병원에서 의사들이 베일리를 살피는 동안 프란은 충격과 공포에 빠져 대기실에 앉아 있었다. 그러다 잠시 잠이 들었고 선명한 꿈을 꾸었다. 꿈속에서 프란은 자동차의 조수석에 앉아 있었다. SUV 차량이 맞은편에서 중앙선을 넘어 그녀에게 달려오는 모습이 보였다. 충돌을 피하기 위해 존이 핸들을 왼쪽으로 힘껏 틀자 조수석 쪽이 사고에 노출되는 모습이 보였다. SUV 차량과 충돌한 마즈다 자동차가 빙글빙글 구르는 장면도 보았다.

꿈속에서 본 사고에 깜짝 놀란 프란이 잠에서 깼다. 그녀는 남편에게 전화해서 말했다.

"어떻게 사고가 난 건지 알겠어."

곧이어 프란은 의사를 만날 수 있었다. 장기에 너무 큰 손상을 입어 병원에서도 더는 손을 쓸 수 없다고 했다.

"베일리는 사고 몇 시간 후 병원에서 숨을 거뒀어요. 제 인생에서 가장 힘든 날이었습니다."

프란이 말했다.

존은 사고에서 살아남았지만 아무것도 기억하지 못했다. 이해할 수 없는 일이지만 현장에 출동한 경찰은 상대편 운전자를 조사도 하지 않고 보내 주었고, 그 사람은 온데간데없이 사라져 버렸다. 긴즈버그 부부는 프란의 꿈 말고는 실제로 무슨 일이 있었는지 알 길이 없었다. 몇 주가 흐른 뒤 밥이 프란에게 물었다.

"그런데 당신은 사고 경위를 어떻게 알게 된 거야?"

"나도 모르겠어. 그냥 알았어."

부인의 대답에 밥은 화가 났다.

"남편은 내가 그걸 알았다면, 무슨 일이 있었는지 알 수 있는 보이지 않는 힘이 나에게 있다면, 왜 '그전'에 막지 못했냐고 했어요. 그는 나에게 화를 냈어요. 그 상황을 이해하지 못했죠. 그것이 슬픔에 대처하는 남편만의 방식이었던 거예요."

프란이 말했다.

몇 달 뒤 보험 회사는 사고 당시의 상황을 재연하는 사고 재연 전문가를 선임했다. 그의 보고서를 통해 사고 정황이 프란의 말과 맞아떨어진다는 사실이 확인되었다. 그러나 그것은 더 많은 궁금증을 낳았다. 도대체 프란은 그걸 어떻게 안 걸까? 왜 그런 꿈을 꾼 걸까? 누가 프란에게 정보를 준 걸까?

밥이 말했다.

"우리는 답이 필요했습니다. 우리가 알아야만 하는 어떤 일이 일어나고 있다는 기분이 들었죠."

밥과 프란은 삶과 죽음이 교차하는 신비로운 곳에, 어쩌면 그들과 같은 슬픔을 겪는 부모들을 위한 어떤 위안이 있는 게 아닐까 생각하게 되었다. 예쁘고 쾌활했던 베일리가 한때 이곳에 살다가 사라져 버렸다는, 받아들이기에는 아직 너무나 허무하기만 한 딸의 삶과 죽음의 이야기에 혹시나 할 말이 더 있는지도 모를 일이었다.

그래서 그들은 영적 현상에 관한 책들을 읽기 시작했다. 영매를 만나기도 했다. 모든 것을 바라보는 방식에 마음의 문을 열었다. 그런 탐구는 어쩔 수 없이 하나의 결론으로 이어지게 되어 있다.

"보이지 않는 세계가 있습니다. 우리는 그 세계와 함께 일하게 되어 있었던 겁니다."

밥이 말했다.

프란은 게리 E. 슈워츠 박사와 협력해 영원한 가족 재단을 공동 창립했다. 슈워츠 박사는 심리학·의학·신경학·정신의학·외과학 교수이자 애리조나 대학교 소속 '의식과 마음의 진보를 위한 연구소' 책임자였다. 그들은 영원한 가족 재단을 통해 깊은 슬픔에 빠진 사람들을, 이제는 고인이 된 사랑하는 이들과 연결해 주려 애썼고, 이 세상과 다음 세상 사이에 다리를 놓고자 했다. 그것은 아마도 '베일리 다리'였을 것이다.

~~~

2005년, 나는 영원한 가족 재단에 연락해 내가 영매이며 자원봉사하는 데 관심이 있다고 했다. 당시 내가 들은 첫 번째 요건은 엄격한 인증 테스트를 통과하는 일이었다. 몇 건의 연이은 영적 상담을 통해 정확도를 평가하는 테스트도 포함되어 있었다.

뜨거운 8월의 어느 날, 나는 롱아일랜드에 있는 호텔 행사장에 다른 네 명의 영매와 함께 있었다. 다른 영매들 몇 명은 서로 아는 사이처럼 보였다. 마치 학기 첫날 새로 전학 온 아이 같은 기분이 들었다. 나는 친한 영매도 없었고 영매 단체에 속해 있지도 않았다. 내가 영적 재능에 관해 이야기할 수 있는 사람은 거의 없었다.

우리는 테스트를 치르게 될 큰 행사장으로 안내받아 들어갔다. 중년 남성이 들어와 영매들 앞에 앉았다. 우리는 15분 동안 그 중년 남성에 관한 정보를 조용히 알아내 줄이 쳐진 노란색 종이에 기록해야 했다.

긴장이 됐다. 나는 공개적으로 영적 상담을 해 본 적도, 누군가에게 평가를 받는 것도 처음이었다. 어쨌든 최대한 그 남성에게 집중하며 떠오르는 것을 모두 적었다.

15분이 지나자 영원한 가족 재단의 직원 한 명이 그 남성의 이름이 톰이라고 말해 줬다. 내 옆에 앉아 있던 여자가 흥분하며 팔꿈치로 나를 쳤다.

"이거 보세요!"

그녀가 자신의 노란색 종이를 가리키며 말했다. 종이에는 톰이라고 쓰여 있었다.

나는 예의 바르게 미소 지었다. 내가 알아낸 것은 그의 이름이 T로 시작한다는 것뿐이었다. 그래도 킴 루소라는 이름의 영매와 짧은 대화를 나누자 마음이 한결 차분해지는 것 같았다. 전쟁터의 참호에 함께 있는 동료 같다는 생각까지 들었다. 그런 낯선 동지애가 이상할 정도로 힘이 되어 주었다.

다음으로 우리는 벽면마다 따로 세팅되어 있는 다섯 구역 중 한 곳으로 이동했다. 각 구역마다 비디오카메라가 촬영을 하고 있었고, 내담자가 글을 쓸 수 있는 보드판을 들고 앉아 있었다. 내담자는 말을 할 수 없고 우리의 질문에 '예', '아니오'로만 답할 수 있었다. 영적 상담이 시작되면 영매들은 15분 동안 각 내담자에 관한 정보를 읽어냈고, 다른 구역으로 넘어가 15분간 같은 일을 반복했다. 내담자들은 우리의 해석에 정확도를 매겼다. 다섯 구역을 모두 도는 데 총 75분이 걸렸다.

나는 첫 번째 구역에 앉아 초조하게 심호흡을 했다. 그런 다음 내 앞에 있는 여성 내담자를 바라보았다. 우리 사이의 공간으로 파고들어 가서 나와 그녀의 에너지 그리고 저세상을 연결했다. 이내 초조함이 가셨다. 내가 누구인지 여기서 무엇을 하고 있는지에 관한 생각을 멈췄다. 그저 저세상의 이야기에 귀를 기울이고 그것을 내담자에게 전해 주었다. 여성 내담자의 아버지와 이모와 외할머니가 나타났다. 그들은 가족에게 중요한 날짜들을 알려 주었다. 다른 가족들이 어떻게 사망했는지도 보여 주었다. 현재 내담자의 집에서 하고 있는 공사 이야기도 꺼냈다. 저세상이 정보를 쏟아 놓았고, 눈 깜짝할 사이에 다음 내담자에게 옮겨 가야 할 시간이 되었다.

세 번째 내담자 앞에 서자 저세상을 향해 온전히 열리는 기분이 들었다. 나는 40대로 보이는 그 여성을 상담했다. 그녀의 아들이 바로 나타났다. 그는 자기 이름을 알려 주며 자신이 자동차 사고로 세상을 떠났다고 했다. 그때 갑자기 그가 알 수 없는 행동을 했다. 그가 내 딸 애슐리의 생일인 5월 16일을 보여 준 것이다.

"아드님이 5월 16일에 사망했나요?"

내가 내담자에게 물었다.

그녀의 얼굴이 창백해지면서 입술이 떨렸다. 눈은 눈물로 가득 찼다.

"맞아요."

그녀가 대답했다.

여자의 아들이 저세상에서 농담을 하기 시작했다. 재미있는 가족 이야기를 꺼냈다. 여자는 눈물을 흘리면서 동시에 웃었고 나도 함께 웃었다. 시간이 다 되었지만 나는 그녀를 떠나고 싶지 않았다.

30대 초반으로 보이는 다음 내담자 역시 아들을 잃었다. 그 아들은 자기 이름이 마이클이며 암으로 세상을 떠났다고 말했다. 그는 시간 표시선으로 3년을 보여 주었는데, 그가 사망한 지 3년이 되었다는 의미였다. 그 아들 또한 자신의 까다로운 식성을 이야기하며 어머니를 웃게 했다. 이어서 그는 자신이 이 세상에 있을 때 그녀가 준 사랑에 감사하다고 말했다.

"아드님이 얻은 교훈은 그것이었어요. 당신의 조건 없는 사랑을 느낀 것 말입니다. 그것이 아드님이 이 세상에 있었던 이유예요. 아드님은 자신이 늘 편안했다고, 심지어 죽을 때도 그랬다고 전해 달라고 합니다. 당신의 사랑에 둘러싸인 채 세상을 떠났다고요."

내가 마이클의 말을 전했다.

한 사람을 더 상담한 이후 모든 테스트가 끝났다. 비디오카메라가 꺼졌고, 보드판도 내려졌다. 나는 진이 다 빠져 버렸다. 그래도 영적 상담을 잘한 것 같았고, 뭔가 새로운 것을 배웠다고 느꼈다. 특히 애슐리의 생일을 보여 주며 자신의 사망 날짜를 알려 준 내담자의 아들에 놀랐다. 그는 자신의 메시지를 전달하기 위해 나의 신상까지 활용했다. 저세상은 내 모든 생각, 모든 순간, 모든 개인 정보에 접근할 수 있으며, 영혼들이 사랑하는 이들에게 메시지를 전하거나 확인해 주기 위해 그런 접근법을 사용하기도 한다는 것을 깨달았다.

프란은 우리에게 몇 주 안에 재단에서 결과를 알려 줄 거라고 말했다. 우리와 상담을 했던 사람들이 모두 훈련받은 내담자였다는 사실도 알게 되었다. 그들은 상담 중 어떤 정보도 내보이지 않도록 교육받은 사람들로, 속임수와 술책, 사기를 이용한 영적 상담을 차단했다.

나는 행사장을 서성이다가 킴 루소와 바비 앨리슨 옆에 앉게 되었다. 킴과 바비는 친구 사이였다. 나와 비슷한 나이인 그들은 예쁘고 똑똑하며 세상 물정에 밝았다. 나는 그들의 에너지가 좋았다. 우리는 시험에 관해 이야기를 나누고 점수도 비교하면서 초조함을 달랬다. 격의 없이 이야기를 나누다 보니 마치 친구와 대화하는 느낌이었다.

"그런데 당신의 선생님은 누구예요?"

바비가 나에게 물었다.

"선생님이요? 선생님은 따로 없는데요."

내 대답에 킴과 바비는 깜짝 놀란 것 같았다. 나는 그때야 비로소 대부분의 영매들에게 선생님이나 멘토가 있다는 사실을 알게 되었다. 그들은 멘토가 자신들의 영적 재능을 탐구하기 위해 어떻게 이끌고 도왔는지 설명했다. 멘토가 없었다면 현재의 자신들도 없었을 거라고 사랑과 존경을 담아 이야기했다.

우리는 다시 만나기로 약속하고, 몇 주 후 저녁을 먹기 위해 우리 집 근처 레스토랑에서 만났다. 우리는 자신이 보통 사람들과 다르다는 사실을 언제 깨달았는지 이야기했다. 킴은 자려고 눈을 감으면 모르는 사람들의 환영이 보였다고 했다.

"저는 아홉 살 때 제 방에서 죽은 사람들을 봤어요."

킴이 말했다.

바비는 외할머니와 엄마, 세 자매가 모두 초능력자라고 알려 주면서 이렇게 말했다.

"저는 늘 사람들의 영적 상태가 보였어요. 사람들이 저를 '아는 척하는 애'라고 부르기 시작했어요. 심지어 우리 가족마저 학을 뗐죠. 가족들은 저만 집에 남겨 두고 외출을 했어요. 내가 '다 안다는 듯한' 태도로 늘 일을 망쳐 놓는다면서요."

킴과 바비와 함께하는 저녁은 정말 즐거웠다. 오랫동안 한 번도 느껴 보지 못했던 가벼운 마음이었다. 우리는 서로 의견을 나누고, 영적 기술을 비교해 보고, 심지어 서로 영적 상담을 해 주기도 했다. 친구들끼리 서로 조언해 주는 것과 똑같았다. 다만 우리가 나눈 조언은 저세상에서 오는 것이라는 점이 달랐다.

이런 유대감은 우리 모두에게 의미가 있었다. 어느 순간 바비가 이런 말을 했다.

"영적 상담을 하면서 평정심을 유지하기는 쉽지 않죠. 균형을 찾아야 해요. 나는 같은 에너지를 지닌 친구들과 함께 있어야 균형을 유지할 수 있어요."

나는 그녀의 말이 무슨 뜻인지 이해했다. 우리는 모두 같은 두려움과 문제를 갖고 있었고, 우리 자신으로 존재할 수 있는 안전한 장소가 필요했다. 그날 저녁 전까지는 혼자 밖에 던져진 기분이었다. 그러나 이제는 나에게 일종의 영적 가족이 생긴 셈이었다. 우리는 앞으로도 한 달에 한 번씩 저녁을 먹으며 웃고 떠들고 위로도 하고 응원도 하기로 했다. 이제 나에게 자매애라는 것이 생겼다. 안전한 장소가 생긴 것이다.

~~~~

인증 테스트를 치르고 몇 주 뒤, 프란 긴즈버그로부터 전화가 왔다. 그녀는 내 점수가 어떤지, 각 내담자가 어떻게 정확도를 계산해 수치화

했는지 설명했다. 프란은 내 점수가 높고, 그건 내 상담이 대단히 정확했다는 뜻이라고 했다. 그리고 이렇게 말했다.

"축하합니다. 이제 당신은 영매로 공인받았습니다."

심장이 뛰고 눈물이 쏟아졌다. 이제 나는 영원한 가족 재단이 후원하는 행사에 참여할 수 있게 되었다. 내 영적 능력이 다음 단계로 넘어가는 데 필요한 출구를 찾은 것이다. 나는 큰 슬픔에 빠진 사람들을 돕는 일에 마음이 갔고, 이제 그 기회를 얻었다. 영원한 가족 재단에서 인증을 받은 일은 나에게 강력한 신원 확인이 되어 주었다. 아니, 그 이상이었다. 나에게 힘을 북돋워 주는 순간이었다. 그것은 행동 개시에 대한 요구이기도 했다. 이제 나는 나 자신보다 큰 무언가의 일부가 되었다. 나는 빛의 군단의 일원이었다.

바야흐로 영매로서 내 삶이 변화를 맞이하고 있었다.

17. 하늘과 땅에 있는 수많은 것

애슐리가 막 다섯 살이 되었을 때, 개럿과 나는 아이를 하나 더 가지기에 적당한 시기라고 생각했다.

우리는 아이를 더 낳고 싶었지만 조금 더 기다려야 한다고 생각했다. 개럿은 로스쿨을 마치고 변호사 시험을 준비하고 있었고, 나는 한 아이의 엄마이자 새내기 교사로 지내면서 영적 상담까지 겸하고 있었기 때문에 바쁘고 정신없을 때도 많았다. 그러다 점차 생활이 안정되기 시작했다. 개럿은 변호사 시험에 합격했고, 나는 교사로서 종신 재직을 보장받았다. 아끼고 아껴서 롱아일랜드 조용한 가로수 길에 있는 침실 세 개짜리 단층집도 살 수 있었다. 나는 이제 준비가 됐다고 우주를 향해 말했다. 아이를 낳아야 할 때였다.

하지만 바로 임신이 되지 않자 의문이 들기 시작했다. 지금 임신하는 것이 맞을까? 나는 동네 약국에 가서 처방전 없이도 살 수 있는 배란 측정기를 구매했다. 애슐리도 데리고 갔다.

나는 임신 테스트기, 배란 측정기 그리고 온갖 종류의 임신 및 출산 용품들이 진열된 두 벽 사이 통로에 서 있었다. 어떤 압박감이 느껴졌다. 임신을 못 할 수도 있다는 생각이 들자 마음이 아팠다. 두려움에 굴복한 것이다. 애슐리에게는 이런 마음을 최대한 숨기려 했지만 속은 이미 엉망진창이었다.

그때 애슐리가 내 셔츠 자락을 잡아당기며 말했다.

"엄마, 퍼즐이 엄마한테 사랑한다고 말하려고 엄마 발치에 누워 있는 거 알아요?"

퍼즐?

퍼즐은 내가 어렸을 때 기르던 개였다. 멋지고 애정이 넘치는 웨스트 하이랜드 화이트 테리어였다. 나는 퍼즐을 너무나 사랑했다. 퍼즐은 언제나 나를 위로해 줬고 필요할 때마다 사랑을 주었다. 그리고 믿을 수 없을 정도로 충성스러웠다. 우리가 가족 여행을 떠날 때면 그 전날 여행 가방 위에 올라앉아 자기를 잊지 않고 데려가도록 했다. 모든 여자아이들이 자기의 첫 반려동물을 사랑하는 것처럼 나도 퍼즐을 몹시 사랑했다. 퍼즐을 내 마음속에 영원히 간직하겠다고 맹세했다. 하지만 항상 퍼즐을 생각하지는 않았다. 퍼즐이 세상을 떠난 지도 벌써 20년이 지났다. 내가 애슐리에게 퍼즐 이야기를 하긴 했을 것이다. 어쩌면 사진도 보여 주었을 것이다. 그렇다고 평소에 자주 퍼즐 이야기를 한 건 아니었다.

그런데 내 다섯 살 난 딸아이가 임신 용품들이 진열된 약국 통로에서 퍼즐이 내 발치에 웅크리고 있다고 말하다니?

하지만 곧 그 말이 사실이라는 걸 알게 되었다. 나는 애슐리도 나처

174

럼 영적 재능이 있는 것 같다고 짐작해 왔기에, 애슐리가 퍼즐을 보았다는 게 그리 놀랍지는 않았다. 그러나 내가 필요로 하는 바로 그 시점에 퍼즐이 사랑의 메시지를 가지고 나타났다고 생각하니 감정이 복받쳐 올랐다. 그 순간 임신에 대한 의심과 두려움이 말끔히 사라져 버렸다. 모든 게 다 잘될 거라는 강한 확신이 들었다.

한 달 후 나는 임신했다.

~~~~~

다시 임신을 하자 마음이 기쁨과 에너지로 가득 찼다. 9개월 후 반짝이는 연한 금발 머리를 가진 예쁜 남자아이가 태어났다. 아이에게서 꼭 빛이 나는 것 같았다. 우리는 아이 이름을 헤이든이라고 지었다. 헤이든이 태어난 후 몇 달간은 애슐리 때처럼 똑같이 바쁘고 지치고 힘들어도 마음은 행복하고 기쁠 거라고 기대했다. 그러나 이번에는 달랐다. 들뜨기보다는 우울하고 불안한 기분이 들었고, 부정적인 에너지 때문에 좌절감이 들었다. 헤이든에게는 잘못이 없었다. 헤이든은 귀엽고 밝은 아기였다. 단지 내 마음에 문제가 생긴 것이었다. 마치 온도가 높아졌다가 낮아졌다가 다시 높아지는 집 안에 사는 것처럼 에너지와 기분이 왔다 갔다 했다. 가끔은 내 위에만 먹구름이 머무는 듯한 기분도 들었다.

산후 우울증이었을까? 슬픔, 불안, 신경질, 수면 장애 그리고 자꾸 흐르는 눈물까지, 내가 보이는 증상들은 확실히 그 병명과 맞아떨어지는 것 같았다. 그런데 나에게는 무서운 증상이 하나 더 있었다. 어두운 생각이 떠오르기 시작한 것이다.

그렇다고 내가 나쁘고 안 좋은 일을 저지를 염려가 있는 건 아니었다. 내가 그러지 않으리라는 것은 하느님이 아신다. 만에 하나 그럴 수 있다는 생각이 들었다는 이야기다. 아무리 긍정적인 생각으로 부정적인 생각을 몰아내려 해도 극복하기 힘들었다. 어두운 생각이 도무지 떨쳐지지 않았다. 끔찍했다.

이건 내가 아니야. 나는 어둠이 아닌 빛 안에 있어. 심지어 무서운 영화도 안 보잖아!

익숙한 걱정이 포효하며 돌아온 느낌이었다.

혹시 내가 미친 거면 어쩌지?

이런 생각을 수없이 했다.

거의 평생을 의심해 온 것처럼 나에게 뭔가 심각한 문제가 있을지도 모른다는 현실을 마주해야 했다. 영적 능력을 받아들이기 위해, 이 세상에서 내 위치를 찾기 위해 해 온 모든 일들이 갑자기 위기에 봉착했다. 힘들고 고통스러운 시간이었다.

나는 도움을 받기 위해 정신과 의사와 상담 약속을 잡았다.

~~~~~

마크 라이트맨 박사의 진료실로 들어갈 때, 나는 신경이 무척 예민한 상태였다. 저세상에 대해 말하면 정신병자처럼 보일까? 아이들을 기를 수 있는 상태가 아니라고 하면 어쩌지?

그러나 라이트맨 박사의 태도 덕분에 나는 곧 마음이 편안해졌다.

그의 에너지는 부드럽고 온화하며 다정했다. 그래도 최악의 사태가 일어날까 봐 여전히 두려웠다.

나는 머릿속에 떠오르는 끔찍한 생각들부터 이야기했다. 아무것도 숨기지 않았다. 박사는 말없이 들었고, 자신의 감정이나 판단을 내비치지 않았다. 내가 말을 마치자 그가 간단한 질문을 했다.

"그런 어두운 생각들을 하시는군요. 그런데 실제로 그런 행동을 할 것 같은가요?"

나는 주저 없이 대답했다.

"아니에요. 절대로요. 그런 일은 절대 안 하죠."

"그렇군요."

라이트맨 박사가 말했다.

그 말을 들으니 마음이 좀 놓였다. 하지만 해야 할 말이 더 있었다.

"그런데 그게 다가 아니에요."

나는 열한 살 때 외할아버지가 돌아가실 것을 미리 알았다는 이야기를 했다. 존의 사고에 관한 꿈도 말했다. 내가 어떻게 사람들의 에너지를 느끼고 그들의 색을 보는지도. 어떻게 죽은 사람들에게 말을 걸고 그들이 답하는지도. 그 영혼들이 어떻게 나를 통해 사랑하는 이들에게 메시지를 전하는지까지 모두.

라이트맨 박사는 묵묵히 듣기만 했다. 그가 어떻게 반응할지 염려되었다. 이윽고 그가 침착한 목소리로 물었다.

"좀 묻겠습니다, 로라. 영적 상담을 할 때 정확한 정보를 얻나요? 그 정보가 사람들한테 도움이 되나요?"

"그렇고말고요. 이름이나 날짜 같은 상세한 사항들에 관한 정보를 받아요. 메시지들은 언제나 치유와 사랑에 관한 것입니다. 영적 상담은 아름다워요. 저도 상담을 통해 많은 것을 배우고 있고요. 이런 일에 동참한다는 게 좋아요."

내가 대답했다.

라이트맨 박사가 미소를 짓더니 내 눈을 바라보며 말했다.

"당신은 미친 게 아닙니다. 그런 것들이 어떤 병증일 거라고 생각하지 마십시오. 당신이 탐구해야 할 기술이라고 생각하세요. 우주는 우리가 아는 것보다 크니까요."

그 몇 마디, 마법 같은 치유의 말을 듣다 보니, 내가 존경해 마지않는 윌리엄 셰익스피어가 햄릿의 입을 통해 "하늘과 땅 사이에는 인간의 철학으로 설명할 수 없는 것들이 많다네, 호레이쇼"라고 했던 말이 아름답게 메아리치는 것 같았다.

그와 대화를 마치자 마음이 한결 홀가분해졌다. 내가 미쳤거나 망상에 빠진 건 아닐까 걱정했었는데, 가장 큰 두려움이 사라졌다. 마치 심리 테스트를 통과한 기분이었다.

라이트맨 박사는 내가 산후 우울증을 극복할 수 있도록 노력했다. 우선 감정 기복과 어두운 생각을 개선하는 데 도움이 되는 약을 처방해 주는 것으로 치료 계획을 세웠다. 문제는 내가 다른 사람들처럼 약을 제대로 소화하지 못한다는 데 있었다. 나는 어떤 약도 심각할 정도로 견디지 못 한다. 심지어 이부프로펜 한 알만 먹어도 맥이 빠지면서 아무것도 제대로 할 수가 없다. 그래도 일단 처방받은 대로 먹어 보기로 했다.

몇 주 되지 않아 나는 약이 내 감정 기복에 도움이 안 된다는 사실을 깨달았다. 영적 능력에 방해가 되기도 했다. 보통 상담할 때 정보가 빠르게 흘러들었다면, 약을 먹으니 정보가 물방울처럼 똑똑 떨어지는 것 같았다. 라이트맨 박사는 기분 장애를 개선해 주는 천연 의약품인 S-아데노실메티오닌을 다시 처방해 주었다.

효과가 있었다. 태양에 의해 짙은 안개가 걷히듯 어두운 생각들이 사라졌다. 저세상으로부터 오는 자연스러운 정보의 흐름도 회복됐다. 사실 더 강화됐다. 애슐리가 태어난 후 그랬던 것처럼.

수개월에 걸쳐 S-아데노실메티오닌을 복용하며 나는 완전한 평정을 되찾았다. 라이트맨 박사가 산후 우울증을 완화시켜 준 것도 중요했지만, 그가 내 영적 재능을 인정해 주었다는 사실도 큰 의미가 있었다. 정신의학 교육 과정에서 초자연적인 내용을 다루지는 않겠지만, 내가 운이 좋았는지 그는 정신의학 전공 책에 나오지 않는 것들에도 마음이 열려 있었다.

이후 몇 개월 동안 나는 라이트맨 박사에게 몇 차례 더 진료를 받았다. 그와 영적 능력에 관해 이야기하면 안심이 되고 자유롭다는 기분이 들었고 대화를 할수록 자신 없고 고립된 느낌이 줄어들었다.

그렇게 호기심 많고 쉽게 판단하지 않는 정신과 의사를 만나다니, 내가 운이 좋았던 걸까? 그런 것 같지는 않다. 저세상은 늘 내 인생에서 특별한 사람들을, 내 영적 능력을 이해하고 존중하는 사람들을 만나게 해 주는 것 같았다. 라이트맨 박사도 그런 사람들 가운데 한 명이었다.

18. 경찰모

에너지와 영적 능력 사이의 균형을 되찾자 나는 다시 상담할 준비가 되었다. 그때쯤 영원한 가족 재단의 프란 긴즈버그로부터 전화를 받았다. '당신의 아이들이 말할 때 어떻게 들을 것인가'라는 특별 행사에 참여해 달라는 초청 전화였다. 자녀를 잃은 열 쌍의 부모와 한 명의 영매가 참여할 예정인데, 그 한 명의 영매가 바로 나였다.

나는 마른침을 삼킨 뒤 참석하겠다고 답했다.

행사는 8월 마지막 주로 잡혀 있었다. 행사 날이 다가올수록 불안감이 심해졌다. 마음속에서 윙윙거리는 소리가 점점 커지더니 참을 수 없는 지경이 되어 버렸다. 나는 저세상을 향해 제발 그곳에 있어 달라고, 큰 슬픔에 빠진 가족들을 위해 메시지를 보내 달라고 청하며 많은 시간을 보냈다. 그 행사는 그전까지 내가 해 온 어떤 경험과도 다른 것이었다. 나는 마음속에 스크린만 지닌 채 행사장으로 걸어 들어가야 했다. 내가 잘 해내지 못할 경우 대신해 줄 다른 영매나 플랜B 같은 건 없

180

었다. 저세상을 전적으로 믿는 수밖에 없었다.

행사 1주일 전, 나는 아이들과 그해의 마지막 여름날을 즐기고 있었다. 16개월 된 헤이든과 일곱 살 애슐리를 돌보느라 정신이 없어서 행사에 대해서는 잠시나마 잊을 수 있었다. 그래도 행사 당일이 되자 다시 그 어느 때보다 초조해졌다. 윙윙거리는 마음속 소음도 최고조에 달했다. 뭐라도 먹으면 거의 다 토했다. 그래서 저녁을 아예 건너뛰었다.

개럿은 대형 유통 회사의 사내 변호사로 일하고 있었고, 6시 반이나 되어야 집에 올 예정이었다. 그래서 개럿이 퇴근할 때까지 엄마가 아이들을 돌봐 주기 위해 우리 집으로 오셨다. 나는 아이들에게 키스하고 엄마에게 감사를 전한 후 내 혼다 자동차에 올랐다. 그리고 개럿에게 전화를 걸었다. 개럿은 괜찮을 거라며 나를 안심시켰다. 나는 전화를 끊은 뒤 호흡에 집중했다.

들이마시고, 내쉬고. 중심을 잡자. 내 영혼의 본모습과 연결돼야 해.

이윽고 제리코 고속도로에서 아이들이 나타났다.

나는 고속도로를 벗어나 문구점 주차장으로 끼익 소리를 내며 들어갔다. 가방에서 작은 수첩을 꺼내 아이들이 하는 말을 최대한 받아 적었다. 실제로 일어나고 있는 일인데도 도무지 믿기지 않았다. 저세상으로부터 그렇게 연속적인 메시지가 쏟아진 건 처음이었다.

몇 분 후, 나는 다시 제리코 고속도로로 진입해 헌팅턴 힐튼 호텔을 향해 달렸다. 행사 시간에 맞춰 겨우 도착했다. 부모들은 이미 행사장에 앉아 있었는데 기이할 정도로 조용했다. 숨이 막힐 듯 고요했다. 주위의 무거운 분위기를 느낄 수 있었다.

밥 긴즈버그가 나를 소개했다.

"로라 린 잭슨을 소개합니다. 로라는 영원한 가족 재단에서 공인받은 영매입니다. 오늘 밤 우리에게 아이들과 대화하는 법을 알려 주고자 이 자리에 함께해 주셨습니다."

밥과 프란은 부모들의 프라이버시를 최대한 보장하기 위해 급히 회의장을 빠져나갔다. 그들이 나가자 모든 시선이 나에게 쏠렸다. 교사로서 나는 사람들이 나를 바라보며 내 말을 기다리는 모습에 익숙했다. 하지만 이 경우는 달랐다. 이 정적은 견디기가 힘들었다. 나는 무슨 말이라도 해야 했다. 그런데 무슨 말을 해야 할지 알 수가 없었다.

그러다 내가 할 일은 아이들이 이야기하도록 기다리는 것뿐이라는 사실을 깨달았다. 그 순간 갑자기 아이들이 몰려들었다.

나는 불쑥 말을 꺼냈다.

"여러분의 자녀들이 이 자리에 와 있습니다. 그리고 아이들이 여러분에게 해 주고 싶은 이야기가 있다고 합니다."

그리고 알아차릴 새도 없이 내 머리보다 약간 위쪽에 있는 공간 속으로 미끄러지듯 쑥 들어갔다. 그곳은 내가 육신으로 존재하기를 멈추고 영적인 본모습이 되는 곳이고, 더 이상 내가 알던 '나'가 아닌 곳이며, 이 세상의 염려를 모두 내려놓을 수 있는 곳이었다. 나는 딸깍하는 소리와 함께 문이 열리는 것을 느꼈다.

아이들이 내 마음속 스크린에 빛의 점으로 나타났다. 그들은 선명하고 강하게 모습을 드러냈다. 짜릿한 일이었다. 나는 아름다운 아이들과 그들의 아름다운 에너지에 둘러싸여 있었다.

내가 부모들에게 말했다.

"여러분의 자녀들이 이 자리에 와 있습니다. 그리고 아이들이 여러분에게 해 주고 싶은 이야기가 있어요. 아이들은 '이제 저희 걱정은 하지 마세요. 저희는 잘 있고 괜찮아요. 걱정이나 두려움은 내려놓으셔도 돼요. 그래야 우리가 함께할 수 있어요. 알려 드리고 싶은 게 너무 많아요' 라고 말하고 있습니다."

이 말 한마디에 방 안을 채우고 있던 긴장이 사라졌다. 어떤 중압감이 물러났다. 그제야 행사 전 아이들이 미리 내 차로 찾아온 이유를 이해할 수 있었다. 아이들은 자기 부모가 경계심을 가질 거라는 사실을 알고 있었다. 부모들이 슬픔과 고통과 분노를 가리기 위해 주위에 벽을 쌓을 거라는 사실을 알았다. 그 벽으로 인해 자신들의 목소리가 가려질 것도 알고 있었다. 그래서 아이들은 모든 부모들을 위한 공동의 메시지를 가지고 나에게 온 것이다.

벽을 없애고 경계를 푸세요. 그래야 우리를 볼 수 있어요. 두려워하거나 혼란스러워하거나 거부하지 마세요. 지금 이 순간 우리가 여기 엄마 아빠 곁에 있다는 걸 알아주세요.

그 생기 넘치고 빛으로 가득한 아이들이 자신들의 행복한 에너지 안에서 헤엄치자며 우리를 초대하고 있었다. 오직 순수한 사랑만 느껴졌다. 고통도 두려움도 죄책감도 아닌 사랑뿐이었다. 그것은 공항에서 사랑하는 사람을 기다리는데 갑자기 그 사람이 모퉁이를 돌아 당신에게 걸어오는 것과 같은 최고의 기분일 것이다. 바로 이것이 내가 그 행사장에서 느낀 감정이었다. 사랑에 둘러싸인 기분이었다.

이번에는 놀랍게도, 아이들이 차에서 그랬던 것처럼 나를 당황스럽게 만들지 않고 참을성 있게 한 명씩 순서를 기다렸다. 나는 아이들에게 질서를 지키라고 하지 않았다. 아이들이 알아서 그렇게 하고 있었다.

아이 한 명이 나타났다. 무언가 내 몸을 강하게 잡아끄는 것 같았다. 내가 '올가미 에너지'라고 부르는 어떤 힘이 내 몸을 회의용 테이블 맨 끝에 있는 한 부부에게로 이끌었다. 남편은 절제하고 있었으며 어떤 감정도 드러내지 않으려 했다. 그의 아내는 남편 옆에 앉아 있었으나 그를 건드리지는 않았다. 그녀는 이미 울고 있었다.

모습을 드러낸 아이는 10대 소녀였다. 소녀는 자신이 죽었을 때 부모님이 느꼈을 특별한 슬픔을 알려 주기 위해 자기가 외동딸이었음을 보여 주었다. 또한 나에게 철자 J를 보여 주고 약자도 하나 보여 주었다. 아마도 약칭으로 불렸다는 뜻 같았다.

"당신들의 자녀가 와 있습니다. 따님이요. 아이가 J로 시작하는 이름을 저에게 보여 주는데, 다른 이름도 있었던 것 같군요. 제시카 아니면 제니퍼 같아요. 그런데 당신들은 아이를 다른 이름으로 부르신 것 같네요."

내 말에 그들이 천천히 고개를 끄덕였다. 소녀의 이름은 제시카였고, 제시라고도 불렸다고 했다.

제시는 자기에게 무슨 일이 있었는지 보여 주었다.

"아이의 흉부에서 시작된 일이군요."

내가 말했다.

~~~~~

나중에 나는 소녀의 부모로부터 모든 이야기를 들을 수 있었다. 2007년 성^聖금요일* 아침, 코네티컷주 폴스 리버에 사는 고등학교 2학년 학생인 제시는 계단을 내려오며 말했다.

"몸이 안 좋은 것 같아요."

그녀의 아빠 조가 말했다.

"제시, 오늘은 학교 쉬는 날이잖니. 그러니 아픈 척할 필요 없단다."

"아니에요. 정말 몸이 안 좋아요. 진짜 아파서 그래요."

전날 제시는 크로스라는 라켓을 사용해서 하는 하키와 비슷한 구기 경기인 라크로스를 했고, '주州에서 개최한 10대들을 위한 경찰 체험 캠프'에도 다녀왔다. 둘 다 제시가 매우 좋아하는 활동이었다. 예쁘고 똑똑하고 빨간 머리에 주근깨가 있는, 따뜻하고 수줍은 미소를 지닌 제시는 지치는 법이 없었다. 공부도 잘하지만 유도 검은띠 2단과 스쿠버 다이버 자격증도 있었다. 친구와 가족 그리고 반려견인 골든 레트리버 팰러딘을 사랑했고, 삶에 대한 호기심도 왕성했다.

2주만 지나면 열여섯 살이 될 예정이었으며, 얼마 전부터 남자 친구도 사귀고 있었다.

"별일 아니었어요. 제시는 단지 '엄마, 나 사랑하는 사람이 생겼어요.' 하고 말했어요. 보통의 10대 아이들처럼요."

제시의 엄마 메리앤이 말했다.

조와 메리앤은 차를 타고 제시를 소아과에 데려갔다. 의사는 제시가 독감에 걸렸다고 했다. 하지만 그날 밤 제시가 피를 토해 더 큰 병원으로 가야 했다. 다음 날 제시는 급하게 다른 의료 센터로 옮겨졌고, 그곳에서 다시 보스턴에 있는 어린이 전문 병원까지 헬기로 후송되었다. 독

● 부활절 직전의 금요일로 예수 그리스도가 십자가에 못 박혀 돌아가신 날. '수난일'이라고도 한다.

감에 걸린 건 맞았으나 희귀한 악성 변종 독감이었다.

독감은 빠르게 폐렴으로 발전했고 다시 패혈증이 되었다. 호흡, 체온, 심장 박동이 약해졌고, 폐 손상이 너무 심해 인공호흡기를 달아야 했다. 제시의 친구들과 친척들이 조와 메리앤과 함께 있기 위해 보스턴까지 왔고, 다른 사람들은 제시의 집 뒷마당에서 촛불 기도회를 열었다. 제시가 몸이 안 좋다고 말한 성금요일로부터 닷새밖에 지나지 않았지만 CT 촬영을 통해 뇌출혈이 있다는 사실도 밝혀졌다. 의사들은 손을 쓸 수 없다고 했다.

자동차 정비소에서 일하던 건장한 남자 조와 천주교 신자이자 정신력이 강인했던 메리앤조차 망연자실했다. 순식간에 상황이 악화되고 있었다. 사랑스러운 딸이 그들 곁을 떠나가고 있었다.

조와 메리앤은 작별 인사를 하기 위해 제시가 있는 입원실로 들어갔다.

"사랑해, 우리 딸. 너는 이 세상에서 우리의 가장 좋은 친구란다."

메리앤이 딸의 긴 빨간 머리를 쓰다듬으며 말했다.

조는 제시의 손을 꽉 잡은 채 딸에게 눈물방울이 떨어지지 않도록 흐르는 눈물을 연신 닦아 내며 말했다.

"사랑한다, 제시. 정말 너무 사랑한다."

제시는 부활절이 지나고 며칠 뒤에 사망했다.

조와 메리앤은 제시의 방을 그대로 두었다. 당장이라도 제시가 다시 뛰어 들어오기를 기대하는 것처럼. 그들은 정신없이 장례식과 추도식을 치렀다. 제시의 생일 선물 대신 묘비를 골랐다.

"도무지 말이 안 돼. 믿기지가 않아. 제시는 분명 여기 있었는데 이제 없다니. 우리한테 왜 이런 일이 일어난 거지? 왜 하필 제시인 거야? 이런 일이 일어나야 했다면, 우리는 왜 둘 다 아직 여기 있는 거냐고!"

조가 말했다.

"우리는 그동안 살면서 갖고 있던 믿음에 의문을 품게 됐어요. 그리고 그 답을 찾아다녔지만 답은 어디에도 없었죠. 제시가 없는 삶은 아무 이유도 목표도 없었던 거예요. 제시도 없는데 우리는 왜 살아야 하는 거죠?"

메리앤이 말했다.

나는 조와 메리앤 바로 앞에 서 있었지만, 그들이 느끼는 절망이 얼마나 큰지 가늠조차 할 수 없었다. 하지만 제시가 그냥 사라져 버린 게 아니라는 사실은 알고 있었다. 제시는 무한한 사랑과 활기를 지니고 바로 그곳에 우리와 함께 있었다. 또한 제시는 하고 싶은 말이 무척 많았다.

"제시가 나비에 관해 감사드린대요."

내가 조와 메리앤에게 말했다. 그들은 서로를 쳐다보았고, 메리앤은 휴지를 집으려고 손을 뻗었다.

나는 나비가 그들에게 어떤 의미인지 알지 못했고 알 필요도 없었다.

그러나 그들은 알고 있는 게 분명했다. 나중에 들은 바로는 조와 메리앤이 최근 딸의 묘비를 골랐는데, 제시 이름 주위에 나비들을 새긴 묘비를 선택했다고 한다. 제시가 생전에 나비를 좋아했기 때문이다. 그것은 시작에 불과했다.

"제시가 동물 한 마리를 보여 주네요. 고양이예요. 나뭇가지 위에 있는 고양이요. 나무 사이에 갇혀 있는 고양이라고 하는데요?"

나는 계속 이야기하며 조와 메리앤을 보고 확인받으려 했지만, 그들은 아무 말이 없었다. 상관없었다. 때로는 저세상에서 온 메시지가 시간이 지난 후에야 비로소 이해될 때도 있으니 말이다. 나는 그들에게 제시의 메시지가 나중에 확인될 수도 있으니 잘 기억하시라고 했다. (상담이 끝나고 몇 주 후, 조는 뒷마당에서 갈퀴로 나뭇잎들을 치우다가 제시가 좋아하던, 너무 많이 먹어 배가 불룩한 고양이가 나뭇가지 사이에 끼어 있는 것을 발견했다. 그는 고양이가 왜 거기에 있는지 곧바로 기억해냈다. 마당에 있던 제시가 다른 일에 정신이 팔려 있는 사이, 조는 그들이 키우던 골든 레트리버가 고양이를 물까 봐 별 생각 없이 고양이를 나무 위에 올려놓았던 것이다. 이런 구체적인 일들이 행사장에서는 떠오르지 않았다. 그런데 제시가 이 일화를 일깨웠고, 조가 딸의 존재를 가장 느끼고 싶어 할 때 이 일을 기억해낼 수 있었다.)

"모자 하나가 보여요. 경찰모 같은 거예요. 제시가 파란색 경찰모를 보여 주고 있습니다. 이 모자 이야기를 해야겠네요. 혹시 경찰이신가요?"

제시의 말을 전하면서 내가 두 사람에게 물었다.

조는 깜짝 놀란 것 같았다. 아니, 그 이상이었다. 그는 멍한 표정이 되었다. 나중에 그가 경찰모의 의미를 설명해 주었다.

죽기 전 제시는 주에서 주최한 10대들을 위한 경찰 캠프에 참여했다. 제시처럼 모험심 강한 아이가 좋아할 만한 활동이었다. 조는 제시한테 50달러를 주면서 캠프에 가면 경찰모를 하나 사다 달라고 부탁했다. 그런데 제시는 모자를 까맣게 잊은 채 그 돈을 다른 데 써 버렸다. 아무도 그 일에 대해서는 기억하지 못했다.

그런데 제시의 장례식 날 설명하기 힘든 일이 벌어졌다. 경찰관 한 명이 조에게 다가왔다. 두 사람은 초면이었다. 경찰관의 손에는 파란색 경찰모가 들려 있었다.

경찰관은 적절한 말을 찾으려고 진땀을 뺐다.

"당신한테 이 모자를 드리려고 가져왔습니다. 왜인지는 저도 모르겠어요. 정말 모르겠습니다. 그냥 이걸 갖다 드려야 할 것 같아서요."

경찰관은 눈물이 가득 고인 채 조에게 말했다. 조는 모자를 손에 들고 이리저리 돌려 보기도 하고 멍하니 쳐다보았다. 그리고 경찰관을 끌어안았다.

저세상은 거의 모든 사람을 전달자로 만들 수 있는 것 같다. 선택받은 사람이 저세상을 향해 마음을 여는 한 그렇다. 경찰관은 조에게 모자를 갖다 줘야 한다는 이상한 충동을 무시할 수도 있었다. 그러나 다행히 그러지 않았다.

제시가 나한테 모자를 보여 준 것은 조와 메리앤만이 알아볼 수 있는 것이었기 때문이다. 경찰관조차 그 모자에 어떤 의미가 있는지 알지 못했다. 제시는 나를 통해 모자 이야기를 해서 자기가 그 회의장에 그들과 함께 있다는 걸 알리고 싶었던 것이다.

그런 다음 제시는 자신이 앓은 병을 보여 주었다. 자신의 몸 전체를 보여 주었는데, 병이 온몸으로 퍼졌다는 뜻 같았다. 그리고 자기 머리를 보여 주었다. 병이 뇌까지 퍼졌다는 것을 알리고 있었다. 3일이라는 시간이 표시된 선도 보여 주었다. 병이 빠르게 진행되었다는 의미였다.

"병이 몸 전체를 망가뜨렸군요. 혈관으로 침투해 뇌까지 손상을 입혔네요. 병이 뇌까지 전이됐을 때는 제시를 보내 줄 수밖에 없었고요."

조와 메리앤은 제시의 뇌출혈에 대해 누구에게도 말 한 적이 없었다. 뇌출혈로 인해 생명 유지 장치를 제거해야 했다고 아무한테도 말하지 않았다. 그러나 제시는 자신이 그곳에 있다는 걸 증명하기 위해 나에게 그 사실을 알려 준 것이다. 아마 제시는 부모님을 납득시키려면 더 많은 설명이 필요하다고 여겼던 것 같다. 그런 상세한 정보가 있어야만 부모님이 자신의 존재를 믿을 거라고 생각한 것이다. 그리고 정말로 그랬다.

"제시가 부모님에게 하고 싶은 말이 있습니다. 제시는 자신이 떠난 게 아니라는 것을 부모님이 알아주길 바라요. 자기는 앞으로도 부모님을 떠나지 않을 거라고요. 자기는 언제나 부모님의 딸이고 항상 사랑한다고 하네요. 부모님은 딸을 잃은 게 아니고 앞으로도 그럴 일은 절대 없을 거라고 말하고 있어요. 제시를 잃은 게 아니라는 걸 부디 이해해 주세요."

내가 말했다.

병원에서 제시가 죽던 날, 메리앤은 제시의 손을 잡고 머리카락을 어루만지며 말했다.

"너는 이 세상에서 우리의 가장 좋은 친구란다."

그리고 그로부터 3개월이 지난 지금, 롱아일랜드의 호텔 행사장에서 제시는 그 아름다운 말을 자기 부모님에게 돌려주었다.

"제시는 떠난 게 아닙니다. 앞으로도 절대 가지 않을 거고요. 언제나 부모님과 함께할 것이고, 늘 부모님의 가장 좋은 친구일 겁니다."

19. 마지막 아이

그날 밤 행사장에서는 아이들이 연이어 모습을 드러냈다. 남자아이, 여자아이, 다섯 살 정도 되는 어린아이들도 있었고, 10대거나 그보다 조금 더 큰 경우도 있었다. 아이들은 각자 그곳에 있다는 걸 부모에게 증명하기 위해 확실하고 구체적인 정보들을 알려 주었다. 또한 자신들이 어디로 가 버린 게 아님을 여러 번 강조했다.

나는 자전거를 타다 죽은 딸을 둔 부부에게 다가갔다. 딸은 죄책감을 내려놓으라고, 사고를 막기 위해 부모님이 할 수 있는 건 아무것도 없었다고 말하고 싶어 했다.

"따님은 부모님이 자기 그림을 거실에 걸어 준 덕분에 자신이 부모님의 삶 속에 계속 있을 수 있게 되었다며 감사해하고 있습니다."

한 청년은 자신이 친구 두 명과 함께 익사했다고 알려 주었다. 나는 그의 부모에게 말했다.

"아드님은 함께 세상을 떠난 친구들이 있어 결코 외롭지 않다고 전해 달라고 하는군요. 게다가 저세상에 가니 외할아버지와 가족들이 기르던 개가 그를 맞아 주려고 기다리고 있었다고 하네요."

그곳에 나타난 모든 아이들은 같은 것을 원했다. 사랑하는 사람들이 겪는 고통과 괴로움을 어떻게든 덜어 주고 싶어 했다. 덕분에 그 부모들은 저세상의 빛을 어렴풋이 볼 수 있었다. 아주 작고 희미하지만 부모들은 그 빛을 통해 어둠에서 빠져나가는 통로를 볼 수 있었으니 아이들은 성공한 셈이었다.

영적 상담은 쉬지 않고 이어졌다. 나도 모르는 사이에 어느덧 3시간을 넘어서고 있었다. 그 3시간 동안 너무나 많은 일이 일어났고, 한때 침울했던 방 안에 안도와 희망이 가득 찼다. 그날 밤 집으로 돌아간 사람들은 그곳에 올 때와 똑같은 사람들이 아니었다. 그들의 고통이 모두 사라진 것은 아니지만 줄어 있었다. 아이들은 자기들이 사라져 버린 게 아니라는, 가장 아름답고 강력한 마법 같은 선물을 선사 한 것이다.

그날 밤 이 모든 사랑이 오고간 후, 나는 진이 빠지면서도 마음이 들뜨고 압도된 상태였다. 그런데 한편으로는 여전히 뭔가 찜찜한 기분이었다. 무언가 잘못된 느낌이 들었다.

모든 아이가 모습을 드러냈다. 딱 한 명만 빼고.

나는 행사장을 훑어보았고, 아직 나와 이야기하지 않은 한 사람을 발견했다. 검은 머리의 40대 초반 여성이었다. 나중에 알게 된 것인데, 그녀는 그곳에 있던 부모들 가운데 유일한 싱글맘이었다. 그 여성은 테이블 맨 앞자리에 앉아 끈기 있게 기다렸다. 그러나 그녀 앞에 아무도 나타나지 않았다. 무슨 일이 있었던 걸까? 대부분의 부모들이 행사장을 빠져나가자 그녀도 천천히 자리에서 일어나 출입구 쪽으로 걸어갔다. 그녀의 걸음걸이에서 엄청난 실망감을 느낄 수 있었지만 어떻게 해야 할지 알 수 없었다.

바로 그때, 그 여성의 아이가 마지막 순서로 말하기를 원했다는 생각이 들었다. 나는 급히 그녀에게 다가가 그녀의 어깨에 손을 얹었다.

"잠시만요. 가지 마세요. 제가 좀 더 함께 있을게요."

우리는 행사용 테이블에 단둘이 앉았다. 우리가 자리에 앉자마자 누군가 그녀를 위해 모습을 드러냈다.

그 빛의 점은 내 스크린 오른쪽 위인 강하고 선명한 부분에 있지 않았다. 더 아래쪽 어딘가에 있었다. 알아들으려면 무척 집중해야 하는, 아주 약하고 희미한 진동에 귀를 기울이는 느낌이었다. 게다가 그 빛은 다른 것들보다 강도가 훨씬 약했다. 그래서 내 에너지를 그날 밤 유지하고 있던 것보다 더 낮춰야 했다. 그의 에너지를 끄집어내기 위해서였다. 나는 행사장이 빌 때까지 기다려야 했던 이유가 바로 그것임을 깨달았다. 그 영적 상담은 뭔가 달랐다.

~~~~~

마침내 한 여성이 보였다. 스무 살 정도 되는 젊은 여성이었다. 정보가 희미했지만, 알아들을 수 있었다. 나는 이 여성의 엄마에게 말했다.

"당신은 정신과 의사시군요."

그녀의 얼굴이 얼어붙었다. 이어서 대학 건물과 편지들이 보였다. 편지는 총 세 통이었다.

"따님은 자신이 뉴욕 대학에 들어갔다고 하네요."

그 외에도 젊은 여성은 자기 엄마가 사는 곳과 몇 가지 정보를 알려 주었다. 또 작은 동물들을 보여 주었다. 고양이들이었다.

"따님이 자기 고양이들을 돌봐 줘서 감사하다고 하네요. 고양이들에게 아주 다정하게 대해 줘서 정말 고마워하고 있어요."

고양이에 대한 정보는 효과가 있었다. 엄마가 딸의 메시지에 마음을 더 여는 걸 느낄 수 있었다.

곧이어 젊은 여성은 자기가 어떻게 죽었는지 보여 주었다. 사실 나는 이미 알고 있었다. 그녀는 스스로 목숨을 끊었다.

자살한 사람들은 약한 빛으로 나타날 때가 많았다. 그녀의 딸이 드러나기까지 그렇게 오래 걸린 것도 다른 부모들 앞에서 자신이 자살한 사실을 드러내고 싶지 않아서였다. 그녀는 엄마의 프라이버시가 더 확보될 때까지 기다렸다.

그녀는 열여섯 살 때도 자살을 시도했음을, 그리고 그때 엄마가 얼마나 자기를 도와주려 애썼는지를 나에게 보여 주었다. 그녀는 결국 어떻게 자살하게 됐는지 (약물 과다 복용이었다) 보여 주었고, 이어서 엄마나 다른 누가 어떻게 했든 자신은 결국 목숨을 끊었을 거라고 말했다. 그것은 그녀의 선택이었다. 스스로 걸어 들어간 문이었다. 그녀는 지상에서의 여행을 그만두었고, 저세상으로 가고 난 후에야 삶이 얼마나 소중한 선물인지 깨달았다.

나는 이 모든 이야기를 울고 있는 그녀의 엄마에게 전했다. 두 사람의 연결은 비록 약하게 시작됐지만 이내 강하고 심오한 것으로 바뀌어 있었다. 나는 엄마와 딸 사이를 오가는 놀라운 사랑을 느낄 수 있었다.

그날 저녁 처음으로 나는 눈물을 흘렸다. 내가 겪은 가장 강렬한 순간 중 하나였다.

"따님은 당시에 그 일로 당신이 얼마나 힘들고 고통스러웠을지 알았다면 절대 그러지 않았을 거라고 꼭 전해 달라고 합니다."

나는 계속 이야기했다.

"그리고 자신이 한 일에 대해 너무도 미안해하고 있어요."

이제 우리는 가장 중요한 순간에 와 있었다. 그녀의 엄마에게 가장 필요한 말이었다.

"따님은 엄마에게 감사해하고 있어요. 자신을 위해 그토록 노력해 주고 이해해 줘서요. 하지만 무엇보다 자신이 죽은 후 엄마가 해 준 일이 가장 고맙답니다."

거의 텅 빈 회의장 안에서 나는 계속 메시지를 전했다.

"자신을 용서해 줘서 감사하대요."

나는 젊은 여성의 엄마와 40분 동안 같이 있었다. 상담이 끝나자 밥과 프란이 나를 포옹하며 감사 인사를 전했다. 그들은 행사가 무사히 끝나서 무척 기뻐하고 있었다. 나는 몹시 지쳐 있었지만 마지막 상담이 끝나자 피로가 싹 사라져 버린 것 같았다. 오히려 힘이 넘쳤다. 나는 모든 부모들이 자녀들과 연결되도록 도왔고, 놀라운 사랑의 메시지들을 전해 줄 수 있었다. 그 기적과 같은 치유의 과정에 내가 한 부분을 담당했다는 것은 나에게도 상당히 의미 있는 일이었다. 그 순간 그동안 저주는 아닐까 두려워하기도 했던 내 영적 능력이 축복이라는 사실을 진심으로 깨달았다.

나는 차를 타고 집을 향해 달렸다. 활력이 넘쳤고 아직 흥분이 남아 있는 상태였다. 바로 조금 전까지 비통해하던 부모들과 말로 표현할 수 없을 만큼 슬픈 사건들에 관해 4시간 동안 이야기했다는 점을 생각하면 좀 이상하게 들릴지도 모르겠다. 하지만 우리는 기적 같은 순간을 함께한 것이다. 아이들이 자기 부모들과 함께 그 방에 있었다! 사랑은 영원히 계속된다!

그날은 결코 죽음과 어둠에 관한 밤이 아니었다. 빛과 생명과 사랑을 위한 밤이었다.

밤 11시였다. 나는 개럿에게 전화해 행사가 얼마나 대단했는지 이야기했다.

"거 봐, 내가 뭐랬어?"

개럿이 말했다.

"곧 집에 도착할 거야."

그런데 이렇게 말한 순간, 나는 차 안에 나 혼자 있는 게 아니라는 사실을 깨달았다. 아이들이 아직 나와 함께 있었다.

더 나눠야 할 메시지가 있어서가 아니었다. 아이들 역시 아직 흥분이 남아 있는 상태였기 때문이다. 내가 하는 모든 영적 상담은 나와 내 담자 그리고 저세상에 있는 영혼이라는 세 존재의 에너지로 이루어진 삼각형을 통해 효과가 발생한다. 그래서 그날 밤 우리는 모두 같은 감정을 느낄 수 있었던 것이다. 아이들도 나처럼 들떠 있었다. 잠시 후 아이들도 떠났다. 그러나 나는 아직도 차 안에 있는 어떤 존재를 느낄 수 있었다. 아이였지만 회의장에 나타났던 아이는 아니었다. 그렇지만 그 아이 역시 전해야 할 메시지가 있었다.

나는 우리 집 진입로에 도착했고 조용히 집 안으로 들어갔다. 개럿과 꼭 끌어안고 키스한 후 잠든 아이들을 보기 위해 발끝으로 걸어갔다. 애슐리의 방으로 가서 아이를 물끄러미 바라보았다. 애슐리는 나의 천사, 내 소중한 천사였다. 나는 허리를 굽혀 아이 뺨에 키스한 후 어깨까지 이불을 끌어올려 주었다. 그리고 다시 헤이든의 방으로 살금살금 걸어가 아이에게 키스하고 이불을 잘 덮어 주었다. 헤이든의 부드러운 머리칼도 조심스럽게 쓸어 넘겼다. 나는 아이들과 함께 있는 어떤 순간도 절대 당연한 것으로 받아들이지 않으려 했다. 이제 알 수 있었다. 내가 얼마나 운이 좋은지를.

아이들의 방문을 닫고 부엌으로 가 감자칩과 소스를 꺼내 1주일쯤 굶은 사람처럼 정신없이 먹어 치웠다. 그리고 개럿에게 할 일이 조금 남았다고 말한 뒤 침실로 가서 문을 닫았다.

～～～

영원한 가족 재단 행사가 있던 밤, 나는 밥과 프란 부부에게 세상을 떠난 딸이 있다는 사실은 알고 있었지만 그 딸이 어떻게 세상을 떠났는지에 대해서는 모르고 있었다.

헌팅턴 힐튼 호텔에서 집으로 돌아올 때 마지막까지 차 안에 있던 아이가 바로 그들의 딸 베일리였다. 밥과 프란에게 전화할까 했지만 시간이 너무 늦은 것 같았다. 대신 이메일을 보냈다.

그날 밥과 프란은 밤새도록 무대 뒤에 있었다. 슬픔에 빠진 부모들을 옆에서 조용히 응원하며 아이들이 각자의 부모에게 나타나기를 기도했다. 자신들의 고통과 상실감은 제쳐 두고 다른 부모들을 돕는 일에 집중했다. 하지만 지금은 그들에게 전할 메시지가 있었다. 나는 이메일에

197

이렇게 썼다.

'오늘 영적 상담 중에 나타난 모든 아이들이 행사를 열어 주어 감사하다는 인사를 전해 왔습니다. 저세상의 말에 따르면, 두 분은 두 분이 생각하시는 것보다 더 많은 사람들을 치유하고 있어요.

베일리도 두 분을 무척 자랑스러워했어요. 오늘 베일리가 제 마음속 스크린에서 다른 아이들 뒤에 선 채 자부심과 기쁨으로 환하게 웃는 모습을 보았어요. 베일리는 정말 아름다웠어요.

그런데 베일리가 어떤 날짜를 열심히 가리키고 있었는데, 혹시 가족 중에 지금쯤 생일이거나 기념일인 분이 있나요? 베일리는 이 날짜가 중요하다고 말하면서, 자신이 언제나 부모님 삶의 일부일 거라고 전해 왔습니다.'

다음 날 프란이 답장을 보내 왔다. 그녀는 행사가 잘 마무리된 것에 감사 인사를 전하면서, 3일 후가 베일리의 기일이라고 했다. 그리고 이렇게 덧붙였다.

'어젯밤 베일리가 당신과 함께 있었던 게 분명하네요.'

어떤 아이들은 이 세상에 오래 머물지 못한다. 어떤 아이들은 아주 짧은 시간만 우리 곁에 함께한다. 하지만 그 시간 동안 사랑에 대한 깊은 교훈을 배우고 가르친다. 아이들이 세상에 미치는 영향 또한 그들이 죽은 후에도 끝나지 않는다. 그들은 언제나 우리 곁에 있으며 사랑을 가르쳐 준다. 베일리는 이곳에서 겨우 15년을 머물렀지만 계속해서 세상을 더 나은 곳으로 변화시키고 있다. 밥과 프란은 베일리에 대한 초월적 사랑을 기리기 위해 영원한 가족 재단을 만들었다. 그리고 지금 밥과 프란, 베일리 이 세 사람은 빛과 치유의 군단으로 함께 일하고 있다.

20. 덫에 걸린 벌

영원한 가족 재단 행사 후 1년쯤 지난 시점이었다. 나는 뉴욕에 사는 찰리와 로즈앤 부부와 영적 상담 중이었다. 나는 그들이 결혼한 지 꽤 됐지만 자녀가 없다는 것을 알 수 있었다. 저세상의 문을 조금 더 여니 빛의 점 하나가 나타났다. 그런데 그 점은 사람이 아니라 개였다.

나는 그들에게 말했다.

"S로 시작하는 이름을 가진 크고 검은 개가 보이는군요."

찰리와 로즈앤은 그 개가 그들이 함께 기른 첫 반려견, 도베르만과 래브라도레트리버 사이에 태어난 섀도라는 이름의 사랑스러운 개라고 대답했다.

곧 더 많은 빛의 점들이 나타났다. 눈이 부셨다. 그것은 나에게 완전히 새로운 경험이었다. 모습을 드러낸 건 섀도만이 아니었다. 온갖 종류의 다양한 동물이 빛의 점들로 나란히 줄지어 나타났다. 한 무리의 동물들이 계속해서 들어왔는데, 모두 같은 메시지를 보내고 있었다. 감사 인사 그리고 사랑이라는 메시지였다.

나는 저세상과 내담자 사이에서 출렁이는 순수한 사랑의 파도를 느꼈다. 사랑이 워낙 강렬해서 동물들을 모두 알아볼 수는 없었다. 그저 굉장히 많다는 것만 알 수 있었다. 도대체 찰리와 로즈앤이 무슨 일을 했기에 이렇게 강력한 사랑과 감사의 메시지가 오가는 건지 신기했다.

~~~~~

찰리는 브롱크스에서, 로즈앤은 브루클린에서 자랐다. 그들은 동물을 사랑하고 가끔씩 구조 활동을 하기도 하는 가정에서 성장했다. 찰리가 말했다.

"저는 앵무새를 구출하는 데 재주가 있었죠. 다른 사람들의 아파트 안 새장에서 탈출한 앵무새들이 우리 집 비상계단까지 오곤 했어요. 저는 앵무새를 수건으로 감싸 집 안으로 데려왔고요. 쉽지는 않았지만 그런 식으로 집에 들인 앵무새가 다섯 마리나 됐어요."

로즈앤의 경우는 길고양이들이나 떠돌이 개들과 인연이 있었다.

"저희 건물 창고에 고양이 가족이 살았는데, 엄마와 제가 집으로 데려와 보살폈어요. 어미 고양이 한 마리와 새끼 고양이 블래키와 그레이였죠. 우리는 먹을 것을 주면서 사랑으로 보살폈어요. 원래 기르던 개들도 고양이들과 아주 잘 지냈고요."

찰리와 로즈앤은 20대에 처음 데이트를 시작했고, 곧 동물을 계기로 더 가까워졌다. 둘이 함께하게 되자 길을 잃은 더 많은 동물들이 그들의 삶 속으로 들어왔다. 찰리와 로즈앤은 동물들을 구하기 위해 여기저기 돌아다닐 필요가 없었다. 도움이 필요한 동물들이 그들을 찾아오는 것 같았다.

어느 날에는 현관 앞에 다친 것처럼 보이는 고양이가 있었다. (차에 치여 엉덩이를 다쳤다.) 그들은 그 고양이에게 스트라이프스라는 이름을 지어 주었다. 그 외에도 스타스, 팽, 마미, 하이디, 베이비, 스노 같은 길고양이들을 골목이나 길거리에서 발견했다. 레지날드 밴 캣이라는 커다란 얼룩 고양이와 파펠이라는 잡종견도 있었다. 로즈앤이 말했다.

"어느 날은 브루클린 모퉁이를 돌다가 울타리에 쇠사슬로 묶인 개두 마리를 구한 적도 있어요. 어쩌겠어요? 그냥 가 버릴 순 없잖아요?"

개와 고양이만 있었던 것도 아니었다. 어느 날은 마트에 장을 보러 갔다가 새끼 참새 두 마리가 쇼핑 카트 안 깨진 알 속에 웅크리고 있는 모습을 보았다. 참새들은 갓 부화해 눈도 못 뜬 상태였다. 만져 보니 차가웠다. 찰리와 로즈앤은 참새들을 집으로 데려와 몸을 녹여 주었다. 나중에 이들 부부가 헤클과 제클이라고 이름 지어 준 그 참새들은 모든 어려움을 극복하고 살아남았다. 찰리와 로즈앤은 야생 조류 보호 구역 안에 둥지를 마련해 주었다.

한번은 아파트 주차장에서 희미한 새 울음소리를 들었다. 그들은 1시간 동안 그 울음소리가 어디서 나는지 찾아다녔고 마침내 스노타이어에 낀, 갓 태어난 참새를 발견했다. 참새가 날지 못했기 때문에 부부는 밖으로 데리고 나가 어미가 찾아올 수 있게 관목 아래 두었다. 그러나 1시간 후에도 참새는 아직 그대로 있었다. 찰리와 로즈앤은 참새를 집으로 데려와 건강을 되찾을 때까지 보살피다가 다시 날아갈 수 있도록 놓아주었다.

로즈앤이 차와 트럭들이 시속 110킬로미터로 달리는 뉴저지 고속도로에 갇힌 오리와 그 새끼들 이야기도 해 주었다.

"오리들이 뒤뚱거리면서 왼쪽 차선으로 가는 게 보였어요. 그걸 본 한 운전자가 급하게 브레이크를 밟았어요. 오리들이 중앙 차선에 진입하자 또 다른 운전자가 급브레이크를 밟았죠. 오리들이 바로 제 앞을 지나가게 되었고, 저도 브레이크를 밟았어요. 그 사이 오리들은 고속도로를 가로질러서 갓길까지 갔고요. 그런데 사이드미러로 보니 거대한 견인 트레일러가 제 차를 향해 전속력으로 돌진하는 게 보이더라고요."

그 짧은 순간 로즈앤은 기도했다. 견인 트레일러는 속도를 늦추지 않고 달려오다 마지막 순간 갓길 쪽으로 방향을 홱 틀었고, 오리들을 가까스로 피해 로즈앤의 차 근처에 멈추었다. 견인 트레일러는 차를 돌려 다시 고속도로로 진입하더니 가던 길을 계속 갔다. 오리들도 다시 움직이기 시작했다. 로즈앤이 말을 이었다.

"우리 모두에게 어떤 집단의식 같은 게 있어서 오리들을 피할 수 있었던 것 같아요. 결국 우리는 오리들이 고속도로를 안전하게 다 건널 때까지 그곳에 머물렀죠."

다른 일화들도 있었다. 멕시코 코수멜 섬에서는 부상을 당한 떠돌이 개를 발견했다. 찰리와 로즈앤은 그곳의 현지 의사를 설득해 인간을 치료하는 방법으로 그 개를 치료하게 했다. 고가도로 위 8미터 높이의 둥지에서 떨어진 새끼 비둘기도 있었다. 이때도 두 사람이 지역 소방관에게 부탁해 사다리를 타고 올라가 비둘기를 다시 둥지 안에 넣어 주었다. 폭우로 주차장에 물이 차오를 때 휩쓸리지 않으려고 발버둥을 치던 아주 작은 두꺼비도 있었다. 찰리는 거센 물살을 헤치고 두꺼비를 구해

안전한 맞은편 길가에 내려놓았다.

어느 4월 오후에는 맨해튼 다운타운 해안가를 산책하다 이런 일도 있었다. 한 무리의 사람들이 베라자노내로스 교량 난간에 모여 물속에 있는 무언가를 가리키고 있었다. 약 9미터 길이의 혹등고래 한 마리가 바다와는 반대 방향을 향해 있었다. 고래에게는 좋지 않은 일이었다. 배에 치이거나 그물에 걸릴 위험이 있었다. 바다로 돌아가지 않으면 고래는 살아남기 힘들 게 분명했다.

찰리와 로즈앤은 사람들 무리에 끼어 해안 경비대가 고래 주위에 방어선을 설치하는 것을 지켜보았다. 해안 경비대는 배들로부터 고래를 보호하려고 했지만 부두에서 멀어지게 할 방법이 없었다. 그것은 고래에게 달려 있는 일이었다. 그 광경을 지켜보던 사람들은 고래가 다시 바다 쪽으로 방향을 틀도록 힘써 보기로 했다. 그들은 다 같이 정신을 집중해 고래에게 메시지를 보냈다.

오랫동안 고래는 움직임이 없었다. 그러다 갑자기 방향을 틀어 제대로 된 쪽으로, 코니 섬 남쪽 바다를 향해 헤엄치기 시작했다. 고래는 앞을 향해 마지막으로 크게 한 번 도약하더니 부두에서 점점 멀어졌고, 안전한 곳으로 모습을 감추었다.

해안가에 있던 사람들은 어떻게 했을까? 그들은 요란을 떨지 않았다. 다 함께 묵묵히 그 모습을 지켜보았다. 그들은 자신들이 기적 같은 일에 동참했다고 생각하고 있었다. 찰리가 말했다.

"우리는 모두 바닷가에 조용히 서 있었어요. 그리고 고래가 자기 집으로 헤엄쳐 돌아가는 모습을 상상했지요."

아주 작은 벌 이야기도 있다.

찰리와 로즈앤은 존스 비치의 산책로를 따라 걷다가 땅에 벌 한 마리가 있는 것을 발견했다. 벌의 다리 하나가 산책로 널빤지 사이에 끼어 날지 못했던 것이다.

"벌이 다리를 빼려고 몸부림치는 게 보였어요. 어떻게 그때까지 아무에게도 밟히지 않았는지 모르겠더군요."

로즈앤이 손으로 땅을 짚고 무릎을 꿇은 후 널빤지 하나를 조심스럽게 잡아당기니 그제야 벌이 빠져나올 수 있었다.

로즈앤이 당시의 상황을 설명했다.

"그런데 벌이 날아가질 않더라고요. 너무 지쳤던 거죠. 그래서 저는 벌을 휴지 위에 살짝 올려놓고는 정원으로 데려가 꽃 근처에 놓아 주었어요. 오래지 않아 벌이 꽃 주위에서 윙윙 날기 시작했죠."

찰리와 로즈앤 부부와 상담을 하는 동안 나는 유람선과 비둘기를 보았다. 무슨 뜻인지는 알 수 없었지만 그것에 대해 이야기했다. 나중에 배 위에 있던 비둘기 이야기를 듣게 되었다.

찰리와 로즈앤 부부는 유럽행 유람선에서 비둘기 한 마리가 갑판 위를 걸어가는 모습을 보았다. 그들은 비둘기가 북해 한가운데에서 무엇을 하는 걸까 궁금했다. 그래서 비둘기가 날아갈 때까지 그 옆을 지켰다. 2시간 후, 그들은 갑판 아래에 있는 선실로 돌아갔다. 그런데 선실 문을 열자, 아까 만난 그 비둘기가 침대 위에 있는 게 아닌가! 그들이 발코니 문을 열어 놓고 나간 게 틀림없었다. 그래도 유람선에 수천 개의 선실이 있는데, 그 비둘기는 용케 그들 부부의 선실로 찾아온 것이다.

찰리와 로즈앤은 빵을 조금씩 뜯어 비둘기에게 줄 작은 요리를 만들었다. 빵 부스러기를 먹은 비둘기는 쉬기 좋은 장소를 찾아냈다. 그렇게 그들 부부의 발코니에 머무르다가 유람선이 암스테르담에 도착하자 날아갔다.

비둘기가 날아가기 전, 찰리는 비둘기의 다리에 작은 꼬리표가 붙어 있는 것을 발견했다. 두 사람은 꼬리표에 붙어 있는 일련번호가 전화번호라는 사실을 알아차렸다. 네덜란드 번호였다. 암스테르담에 도착하자마자 찰리가 그 번호로 전화를 걸어 보았다. 찰리가 말했다.

"전화를 받은 사람이 비둘기 주인을 바꿔 주었습니다. 알고 보니 그 비둘기는 경주에 출전한 거였어요. 북해를 가로질러 프랑스까지 날아가는 경주였죠. 제 생각에 그 비둘기는 약간의 휴식이 필요해서 우리가 탄 배에 왔던 것 같아요. 비둘기 주인은 비둘기가 안전하다는 소식을 듣고 무척 기뻐했습니다."

~~~~~

찰리와 로즈앤 부부와의 상담은 이제까지 내가 해 온 영적 상담 중에서 매우 깊이 있는 축에 속했다. 열린 통로를 통해 너무나 많은 사랑의 메시지가 쏟아져 그 속도를 따라잡기 힘들 정도였다. 어떤 동물들은 다른 동물들보다 더 선명하게 모습을 드러냈다. 부부가 처음 함께 기른 개 새도 그중 하나였다. 그러다 나는 아직 살아 있는 동물에 대한 구체적인 정보를 알게 되었다. 그들이 사랑하는 고양이 중 한 마리였다.

나는 그들에게 말했다.

"당신들에겐 걷는 게 많이 힘든 고양이가 한 마리 있군요. 뇌졸중으로 인해 많이 아픈가 봐요. 그렇지만 그 고양이는 아직 당신들을 떠날 준비가 안 되어 있어요. 여기 더 머물고 싶어 해요. 2주일 후면 다시 걸을 수 있을 테니 기다리세요. 그리고 시간 표시선에 7개월 연장된 게 보이는데, 그 고양이가 당신들과 7개월을 더 함께할 거라는 뜻이에요."

찰리와 로즈앤은 깜짝 놀랐다. 그들의 사랑하는 고양이 레지가 실제로 얼마 전 뇌졸중 판정을 받았기 때문이다. 레지는 거의 걷지 못했고, 이들 부부도 레지의 삶이 얼마 남지 않은 것을 어느 정도 예상하고 있었다. 나중에 로즈앤이 나에게 말했다.

"레지는 거의 몸을 가누지 못했어요. 배변 패드 위에 올라가는 것도 우리가 거들어야 했지요. 솔직히 안락사를 시켜야 할지도 모른다고 생각하고 있었답니다."

하지만 저세상은 부부에게 2주를 기다리라고 했고, 그들은 그 말에 따랐다. 2주 후 레지는 아무 일도 없었다는 듯이 침실로 슬슬 걸어 들어왔다. 때로는 뛰어다니거나 부부에게 안기기도 했다. 레지는 그렇게 7개월을 더 부부 곁에 머물렀다.

레지가 죽은 후, 나는 그들과 다시 상담을 했다. 레지도 나타났다.

"레지가 이제는 당신들의 침대 위에 같이 있을 수 있어서 믿기지 않는다는군요. 이런 행운이 놀랍고 너무나 행복하다고 합니다."

나는 부부에게 말했다.

로즈앤은 웃으며 레지를 침대에서 자지 못하게 했던 게 사실이라고 했다. 한 마리를 올라오게 하면 다른 고양이들도 전부 따라했기 때문이다.

이후 나는 찰리와 로즈앤 부부를 몇 번 더 상담했다. 그리고 그때마다 저세상으로부터 사랑과 감사가 몰려왔다. 그들이 지난 30년 동안 구조한 동물들(고양이, 개, 참새, 두꺼비, 비둘기, 오리 심지어 작은 벌도 있었다) 이 사랑과 감사의 파도를 타고 나타났다. 찰리와 로즈앤은 평생을 바쳐 약하거나 상처 입은 존재들에게 사랑과 도움을 주었고, 덕분에 저세상 에서 그토록 감사가 넘쳐나게 된 것이다.

찰리와 로즈앤 부부를 상담하며 나도 많은 것을 배웠다. 그 경험을 통해 자유 의지가 얼마나 중요한지 알게 되었다. 우리가 하는 선택들, 특히 모든 선행은 매우 중요하다. 우리가 하는 모든 행동은 귀중하다. 찰리와 로즈앤이 한 행동도 마찬가지다. 그것은 모든 영혼이 지닌 집단 에너지에 영향을 준다. 찰리와 로즈앤이 했던 행동이 중요한 이유는, 그 들이 우리가 지닌 가장 위대한 선물, 즉 가장 작은 생명체조차 사랑하 고 치유하는 무한한 능력을 실행에 옮겼기 때문이다.

찰리와 로즈앤 부부는 모든 존재들이 서로 의식을 나눈다고 깊이 믿 었다. 그런 이유로 이들과의 상담은 나에게도 뜻깊었다. 그런 의식 덕분 에 벌이 그들의 의도를 알았고, 고래가 해안가에 있던 사람들의 집단의 식을 감지했으며, 뉴저지 고속도로에서 속도를 내며 달리던 운전자들 이 오리들을 피할 수 있었다고 생각한다.

물질적인 영역보다 더 오래 살아남는 것이 바로 이 의식이다. 요즘 찰 리와 로즈앤은 (물론 둘 다 채식주의자이다) 자신들의 동물 가족이 계속 해서 강력한 사랑의 유대를 이어 가고 있다는 것을 알고 큰 위안을 받 고 있다.

찰리와 로즈앤 부부와의 상담은 동물들 또한 저세상에서 삶을 계속 이어 가며 우리와의 유대관계도 지켜낸다는 또 하나의 증거가 되었다. 또한 나는 반려동물들이 우리 곁을 떠나고 싶어 하지 않는다는 사실도 알게 되었다. 동물들이 세상을 떠날 때 여러 개의 출입문이 나타나면 그 가운데 가장 늦게 갈 수 있는 문을 선택하는 경우가 많았다. 덕분에 고양이 레지도 7개월을 더 머물다 떠났다.

내가 상담했던 또 다른 부부는 열두 살이 된 늙은 치와와 라라를 위해 지금이라도 안락사시켜야 할지 고민하고 있었다. 하지만 그들과 상담하며 나는 몇 개의 출입구를 보았다. 하나는 바로 그달에 있었고, 나머지 출입구들은 이후 6개월 동안 매달 하나씩 있었다. 놀랍게도 라라는 부부 곁에 6개월을 더 머물렀다. 그 기간 동안 그들은 서로에 대한 한없는 사랑을 보여 줄 수 있었다.

영적 상담을 하다 보면 중요한 메시지를 전하기 위해 반려동물들이 나타날 때가 많다. 그 메시지들은 우리가 동물들의 죽음에 대해 가지는 죄책감과 관련이 있을 수 있다. 그들을 안락사시킨 것이 옳은 판단이었을까? 나는 그들을 살리기 위해 최선을 다한 걸까? 혹시 또 다른 고통을 준 건 아닐까? 동물을 사랑해 본 사람이라면 이런 감정을 이해할 수 있을 것이다. 최근 상담한 여성에게는 개 두 마리가 나타났다. 덩치가 큰 개는 레트리버였고 작은 개는 테리어였다. 나는 그 여성이 심한 죄책감을 느끼고 있다는 걸 알 수 있었다.

나는 그 여성에게 말했다.

"레트리버가 자신의 죽음에 대해 죄책감을 갖지 말라고 당신에게 말하고 있어요. 당신은 옳은 일을 한 거예요. 그때는 그냥 레트리버가 떠날 시간이 되었던 겁니다. 당신은 그가 떠날 때 곁을 지켰어요. 그는 당신이 너무나 친절하고 다정하게 대해 주고 함께 있어 줘서 감사하다고 말하고 있습니다. 이 개가 당신에게 보내는 것은 오직 사랑, 사랑뿐이에요."

내 말에 여성은 울음을 터뜨렸다. 그녀는 레트리버가 아플 때 힘든 결정을 내려야 했다고 한다. 거의 가망이 없는 수술을 받든지, 아니면 안락사를 선택해야 했다. 그녀는 할 수 있는 건 다 해 주고 싶었지만 개가 너무 오래 아팠기 때문에 위험한 수술은 옳지 않게 느껴졌다. 그녀는 결국 수술 대신 개가 편안히 눈을 감게 해 주기로 했다.

안락사를 하기로 결정하고 얼마 되지 않아 그녀는 자신의 선택이 잘 못된 건 아닌지, 정말로 할 수 있는 건 다 해 본 건지, 개가 자기를 가장 필요로 할 때 저버린 건 아닌지 두려워졌다. 만약 그런 거라면 자신을 절대 용서하지 못할 것 같았다.

상담을 시작하자 그녀의 반려견이 보내 온 메시지가 선명하게 나타났다.

저는 괜찮아요.

나는 레트리버가 그녀가 어렸을 때 키웠던 작은 테리어와 함께 저세상에 있는 모습을 보았다. 편안하고 행복해 보였다. 더는 고통을 겪지 않아도 되었다. 무엇보다 중요한 것은 그가 그녀의 사랑에 감사해한다는 사실이었다.

나는 말을 이었다.

"당신은 어떤 '잘못된' 선택도 하지 않았습니다. 당신이 했던 모든 선택은 사랑에 기반한 것이니까요. 그는 당신이 보여 준 변치 않는 깊은 사랑을 마음속에 품고 떠났어요. 그가 가져간 건 사랑뿐이었죠."

그녀는 나에게 그동안 짊어지고 있던 무거운 마음의 짐이 사라진 기분이라고 했다. 그녀가 반려견에게 쏟았던 모든 사랑이 그야말로 가장 필요한 순간에 그녀에게 되돌아왔다.

저세상은 동물들이 죽으면 들판을 뛰어다니고 하늘을 날며 해초 사이로 헤엄치면서 고통 없이 편안하고 행복하게 지낸다는 것을, 그들이 지상에서 받은 모든 사랑에 대해 감사하고 있다는 것을 알려 준다.

저세상에서 오는 메시지는 분명하다. 우리의 반려동물들은 살아 있다. 그들은 우리를 기다리고 있으며, 우리는 그들을 다시 만날 것이다.

21. 별똥별

자신감이 커지고 영적 스크린을 해석하는 기술도 향상되면서 내 영적 상담은 점점 더 깊어지고 풍성해졌다. 그리고 상담을 할 때마다 많은 것을 배웠다. 나는 우주에서 일어나는 그 어떤 일도 우연이 아니라는 것을 배우고 있었다. 우리가 만나는 모든 사람은 우리에게 뭔가를 가르쳐 주거나 우리로부터 뭔가를 배운다. 그리고 저세상은 커다란 사랑과 목적을 가지고 우리를 지켜본다.

나에게 상담하러 오는 사람들은 저세상의 존재를 믿는 경우가 대부분이지만, 그렇지 않은 경우도 꽤 있었다. 종교적인 측면에서 천국의 존재를 믿는 사람들도 있었다. 천국은 믿지만 우리가 천국과 연결될 방법은 없다고 믿는 사람들도 있었다. 매우 영적인 사람들은 우리를 통합하는 우주의 힘 또한 믿기도 했다. 고인이 된 사랑하는 이들과의 만남을 기대하고 오는 사람들이 있는가 하면 그런 것을 전혀 믿지 않는 사람들도 있었다.

짐 칼지아라는 남성도 그런 사람 중 한 명이었다.

~~~~~~

짐은 과학자이자 지질학자였다. 그는 캘리포니아에서 태어나 모하비 사막 끝자락에서 자랐다. 어린 시절에는 그의 상상력을 자극하는 모래 언덕과 노출된 바위들 사이에서 뛰어놀았다. 지질학 박사 학위를 받은 후에는 미국 지질 조사국에서 38년간 일했다. 유용한 광물이 다량 매장된 곳을 지도에 표시하고 동위 원소들을 분석했으며 희토류의 기원과 발달 과정을 밝혀냈다. 그리고 흙과 바위, 관목 지대에서 진정한 아름다움과 어떤 확실성을 발견했다.

짐에게 이 세상은 견고한 것이었고 손으로 만질 수 있는 물질적인 것이었다. 자연의 그런 견고함을 이해하는 것이 그의 직업이었다. 짐은 자기 손으로 만질 수 있는 것만 믿었다. 티탄석 덩어리, 지르콘, 모나즈 혹은 현실에서 볼 수 있는 또다른 견고한 광물 같은 것 말이다.

짐이 바위처럼 믿고 의지하는 사람은 아내 캐시였다. 그는 컬버시티 고등학교 3학년 때 캐시를 처음 만났다. 여자가 남자에게 춤을 청하는 '거꾸로 댄스 파티'가 열리기 1주일 전, 매력적이고 인기 많고 활달한 캐시가 짐을 살짝 불러내더니 "나랑 댄스 파티 갈래?" 하고 물었다. 그때 그들은 열일곱 살이었고, 이후 45년을 함께했다. 짐과 캐시는 대학생 때 결혼했다. 이후 캘리포니아에서 짐은 지질학자로, 캐시는 간호사 교육자로 일하며 아름다운 삶을 일궈 나갔다. 두 사람에게는 세 아들 스콧, 케빈, 크리스가 있었다. 1994년 캐시가 유방암 진단을 받았을 때, 짐은 인생이 두려워졌다. 캐시는 한 달간 입원해 실험적 요법 치료를 받아야 했다. 캐시가 입원해 있는 동안 아들 케빈의 졸업 기념 무도회가 있었다. 케빈과 그의 데이트 상대는 손을 깨끗이 씻고 수술용 가운을 입은 채 캐시의 입원실에서 무도회 날 밤의 대부분을 보냈다. 짐 역시 그곳에 있었다. 아니, 그는 계속 그곳에만 있었다.

다행히 실험적 요법 치료가 효과를 보였고 캐시는 회복했다.

캐시가 은퇴한 2009년까지는 모든 것이 순조로웠다. 짐은 캐시와 은퇴 시기를 맞출 계획이었다. 두 사람이 함께 은퇴한 후에는 살던 집을 개조해 그곳에서 노후를 보낼 생각이었다. 그런데 은퇴한 지 며칠 지나지 않아 캐시는 폐렴에 걸렸다. 그녀는 전에도 폐렴에 걸린 적이 있었지만 이번에는 쉽게 회복되지 않고 증세가 심해졌다. 결국 캐시는 입원해야 했다. 짐이 그녀와 함께 병원에 갔다. 그때까지만 해도 그저 치료 차원에서 병원에 가는 거라고만 생각했다.

캐시의 증상은 점점 악화되었다. 의사들은 몇 년 전 실험적 요법 치료를 받을 때 캐시의 면역 체계가 손상되어 제대로 작동하지 않는다는 사실을 발견했다. 검사 결과 캐시는 희귀한 신종 플루 바이러스에 감염되었다고 했다. 급히 집중 치료에 돌입했고 인공호흡기를 달게 되었다. 증세가 심해 말도 할 수 없었다.

그때까지도 짐은 캐시가 회복할 것이고 곧 괜찮아질 거라 믿었다. 전에도 캐시는 병마와 싸웠고 그때마다 항상 이겼다. 그녀는 전사였다. 그다음 주 내내 캐시는 진정제를 투여받고 계속 잠들어 있었다. 짐은 그녀 곁을 거의 떠나지 않았다. 몇 차례 수혈도 받아야 했다. 캐시가 주사를 얼마나 싫어하는지 알기 때문에 짐은 간호사가 그녀의 팔에 주삿 바늘을 꽂는 모습을 차마 볼 수 없었다. 하지만 수혈이 꼭 필요하다는 것을, 아내가 그런 식으로 계속 치료해 나가야 한다는 것을 알았다.

병원에 입원한 지 닷새가 지나자, 간호사들이 소위 '진정제 치료 휴식기'를 주었다. 그것은 진정제 투여량을 일시적으로 줄이는 것으로, 잠깐이나마 캐시의 의식이 또렷해질 터였다. 며칠 만에 처음으로 캐시가 의식을 회복했을 때, 그녀의 곁에는 세 아들이 모두 모였다. 인공호흡기 때문에 말은 할 수 없었지만 알파벳 보드를 이용해 원하는 바를 말할 수는 있었다. 캐시는 머리빗을 갖다 달라고 했다. 그리고 차고 끝에 매달아 놓은 바구니 안 꽃들에 물을 잘 주고 있는지 알고 싶어 했다.

간호사들이 다시 진정제를 투여했고, 아들들은 집으로 돌아갔다. 그런데 이틀 후 간호사가 짐에게 캐시의 심박수가 분당 160회나 된다고 했다. 짐은 캐시가 열심히 병마와 싸우고 있다고 생각했다. 밤에 의사가 대기실에 있던 그에게 다가왔을 때에야 비로소 두려워지기 시작했다.

의사가 말했다.

"부인을 보내 드릴 때가 된 것 같습니다."

보내 준다고? 캐시를 보낸다고? 짐은 한 번도 그런 생각을 해 본 적이 없었다. 캐시 없는 삶은 상상하기 힘들었다. 캐시를 보낸다니 도대체 그게 무슨 뜻일까? 나의 전부인 사람을 어떻게 보낼 수 있단 말인가? 덜컥 겁이 났다.

집중 치료에 들어간 지 8일째 되던 날, 캐시의 심박수가 느려지기 시작했다. 새벽 4시에 간호사가 캐시의 팔에 바늘이 들어가지 않는다고 말했다.

"하지 마세요. 더는 바늘을 꽂지 말아 주십시오."

짐은 자기도 모르게 말했다.

간호사는 시간이 별로 없다고 했다. 짐은 아들들에게 전화해 서둘러 병원으로 오라고 했다. 각자 작별 인사를 할 수 있는 시간은 겨우 몇 분밖에 허락되지 않았다. 한 사람씩 캐시의 팔을 어루만지고 캐시의 뺨에 키스했다. 이어서 짐이 침대로 몸을 숙여 팔로 캐시를 감싸 안고 속삭였다.

"난 당신이 정말 자랑스러워. 당신이 최선을 다했다는 걸 알아. 사랑해, 캐시."

짐은 누군가의 손이 어깨에 닿는 걸 느꼈다. 아들 스콧이었다.

스콧이 말했다.

"아버지, 엄마 돌아가셨어요."

~~~~~

그 무엇도 짐의 슬픔을 덜어 줄 수 없었다. 한없이 깊은 슬픔이었다. 그는 캐시의 물건들을 그대로 두었고, 대부분의 시간을 어둠 속에서 보냈다. 전화도 받지 않았고 친구들의 방문도 거절했다. 끔찍하고 절망적이었던 그 몇 달 동안, 짐은 정확히 자신이 무엇을 했는지 잘 기억하지 못했다. 언뜻 스치는 기억의 파편들만 남아 있었다.

캐시가 없는 첫 크리스마스를 아들 케빈과 며느리 매런 그리고 매런의 가족과 함께 보낸 것을 기억했다. 크리스마스날 오전 11시 정각에 캐시를 사랑했던 거의 모든 사람이 (멀리 떨어진 핀란드에 있던 친구들까지) 촛불을 켜고 그녀를 추도했던 일도 기억했다. 하지만 그 외에는 몇 개월의 시간이 모두 흐릿했다. 기억하기에는 너무나 슬프고 고통스러운 기간이었다.

짐은 몇 년을, 어쩌면 남은 인생을 전부 그렇게 보냈을지도 모른다. 그런데 어느 날 갑자기 짐에게 편두통이 생겼다. 캐시는 가끔 편두통 증세를 호소했지만 짐에게는 한 번도 없던 일이었다. 그날 짐은 눈부시게 번쩍이는 불빛을 보았고, 관자놀이에 찌를 듯한 통증을 느꼈다. 그리고 침대 위에 쓰러져 두 손으로 머리를 감싸 쥐었다. 편두통을 느끼니 캐시 생각이 났다. 그리고 그 순간 어떤 깨달음을 얻었다.

캐시는 내가 이러는 걸 원치 않을 거야.

짐은 생각했다. 그들은 함께 인생을 꾸려 왔다. 그런데 지금 그가 모든 것을 망치고 있었다.

그 후 짐은 상태가 조금 나아졌다. 캐시가 죽기 얼마 전 그들은 집을 개조하는 공사를 시작했었다. 짐은 중단되었던 지점부터 공사를 다시 재개했고, 마지막 세부 사항까지 전부 캐시가 원하던 대로 맞추려 했다. 짐이 새 전기레인지를 설치하려 하자 전기 기사가 반대했다.

"아, 그건 안 됩니다. 아주머니께서 저한테 가스레인지로 해 달라고 하셨어요. 빨간 손잡이가 달린 것으로 모두 골라 놓으셨습니다."

짐은 캐시가 고른 가스레인지를 들여놓았다.

얼마 후 짐은 가족 모임에 갔다가 셸 비치 근처 101번 고속도로를 통해 집으로 돌아오고 있었다. 그런데 갑자기 눈앞에서 뭔가 번쩍했다. 짐은 자동차 앞 유리창을 통해 어두운 밤하늘을 올려다보았다. 바로 그때 별똥별 두 개가 해변 쪽으로 빠르게 떨어졌다. 별똥별들은 놀라울 정도로 밝고 빨랐다. 별똥별이 땅에 떨어질 땐 그 충격 때문에 긴장이 될 정도였다. 짐은 잠시 주위를 둘러보았다. 그리고 다시 별똥별을 찾아보았다. 하지만 이미 사라지고 없었다. 하늘은 고요했다. 마치 모든 것이 그가 상상 속에서 만들어낸 이야기 같았다.

그날 밤 짐은 캐시의 오빠 집에 들러 혹시 셀 비치에 별똥별 두 개가 떨어졌다는 소식을 들었는지 물었다. 캐시의 오빠는 못 들었다고 했고, 다른 사람들의 대답도 같았다.

몇 주 후, 아들 케빈에게서 전화가 왔다.

"아버지, 이걸 보셔야 할 것 같아서요."

그는 아내 매런이 영매와 함께 찍은 영상을 짐에게 보냈다. 그 영매가 바로 나였다.

내가 매런과 영적 상담을 했던 때가 마침 짐이 별똥별을 본 몇 시간 후였다.

케빈이 말했다.

"그냥 한번 보세요. 절 믿으시고요."

짐은 아들 스콧과 함께 영상을 보았다. 그는 곧바로 내가 한 손짓이 익숙하다는 걸 알아보았다. 캐시가 자주 하던 몸짓이었다.

짐은 몸을 앞으로 기울이고, 내가 가족들의 행사와 생일 그리고 그들에게 일어났던 일들을 정확히 캐시의 말투로 말하는 것을 들었다. "저 여자가 저걸 어떻게 알지? 그리고 왜 캐시처럼 행동하는 거야?"

짐은 의아해했다.

캐시가 60분 동안 나를 통해 말한 내용을 짐은 귀 기울여 들었다.

상담이 끝나 갈 때 매런이 나에게 물었다.

"어머니는 돌아가신 후 한 번이라도 시아버지와 접촉하려고 하셨나요?"

짐은 숨을 죽였다. 더 이상 보고 듣는 게 힘들었다. 하지만 답을 들어야 했다. 나는 매런에게 말했다.

"그럼요. 캐시는 계속해서 시도했어요. 하지만 그녀가 다가갈 때마다 짐은 점점 더 어둠 속으로 빠져들었어요. 그를 아프게 하고 싶지 않았지만 그래도 캐시는 계속 시도했어요. 모든 걸 해 봤죠. 심지어 별똥별까지 이용했대요!"

짐이 자리에서 벌떡 일어나며 말했다.

"내가 직접 저 여자를 만나 봐야겠다."

~~~~

내가 짐과 상담을 했을 때는 캐시가 세상을 떠나고 거의 1년이 지난 시점이었다. 우리는 롱아일랜드의 헌팅턴 스테이션에 있는 매런의 부모님 댁에서 만났다. 나는 짐의 아내가 1년 전에 사망했다는 사실 외에는 아는 것이 없었다. 짐은 초조해 보였다. 키가 크고 백발의 머리칼은 풍성했으며, 웃을 때는 눈까지 함께 웃었다. 젊지는 않았지만 소년 같은 면이 있었다. 얼굴은 솔직하고 다정해 보였으며, 에너지는 모험심이 강했지만 현실에 기반하고 있었다. 짐은 누구나 함께 있고 싶어 할 만한 사람이었다. 하지만 나는 그가 얼마나 깊은 상심에 빠져 있는지도 느낄 수 있었다.

우리는 자리에 앉았고, 나는 1~2분간 짐의 에너지를 살폈다. 그런데 그때 그의 아내가 아주 빠른 속도로 밀고 들어오는 것이 느껴졌다. 캐시는 나에게 아주 선명한 이미지를 보여 주었다.

"부인께서 엉망인 집을 저에게 보여 주시는군요. 벽이 다 떨어져 나가고, 마루도 뜯기고, 천장은 내려앉아 있네요. 모든 게 다 엉망이에요."

짐이 고개를 젓더니 미소 지었다. 그는 집을 개조하는 중이라고 했다. 벽과 바닥, 천장, 모든 것이 내가 말한 대로였다.

"가스레인지 같은 것도 보입니다. 빨간 손잡이가 달린 가스레인지군요."

내 말에 짐은 울기 시작했다.

캐시는 자신의 존재를 증명할 자잘한 사항들을 계속해서 알려 주었다. 벽에 있는 손자국도 보여 주었다.

"캐시가 저에게 손자국을 보여 주고 있어요. 캐시는 당신이 부엌 벽을 어루만지는 모습을 보았다네요."

짐은 다시 머리를 흔들더니 웃으며 설명했다.

"부엌은 캐시가 가장 좋아하는 곳이었습니다. 저는 아침마다 캐시를 생각하며 부엌 벽에 손을 얹어요. 매일 아침에요."

"캐시도 알고 있습니다. 그리고 그녀도 당신에게 손을 얹고 있어요."

캐시는 서랍 속에 있는 무언가를 나에게 보여 주었다. 작은 매니큐어였다. 나는 짐에게 말했다.

"캐시가 서랍 속 매니큐어를 보고 웃네요. 대체 자기 매니큐어가 왜 필요하냐고 놀리는데요."

짐도 웃었다. 그가 말했다.

"맞습니다. 제가 아내의 매니큐어를 차고에 놔뒀죠. 제 차하고 색깔이 같거든요. 그래서 차에 덧칠해야 할 때마다 쓰고 있습니다."

짐이 아내의 매니큐어를 간직한 것은 뭔가 감동적이었다. 매니큐어는 캐시의 것이었지만 지금은 짐의 것이 되었다. 두 사람은 매니큐어를 서로 다른 용도로 사용했지만 그것은 둘 모두에게 꼭 필요한 물건이었다. 그 작은 매니큐어는 시간과 공간을 뛰어넘어 두 사람을 계속 이어주는, 그들의 삶이라는 천 위의 바늘땀 같은 것이었다.

짐과의 상담을 통해 나는 세상을 떠난 사랑하는 사람들이 얼마나 끈질기게 우리와 소통하려 하는지, 그리고 그 영혼들이 우리 앞에 나타나게 하려면 우리가 세상에 대한 인식을 얼마나 바꿔야 하는지 알게 되었다.

짐과 나는 1시간 넘게 이야기했다. 캐시는 또 다른 개인적인 정보들도 알려 주었다. 짐은 내가 그런 일들을 어떻게 아는지 의아해하며 계속 머리를 흔들었다. 물론 내가 그 일들을 알고 말한 건 아니다. 나는 그저 캐시의 말을 전달했을 뿐이다.

상담이 끝났을 때, 짐은 크게 동요된 것처럼 보였다. 그가 일어서더니 심호흡을 몇 번 한 뒤 나를 포옹하고 감사 인사를 했다.

"마치 캐시와 대화한 것 같군요. 그녀와 다시 이야기할 수 있으리라고는 생각도 못 했습니다."

짐은 다음 상담 약속을 잡고 싶어 했지만 나는 더 이상 상담이 필요 없다는 걸 알고 있었다.

"이제는 제가 필요 없습니다. 캐시와 말씀하시는데 제가 있지 않아도 될 거예요. 캐시는 늘 당신 주변에 있으니까요. 그저 주변을 더 의식하세요. 무슨 일이 생기면 주의를 기울여 보시고요."

짐은 집으로 가면서 스크랩북을 샀다. 그리고 뭔가 다르다고 느낀 일들을 모두 적기 시작했다. 캐시가 은퇴할 때 동료에게 받은 장미 나무에 대해서도 기록했다. 그들 부부가 그 장미 나무를 앞마당에 어떻게 심었는지, 캐시가 죽은 직후 그 나무에 꽃이 얼마나 만발했는지 모두 적었다. 그 나무에서 핀 장미들은 정원에 있는 다른 어떤 꽃보다 더 크고 탐스럽고 아름다웠다.

짐은 결혼기념일에 오랫동안 가지 않았던 식당에 스콧과 저녁을 먹으러 간 일도 기록했다. 메뉴 중 가장 처음에 나오는 앙트레인 벌꿀과 호두를 곁들인 새우는 캐시가 가장 좋아하던 요리였다.

짐은 자신이 차를 손보는 동안 아름다운 흰 비둘기가 차고로 날아든 일도 적었다. 비둘기가 어떻게 내려앉았고 어떻게 자신을 쳐다보았는지, 그리고 자신은 비둘기를 어떻게 바라보았는지 전부 썼다. 서로를 아주 오랫동안 바라보다가 이내 비둘기가 날아갔다. 짐은 비둘기가 날아가는 모습을 지켜보며 말했다.

"저 새는 캐시였어."

오직 자신만 들을 수 있었지만 말이다.

짐은 직장에도 다시 복귀했다. 명예 지질학자 자리를 수락했고, 캘리포니아 데스 밸리에서 진행하던 연구를 계속하기로 했다. 데스 밸리는 나무도 언덕도 녹지도 전혀 없는 곳이었다. 그래도 짐에게 그곳은 손에 잡히는 바위와 미네랄로 가득한 아름답고 확실한 장소였다. 그렇지만 짐은 그런 갈색의 거친 풍경 속에서 세상 그 무엇보다 실재적인 것을 발견했다. 바로 캐시였다.

짐이 말했다.

"캐시가 아직도 이곳에 있는 것 같습니다. 늘 제 주위에 있으면서 같이 대화하는 기분이 들어요. 우리의 사랑이 예전과 똑같다고 느낍니다."

짐은 아직 과학이 증명하지는 못하고 있지만 언젠가 자신이 캐시와 다시 만날 거라는 믿음이 있었다. 영적 상담을 통해 마음과 시야가 열린 것이다.

"캐시와 다시 만나는 장면이 마음속에 그려집니다. 제가 앞으로 계속 나아갈 동기가 생긴 셈이죠. 캐시가 바라는 대로 살아가면 되니까요."

짐에게는 하늘을 가르며 전속력으로 떨어지는 두 개의 별똥별이 더 이상 필요하지 않았다. 그저 하얀 비둘기 한 마리만 있으면 되었다. 아니면 벌꿀과 호두를 곁들인 새우 요리 한 접시여도 괜찮았다. 캐시와 함께한 사랑을 떠올리게 하는 것이라면 어떤 것이라도 좋았다.

짐이 말했다.

"캐시가 저를 자랑스러워할 것 같습니다. 사실, 그렇다는 걸 저는 알죠."

마침내 짐은 아내와 함께 살던 집의 공사를 끝내고 현관에 우아한 청동 문패를 달았다. 문패에는 '캐시의 집'이라고 쓰여 있었다.

22. 윈드브리지

이 세상에서 어떤 일을 하며 살아갈 것인가에 대한 나의 탐구는 결코 시들해진 적이 없었다. 교사로서 나는 학생들에게 끈기를 가지고 지식을 탐구하라고 권했고, 영매로서 그 과제를 실천하고자 애썼다. 그러나 여전히 답을 구해야 할 커다란 문제들이 남아 있었다.

프란과 밥 긴즈버그 부부가 인간의 잠재 능력에 관한 응용 연구 기관인 '윈드브리지 연구소'에서 진행하는 연구에 참여해 보라고 권했다. 애리조나에 있는 이 연구소는 현재까지 전통적인 과학 지식으로는 설명하기 어려운 현상들을 과학자들이 주축이 되어 연구하는 곳이다. 연구 소장인 줄리 바이셜 박사가 공동 설립자이며 영원한 가족 재단에서 활동하는 영매 조앤 거버와 도린 몰로이도 이곳에서 진행 중인 연구에 참여하고 있었다. 내 영적 능력으로 과학 연구에도 기여할 수 있다는 점이 마음에 들었다.

윈드브리지 연구소의 강령을 보니 이렇게 쓰여 있었다.

'우리의 신체와 정신, 영혼에 내재된 잠재력으로 무엇을 할 수 있을까? 우리는 서로를, 혹은 우리 스스로를 치유할 수 있을까? (……) 세상을 떠난 사랑하는 이들과 소통할 수 있을까?'라는 질문에 주안점을 둔다.

나는 윈드브리지 연구소에서 영매의 능력을 지닌 사람들을 엄격하게 심사하고 검증한다는 사실을 알게 되었다. 심사는 5중으로 정보를 가린 채 진행하는 블라인드 영적 상담을 포함해 총 8단계로 이루어져 있었다. 이 과정은 결과에 영향을 미칠 수 있는 외부 요인은 모두 배제하도록 설계되어 있었다. 그러한 외부 요인에는 콜드 리딩*, 참가자의 편견, 실험자의 단서 제공, 심지어 텔레파시까지 포함된다. 5중 블라인드 영적 상담을 진행할 때는 실험을 관찰하는 사람들 또한 모든 정보로부터 차단된다. 그들은 내담자와 관련된 고인에 대해 어떤 정보도 알지 못한다. 어떤 영매가 어떤 영적 상담을 하는지, 또 어떤 영매가 어떤 내담자를 상담하는지조차 알 수 없다.

여러 해 동안 나는 내 특별한 능력이 어디서 왔으며 개인적·심리적·생리적으로 나에게 어떤 영향을 주는지 너무나 알고 싶었다. 윈드브리지에서라면 그 답을 찾을 수도 있을 것 같았다. 그래서 바이셜 박사에게 이메일을 보내 심사를 받고 싶다고 했다.

~~~~~~~~

---

* Cold reading. 상대에 대한 정보가 없는 상태에서 상대의 말투, 음색, 스타일, 인종, 교육 수준 등을 분석해 상대의 속마음을 간파하는 기술.

바이셜 박사는 애리조나 대학에서 환경 과학으로 학사 학위를, 약리학과 독성학으로 박사 학위를 취득했다. 바이셜 박사가 학생이던 시절, 그녀의 어머니는 스스로 목숨을 끊었다. 그 사건 이후 바이셜 박사는 영매를 찾아갔다. 그 경험을 통해 그녀는 영적 상담이 의미 있다고 생각했으며 초자연적 현상에 대해 호기심을 갖게 되었다.

바이셜 박사는 내 문의에 빠르게 회신해 그간의 내 이력, 교육 수준, 건강 상태, 특별한 초능력 등에 관한 질문지에 답해 달라고 요청했다. 다음으로 MBTI 검사에 기초한 성격 검사를 받았다. MBTI는 외향성, 친화성 등의 성격적 특성을 측정하는 임상 검사다. 세 번째 단계는 연구소에서 인증한 영매 두 명이 진행하는 면접이었다. 그들의 임무는 내 동기가 무엇인지, 좋은 동료가 될 수 있을지, 초超심리학•을 발전시키는 데 관심이 있는지 등을 파악하는 것이었다. 나는 면접을 진행한 영매들과 멋진 대화를 나눴다. 사실 그들의 질문에 대한 나의 몇몇 답변들은 내가 생각해도 좀 놀라웠다. 마치 저세상이 나를 그곳으로 이끈 것 같았다.

"앞으로 5년 후 본인이 영매로서 어떤 모습일 거라고 보십니까?"

영매 한 명이 나에게 물었다. 나는 영적 상담에 대한 헌신이 내 인생에서 맨 앞자리를 차지할 거라고 대답했다. 내가 저세상에 있는 빛의 군단과 함께 일하며 우리의 삶이 저세상에서도 계속 이어지고 그곳에는 죽음이 없다는 메시지를 지상에 전할 수 있을 것 같아 흥분된다고

• 경험적 심리학의 한계를 벗어나 사실, 이론 및 사상을 포괄적으로 이해할 수 있도록 개념들을 체계적으로 종합하려는 심리학. 프로이트가 자신의 심리학적 견지를 의식 현상 일반의 기초로 하여 그것을 규정하는 무의식을 대상으로 삼는다는 뜻에서 이렇게 명명했다.

했다. 사람들이 지상에서 각자 최선의 삶을 살도록 돕는 일을 소명으로 여긴다고도 했다. 또한 윈드브리지의 일원이 되어 영적 세계에 대한 탐구에 도움을 주고 싶다고도 말했다. 같은 생각을 지녔고, 저세상이 실재한다는 것을 알고, 삶이 어떤 것인지를 이해하는 다른 영매들과 이야기하니 용기와 자신감이 생겼다. 우리는 모두 같은 진실을 이해하고 있었다. 면접에 통과했다는 소식을 듣고 나는 미소 지었다.

다음 과정은 바이셜 박사와의 전화 면접이었다. 그녀는 나에게 지금까지의 심사가 어땠는지 물었고, 내가 윈드브리지 인증 심사에 지원한 동기와, 그동안 내 영적 재능을 어떻게 사용해 왔는지, 앞으로는 어떻게 사용할 계획인지 물었다. 30분 정도 면접을 진행한 뒤 바이셜 박사가 이제 다음 단계인 다섯 번째 심사를 받게 될 거라고 알려 주었다.

그 과정에서 나는 윈드브리지 연구원들이 선정한 두 명의 내담자와 원격으로 영적 상담을 했다. 나는 상담을 위해 각각의 내담자를 그들이 사랑하는 고인들과 연결해야 했다. 당시에는 알지 못했지만 이때 고인들은 두 내담자 모두에게 적용될 수 있는 보편적인 내용을 피하기 위해 세심하게 고려하여 선정되었다고 한다. 예를 들어 젊은 사람과 나이든 사람처럼 차별성을 두어서 말이다.

내담자의 이름이나 내담자와 고인과의 관계 등은 나에게 공개되지 않았다. 고인에 대해서는 성姓도 모르고 이름만 알 수 있었다. 내담자를 선별한 연구원이 고인의 이름을 바이셜 박사에게 전달하면 그녀는 나에게 전화해 고인의 이름을 알려 준 후 15분을 기다려 주었다. 그런 다음 고인의 성격, 외모, 관심사 그리고 그 사람이 어떻게 세상을 떠났는지와 같은 특정한 질문들을 했다.

바이셜 박사도 나도 고인이나 내담자에 대해 전혀 알지 못했다. 내담자 역시 나에 대해 아무것도 모르고 내가 한 영적 상담의 결과도 나중에 알도록 되어 있었다. 나는 그저 고인의 이름만 아는 상태에서 상담을 해야 했다.

이런 조건들 때문에 내가 정보를 얻을 수 있는 유일한 통로는 오직 고인뿐이었다. 그런데 이런 방법으로 영적 상담이 가능할까? 내가 전화를 받을 때 과연 고인은 내가 어디에 있는지 알기나 할까? 내담자와 통화를 하는 것도 아니고, 내담자는 상담을 하고 있다는 것조차 모를 텐데, 고인과 연결되는 게 가능할까? 대체 내가 뭘 하겠다고 한 거지? 나는 나의 불안을 이해해 줄 유일한 사람들인 킴과 바비에게 도움을 청했다. 나는 그들에게 심사 과정에 대해 설명했다.

"괜찮을 거예요."

킴이 자신 있게 말했다.

"저세상은 메시지를 전달하기 위해 당신이 어디 있는지 정확히 알아낼 거예요."

바비도 동의했다.

상담하는 날이 되자 초조해졌다. 나는 침대에 앉아 바이셜 박사의 전화를 기다렸다. 박사의 목소리는 덤덤했다.

"당신이 연결해야 할 고인의 이름은 메리입니다. 메리가 어떻게 생겼는지, 그리고 어떻게 세상을 떠났는지부터 저에게 말씀해 주십시오."

심사가 시작됐다. 초조해할 틈도 없이, 믿을 수 없을 만큼 많은 정보가 홍수처럼 한꺼번에 밀려들었다. 어느덧 나는 메리에 관해 묘사하며 그녀와 내담자의 관계에 대해 설명하고 있었다. 메리는 173센티미터 키에 밝은 색 눈동자를 지닌 금발 여성이었고, 세상을 떠날 때는 여든에 가까운 나이였다. 메리는 자신의 취미가 정원 가꾸기, 독서, 자전거 타기인 것도 보여 주었다. 결혼해서 아이가 두 명 있었다는 말도 했다. 그녀가 자신의 가슴 언저리를 사망 원인으로 보여 주자 나는 갑자기 숨이 가빠지는 것을 느꼈다. 이어서 메리가 병원을 보여 주었다. 그녀는 사고를 당한 것이 아니라 한동안 병을 앓다가 세상을 떠난 것 같았다. 모든 정보가 그렇게 쉽게 보이다니, 도무지 믿어지지 않았다.

15분이 지나자 바이셜 박사가 나에게 감사 인사를 건넸다. 그녀는 1주일 후 같은 시간에 두 번째 영적 상담을 위해 전화하겠다고 했다. 나는 약간 멍한 상태로 전화를 끊고 침실에서 나와 부엌으로 갔다. 그곳에는 아이들이 조용히 놀고 있었다. 내가 통화를 하는 동안 엄마가 아이들을 돌봐 주고 계셨다.

"어떻게 됐니?"

엄마가 물었다.

"굉장한 경험이었어요. 고인의 이름을 듣는 순간 누군가 나타나 필요한 정보들을 전해 줬어요. 내담자 없이 그런 일이 과연 가능할까 싶었는데, 저세상은 저를 어떻게 찾을지 알고 있었던 거죠."

"잘됐구나. 일이 아주 잘 끝난 것 같네."

"글쎄요, 둘 중 하나겠죠. 제가 망상에 빠져 모든 이야기를 지어냈거나, 아니면 연결이 제대로 됐거나."

1주일 후 바이셜 박사가 두 번째 상담을 위해 다시 전화를 걸어 왔다. 지난번 상담이 잘된 것 같았는데도 나는 여전히 꽤 초조했다. 바이셜 박사는 고인의 이름이 제니퍼라고 알려 주었다. 그러자 지난번처럼 정보가 밀려들었다. 단어와 이미지들이 너무 빠르게 흘러나와서 마치 소설을 받아쓰는 기분이었다. 이번에는 20대 후반 정도의 젊은 여성이 보였다. 갈색 곱슬머리에 녹색 눈을 가진 여성이었다. 음악을 좋아했고 플루트를 연주했다고 했다. 제니퍼 가족들의 이미지가 보였다. 엄마, 아빠, 오빠와 언니였다. 제니퍼는 가족 중 한 명을 지목했다. 엄마였다. 그녀가 엄마에게 자신은 잘 있다고 전하고 싶어 하는 것 같았다. 그녀는 생각보다 빠르게 악화된 병으로 인해 세상을 떠났다. 제대로 작별 인사를 할 시간도 없었는데, 사망 당시 의식이 없었기 때문이다.

정보가 쇄도하자 흥분이 됐다. 그렇지만 아무런 피드백도 받지 못하고 있었기 때문에 내가 하는 말들이 정확한지는 전혀 확인할 수가 없었다. 모르는 건 바이셜 박사도 마찬가지였다. 15분이 지나자 박사는 또다시 감사를 표하며 몇 주 안에 결과를 듣게 될 거라고 했다.

바이셜 박사가 내 상담 내용을 글로 변환해 세부 항목들로 이루어진 목록으로 정리했고, 그 목록을 내담자를 처음 면담했던 사람이 아닌 윈드브리지의 다른 연구원에게 보냈다. 그때 박사는 고인의 이름을 지워서 어떤 상담이 어떤 내담자의 것인지 연구원도 알지 못하게 했다. 그런 다음 연구원은 두 건의 결과물을 내담자들에게 메일로 보냈다. 어떤 상담이 자신의 것인지 알지 못하는 내담자들은 각 목록에 있는 약 100개 항목이 자신이 사랑하는 고인과 얼마나 일치하는지 평가했다. 각 항목마다 0에서 6까지 정확도 점수를 매겼다. 말이 되고 해석이 거의 필요 없는 진술은 높은 점수를 받았다. 내용을 정확히 하기 위해 해석이 많이 필요한 진술에는 낮은 점수가 매겨졌다. 진술이 명백히 맞으면 6점을 받고, 진술은 맞지만 사망한 다른 친척에 관한 진술이라면

2점을 받았으며, 아무 관련이 없는 진술은 0점 처리됐다. 각 진술에 매겨진 점수들은 총점으로 합산되었다. 채점이 끝난 뒤 각 내담자들은 어떤 상담이 자신의 것 같은지 선택했다.

영매가 그 심사를 통과하기 위해서는, 내담자가 고인에 대한 각각의 묘사에 평균 3.5점 이상을 줘야 했다. 2.0점 이하가 나오면 해당 고인에 관한 내용이 아닌 것으로 간주되었다.

두 번째 상담이 끝나고 2주가 지났다. 저녁 식사를 준비하고 있는데 바이셜 박사에게서 전화가 왔다. 나는 "쉿!" 하며 아이들을 조용히 시킨 뒤 전화기를 들고 재빨리 침실로 갔다. 심장이 마구 뛰었다. 잠시 가벼운 이야기를 나눴지만 곧 어색한 침묵이 흘렀다. 시험 성적을 받기 직전 두려움에 떠는 학생이 된 것 같았다. 혹시 결과가 좋지 않아서 박사가 시간을 끄는 건 아닐까 하는 생각이 들었다.

마침내 바이셜 박사가 입을 열었다.

"심사 결과가 나왔습니다. 이번 심사를 통과하셨어요."

순간적으로 안도감이 차오르며 약간 감정적인 상태가 되었지만 이번 상담은 전체 과정의 첫 단계에 불과하다는 걸 알았기 때문에 기쁨을 억눌렀다.

내가 통과한 영적 상담은 '내담자 없이 하는 상담'이라 불리는 것이었다. 다음 단계에서도 같은 내담자와 상담하며 똑같은 고인과 연결하면 되었다. 그때는 바이셜 박사도 함께 통화를 하게 된다고 했다. 물론 바이셜 박사는 내담자의 신원이나 내담자와 고인의 관계, 심지어 내담자의 성별도 알려 주지 않을 것이다. 고인의 이름만 알려 줄 거라고 했다. 이때 내담자는 상담이 시작되고 처음 10분 동안 아무 말도 하지 않아야 했다.

약 1주일 후, 바이셜 박사는 약속된 시간에 전화를 걸어 내담자도 통화에 함께 참여할 거라고 알려 주었다.

"내담자분, 준비되시면 전화기 버튼을 눌러 알려 주시기 바랍니다."

바이셜 박사가 지시했다. 신호음이 들렸다. 내담자도 함께 통화에 참여했다. 바이셜 박사가 나에게 다시 한 번 메리와 연결하라고 알려 주었다.

"시작하십시오."

곧바로 저세상이 내담자의 이름이 리사라는 것과 그녀의 직업이 간호사라는 것을 알려 주었다. 나는 메리가 리사의 외할머니이며 리사에게는 엄마 같은 존재였다는 걸 암시하는 이미지를 받았다. 다음 10분간은 정보가 어찌나 빠르게 나타나는지 숨 돌릴 여유조차 없을 정도였다. 나는 지난번 상담 때와 같은 흥분에 휩싸였다.

10분 뒤 바이셜 박사가 내담자에게 질문에 짧게 답하라고 지시했다. '안녕하세요' 이후에 '네' '아니요' '아마도요' '약간요' '모릅니다' 등으로 대답하면 되었다. 이렇게 상호 작용을 하게 되자 더 많은 정보가 쏟아졌다. 메리는 리사의 삶에 관해 이야기하기 시작했다. 리사는 결혼을 하지 않았고 작은 개 한 마리를 키우고 있었다. 그녀는 열심히 일해 스스로 학비를 벌어서 학교에 다녔다. 리사는 엄마보다 외할머니인 메리와 더 가까웠다. 메리는 리사에게, 자신이 아플 때 돌봐 주고 세상을 떠날 때 함께 있어 줘서 고맙다고 했다.

상담이 끝나 갈 때 리사가 나에게 감사하다고 말했다. 그녀는 메리와 연결될 수 있다니 너무 경이롭다고 했다. 내담자와 고인의 관계를 바로 알아맞혔다는 점에 나는 마음이 들떴다. 심지어 메리가 리사의 이름을 알려 줬을 때보다도 더 기뻤다! 나는 정보를 잘 전달해 준 메리에게 감사했다. 1주일 후 내담자가 함께하는 두 번째 영적 상담이 있었다. 바이셜 박사는 나에게 제니퍼와 다시 연결하라고 했다. 저세상은 지금 함께 통화 중인 내담자가 고인인 제니퍼의 엄마라는 걸 곧바로 알려 주었다. 그때 제니퍼가 부르는 독특한 노랫소리가 들렸다. 오스카 마이어의 광고 음악이었다.

오, 내가 오스카 마이어의 비엔나 소시지라면 좋겠어…….

그리고 매사추세츠라는 단어가 보였다. 이어서 제니퍼는 따뜻한 여름날 수정 같은 물방울들이 수면에서 튕기는 맑고 아름다운 호수를 보여 주었다. 높이 솟아 있는 웅장한 소나무들도 보였다. 나는 이 모든 것을 말없이 듣고만 있던 내담자에게 이야기했다.

내담자가 말할 수 있는 2차 상담도 진행되었다. 상담이 끝나 갈 때쯤 내담자는 나한테 짧게 한마디 해도 되는지 바이셜 박사에게 물었다. 박사의 허락이 떨어지자 내담자는 오스카 마이어의 광고 음악이 자신에게 어떤 의미였는지 알려 주었다.

"저에겐 핼러윈 날 찍은 딸아이의 사진 한 장이 있습니다. 사진 속에서 그 아이는 오스카 마이어 비엔나 소시지 차림을 하고 있어요. 그 광고에 나오는 노래를 무척 좋아해서 항상 그 노래를 부르고 다녔죠."

몇 주 후 바이셜 박사가 앞서 진행한 내담자에게서 받은 이메일을 전달해 주었다. 그녀의 이름은 진이었다. 진은 상담 중에 나왔던 다른 내용도 확인해 주고 싶어 했다. 그녀의 이메일 내용은 이러했다.

'저는 숲속 호숫가에 살고 있습니다. 당신이 호수라는 단어를 말했던 바로 그때 저는 호수를 내다보고 있었어요. 그리고 당신이 호수에 햇빛이 비친다고 말하자 갑자기 햇살이 구름을 뚫고 호수를 비추는 겁니다. 정말 소름이 돋았습니다.'

얼마나 놀라운 순간인가. 진은 제니퍼가 나에게 묘사한 바로 그 호수를 바라보고 있었다. 그녀의 설명에 따르면 소나무들이 호수와 집을 빙 둘러싸고 있다고 한다. 이번 경험을 한 뒤 진은 딸이 자기 곁에 있다는 것을 믿게 되었다. 제니퍼는 그 순간 자신이 엄마 곁에 있다는 사실을 알리기 위해 호수에 대해 그토록 세심하게 묘사한 것이다.

영적 상담이 끝난 뒤, 내담자들은 내가 말한 정보들에 점수를 매겼다. 나는 어느 정도 자신이 있었지만 며칠째 심사 통과 여부를 듣지 못해 불안해하고 있었다.

그러다 핼러윈 날 밤, 나는 아이들과 집집마다 돌아다니며 '트릭 오어 트리트trick-or-treat(사탕 안 주면 장난칠 거예요)' 놀이를 하고 돌아왔다. 검은색 마녀 모자와 망토를 걸친 채 이메일을 확인해 보니, 바이셜 박사의 메일이 와 있었다. 손이 마구 떨렸다. 그 메일에 지난번 심사 결과가 들어 있을 거라고 생각했기 때문이다. 전화도 축하 의식도 나팔 소리나 꽃가루도 없었다. 그들은 그저 이메일로 축하드립니다. 곧 심사의 다음 단계를 치르실 겁니다 또는 죄송합니다. 아쉽지만 심사는 여기서 마무리되었습니다라고 통보할 뿐이었다.

"개럿, 메일이 왔어."

내가 말했다.

"열어 봐."

개럿이 대답했다. 아이들까지 맞장구쳤다.

"열어 봐요!"

나는 잠시 기다렸다가 메일을 열었다. 메일을 확인하려 할 때마다 나도 모르게 손이 자꾸만 키보드에서 멀어졌다. 마침내 심호흡을 하고 메일을 열었다.

'처음 다섯 단계의 심사를 성공적으로 통과하셨음을 알려 드리게 되어 기쁩니다. 남은 심사와 교육 과정에 기쁜 마음으로 초대합니다. 축하드립니다!'

내 눈에 눈물이 가득 고였다. 나는 개럿과 아이들을 향해 돌아섰으나 말을 잇지 못했다.

"왜 그래? 통과했어?"

개럿이 걱정스러운 얼굴로 물었다.

"응."

울음이 터지는 바람에 갈라진 목소리로 겨우 대답했다. 가족들이 내 주위로 모여 다 같이 나를 끌어안았다.

"통과했는데 왜 울어요?"

헤이든이 물었다.

"너무 기뻐서 그래."

개럿이 말하며 나를 더 세게 끌어안았다.

그런데 나에게는 이런 감정에 더해 아무도 모르는, 아무에게도 말하지 않은 것이 하나 있었다. 윈드브리지의 심사를 받기로 한 날 나는 약속을 했다. 나 자신 그리고 저세상과 하는 약속이었다. 만약 내가 이 심사를 통과한다면 다시는 내 영적 능력에 대해 의문을 갖지 않겠다고 말이다. 이번 심사를 통과한다면 나는 영매이고 고인들과 소통한다는 것은 사실이며, 고인들이 찾아와 나와 이야기하고 의미 있는 정보를 주는 것도 인정받는 것이다. 하지만 심사를 통과하지 못한다면 이 모든 게 허구가 되는 것이다.

하지만 이제 알 수 있었다. 저세상은 제 역할을 다 했다는 것을. 이제는 내가 내 역할을 할 차례였다.

바이셜 박사의 메일 마지막 줄에는 이렇게 쓰여 있었다.

'윈드브리지 심사 과정에 계속 참가하길 원하는지 알려 주시기 바랍니다.'

나는 저세상과 연결되어 있음을 명예롭게 여기고, 영적 능력을 더 개발하여 최대한 많은 사람들을 돕는 일에 헌신하기로 했다. 이 결심에는 영적 능력을 연구하는 과학자들에게 기꺼이 연구 대상이 됨으로써 내 능력에 관한 더 많은 것을 알리는 일도 포함되었다. 나는 즉시 계속하고 싶다는 답장을 보냈다. 마쳐야 할 단계가 세 개나 더 있었다. 영매역할에 관한 연구 및 교육, 인간에 대한 연구 및 교육 그리고 슬픔에 관한 교육이었다. 이 교육은 지난 세기 동안 이어져 온 영매와 과학의 역사를 가르치고, 윈드브리지 과학자들에게 연구 대상이 되는 데 동의하는 윤리적인 문제에 대해 알려 주며, 상담이나 사후 관리를 통해 어떻게 내담자를 도울지에 대한 연구소의 통찰을 전달하기 위해 만들어진 프로그램이다. 나는 이 단계들을 모두 마치고 이메일로 인증서를 받았다. 이제 공식적으로 윈드브리지 연구소의 인증을 받은 연구 참여 영매가 된 것이다. 나는 미국에 있는 연구 참여 영매 19명 가운데 하나가 되었다. 이 인증을 통해 나는 윈드브리지 연구소의 실험과 행사에 참여하고 초자연에 관한 연구 발전에 도움을 줄 수 있었다. 나는 마음이 들떴다. 윈드브리지에서는 과학적인 방법으로 일할 수 있었고, 영원한 가족 재단에서는 유족들을 위해 일할 수 있었다. 내가 저세상에 연결되어 있다고 느껴졌으며, 빛의 군단에 속하게 되어 영광이었다.

나는 프란에게 이메일을 보내 윈드브리지 연구소의 인증을 받았다는 소식과 함께 바이셜 박사를 소개해 준 데 대해 감사 인사를 전했다. 킴과 바비에게도 전화해 윈드브리지 심사를 받으라고 권했다. 이후 킴은 윈드브리지 공인 영매가 되었다. 참으로 기쁜 소식이었다. 바비는 한 달 차이로 심사를 받지 못했다. 그녀가 윈드브리지에 연락했을 때는 이미 심사 접수가 마감된 상태였기 때문이다.

드디어 내담자가 함께 참여했던 2차 상담의 점수를 알게 되었다. 한 내담자는 내 진술의 90퍼센트가 정확하다고 채점했다. 다른 한 명이 매긴 정확도는 95퍼센트였다.

이것은 무엇을 뜻할까? 나는 이 결과를 통해 바이셜 박사가 어떤 결론을 이끌어낼지 궁금했다.

바이셜 박사는 이렇게 말했다.

"과학자로서 저는 영매들이 고인과 소통한다고 단언할 수는 없습니다. 그렇지만 우리의 연구 자료가 그런 방향을 향해 있는 것은 사실이에요. 과학이 그 방향으로 따라가고 있지요. 우리의 연구 자료들은 세상을 떠난 이들과의 소통이 가능하다는 사실을 뒷받침하고 있습니다."

한편 인증서는 나에게 또 다른 것을 의미하기도 했다. 그것은 내가 삶의 다음 단계로 나아감을 의미했다.

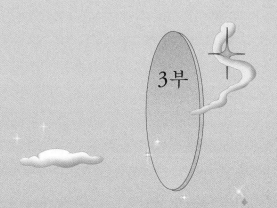

3부

"존은 자신이 가족들에게 짐이 될 거라 생각했고 그러기를 원치 않았어요. 부담이 되고 싶지 않았던 거예요. 그런데 물속에 빠지자마자 자신이 끔찍한 실수를 저질렀다는 걸 깨달았대요."

내가 말했다.

존은 스스로 목숨을 끊어 가족의 큰 짐을 덜어 주려 했다.

하지만 그 대신 가족에게서 커다란 선물을 빼앗았다는 사실을 깨달았다.

　_23. 「카나르시 부두」 중에서

23. 카나르시 부두

2010년 11월, 친구 앤서니로부터 뜻밖의 전화가 왔다. 그는 자기 친구인 마리아와 최대한 빨리 상담을 해 줄 수 있는지 물었다. 지금 마리아의 아버지가 열흘째 실종 상태라 매우 힘들어한다고 했다. 아버지가 어디에 있는지, 살아 있기는 한 건지 아무도 알지 못했다.

나는 바로 다음 날 마리아에게 전화하겠다고 약속했다. 내가 전화했을 때 그녀는 운전 중이었다. 마리아는 차를 댈 수 있게 잠시만 시간을 달라고 양해를 구했다. 그 잠깐의 시간 동안 나는 그녀의 슬픔과 혼돈을 느낄 수 있었다. 곧바로 저세상에서 누군가 밀고 들어오는 것도 느껴졌다. 그녀의 아버지로 보이는 사람이었다. 마리아에게 가볍게 말할 수 있는 사연은 아니었다. 이야기를 들으면 마리아가 굉장히 힘들어할 게 분명했다. 하지만 어쩔 수 없었다. 저세상으로부터 오는 정보를 존중해야 했다.

그녀가 준비됐을 때, 나는 최대한 부드럽게 말했다.

"마리아, 알려 드릴 얘기가 있습니다. 당신의 아버지로 보이는 분이 나타나셨어요. 성함은 존이라고 하네요."

곧이어 나는 경찰이 존을 찾기 위해 공개수사 중이라는 걸 알게 되었다.

~~~~~

경찰 수사는 춥고 비 오던 2010년 11월 4일에 시작되었다. 일흔두 살의 존은 뉴욕 퀸스에 있는 집에서 아침나절을 보냈다. 아내 메리는 존과 함께 있다가 12시 반쯤 특수 교육 수업을 위해 출근 준비를 했다. 그날 아침 그녀는 몸이 별로 좋지 않았다. 존은 메리가 점심도 건너뛰고 출근을 하자 걱정했다.

메리가 그에게 말했다.

"걱정 마요. 다녀와서 먹을게요."

그런 다음 인사를 하고 집을 나섰다.

평소 같았으면 존은 집에서 점심을 먹거나 산책을 나갔을 것이다. 하지만 그날은 현관으로 나가 차가운 진눈깨비를 헤치며 앞으로 나아갔다. 외투도 없이 운동복만 입은 상태였다. 휴대전화도 열쇠도 지갑도 현금도 가지고 가지 않았다. 심지어 그의 지병인 폐기종 증상에 쓰는 흡입기도 없이 나갔다.

2시간 후 메리가 집에 돌아와 존을 불렀으나 아무 대답이 없었다. 온 집안을 찾아보아도 그의 모습은 보이지 않았다. 존의 열쇠와 지갑이 그대로 있는 것을 보자 갑자기 두려움이 밀려왔다. 평범했던 하루가 더는 평범하지 않게 되었다.

~~~~~~

존에게 가족은 모든 것을 의미했다. 존은 아내와 세 아이를 위해 열심히 일했다. 그는 정원사였고 자기 집 뒷마당 화단에 토마토도 길렀다. 존을 아는 사람들은 그가 신실하고 온화한 사람이라고 말했다. 은퇴한 후 딸 마리아를 대신해 어린 손자를 돌봐 주기도 했다.

하지만 사건이 일어나기 1년 전부터 존은 변하기 시작했다. 이전보다 내성적으로 변했으며 기분도 쉽게 가라앉았다. 자주 화를 내고 짜증을 냈다. 이따금 수십 년 전의 불만을 끄집어내 방금 있었던 일처럼 투덜대기도 했다. 마리아는 존을 신경과 전문의에게 데려갔고 알츠하이머 초기 진단을 받았다.

곧 존은 아내와 아이들의 지지를 받으며 알츠하이머 약물 치료를 시작했다. 그러나 치료를 시작하자 무기력하고 폐쇄적인 성격으로 바뀌었다. 가족들은 존을 돕기 위해 애썼다.

마리아가 말했다.

"우리는 그저 부정하려고만 했어요. 그냥 아버지가 나이가 드셔서 그런 거라고 생각했죠. 병은 아직 초기 단계였고, 우리는 아버지를 위해 무엇이 최선인지 찾으려고 했어요. 하지만 상태는 계속 나빠져만 갔죠."

그러다 11월 4일에 존이 집을 나가 버린 것이다. 집에서 그를 찾지 못하자 메리는 차로 동네를 한 바퀴 돌면서 그를 찾아다녔다. 20분 후, 그녀는 딸에게 전화해서 말했다.

"너희 아버지가 없어지셨다."

마리아가 물었다.

"없어지셨다니, 그게 무슨 말씀이에요?"

"사라지셨어. 아무 데도 없어. 열쇠랑 지갑도 다 집에 있는데, 아버지만 안 보여."

"알겠어요."

마리아는 대답한 후 빠르게 생각을 정리해 덧붙였다.

"아무래도 경찰에 알리는 게 좋겠어요."

그날 밤 세 자녀는 각자 차를 몰고 퀸스 지역을 돌며 존을 찾아다녔다. 다음 날엔 거리 곳곳을 걸어 다니며 가게 주인들에게 아버지의 행방을 묻기도 하고 전단을 붙였다.

"저희는 큰길을 샅샅이 돌며 가게마다 전부 들어가 봤어요."

마리아가 말했다. 제일 마지막에 들른 태닝 숍에서 그녀가 아버지의 사진을 보여 주자 젊은 여직원이 이렇게 말했다.

"어머나! 저, 어제 이분을 봤어요!"

이 직원은 동네 빵집에서 점심을 먹던 중 밖에서 존이 누군가에게 5달러를 달라고 하는 모습을 보았다고 했다. 그 말을 들으니 한 가닥 희망이 생기는 것 같았다. 마리아는 다음 날부터 3일 동안 그 빵집 건너편에 차를 세워 놓고 차 안에 앉아 혹시 아버지가 오시는지 지켜보았다.

그러는 사이 몇몇 친구들과 친척들이 함께 전단을 나눠 주면서 시작한 동네 탐색은 퀸스 역사상 가장 큰 수색이 되었다. 약 2주 동안 기마경찰대와 헬리콥터, 수색견, 방송 기자들과 소규모 자원봉사대가 포함된 거대한 수색대가 퀸스 구석구석을 돌면서 존의 행방을 찾아다녔다.

하지만 아무런 흔적도 발견하지 못했다. 존은 완전히 자취를 감춰 버렸다. 내가 앤서니의 전화를 받고 마리아와 상담을 잡은 것이 그때쯤이었다.

~~~~~

존이 저세상에서 모습을 드러냈다는 내 말에 마리아가 울음을 터뜨렸다. 나는 마리아가 마음을 가라앉힐 때까지 기다렸다가 존이 보여 준 장면을 말해 주었다.

11월 4일, 존은 혼란스럽고 갈피를 잡지 못한 상태로 계속 걸었다. 아는 곳도 있고 모르는 곳도 있었다. 빵집을 비롯해 평소에 자주 가던 곳도 몇 군데 들렀다. 하지만 딱히 갈 곳이 없었다. 목적지도, 제대로 된 방향도 없었다. 그때 존이 내 영적 스크린에 '카나르시'라고 쓰인 표지판을 보여 주었다. 이어서 바다와 부두 모습도. 나는 그것이 무엇을 의미하는지 몰랐지만 그대로 마리아에게 전했다.

"카나르시 부두예요!"

마리아가 숨이 턱 막힌 듯한 목소리로 말했다.

"브루클린에 있어요. 퀸스와 접한 곳이죠. 아버지가 가장 좋아하시던 장소예요. 우리가 어렸을 때 자주 데려가셨고요."

카나르시 부두는 퀸스 카나르시 공원 뒤, 자메이카 만灣으로 통하는 벨트 파크웨이를 따라 만들어진, 길이 200미터가 좀 안 되는 부두였다. 그곳은 낚시 장소로 유명해서 철이 되면 사람들이 가자미와 전갱이를 잡으러 왔다. 존은 그곳에서 낚시하는 걸 좋아했다. 나이가 더 들어서는 부두를 따라 산책을 즐겼다. 존이 사라진 후 가족들이 가장 먼저 찾아본 곳 중 하나도 바로 그곳이었다. 그러나 존이 그곳에 있었다는 어떤 흔적도 발견하지 못했다.

이제 존은 자신이 부두에서 무엇을 했는지 보여 주었다. 나는 보이는 것을 최대한 침착한 어조로 마리아에게 전했다.

존은 돌멩이를 줍기 위해 카나르시 공원에 들렀다. 주운 돌멩이들을 운동복 주머니에 집어넣고 부두 끝까지 걸어갔다. 부두는 어둡고 추웠으며 휑했다. 그는 난간 아래로 몸을 굽혔고 그대로 바다에 빠져 버렸다.

"아버지께서는 물에 빠진 지 2분이 채 안 되어 익사하셨습니다."

내가 말했다.

숨을 거두던 바로 그 순간, 존은 끔찍한 후회의 감정을 느꼈다.

나는 마리아에게 계속 말했다.

"존은 자신을 찾느라 힘들게 해서 미안하다고 하십니다. 하루 이틀이면 시신을 찾을 줄 알았는데, 시신이 해류에 휩쓸려 가 버렸대요. 이렇게 큰 혼란을 일으켜서 미안하다고 하세요."

존은 나에게 M과 A 두 개의 알파벳을 보여 주었고, 나는 그 의미를 이해했다.

"지금은 시신을 찾아봐야 아무 소용없습니다. Ma로 시작하는 달, 그러니까 3월March이나 5월May이 돼야 찾을 수 있다고 하시네요. 해류 때문에 그전에는 시신이 돌아오지 못할 거라고요."

존은 치매로 인해 무슨 일을 벌일지 몰라 두려워 스스로 목숨을 끊었다고 보여 주었다.

"존은 자신이 가족들에게 짐이 될 거라 생각했고 그러기를 원치 않았어요. 부담이 되고 싶지 않았던 거예요. 그런데 물속에 빠지자마자 자신이 끔찍한 실수를 저질렀다는 걸 깨달았대요."

내가 말했다.

존은 스스로 목숨을 끊어 가족의 큰 짐을 덜어 주려 했다. 하지만 그 대신 가족에게서 커다란 선물을 빼앗았다는 사실을 깨달았다.

존의 병은 고통스럽고 비참한 운명처럼 보였지만, 사실 서로에 대한 무한하고 무조건적인 사랑을 키우고 나눌 수 있는 놀라운 기회이기도 했다. 병이 악화될수록 존은 가족으로부터 더 많은 보살핌과 관심을 받아야 했지만, 병으로 인한 어둠 속에서도 존이 더 배우고 가르쳐야 할 교훈이 있었던 것이다.

그런 교훈 가운데 하나는 아마 인내였을 것이다. 어쩌면 연민이었을 수도 있다. 아니면 조건 없는 사랑이었을지도 모른다. 혹은 치유의 힘을 이해하거나 죽음에 대한 두려움을 극복하는 것이었는지도 모른다. 존은 이런 교훈을 얻을 기회를 자신과 가족으로부터 앗아 갔다. 존은 가족이 그를 돌보고 보살피는 일들이 그에 대한 가족의 사랑을 줄어들게 하는 게 아니라 오히려 더 커지게 한다는 사실을 알지 못했다. 그가 인생에서 가장 약해진 시기에 가족의 도움을 받는 것이 그들에게 깊고 강한 사랑의 유대감을 느낄 기회를 주는 것임을 깨닫지 못했다. 그는 자기 인생을 끝내기로 결심함으로써 가족에게서 이 선물을 빼앗은 것이다.

내가 마리아에게 말했다.

"존이 미안하다고 사과하고 계세요. 거듭 말씀하시네요. '미안하다'

고요."

~~~~~

　나와 상담을 끝낸 마리아는 존의 실종 사건을 담당하는 뉴욕 경찰청 형사인 프랭크 가르시아에게 연락했다. 그리고 내가 말한 정보를 전달했다.

　"바다를 수색해야겠어요. 아버지가 바닷속에 계세요."

　그녀는 말했다.

　가르시아 형사는 그녀를 도와 존을 찾는 데 동의했다. 그들은 몹시 춥고 비가 오는 날 자메이카 만을 끼고 있는 들쭉날쭉한 암벽을 4시간 동안 올랐다. 너무 추워서 손발에 감각이 없어졌지만 마리아는 계속 나아갔다. 두 사람 모두 그랬다. 하지만 수색은 성과가 없었다. 존이 어디에 있든 아직은 발견되지 않을 터였다.

　"새로운 소식이 있으면 알려 드리겠습니다. 걱정하지 마세요. 찾을 수 있을 겁니다."

　가르시아 형사가 마리아에게 약속했다.

　아무 소식도 없이 3월이 왔다가 갔다. 겨울이 가고 봄이 왔다.

　5월의 첫째 날, 메리는 가르시아 형사에게 전화를 걸어 이렇게 말했다.

　"지금이 바로 남편을 찾을 수 있는 시기예요. Ma로 시작하는 달이죠."

　"찾아보겠습니다."

형사가 약속했다.

그러나 5월 역시 그대로 지나갔다. 아무 소식도 없이.

~~~~

6월 초, 가르시아 형사는 해안 경비대로부터 전화를 받았다. 자메이카 만에 있는 섬에서 경비대가 훈련을 하던 중 한 장교가 해안가로 떠밀려 온 무언가를 발견했다고 한다. 사람의 유골이었다. 몸 전체가 아니라 두개골만 있었다. 해안 경비대가 유골을 수습해 DNA 검사를 의뢰했다. 검사 결과가 나오는 데 며칠이 걸렸다. 결과는 존의 유골로 확인되었다.

"유골을 언제 발견하셨나요?"

가르시아 형사가 물었다.

"며칠 전입니다. 그러니까 5월 말쯤이네요."

해안 경비대 장교가 대답했다.

가르시아 형사는 마리아에게 전화해 소식을 전했다. 그는 유골이 수면 위로 올라오는데 왜 그렇게 오래 걸렸는지 설명했다. 사람이 겨울에 바다에 빠지면 바닥으로 가라앉아 해류에 휩쓸려 가게 되고, 그러다 날이 따뜻해지면 시신이 바다 위로 떠오른다고 했다. 존의 유골은 그가 세상을 떠난 카나르시 부두로부터 멀지 않은 곳에서 발견됐다. 계속 물속에 있었지만 발견이 안 되었을 뿐이다.

가르시아 형사가 마리아에게 말했다.

"지금까지 이런 일은 처음입니다."

"무슨 일이요?"

"이번 일 말입니다. 영매가 마치 실제 상황을 알려 주는 것처럼 언제 어디서 당신 아버지를 찾게 될지 알려 준 일이요. 그 영매가 알려 준 말 대로 되었잖아요. 이런 일은 정말 처음입니다."

그러나 마리아는 그것이 전혀 놀랍지 않았다. 그녀가 말했다.

"형사님이 전화했을 때 저는 평온을 찾은 상태였어요. 아버지가 천국에 계시다는 걸 알고 있었으니까요."

~~~~~

존은 천국에 있었다. 자살한 사람도 천국에 갈 수 있다. 그들은 그곳에서 치유받은 후, 성장하고 이해하는 여정을 이어 나간다. 지상에서 사랑하던 사람들의 치유를 돕기도 한다. 존은 천국에서 잘 지내고 있었지만, 용서를 구하기 위해 손을 뻗고 가족들에게 마음의 평화를 주려 했다.

처음에 마리아는 아버지를 용서하는 일이 쉽지 않았다. 그의 결정 때문에 가족이 지독한 고통을 겪어야 했기 때문이다. 하지만 시간이 흐르면서 아버지를 용서하게 되었다. 아버지가 왜 그렇게 하셨는지 이해할 수 있었다. 그리고 아버지가 돌아가셨다고 해서 가족의 사랑이 끝나는 게 아니라는 사실도 알게 되었다. 절대 끝나지 않는다는 것을 알 수 있었다.

하지만 존이 어두운 물속에 빠지기 전에 이런 교훈들을 알았다면 어땠을까? 그의 병이 더 큰 계획의 하나라고 여기고, 그들 모두가 사랑과 연민이라는 깊은 우물에 다가가며 성장할 수 있는 기회로 삼았다면 어땠을까? 우리 모두가 이 세상에 있는 동안 그런 현명함을 지닐 수 있을지, 질병과 고난을 정신적 차원에서 사랑을 확장하는 계기로 삼을 수 있을지 생각해 볼 일이다.

사실 우리에게는 이런 현명함을 획득할 힘이 있다. 좋을 때나 나쁠 때나, 이 세상에서나 저세상에서나 우리를 이어 주는 빛과 사랑의 끈을 알아보고 인정하면서 우리 사이의 빛을 기리면 된다.

존은 이 빛을 너무 늦게 알아보았다. 하지만 그도 자신이 배운 교훈을 나누며, 이 선물을 통해 삶을 계속 이어 가고 있다. 그의 빛이 이 세상으로 통하는 길을 밝게 비추고 있다.

24. 수수께끼 풀기

나는 언제부턴가 영적 상담 광고를 하지 않는다. 나와 상담을 해야 할 사람이라면 누구든 어떻게든 나를 찾아온다는 사실을 오래전에 확신했기 때문이다. 내 친구 존이, 자기 친구 켄이 상담을 위해 나에게 연락할 거라 말했을 때도 나는 최대한 빨리 시간을 잡겠다고 했다.

나는 켄과 전화 상담을 진행했다. 우선 켄의 기운을 살펴보았는데, 곧바로 다른 사람과 뚜렷이 구별되는 특별한 무언가가 보였다. 그것은 휘황찬란한 색들의 배열이었다. 무지개와 비슷하면서도 색들이 훨씬 더 강렬하고 빈틈없이 꽉 들어찬 느낌이었다. 색 위에 색이 있고 그 위에 또 색이 있었다. 모든 색이 순수하고 활기찼으며 폭발할 듯 생기가 넘쳤다. 영적 상담을 하면서 이런 경우는 처음이었다.

"세상에, 당신 기운이 정말 대단하군요. 평범한 기운이 아니에요."

일반적으로 사람들의 핵심 기운은 1개에서 3개 사이의 색으로 내 영적 스크린의 원 안에 나타난다. 그런데 켄의 기운은 색들이 아주 크고 넓게 소용돌이치면서 스크린의 원 안뿐 아니라 바깥에까지 걸쳐져 있었다.

그중 아름다운 초록색이 눈에 띄었다. 초록색은 새로운 생각에 대해 활짝 열려 있다는 뜻이다. 영적 능력을 나타내는 하얀색도 있었으며, 인류에 대한 넘치는 사랑을 나타내는 분홍색도 보였다. 놀라울 정도로 선명한 파란색도 있었다.

나는 계속 말했다.

"파란색은 영혼이 고결하다는 신호예요. 당신이 영적으로 굉장히 높은 수준에 있다는 걸 나타내죠. 당신은 인류를 치유하고 가르치는 일을 돕는 사람이에요. 파란색이 다른 색들과 연결된 방식을 보니……, 당신의 에너지가 세상 밖으로 나가고 있네요. 당신이 다른 사람들을 변화시키고 있다는 뜻이죠."

보통 누군가의 기운을 살피려면 몇 분이면 된다. 그러나 켄의 경우에는 그 아름다운 에너지에 자꾸만 눈길이 갔다.

"당신은 다른 사람들이 매우 균형 잡힌 치유 효과를 얻게 해 줍니다. 그리고 당신 위로 흰색이 보이는데, 사람의 기운에서 흰색이 보인다면 그 사람이 영적으로 탁월하다는 뜻이죠. 이 세상에 머무는 동안 그 사람의 영혼이 스스로 성장하고자 노력하는 겁니다. 그러나 당신의 영적 능력은 단지 당신 자신만의 문제가 아니군요. 당신에게서 선생님의 에너지가 분명하게 보입니다. 그런데 그 에너지의 크기는 일반적인 교실을 넘어설 정도예요. 당신은 육신의 형태로 이 세상에 존재하지만 정신적으로 매우 성숙한 단계에 있습니다. 그러면서도 겸손하고요. 당신이 이 세상에서 무슨 일을 하든, 나중에 세상을 떠난 후에도 울림을 주어 치유와 사랑을 불러올 거예요. 당신의 기운을 살피는 데 너무 오랜 시간을 할애해서 미안해요. 하지만 이런 경우는 흔치 않아서요."

~~~~~

켄의 기운을 살펴본 후 다음 단계로 넘어갈 즈음 나는 아름다운 감사의 합창 소리를 들었다.

"저세상에서 다들 당신에게 고마워하고 있어요. 전율이 느껴지네요. 당신은 다른 사람들에게 저세상에 대해 가르치는군요. 당신이 저보다 저세상에 대해 더 잘 아는 것 같아요. 이해되나요?"

내 질문에 켄은 그렇다고 했다.

"그곳에는 당신에게 고마워하는 아이들이 있군요. 자기 부모님이 평화를 찾을 수 있게 도와주어서 감사하다고 합니다. 아이들이 아주 많아요. 당신과 원래 알던 아이들은 아닙니다. 모든 아이들을 대신해 감사를 보내는 거예요. 당신이 하는 일에 대해 감사해하는 거죠. 사람들은 세상을 떠난 후 삶을 되돌아보면서 지상에 있는 동안 자신이 얼마나 많은 사람들을 구할 수 있었는지 깨닫게 됩니다. 그런데 당신은 이미 알고 있는 것 같군요. 아직 이 세상에 있는데 말이에요. 그리고 당신은 다른 사람들도 그런 걸 알 수 있도록 도와주죠. 정말이지 너무나 아름다운 광경이에요."

그때 한 여성이 켄을 만나러 밀고 들어오기 시작했다. 나는 켄에게 그녀에 대해 설명했다.

"당신 외할머니와 연관된, R로 시작하는 이름을 가진 사람이 모습을 드러내고 있습니다."

"아, 누군지 알 것 같아요. 그분의 이름이 R로 시작합니다."

켄이 말했다.

"루스인가요?"

"맞아요!"

"루스는 당신이 중재자라고 하는군요. 루스 말로는 중재자가 당신에게 주어진 하나의 역할이라고 해요. 제 생각엔 아마도 루스가 다른 나라에서 왔기 때문에 이런 얘기를 하는 것 같아요. 당신은 우리가 특정한 국가 출신이 아니라는 걸 이미 아는 것 같네요. 제 말은, 사람들은 국적이 우리의 정체성이라고 믿지만 사실 우리는 모두 연결되어 있으니 굳이 국적으로 구별하지 않고도 그저 동료로 바라볼 수 있다는 거예요. 매우 성숙하고 치유에 도움이 되는 사고방식이죠. 당신은 이런 사고방식을 아주 잘 인지하고 있고, 바로 이것이 당신이 나누고자 하는 메시지 가운데 하나였지요."

그때 나는 상담을 하고 있는 이 남성에게 영적 소명이 있음을 이해했다. 훗날 그가 세상을 떠난다 하더라도 자신이 한 일로 세상에 어떤 울림과 사랑과 치유를 가져다줄 사람이었다.

~~~~~

시간이 꽤 지난 후에야 나는 켄이 코네티컷 대학교의 심리학과 명예교수이자 임사 체험NED, Near-Death Experience 분야의 저명한 학자인 케니스 링 박사라는 걸 알게 되었다. 임사 체험은 죽음의 문턱까지 갔던 사람들이 겪은 신비하고 초자연적인 경험을 말한다. 켄은 지난 몇십 년 동안 사후 세계에 대해 말해 주는 진지한 대변인으로 자리매김했다. 그의 저서 『빛의 교훈Lessons from the Light』은 임사 체험을 한 이들의 이야기를 담고 있다. 이 책은 우리가 죽음을 두려워할 필요가 없다는 메시지를 전한다. 켄은 그 책에서 이렇게 말한다.

"우리가 마주하게 될 세상은 말로 표현할 수 없을 만큼 아름다울 것이다. 우리는 또 다른 세상과 연결되어 있기 때문이다."

나는 임사 체험에 대해 알게 되면서 켄과의 상담 중 내가 받은 정보, 즉 그가 수많은 사람을 돕고 있다는 정보를 구체적으로 확인할 수 있었다. 연구에 따르면, 전 세계에서 수백만 명의 사람들이 죽었다 다시 살아나는 임사 체험을 겪었다. 이런 일은 국가와 연령, 종교와 상관없이 일어난다. 기독교도, 힌두교도 또는 이슬람교도일 수 있으며, 나이가 많을 수도 있고 적을 수도 있다. 공사 현장의 인부일 수도 있고 회사의 최고 경영자일 수도 있다. 미스터리한 일들을 열렬히 믿는 사람일 수도 있고, 반대로 매우 회의적으로 받아들이는 사람일 수도 있다.

이것이 저세상에서 켄 링에 대해 보여 준 내용이다. 그가 하는 일은 수많은 사람들에게 사랑과 치유와 분별력을 가져다준다. 켄은 사람들이 존재를 인식하는 방식을 변화시키면서 세상에 실질적이고 유의미한 변화를 만들어내고 있었다.

간단히 말해 켄 링은 빛의 일꾼이었다.

빛의 일꾼은 내가 이 세상에서 다른 사람들을 가르치고 치유되도록 돕는 이들을 가리킬 때 사용하는 용어다. 빛의 일꾼은 다른 사람들이 자신의 재능을 발견하고 스스로 최선의 모습이 될 수 있도록 돕는다.

그렇게 도움을 받은 사람들 또한 자신의 빛을 통해 다른 이들을 돕게 된다. 켄과 했던 상담은 나에게 굉장히 중요했다. 세상에 치유와 분별을 가져다주는 빛의 일꾼이 지닌 힘, 즉 우리 모두가 지닌 힘을 알게 되었기 때문이다. 그것은 우리가 저세상에 연결되어 있음을 인정하고 살피며 우리 사이의 빛을 기리는 일이 얼마나 중요한지 되새기게 해 주었다.

~~~~~

켄은 사후 세계를 과학적으로 연구하는 일을 하면서도 영매를 만나볼 생각은 하지 못하고 있었다. 그런데 한 동료가 자신의 첫 영적 상담에 대해 이야기하면서 그것이 자신의 인생을 변화시킬 만한 경험이었다고 하는 말을 듣게 되었다. 며칠 후 또 다른 동료도 같은 말을 했다. 몇 주에 걸쳐 네 명의 동료가 영매와 상담한 경험을 이야기했고, 모두 깊이 감동했다고 말했다. 그런 과정에서 호기심이 생긴 켄이 나에게 전화를 하게 된 것이다.

사실 켄에게는 영매를 만나야 할 이유가 있었다. 그는 자신이 열일곱 살 때 돌아가신 아버지에 대한 의문과 씨름하고 있었다. 그는 거의 평생을 아버지가 여전히 자신과 함께 계시다고 느끼면서 살아왔다. 환영이나 환청 혹은 그와 비슷한 어떤 일도 없었지만 아버지의 존재를 느낄 수 있었다. 아버지의 영혼이 자신을 이끌어 주는 것처럼 느껴졌다. 이 세상에 더 이상 존재하지 않는다는 걸 알면서도 켄은 거의 언제나 아버지의 사랑을 느꼈다. 나와 상담하기 훨씬 전에 켄은 그런 감정을 회고록에 이렇게 썼다.

"나는 항상 아버지의 사랑이 내 삶의 근원적 실체라고 느껴 왔다. 심지어 아버지가 내 곁을 떠나야 했을 때도 그랬다. 내가 죽으면 마침내 집으로 돌아온 나를 두 팔 벌려 환영하는 아버지를 다시 만나 그동안 느껴 온 이 감정을 확인하고 싶다."

나와 상담하면서 켄은 이 감정이 진짜인지 확인하고 싶어 했다.

~~~~~

상담 중 켄의 가족 몇 명이 동시에 나타나 서로 이야기를 하려 했다. 켄의 어머니가 모습을 드러냈고, 이어서 메리라는 이름의 강하고 단호한 모습을 한 외가 쪽 누군가도 나타났다. 켄은 그녀가 이모라고 했다. 그때 저세상이 D가 들어가는 이름을 가진 누군가에 관한 이야기를 꺼냈다.

"혹시 가족 중에 데이비드라는 사람이 있나요?"

내가 물었다. 켄은 자기 아들 이름이 데이비드라고 했다.

"캐서린이라는 이름도 나오네요."

켄의 딸 이름이었다. 저세상에서는 켄의 손자인 맥스에 대해서도 말해 주었다. 켄의 아버지도 그곳에 있었지만, 그는 뒤로 물러나 있었다.

잠시 후 켄이 아버지에 관해 물었다. 그제야 켄의 아버지가 앞으로 나왔다.

나는 그의 이야기를 전했다.

"이분은 원래 자신의 수명보다 일찍 돌아가신 것 같군요. 그래서 당신과 함께 보내는 시간이 줄었어요. 그것에 대해 미안하다고 하는 소리가 들립니다. 그분이 당신에게 사과하고 계세요. 어떤 면에서는 당신을 저버렸다고 생각하시는 것 같습니다. 아버지로서 충분한 시간을 함께 하지 못하고 떠났다고요. 가슴 부위가 보입니다. 가슴 쪽 무언가요. 제 대로 작별 인사를 할 시간도 없었네요."

켄은 아버지가 심장 마비로 돌아가실 때 옆에 있지 못했다고 말했다. 내가 켄에게 말했다.

"아버지께서 미안하다고 하십니다. 자신이 건강을 더 잘 챙겼어야 했다고 말씀하시는 것 같아요."

이어서 켄이 물었다.

"아버지가 보이세요?"

"키가 많이 크신 것 같지는 않네요. 180센티미터는 안 되어 보이는데, 맞나요?"

내가 묻자 켄이 그렇다고 했다.

"머리칼이 짙은 색이셨고요?"

켄이 또 그렇다고 대답했다.

"한때 콧수염을 기르셨나 보네요?"

켄이 다시 한 번 그렇다고 대답했다.

"콧수염에 관한 재미있는 말씀을 하시네요. 당신 아버지 말씀이, 자신은 콧수염을 기르면 바보처럼 보인대요. 콧수염에 관한 농담을 하고 계세요."

켄이 소리 내어 웃었다. 나는 계속 말했다.

"아버지께서는 살아계실 때 뭔가를 만들려고 하셨던 것 같습니다. 제 말은, 집 같은 걸 지으려 했다는 게 아니고, 혼자 힘으로 뭔가를 만들려고 하셨던 것 같아요. 그런데 그게 갑자기 중단된 거죠. 끝마치지 못했어요. 그 점이 마음에 걸리셨고요. 사망했을 때 그분은 이렇게 반응하셨어요. '아니, 잠깐만요. 지금 장난하는 거죠? 저세상이라는 게 진짜 있다고요? 그리고 내가 그 일을 마무리하지 못한단 말입니까?' 그분은 무척 아쉬워하셨어요."

켄은 아버지의 말을 이해했다. 그의 아버지는 예술가였고, 작품 몇 개를 한창 작업하던 중 돌아가셨다.

"아버지께서는 저세상에서 당신이 하는 일을 도우셨다고 하십니다. 그분이 저세상에서 일을 도모하면 여기 있는 당신의 일에도 도움이 된 거죠."

"아버지가 저를 도와주고 계셨군요."

"지금도 돕고 계세요. 사실 오랫동안 도우셨죠. 이곳에서 물리적으로 직접 돕지 못하니까 저세상에서 그렇게 하셨던 겁니다."

"저도 항상 그렇게 느꼈어요. 당신이 대답해 줄 수 없을지도 모르지만 궁금한 게 있습니다. 제가 죽으면 아버지를 다시 볼 수 있을까요?"

저세상에서 웃는 소리가 들렸다.

"당연하죠! 아버지께서 당신을 놀리고 계세요! 아버지께서 '너는 왜 답을 다 알고 있는 질문을 하는 거니!'라고 하세요. 농담을 하고 웃으면서 이렇게 말씀하시네요. '우선 터널과 눈부신 빛이 보일 거야. 그 후 너만 괜찮다면 내가 가장 먼저 너를 맞으려고 한단다. 그다음에 사후 세계에 있는 우리 모두를 보게 되겠지.' 당신이 사랑했던 모든 이들이 그곳에서 당신을 환영할 거라는 걸 믿어야 합니다. 당신 아버지는 그 맨 앞줄에 서 계실 거고요."

사후 세계라는 현실, 우리가 사랑했던 사람들이 이 세상을 떠난 후에도 계속 존재한다는 것, 우리가 저세상과 연결되면서 생기는 힘, 우리 사이의 눈부신 빛, 이런 것들은 켄에게 단순한 연구 자료가 아니다. 저 세상에서 보내 준 선물이다.

그리고 나와 상담할 때는 그의 아버지가 주는 선물이었다.

"우리가 죽을 때는 더 많은 것이 우리를 기다리고 있을 겁니다. 우리는 사랑받을 거예요."

최근에 나눈 대화에서 켄은 이렇게 말했다.

"우리가 마주하게 될 세상은 말로 표현할 수 없을 만큼 아름다울 겁니다. 우리는 또 다른 세상과 연결되어 있기 때문이지요."

임사 체험 분야에서 일하며 많은 연구를 했음에도 불구하고 켄이 깨달은 것은 다음과 같다.

"우리는 사후 세계라는 수수께끼를 자기 힘으로 풀어야 한다. 나는 아름다운 사후 세계가 존재하며, 우리는 결코 혼자가 아니라고 믿는다."

25. 교장 선생님

가끔은 교사들도 교장실에 가는 것이 두려울 때가 있다.

나는 헤릭스 고등학교에서 16년 동안 근무했지만, 내가 새로운 차와 여자 친구가 생길 거라고 알려 준 동료 교사와, 내가 속마음을 털어놓는 가장 친한 친구 영어 교사 스테파니 말고는 아무도 내 영적 능력에 대해 알지 못한다. 그렇게 학교에서는 내 영적 능력을 비밀에 부쳐 내가 걷고 있는 두 가지 길이 서로 겹치지 않게 하려고 애썼다. 하지만 결국 그 두 길은 만나게 되었다.

내가 매우 좋아하는 에너지를 지닌, 수잔이라는 동료 교사가 수업이 끝난 후 나에게 다가와 말했다.

"주말에 영적 계발 세미나에 갔었어요. 그런데 그곳에서 로라 린 잭슨이라는 이름이 나오더라고요."

나는 배가 조여 오는 기분이 들었다. 수잔은 유명한 영적 스승이자 치유사인 팻 롱고의 강연에 참석했는데, 그가 강연 중 나와의 영적 상담을 언급했다는 것이다.

"그 사람이 당신인가요? 당신이 그 로라 린 잭슨 맞아요?"

나는 고개를 끄덕였지만, 마음속으로는 약간의 두려움을 느꼈다.

"걱정 마세요. 비밀이라면 아무한테도 말 안 할게요."

수잔이 미소 지으며 말했다.

얼마 후, 나는 롱아일랜드의 한 대학에서 열리는 영원한 가족 재단 행사에 참석하기로 했다. 사랑하는 이를 잃은 사람들을 위한 행사였다. 나는 우리 학교에서는 아무도 이 행사에 대해 모를 거라고 꽤나 자신했다. 그런데 내 생각이 틀렸다.

수잔이 나에게 다음과 같은 메일을 보내왔기 때문이다.

'알려 드려야 할 것 같아서요. 저랑 같은 과목을 가르치는 다니엘 선생님이 다른 선생님들과 같이 가려고 그 행사 티켓을 구입했어요. 다 함께 그 행사장에 가기로 했대요.'

개럿에게 이 일을 의논하니 그가 주저 없이 말했다.

"당신이 하는 일에 대해 교장 선생님께 말씀드려."

개럿의 말이 옳았다. 나는 그 행사에 참석하는 일이 내 교사직을 위태롭게 할 것인지 알아야 했다. 만약 교장 선생님이 하지 말라고 하면, 괴롭긴 하겠지만 행사 참석을 취소하려고 했다. 내가 고통받는 많은 사람들을 도울 수 있고, 어쩌면 그들의 삶을 바꿔 놓을 수 있다는 것도 알고 있었다. 그렇지만 만일 그 때문에 직장을 잃게 된다면 참석할 수는 없었다.

그래서 나는 교장실로 가는 길고 외로운 길을 걸었다.

교장 선생님인 제인은 평생을 교육자로 살아온 분으로, 헤릭슨 고등학교에서 몇 해째 교장으로 재직 중이었다. 롱아일랜드에서 아일랜드계 어머니와 그리스계 아버지 밑에서 자란 그녀는 특수 교육 교사로 시작해 40년을 교육계에 몸담아 왔다. 그녀는 매우 다양한 배경을 지닌 1,300명이 넘는 학생들을 책임지고 있다. 그 외에도 관리자가 되려는 교사들을 위해 어떻게든 시간을 내어 야간 수업을 대신 맡아 주었다. 제인 교장 선생님은 열성을 가지고 발로 뛰는 헌신적이고 아름다운 사람이었다. 나는 교장 선생님을 매우 존경했으며, 그녀와 함께 일한 11년 동안 아주 좋은 관계를 유지하고 있었다.

그러나 나는 마치 교장실로 불려 간 학생처럼 교장실 앞에 초조하게 서 있었다. 심호흡을 한 후 안으로 들어갔고, 선생님의 책상 맞은편 의자에 앉았다.

"말씀드릴 것이 있어요."

나는 떨리는 손을 진정시키며 겨우 입을 뗐다.

"사실 저는……, 저는 아무도 모르게 학교 밖에서 완전히 다른 삶을 살고 있습니다."

교장 선생님이 걱정스러운 표정으로 나를 쳐다보았다. 나중에 안 일이지만, 처음에 선생님은 로라 선생님이 성매매라도 하는 건가?라고 생각했다고 한다.

나는 적당한 말을 찾으려고 노력하며 대화를 이어 나갔다.

"저는 신앙심이 아주 깊은 사람은 아니지만 영적인 면이 발달된 편입니다. 제가 주말에 가끔 자원봉사 활동을 하는데 다음 달에도 참여하려고 합니다. 교장 선생님과 관리자분들이 그것에 대해 괜찮다고 생각하시는지 확실하게 알고 싶습니다. 제가 하는 일은……, 사람들이 사랑하는 이들을 이해하도록 돕는 일입니다. 세상을 떠난 사랑하는 이들을요."

교장 선생님이 나를 뚫어져라 바라보더니 물었다.

"그러니까 선생님은……, 그쪽 감각이 발달하신 건가요?"

내가 고개를 끄덕였다.

"선생님도 그런 사람이라는……."

"맞습니다."

"영매요?"

"네, 초능력이 있는 영매입니다."

교장 선생님이 내 눈을 똑바로 바라보았다. 나는 당황하거나 피하지 않으려고 노력했다. 이제 모든 비밀이 드러났다.

그때 교장 선생님이 책상 쪽으로 몸을 숙이더니 작은 목소리로 물었다.

"로라, 혹시 지금 제 주위에 누군가가 보이나요?"

그 순간 갑자기 휙, 문들이 열렸다. 마치 저세상이 이 모든 일을 계획한 것 같았다. 저세상이 빠른 속도로 모습을 드러냈다. 교장 선생님과 영적 상담을 하게 되리라고는 생각도 못 했다. 그러고 싶지 않았다. 하지만 저세상에서 누군가가 힘껏 밀고 들어왔다. 교장 선생님의 질문은 그 문을 열게 하기에 충분했다. 몇 십 년 전에 돌아가신 교장 선생님의 어머니였다.

263

"마거릿의 목소리가 들려요. 교장 선생님의 어머니가 저에게 마거릿이라는 이름을 말씀해 주고 계십니다."

교장 선생님의 입이 딱 벌어졌다. 선생님은 의자에서 일어나 자기 책상을 돌아 밖으로 나가더니 교장실 문을 닫았다. 그리고 다시 제자리로 돌아와 내 쪽으로 몸을 기울이며 말했다.

"맞아요. 내 어머니 이름이 마거릿이에요."

"어머니께서는 선생님을 아주 엄격하게 기르셨군요."

내가 계속 말했다.

"어머니는 엄격한 가톨릭 신자였고 교장 선생님께도 그 규칙들을 따르게 했어요. 가끔은 어머니 스스로도 너무 가혹하다고 생각했죠. 하지만 그 모든 것이 교장 선생님과 교장 선생님의 미래를 위한 일이었고 선생님을 너무 사랑해서 그랬다는 점을 알아주길 바라고 계세요."

교장 선생님의 눈이 눈물로 가득 찼다.

이어서 또 다른 단어가 들렸다.

"어머니께서 모르핀에 관해 말씀하세요. 교장 선생님이 그걸 어머니께 얼마나 투약해야 하는지 의사들을 따라다니며 물었다고요. 선생님이 그렇게 신경 쓰고 염려해 줘서 마지막 가는 길이 수월했다며 고맙다고 하십니다."

교장 선생님은 이제 두 손으로 얼굴을 감싸고 있었다. 나는 계속했다. 교장 선생님의 아들과 그가 하는 영화 일, 교장 선생님의 딸에 관한 이야기도 나왔다. 교장 선생님의 딸에게 가기 위해 저세상에서 기다리고 있는 아기도 보았다. 저세상에는 교장 선생님을 위한 정보가 넘쳐났다. 눈 깜짝할 사이에 40분이 지나갔고, 수업 종이 울렸다. 교장 선생님이 일어나 자기 책상을 돌아서 다가오더니 나를 포옹하며 말했다.

"당신의 영적 재능은 참 아름답군요."

우리는 나중에 다시 이야기하기로 했다. 6교시가 끝났을 때, 교실 밖에서 교장 선생님이 나를 기다리고 있었다.

"9교시가 끝나면 교장실로 오겠어요?"

교장 선생님이 물었다.

나는 불안하고 심란했지만 남은 세 시간 수업을 그럭저럭 마칠 수 있었다. 그리고 교장실로 걸어가면서 이전과 같은 두려움을 느꼈다.

나를 보자 교장 선생님의 비서 얼굴이 빨개졌다. 다른 비서도 얼굴을 붉히며 눈길을 돌렸다. 교장 선생님이 나에 대해 말한 게 틀림없었다. 내가 갑자기 달리 보인 것이다. 그들은 나를 어떻게 대해야 할지 몰라 당황하고 있었다.

교장 선생님이 나를 보고는 교장실 안으로 들어오라고 손짓했다. 교장 선생님은 근엄해 보였다.

"물어볼 게 있어요."

교장 선생님이 부드럽게 말했다.

나는 나쁜 소식을 듣게 될지도 모르겠다고 마음의 준비를 했다.

"내 남편에 대한 거예요."

문이 다시 휙 하고 열리는 게 느껴졌다. 나는 교장 선생님과 마주 앉아 모든 것을 이야기했다.

"그분이 여기 와 계십니다. 선생님의 남편이 오셨어요. 몇 년 전에 세상을 떠나셨군요."

"5년 전이에요."

교장 선생님이 말했다.

"결혼 생활도 오래 하셨고요."

"35년이죠."

"남편분께서는 교장 선생님이 집에서 하고 있는 일이 마음에 든다고 하시네요."

교장 선생님의 얼굴에 미소가 떠오른 동시에 눈에는 눈물이 고였다. 나는 이어서 말했다.

"그리고 새들에 대해 말씀하시는군요. 새 모이통에 대해서요. 교장 선생님이 새 모이통을 채워 놓지 않았는데, 남편분은 모이통을 채워 놓길 바라고 계세요. 새들이 다시 돌아오길 바란다고 하십니다."

교장 선생님이 눈물을 닦았다. 사소한 것이지만 두 사람이 사적으로 공유했던, 그들만의 이야기였다. 새 모이통은 교장 선생님의 남편에게 중요한 것이었다. 그리고 교장 선생님이 그 통을 채워 놓지 않은 것도 사실이었다.

교장 선생님의 남편은 오랫동안 우리 옆에 머물면서 아내와 함께했던 다양한 일들을 자세히 이야기했다. 자신이 그곳에 있다는 걸 증명하기 위해서였다. 그러던 중 갑자기 교장 선생님이 내 말을 끊고 이렇게 말했다.

"하나만 물어봐 주겠어요? 그가……, 지금의 제 남편을 어떻게 생각하는지 알고 싶어요."

나중에 알게 된 일이지만, 교장 선생님은 자신의 재혼에 대해 죄책감을 가지고 있었다. 교장 선생님은 무척 강인하고 헌신적인 사람이었으며 당당하고 단호한 자세로 인생을 살아가고 있었지만, 재혼을 함으로

써 전남편과 함께한 35년간의 추억을 배신했다는 느낌을 떨쳐 버리기가 쉽지 않았던 것 같다. 아직도 전남편의 죽음을 애도하고 있었으며, 자신이 느끼는 죄책감은 응당 감내해야 하는 몫이라고 여기고 있었다.

교장 선생님이 거의 애원하듯 다시 물었다.

"지금의 제 남편에 대해 어떻게 느낀다고 하나요?"

분명하고 단호한 답변이 나왔다.

"교장 선생님, 전남편분이 지금의 남편을 선생님께 이끌어 주셨대요."

교장 선생님이 놀란 얼굴로 나를 쳐다보았다. 전남편의 태도가 강경했기 때문에 나도 계속 말을 이어 갔다.

"전남편분의 말씀으로는 지금의 남편이 좀 얼간이 같긴 한데 그 점이 좋으셨대요. 그분의 성격이 마음에 드신다네요. 그런데……."

나는 제대로 들은 것이 맞는지 알 수 없어 잠시 망설이다 말했다.

"자기 엉덩이가 더 귀엽다고……."

교장 선생님이 웃었다.

"전남편분은 항상 선생님의 행복을 바라셨대요. 그래서 지금의 남편분을 선생님께 보내셨다고요. 선생님이 계속 행복하기를 바란다고 하십니다. 그건 지금도 그렇고 앞으로도 변하지 않을 거예요. 교장 선생님이 전남편분을 보내 드렸을 때도요. 그때도 결코 변함이 없었습니다."

~~~~~

교장 선생님과 나누게 되리라고는 생각조차 못 했던 대화였다. 다음 날 교장 선생님이 다시 나를 불러 단도직입적으로 물었다.

"로라, 당신은 어떤 세계관을 갖고 있나요?"

내 답은 쉽게 나왔다.

"저는 이 세상이 하나의 교실이라고 생각합니다. 우리는 모두 교훈을 얻고 서로를 돕기 위해 이곳에 보내진 거고요. 진정한 세계는 영적입니다. 그곳은 빛과 사랑의 세계지요."

교장 선생님은 교사와 영적 상담을 둘 다 계속해 보라며 나를 축복해 주었다. 우리는 만약 학생들이 알게 되었을 경우 어떻게 설명할지 규칙을 만들었다. 그것만 염두에 두고 교사 일을 계속하면 되었다. 그리고 그 주의 어느 날, 교장 선생님이 우리 교육구를 담당하고 있는 교육감에게 내 상황을 설명했다.

교육감은 어느 정도는 교장 선생님의 부탁 덕분에 내 자원봉사 활동을 승인해 주었고, 그래서 내 직업도 안전해질 수 있었다. 교육감의 비서는 나에게 상담을 부탁하기까지 했다.

"개인적으로 저는 그런 것을 믿지 않습니다."

교육감이 교장 선생님에게 말했다.

"저도 믿지 않았어요. 얼마 전까지는요."

교장 선생님이 대답했다.

~~~~~

나는 16년 동안 내 비밀이 밝혀질까 봐 노심초사하며 살아왔다. 사람들이 내 모습을 받아들여 주지 않을 거라 생각했기 때문이다. 왠지 모르지만 비밀이 알려지면 사람들이 나를 피하고 조롱할 거라고, 학교에서도 쫓겨날 거라고, 최악의 경우 세 가지 모두 일어날 수도 있다고 믿었다. 주변 사람들이 나를 지지해 줄 거라고는 한 번도 생각해 보지 않았다. 그래서 어떤 결정을 하면서도 두려움이 앞서곤 했다.

두려움은 얼마나 비생산적인가! 얼마나 큰 손해이자 낭비인가! 나는 심지어 영적 상담을 포기할 각오까지 했었다. 그런데 교장 선생님은 놀라울 정도로 나를 지지해 주었다. 내 영적 재능을 받아들였을 뿐 아니라 감싸 주기까지 했다. 지난 16년간 나는 불필요한 두려움과 불안과 염려로 스스로를 구속해 온 것이다.

마침내 두려움에서 벗어나자 얼마나 홀가분한지 말로는 다 표현할 수 없었다.

나중에 듣기로는, 교장 선생님도 나와 영적 상담을 한 후 삶에 많은 변화가 있었다고 한다. 상담을 하기 전 그녀는 사후 세계에 대해 별로 생각해 보지 않았다. 자신이 영적인 사람이라고 생각하긴 했지만 동시에 매우 현실적인 사람이라고 믿었다. 선하고 정직하며 다정한 사람이 되려고 노력했으나 자신의 존재는 유한하다고 생각했다. 이 삶 너머에 무언가 있다면 그것도 좋겠지만 그것에 대해 깊이 생각해 보지는 않았다. 그렇게 의미 있게 여기지 않았던 것이다. 그저 지금 이 세상에서 최대한 가치 있게 살다 가고자 했다.

그러나 상담 이후 교장 선생님의 세계관이 바뀌었다.

교장 선생님이 나에게 말했다.

"나는 그냥 죽는 것도 괜찮다고 생각했어요. 하지만 지금은 나중에 정말 놀라운 일이 생길 거라는 생각이 들어요. 내 삶도 그 일을 위한 준비가 되었고요. 그러기 위해서는 우리 모두 그 빛과 사랑의 세계와 연결되는 경험을 하면서 지금 여기서 최선을 다해 살아가야겠지요."

26. 빛의 끈에 다가가기

2013년 프란과 밥 긴즈버그 부부가 영원한 가족 재단에서 매년 주최하는 주말 수련회의 진행을 맡아 줄 영매로 나를 초청했다. 행사 주제는 '슬픔을 변화시키기 : 두 세계 사이의 연결과 치유'였고, 코네티컷주 체스터에 있는 호텔에서 열릴 예정이었다. 드넓고 무성한 숲이 있고 멋진 연못이 내려다보이며 나무 그늘이 드리워진 덱deck이 있는 아름다운 장소였다. 프란이 말하길 "이 행사는 상실과 슬픔이라는 도전에 대처하며, 우리가 사랑했던 고인이 된 이들과 어떻게 소통하고 관계를 유지할 것인지에 주안점을 두었다"라고 했다.

내가 호텔 체크인을 막 끝냈을 때 휴대전화가 울렸다. 전화를 받았지만 아무 소리도 들리지 않았다. 전화를 끊자 몇 분 후 다시 휴대전화가 울렸다. 또 아무 소리도 들리지 않았다.

그날 밤 어디서 걸려 오는지 알 수 없는 전화를 예닐곱 통 더 받았다. 전화가 네 번쯤 왔을 때, 나는 뭔가 이상하다고 생각하기 시작했다. 통화야 한두 번은 끊길 수 있다. 하지만 예닐곱 번이나? 누가 장난을 치는 걸까? 게다가 발신자 표시에는 아무것도 뜨지 않았다. 그냥 벨소리만 울렸을 뿐이었다.

잠시 후 나는 그 전화들이 무슨 의미인지 깨달았다. 저세상에 있는 누군가가 나와 접촉하려 하고 있었다.

정체를 알 수 없는 전화는 저세상에서 우리에게 메시지를 보낼 때 가장 많이 사용하는 방법 중 하나다. 휴대전화는 전자파를 방출하고 저세상의 에너지는 전자파를 조종할 수 있다. 그러니 저세상과의 연결을 준비하는 행사에서 발신인 불명의 전화를 받는 건 충분히 있을 수 있는 일이다. 나는 이런 행사에서 극심한 고통이 가슴속에 켜켜이 쌓여 숨도 제대로 못 쉬는 사람들을 많이 보았다. 그 슬픔의 무게가 너무 무거워 납으로 된 먹구름처럼 느껴졌다. 하지만 그 사람들이 내 눈앞에서 삶의 희망과 의미를 되찾는 모습도 보았다. 전에는 분노의 눈물만 보이던 사람들이 순수한 사랑의 눈물을 흘렸다. 쥐고 있던 풍선을 놓는 아이들처럼 슬픔을 내려놓는 사람들을 지켜보았다. 또한 나는 저세상에서 상실과 슬픔에 관해 뭐라고 하는지도 귀 기울여 들었다. 정체 모를 전화에는 나를 위한 어떤 메시지가 담겨 있는 것이 분명했다.

수련회 첫날 저녁, 밥과 프란이 참가자들에게 환영 인사를 한 뒤 주말 일정에 대해 안내했다. 그때 내 눈에 다른 사람들과 이야기도 하지 않고 고개를 숙인 채 가만히 바닥만 보고 있는 한 부부가 들어왔다. 그들의 얼굴은 돌처럼 굳어 있었다. 그들이 겪고 있는 슬픔의 무게가 느껴졌다. 그들의 고통이 확연히 전달됐다. 나는 소리 없이 기도했다.

제가 저 부부를 돕게 해 주세요.

그 부부가 잃은 사람이 누구인지는 모르지만 제발 나를 찾아오기를 기도했다.

그날 밤 우리는 야외에 피워 놓은 모닥불 주위에 모였다. 프란이 나에게 만약 저세상에 있는 고인이 모습을 드러내면 '받아들이겠냐'고 물었다.

"물론이죠."

내가 대답했다. 모두들 모닥불 주위에 자리 잡은 후 에너지를 끌어올리기 위해 함께 노래를 불렀으나 노래가 끝나자 다시 적막한 슬픔이 찾아왔다. 이때 갑자기 어떤 힘이 느껴졌다. 영적 상담을 해야 할 시간이었다.

나는 누군가에게 이끌리는 '올가미 에너지'가 느껴지기를 기다렸다. 그러자 조금 전에 본 슬픔에 찬 부부 쪽으로 강하게 이끌리는 듯한 느낌을 받았다. 나는 모닥불 반대편에 있는 부부를 향해 걸어갔다. 이끄는 힘이 더욱 강해졌다. 그들과 소통하고 싶어 하는 사람이 누구인지는 몰라도 그 태도가 아주 강경했다. 나는 부부 앞에 멈춰 섰고, 방문객이 하고 싶은 대로 하도록 내버려 두었다.

"당신들은 아들을 잃었군요."

내가 말했다.

~~~~~

프레드와 수전은 20년 동안 결혼 생활을 하며 세 명의 아들, 스콧과 타일러, 바비를 키웠다. 온타리오 주의 선더 만에서 보낸 그들의 삶은 열정적인 하키 연습, 야구 시합, 학교 행사, 숙제 등으로 가득 차 있었고 다른 많은 가정과 다를 바 없었다. 세 아들 모두 똑똑하고 운동도 잘했지만, 그중에서도 장남인 스콧은 가장 활달했고 타고난 리더의 기질이 있었다. 수업 중에 스콧이 갑자기 노래를 부르면 어느새 다른 학생들까지 모두 그를 따라 노래를 불렀다. 그런데도 웬일인지 스콧은 선생님들에게도 사랑받는 아이였다.

스콧은 고등학교에서 학생회장을 지냈고 주니어 댄스 대회에서 최고로 뽑히기도 했다. 몇몇 운동에서 두각을 나타냈고 스쿠버다이버 자격증까지 땄다. 고등학교를 졸업한 후에는 유명한 척추 지압 전문 대학에 입학했다.

첫 학기가 끝나 갈 무렵 스콧은 잠시 집으로 돌아와 시험 준비를 했다. 수전이 나중에 나에게 이렇게 말해 주었다.

"스콧은 매일같이 거실 탁자에 책들을 펼쳐 놓고 아주 열심히 공부했어요. 놀러 나가지도 않고 공부만 했답니다. 그 금요일 밤만 빼고요."

금요일 밤 스콧은 친구 이선과 함께 파티에 갔다가 끝나고 친구 집에서 잤다. 다음 날 오후 1시쯤 수전은 성대한 부활절 저녁을 준비하기 위해 프레드와 함께 장을 보던 중 이선의 형으로부터 전화를 받았다. 그가 말했다.

"어젯밤 스콧이 계단에서 좀 굴렀습니다. 그런데 의식이 없어서 저희가 구급차를 불렀어요. 지금 병원으로 이송 중이에요."

수전과 프레드는 즉시 병원 응급실로 향했다. 의사는 아직 스콧을 볼 수 없다고 했다. 약간의 외상이 있는데 어느 정도인지는 아직 모른다고 했다.

의사가 말했다.

"우선 전신 마취를 하고 신경외과 의사를 부를 예정입니다."

신경외과 의사라고?

수전은 생각했다. 그냥 계단에서 좀 구른 게 아니었나? 의사가 신경외과 의사에게 연락하는 소리를 듣자 두려움에 온몸이 얼어붙는 것 같았다.

수전과 프레드는 이선과 그의 형과 함께 대기실에서 기다렸다. 이들 부부는 대기실 안을 이리저리 서성이며 아들이 치료받고 있는 복도 쪽을 불안하게 내다보았다. 영원히 끝나지 않을 것 같던 시간이 지나고 의사가 그들을 만나러 왔다.

"의사는 곧장 프레드에게 다가가 이야기했어요. 저는 아예 쳐다보지도 않더군요. 그때 상황이 좋지 않다는 걸 알았어요."

수전이 말했다.

스콧의 뇌는 심각하게 부어 있었고, 계속 진정제를 투여받고 있는 상태였다. 신경외과 의사가 관을 삽입해 뇌의 압력을 줄여 보려 했지만 부기가 너무 심했다. 혈압을 올려 혈류를 재분배하려 하자 심장 박동수가 비정상적으로 뛰어 분당 250까지 치솟았다. 그렇게 해도 부기를 가라앉힐 수 없었다.

이제 의사들이 시도해 볼 수 있는 마지막 방법은 두개골에 구멍을 뚫어 뇌의 압력을 줄이는 것뿐이었다. 수술을 보조했던 의사 중 한 명이 이들 부부와 친구였는데, 수술이 끝난 후 그가 대기실에 찾아와서 말했다.

"스콧의 뇌를 열어 보니 부기가 너무 심했어. 더 이상 손쓸 수가 없을 것 같아."

스콧은 아직 살아 있었지만 스스로 호흡하지 못했고 뇌의 압력 때문에 심각한 뇌 손상을 입었다.

그가 이어서 말했다.

"만약 내 아들이라면……, 아이를 그만 보내 줄 것 같아. 설령 의식을 되찾는다 해도 이전의 스콧으로 돌아가지는 못해."

그냥 그렇게 된 것이다. 갑작스럽기만 한 게 아니라 전혀 상상도 못해 본 일이었다. 충격에 빠진 수전과 프레드는 전화를 걸어 타일러와 바비를 불렀고 함께 담당 의사를 면담했다. 어떤 일이 일어날지 알고 있었지만 가족이 다 함께 그 일을 마주하길 바랐다.

가족이 모두 모이자 담당 의사가 말했다.

"사실 스콧은 더는 우리와 함께 있는 게 아닙니다."

가족들은 스콧에게서 생명 유지 장치를 제거할지 여부를 결정해야 했다. 그해 초 스콧은 운전면허를 취득하면서 장기 기증 서약을 했다. 의사는 스콧이 아주 젊고 건강해서 장기 중 몇 개를 기증할 수 있는데, 지금 바로 결정을 내려야 한다고 했다. 수전이 물었다.

"스콧이 나아지지 않을 거라는 걸 어떻게 아세요? 어떻게 그걸 확신하시는 거죠?"

의사는 이런 일을 결정하는 데 적용되는 기준 목록을 보여 주었다. 스스로 호흡할 수 없고, 뇌간에 심각한 손상을 입었으며, 통증에 반응이 없고, 반사 작용도 없다고 했다. 의심의 여지가 없었다. 의학적으로 스콧은 이미 죽은 것이다.

가족들은 잠시 시간을 갖고 의사에게서 들은 이야기를 정리했다. 마음속으로는 어떻게 해야 할지 알고 있었다. 아무리 그렇다 해도 말로 표현할 수 없을 만큼 힘든 결정일 수밖에 없었다.

결국 그들은 의사에게 스콧의 생명 유지 장치를 제거해 달라고 했다.

2012년 4월 4일, 의사들이 장기 적출을 위해 스콧이 있는 이동식 침대를 밀어 수술실로 향했다. 가족들도 따라가긴 했지만 수술실 안까지 들어갈 수는 없었다. 수술실 입구에 다다르자 의사들이 스콧이 누운 이동식 침대에서 물러섰고, 수전과 프레드 부부 그리고 스콧의 동생들이 한 사람씩 스콧의 몸에 손을 얹으며 작별 인사를 했다.

"잘 가라, 우리 아들."

프레드가 눈물을 글썽이며 말했다.

"안녕, 스콧. 우리는 널 영원히 사랑한단다."

수전이 말했다.

의사들이 이동식 침대를 밀고 수술실 안으로 들어갔다. 가족들은 그 자리에 서서 문이 닫히는 모습을 지켜보았다.

몇 시간 후, 헬리콥터 몇 대가 병원에 와서 스콧의 장기들을 실어 갔다. 그의 폐, 간, 췌장, 신장은 각각 다른 장소, 다른 사람에게 보내졌다. 가장 마지막으로 떼어낸 장기는 심장이었다. 마지막 헬리콥터가 하늘 높이 날아오르며 스콧의 심장을 가지고 떠났다.

집에 돌아오니 스콧이 공부하던 의학 서적들이 거실 탁자 위에 그대로 펼쳐져 있었다.

~~~~~

수련회에서 나는 프레드와 수전에게 40분 동안 영적 상담을 해 주었다. 모습을 드러낸 젊은 남자는 활기차고 단호했으며 하고 싶은 말이 아주 많았다. 그는 자기 이름이 S라고 보여 주며 자기가 일찍 세상을 떠났다고 했다. 사고였고, 자신에게도 어느 정도 책임이 있다고 했다. 이어서 그는 확인할 만한 몇 가지 내용을 알려 주었다. 자기가 그곳에 있다는 사실을 부모님께 알리려면 그런 내용이 필요하다고 생각하는 것 같았다.

내가 부부에게 말했다.

"스콧이 초록색의 무언가를 보여 주고 있습니다. 옷이군요. 이것에 대해 어머니에게 말해 달라고 하네요, 어머니가 웃으실 거라고요."

처음에 수전은 충격을 받은 것 같았다. 그러나 곧 스콧의 예상대로 웃음을 터뜨렸다.

"핼러윈 데이에 스콧이 머리부터 발끝까지 헐크로 변장했었거든요. 그 이야기를 꺼내 나를 웃기려 한 게 너무 스콧다워서 웃음이 나오네요."

이어서 스콧은 수전이 하고 있는 귀걸이 이야기를 꺼냈다. 나는 수전에게 오늘 무슨 귀걸이를 할지 망설였느냐고 물었다.

"스콧이 지금 어머니의 귀걸이가 마음에 든대요. 그래서 원래 하려던 귀걸이 대신 이걸 선택하도록 자신이 부추겼다고 하는군요."

수전은 다른 귀걸이를 하려다가 나가기 직전 귀걸이를 바꿨다고 확인해 주었다. 그것은 스콧이 온종일 어머니와 함께 있었다는 것을 알려 주는 그만의 방법이었다.

다음으로 나는 프레드 쪽으로 몸을 돌리며 말했다.

"이제 당신 차례예요. 좀 당황스럽긴 하지만, 받은 메시지를 전달하는 것이 제 일이니까 말할게요. 스콧이 당신 속옷이 마음에 든다고 전해 달라는군요. 새로운 스타일이라고, 더는 몸에 꼭 끼는 팬티가 아니라고 말하고 있어요."

놀란 프레드가 말했다.

"스콧은 오래된 제 팬티를 보며 경마 기수가 입는 옷 같다고 항상 놀렸답니다. 그런데 며칠 전 사각 팬티를 사서 입어 봤어요. 이건 아무도 모르는 일인데."

나는 계속 말했다.

"스콧은 당신 신발에 대해서도 놀리고 있어요. 앞으로 10년은 신을 법한 신발들이 생겼다면서 웃네요."

수전과 프레드는 서로를 쳐다보더니 웃었다. 프레드가 그 이유를 알려 주었다.

"사실입니다. 제가 정말 좋아하는 스타일의 신발이 있거든요. 여기, 제가 신고 있는 이런 거요. 마침 세일을 하길래 생각해 봤죠. '안 될 거 없잖아?' 그래서 온라인으로 여러 컬레 주문했거든요."

이후 스콧은 나에게 정원을 보여 주었다. 그것을 보자 나는 압도적인 사랑의 감정을 느꼈다. 내가 말했다.

"스콧이 자신과 두 분 모두와 관련된 정원을 보여 주고 있습니다. 스콧 말로는 두 분이 그곳에 앉아 계실 때 자기도 그 옆에 앉아 있다고 하는군요. 스콧과 함께 시간을 보내기에 정말 아름다운 장소네요. 두 분이 그런 시간을 갖기에 좋은 장소예요."

"우리는 스콧을 추모하며 정원을 가꿨어요. 그래서 그곳을 스콧의 정원이라고 부른답니다. 저희에게 매우 특별한 곳이죠."

수전이 말했다.

"두 분은 스콧을 보고 듣고 느끼기 위해 제가 필요하지 않습니다. 이미 그렇게 하고 계시니까요. 그 정원에 앉아 계실 때가 특히 더 그렇습니다. 속옷을 사고 귀걸이를 고를 때도 그렇고요. 스콧은 언제나 두 분과 함께 있습니다. 여전히 가족의 일원이에요."

~~~~~

처음 그곳에 왔을 때 수전과 프레드는 비통한 얼굴이었다. 그래서 그들이 과연 그런 상태를 극복할 수 있을지 걱정되었다. 하지만 결국 스콧이 모든 것을 바꿔 놓았다. 모습을 드러낸 그는 정말 유쾌했다. 스콧은 우리 모두를 웃게 하고 미소 짓게 했다! 그는 가족들이 너무나 사랑하던 모습 그대로를 보여 주었다. 하지만 스콧이 알려 준 가장 중요한 내용은 자신이 지금 들떠 있다는 사실이었다.

나는 수전과 프레드에게 말했다.

"두 분이 스콧의 이름으로 하는 일 덕분에 자신이 계속 세상을 변화시킬 수 있어 굉장히 기쁘다고 합니다. 스콧은 자신이 저세상에 있는데도 여전히 이곳에 영향을 줄 수 있어 감사해하고 있습니다. 놀라워하며 전율을 느끼고 있어요. 여러분은 다른 사람들을 돕기 위해 빛의 군단으로서 함께 일하고 있는 겁니다. 두 분은 이곳에서, 그리고 스콧은 저세상에서요. 덕분에 스콧은 아주 행복하다고 하네요."

당시에 나는 스콧이 무슨 말을 하는지 이해하지 못했다. 나중에 알고 보니, 수전과 프레드는 스콧이 죽은 다음 해부터 스콧의 이름으로 자선 기금을 마련하기 위해 1년에 한 번씩 만찬 자리를 만들고 있었다. 그들 부부는 스콧의 생일과 가장 가까운 11월의 토요일에 행사를 열었다. 선더 만의 유명한 식당에서 열린 첫 번째 만찬에 100여 명이 참석했으며, 서아프리카 어린이들에게 식량을 제공하기 위한 3만 6,000달러의 기금이 모였다. 그때부터 그들은 시리아의 아이들이라는 단체를 위해 수천 달러를, 그리고 말리의 굶주리는 아이들을 위해 5만 달러가 넘는 기부금을 마련했다.

수전이 나에게 말했다.

"우리는 그 행사를 '스콧의 만찬'이라고 불러요. 스콧은 아이들을 정말 좋아했거든요. 아이들을 돕는 것도 좋아했죠. 어린아이들이 늘 저를 찾아와 스콧이 자신들의 인생을 얼마나 변화시켰는지 이야기하곤 한답니다."

스콧은 부모님이 자기 이름으로 하는 일에 자기가 얼마나 감사해하고 있는지 그들도 알기를 바랐다. 그에게는 상담이 끝나기 전 부모님에게 전할 메시지가 하나 더 있었다.

"이 수련회에 와 주셔서 감사하다고 합니다. 부모님을 이곳에 참석하게 하려고 노력했지만 오시지 않으려고 했다는군요. 그런데 이렇게 오셔서 너무나 기쁘다고 하네요. 스콧은 부모님이 큰 슬픔 속에서 사시는 걸 원하지 않거든요."

~~~~~

내가 매년 이 수련회에 기쁜 마음으로 참석하는 데는 이유가 있다. 수련회를 시작하기 전에는 괴로움으로 힘들어하던 사람들이 떠날 때는 다른 사람들과 슬픔을 나누며 무거운 짐을 내려놓고 홀가분해지는 모습을 보았기 때문이다. 우리는 슬픔을 공유하면서 영적으로 서로 연결되어 있음을 인정하게 된다.

슬픔은 우리를 고통스럽게 하지만, 저세상은 그러한 고통에도 불구하고 사랑이 없는 것이 아니라 오히려 사랑은 계속된다는 사실을 가르쳐 준다. 이 세상에서 누군가와 연결된 눈부신 사랑의 끈은 저세상에서도 계속 이어진다. 우리가 사랑하는 사람을 잃고 참을 수 없는 고통을 느낄 때, 그것은 마치 사랑의 끈을 잡아당기는 것과 같다. 끈이 진짜이므로 고통 또한 실재한다. 그렇다 하더라도 우리의 사랑은 끝나지 않는다. 사랑은 계속된다.

~~~

프레드와 수전과의 영적 상담을 통해, 나는 사랑하는 이들을 잃고 나서 우리가 무엇을 하는지가 굉장히 중요하다는 사실을 다시 한 번 확인할 수 있었다.

세상을 떠난 이를 기리는 가장 강력한 방법은 그들의 이름으로 빛을 전파하는 것이다. 그렇게 함으로써 저세상에 있는 사랑하는 사람을 우리의 삶에 계속 존재하게 할 뿐 아니라, 세상에 계속 긍정적인 영향을 끼치게 하는 것이다.

그 모든 순간이 중요하다! 우리가 누군가의 존재를 기리며 5킬로미터 달리기를 한다면 그 사람도 우리와 함께 걷거나 달리는 셈이다. 자선 만찬을 열면 그 사람도 그 자리에 함께할 것이다. 저세상에 있는 사랑하는 이들은 언제나 우리가 무엇을 하는지 알고 있으며, 우리가 그들의 이름으로 빛을 전파하는 것을 무척 중요하게 여긴다. 저세상은 우리가 열린 마음으로 활기찬 삶을 살기를 원한다. 그러므로 우리는 가능한 한 밝고 충만하게 살아야 하며, 그들은 그런 우리 곁에 늘 함께 있을 것이다.

우리가 비극적인 사건을 희망으로 바꿀 때, 저세상에 있는 사랑하는 이들은 그 모습을 바라보기만 하지 않는다. 기꺼이 축하해 준다.

~~~~~

프레드와 수전을 상담한 날 밤, 내 휴대전화에는 정체 모를 전화가 훨씬 더 많이 걸려 왔다. 이번에는 누가 장난을 치는지 알 수 있었다. 다음 날 아침 식사 자리에서 프레드와 수전에게 다가가 발신자 표시가 없는 전화에 대해 말했다.

"아무래도 스콧한테서 온 전화 같아요. 자기가 아직 주위에 있으며 말을 걸고 있다고 부모님에게 전하고 싶은가 봐요. 그리고 그런 연결을 느끼기 위해 제가 꼭 필요하지는 않다고 말하는 거예요. 스콧은 자신이 할 수 있는 일을 자랑하면서 재미있어 하는 것 같네요."

나중에야 나는 스콧이, 자신과 부모 사이를 연결하기 위해 정체 모를 전화만 시도한 게 아니었다는 걸 알았다. 수전은 스콧이 전기로 자신을 표현하는 일을 무척 좋아했다고 알려 주었다.

"어릴 때 스콧은 전기에 푹 빠져 지냈어요. 그래서 저는 그 애가 지금도 그렇다는 게 놀랍지 않답니다."

수전 역시 휴대전화와 관련된 기이한 경험을 했다.

"한번은 플로리다에 갔는데 제 휴대전화에 음성 메시지가 하나 와 있었어요. 들어보니 아무 소리도 나지 않더군요. 제가 말했죠. '스콧, 만약 네가 한 일이라면 빈 메시지 하나보다는 더 나은 걸 해야 하지 않겠니?'"

그날 늦게 수전은 전화기에서 95개의 소리 없는 음성 메시지를 발견했다.

프레드와 수전은 앞으로도 '스콧의 만찬' 행사를 계속 이어 갈 것이며 아들과의 연결이 지속될 수 있도록 새로운 방법들을 찾을 것이다.

"스콧의 이름으로 좋은 일을 해서 그 아이의 빛이 이 세상에 계속 살아 있도록 하는 게 우리의 역할이라고 생각해요. 그건 스콧이 계속해서 사람들에게 영향을 줄 수 있는 길이기도 하죠. 스콧은 여전히 이 세상을 변화시키고 있어요."

수전이 말했다.

"그렇다고 우리가 하루, 한순간이라도 그 아이를 그리워하지 않는 건 아닙니다. 슬픔이 사라진 건 아니에요. 그래도 스콧이 언제나 우리 곁에 있고 여전히 우리와 한 팀이라는 사실을 알고 있으니 좀 낫지요."

프레드가 말했다.

27. 불사조

스콧의 부모님을 만난 이 수련회에서 나는 열에서 열두 명 정도 되는 참가자들과 함께 집단 상담을 진행했다. 수련회 마지막 날, 네 번째이자 마지막 집단 상담을 시작했을 때였다. 갑자기 '올가미 에너지'가 나란히 앉아 있는 한 남녀에게로 나를 이끌었다. 가까이 다가가자 무언가 어둡고 충격적인 이미지가 보였다. 이어서 더 많은 이미지가 보였는데, 모두 섬뜩한 것들이었다. 충돌과 파괴 그리고 화염과 연기도 보였다.

나는 보이는 대로 말했다.

"어떤 여자분이 와 계십니다. 그녀는 자신이 자동차 사고로 사망했다고 하네요."

나를 쳐다보는 남자의 두 눈이 눈물로 가득 차 있었다.

~~~~~~

285

1966년 어느 날 밤, 프랭크 맥고나글과 그의 아내 샬럿은 보스턴에서 출발해 남쪽으로 한 시간 거리에 있는 매사추세츠 스완지로 가기 위해 스포츠카에 올라탔다. 그들은 프랭크의 삼촌 장례식에 참석했다가 네 아이가 기다리는 집으로 돌아가는 길이었다. 집까지 몇 킬로미터 남지 않았을 때 프랭크는 고요한 고속도로에서 교차로 쪽으로 접어들었고, 신호가 노란불에서 빨간불로 바뀌자 멈춰 섰다.

그런데 다음 순간 뒤따라오던 차가 요란한 소리를 내며 그들의 차량을 들이박았다. 프랭크의 차가 교차로로 세차게 밀려나며 가드레일에 부딪혔고 휘발유 냄새가 사방에 진동했다. 다른 차에서 10대 소년 세 명이 뛰어나와 두 사람의 차량 근처로 다가왔다. 소년들이 깨진 운전석 창문으로 프랭크를 끌어낸 직후, 연료 탱크가 폭발했다.

차가 불길에 완전히 휩싸였다. 프랭크의 몸에도 불이 붙었다. 프랭크는 바닥에 몸을 굴려 불을 끄려 했다. 입고 있던 외투 덕분에 몸은 대부분 화상을 피할 수 있었다. 하지만 노출되어 있던 얼굴과 귀, 두피, 목 부분은 3도 화상을 입었다. 그는 차에서 구조되고 고속도로에서 있었던 일을 기억하지 못했다. 사실 사고 자체를 거의 기억하지 못한다고 했다. 그가 기억하는 것은 응급실에서 깨어났을 때 의사가 부인은 살아남지 못했다고 한 말이었다.

프랭크가 첫눈에 반했던, 그의 유일한 사랑이자 아이들의 엄마인 아름다운 곱슬머리 텍사스 여인 샬럿이 죽었다. 당시 그녀는 임신 7개월이었다. 그들이 함께 일궈 온 삶이 순식간에 사라져 버렸다.

~~~~~

프랭크와 상담할 때 사고 이후 그의 삶에 대해 저세상이 자세히 알려주지는 않았지만, 그가 얼마나 힘들었을지 짐작이 갔다. 응급실에서 깨어났을 때 프랭크는 마치 지옥에서 눈을 뜬 기분이었다고 했다. 기관氣管을 절개한 뒤 튜브를 꽂고 모르핀을 잔뜩 투여받은 상태였다.

"바로 그 순간부터 저는 샬럿이 죽은 게 제 탓이라고 생각했습니다. 마치 배를 버리고 도망친 기분이었죠. 그녀를 두고 떠난 저 스스로를 도저히 용서할 수 없었습니다."

프랭크는 이후 3개월 동안 병원에 있었다. 생명에 지장이 있을 정도로 화상이 극심했지만 결국 이겨냈다. 육체적 부상보다 죄책감과 삶이 불공평하다는 생각이 더 심각했고, 그것이 그를 못 견디게 했다. 프랭크가 입원 중일 때 신부님이 그를 만나러 왔다. 그 신부님은 사고를 낸 운전자인 리처드라는 남성을 알고 있었다.

"그가 당신에게 용서를 구하고 싶어 합니다."

신부님이 말했다.

"신부님, 만약 신부님이 그 자를 여기로 데려오신다면, 저는 그를 죽여 버릴 겁니다."

프랭크가 대답했다.

친구들과 가족들이 프랭크가 몸을 회복하고 네 아이를 기를 수 있도록 도움을 주었다. 하지만 샬럿 없이 가정을 꾸려 나간다는 것 자체가 그로서는 견디기 힘들었다. 그는 가끔 자살을 생각했다. 그러다 사고 후 1년 반쯤 되었을 때 자신이 다니던 병원의 간호사와 재혼했다. 하지만 결혼 생활은 처음부터 암울했다.

"저는 엉망이었어요. 죄책감, 분노, 슬픔, 어느 것 하나 해결되지 않은 상태였죠."

프랭크가 덧붙였다.

10년이 지나고, 20년, 30년이 지났지만 프랭크는 여전히 고통 속에 살았다.

그러던 어느 날, 프랭크는 화상을 입은 피해자들을 대상으로 한 프레드 러스킨 박사의 강연에 참석하게 되었다. 러스킨 박사는 용서가 용서받는 사람뿐 아니라 용서하는 사람에게도 얼마나 도움이 되는지 설명했다. 러스킨 박사는 비극적인 사건이 용서를 통해 해결되었던 사례들을 설득력 있게 이야기했다. 그리고 그 강연을 들은 프랭크는 가해자 리처드를 만나 보기로 결심했다. 프랭크가 나에게 말했다.

"리처드를 만나야 했어요. 그를 용서해야 했습니다."

나중에 프랭크가 알게 된 바에 따르면, 리처드는 위험 운전을 한 죄로 벌금형을 선고받고 1년간 면허를 정지당했다고 한다.

"어느 날 리처드를 아는 이웃 사람과 이야기를 했는데, 리처드가 사고 이후 다시는 운전을 하지 않는다고 하더군요."

프랭크가 말했다.

그 이웃이 동네 교회 목사관에서 프랭크와 리처드의 만남을 주선해 주었다. 먼저 도착한 프랭크는 너무 초조해서 가만히 앉아 있을 수가 없었다. 그는 목사관 창문으로 밖을 내다보다가 차 한 대가 와서 서는 것을 보았다. 한 남자가 조수석에서 내려 멈칫거리며 목사관 현관 쪽으로 걸어왔다. 프랭크는 숨을 깊이 들이마셨다. 이윽고 발걸음 소리가 들렸고, 목사관 문이 천천히 열리는 것이 보였다.

마침내 두 남자가 한 공간, 불과 몇 미터 떨어진 곳에 같이 있게 되었다. 오랫동안 누구도 말을 꺼내지 못했다. 프랭크는 소용돌이치는 감정에 맞서고 있었다. 이윽고 프랭크가 입을 열었다.

"와 주셔서 감사합니다. 여기까지 오는 데 큰 용기가 필요하셨을 겁니다."

리처드가 프랭크를 바라보았다. 그의 눈은 충혈되어 있었고 몸은 심하게 떨리고 있었다.

"죄송합니다. 정말, 정말 죄송합니다."

리처드가 용서를 빌며 말했다.

"고의가 아니었다는 거 압니다. 사고였죠. 가끔 저도 부주의하게 운전할 때가 있습니다. 그럴 의도가 아니었다는 거 알아요."

프랭크가 말했다.

두 사람은 30분 정도 이야기를 나눴다. 프랭크는 리처드가 그 누구보다 혹독한 고통을 받았다는 사실을 알았다. 두 사람은 눈물을 거두고 악수를 나누며 작별 인사를 했다. 리처드가 자리를 떠났고, 프랭크는 그가 도로변에서 차를 기다리는 모습을 지켜보았다. 이내 차가 도착하고 리처드가 차에 탔다. 프랭크는 그동안 비통함에 빠져 있던 사람이 자신만이 아니었다는 사실을 알게 되었다.

이틀 후 프랭크는 딸 마거릿과 통화하면서 어떻게 리처드를 만나고 용서했는지 이야기했다. 그런데 그 이야기를 하면서 머릿속에 질문 하나가 떠올랐다.

이제 그를 용서했으니 나 자신도 용서하는 게 어떨까?

~~~~~

이후 프랭크의 관점이 극적으로 바뀌었다.

"저에게 일어난 일을 좀 더 객관적으로 볼 수 있었습니다. 마치 자아를 내려놓는 일 같았어요. 사건의 관계자가 아닌 관찰자가 될 수 있었습니다. 리처드와의 만남이 그 시작이 되었어요. 그날 그가 걸어 나가는 모습을 보면서 너무 안됐다는 생각이 들었거든요. 깊은 연민 같은 걸 느꼈죠. 그가 얼마나 아프고 힘들었을지 또 앞으로도 얼마나 그럴지 알 수 있었습니다. 사고 이후 느꼈던, 그를 죽이고 싶던 감정이 완전히 바뀌어 버린 겁니다. 용서의 힘을 깨닫기 시작한 거죠."

프랭크는 서서히 죄책감을 내려놓기 시작했고, 그러면서 용서의 힘에서 나오는 치유를 경험했다.

그러나 슬픔을 내려놓는 일은 또 다른 문제였다. 프랭크에게는 답을 찾을 수 없는 뿌리 깊은 의문이 하나 있었다. 샬럿은 도대체 어떻게 된 걸까? 그와 함께 있던 그녀가 어느 순간 사라져 버렸다. 어디로 간 걸까? 샬럿에게 무슨 일이 일어난 걸까? 프랭크의 입장에서 보면 그와 샬럿의 관계는 오래전 사고가 나던 날 느닷없이 끝나 버렸고, 강력했던 둘의 사랑도 순식간에 사라졌다.

프랭크는 사고 직후 샬럿의 부모님이 그를 보러 병원에 온 날을 다시 떠올려 보았다. 그는 그 순간이 두려웠다. 똑똑하고 아름다운 외동딸 샬럿은 태양의 여신처럼 그들에게 소중한 존재였기 때문이다. 그런데 샬럿의 어머니가 입원실로 들어와 침대 옆 의자에 앉더니 이렇게 말했다.

"프랭크, 샬럿은 여전히 자네와 함께 있네. 그 애가 내 침실로 와서 자기가 잘 있다는 걸 자네에게도 알려 주라고 했어. 샬럿은 아프지 않

아. 천국에서 아기와 함께 있고 아주 행복하다네. 그리고 자네가 기운을 차려서 네 아이에게 든든한 아빠가 되어 주길 바라고 있어. 샬럿은 자네가 행복하기를 바란다네."

모르핀을 맞아 정신이 몽롱한 상태에서 장모의 말을 들은 프랭크의 마음에는 한 가지 생각만 떠올랐다.

아무 말씀이나 하시는구나. 딸을 잃은 슬픔이 너무 커서 제정신이 아니신 거지.

그 생각이 바뀌는 데 40년이 넘게 걸렸다.

~~~~

2006년에 친구 한 명이 그에게 영매가 이끄는 세미나에 참석해 보라고 권했다. 프랭크는 회의적이었지만 가 보기로 했다. 세미나에서 만난 몇 명의 초능력자가 세상을 떠난 그의 친척들에 대한 구체적인 정보를 말해 주었다. 심지어 그중 한 명은 사망한 아내의 머리글자로 CC를 말하기도 했는데, 그것은 샬럿이 결혼 전 썼던 성姓인 칼라일을 뜻했다. 저세상에 대한 프랭크의 생각이 바뀌기엔 그것만으로도 충분했다. 그는 이제 어떻게든 샬럿과 다시 연결될 수 있다고 믿게 되었다.

내가 영적 상담을 시작하자 프랭크가 전에 받았던 어떤 상담 때보다 더 분명하게 샬럿이 모습을 드러냈다. 그녀는 사고 이후 몇 해 동안 자신이 어떻게 프랭크를 지켜보았으며 지금의 아내 알린과 그를 어떻게 연결해 주었는지 보여 주었다.

"샬럿은 알린이 당신을 위해 해 준 모든 일에 감사해하고 있어요. 당신 곁에는 많은 사람들이 있다고, 많은 인도자와 사랑하는 사람들이 저세상에서 당신을 보살피고 있다고 말합니다."

내가 프랭크에게 말했다.

또한 샬럿은 남편이 사고 이후 해 온 일에 대해 깊은 자부심을 느낀다고 했다. 저세상에 있는 많은 사람들이 다 같이 프랭크를 칭찬하고 찬사를 보내는 것 같았다. 내가 이어서 말했다.

"그들은 당신이 이 세상에서 한 일에 대해 기립 박수를 받아야 한다고 말하고 있습니다."

나는 나중에서야 지난 30년 동안 프랭크가 화상 피해자들이 사고로 입은 상처에 잘 대처하고 정상적인 삶을 살아갈 수 있도록 돕고 있다는 사실을 알게 되었다. 프랭크는 '화상 피해자들을 위한 불사조 협회'라는 전국 단위 지원 단체에서 일하며 위원장까지 맡고 있었다.

어느 뉴스레터에 그는 이렇게 썼다.

"나는 내가 살아남은 가장 중요한 이유가 화상 피해자들과 그 가족들을 돕기 위해서라고 진심으로 생각한다. 이것은 나의 의무가 아니다. 나의 특권이다."

샬럿은 남편이 해 온 일들을 자기가 얼마나 자랑스러워하는지 표현했다. 기쁨과 애정이 넘치는 순수한 사랑의 표현이었다.

"샬럿은 당신이 세상에 많은 것을 돌려주는 모습을, 그리고 사고 이후 세상을 적대적으로 대하지 않은 모습까지도 모두 보고 있습니다. 당신이 그녀의 이름으로 한 모든 일에 감사하고 있고요."

내가 프랭크에게 말했다.

수많은 감정이 밀려왔다. 그는 지금까지 샬럿이 자신을 돌보며 늘 함께했다고 믿었고, 자기를 알린에게 인도했다는 것도 믿었다. 자기가 샬럿을 기리며 수백 명의 사람들을 도운 것을 그녀가 안다는 것도 믿었다.

나중에 프랭크가 나에게 말했다.

"제가 한 일들은 모두 샬럿을 기리기 위한 것이었습니다. 샬럿이 완전히 떠난 게 아니라고 증명하는 방법이었죠. 그런데 그 일들을 그녀가 자랑스러워하고 행복해한다니 정말 위안이 됩니다."

그런데 상담 중에 나타난 존재는 샬럿만이 아니었다.

내가 그에게 말했다.

"프랭크, 태어나지 않은 영혼이 보입니다. 이 영혼도 사고로 죽었군요. 바로 당신의 아들입니다."

프랭크는 믿을 수 없다는 표정으로 나를 쳐다보았다.

"당신의 아들이 나타나서, 당신이 다른 사람들을 돕는 것이 너무 기쁘다며 감사 인사를 전해 달라고 합니다. 아들은 당신을 무척 자랑스러워하고 있어요."

내가 프랭크에게 말했다.

사고가 났을 때 프랭크와 샬럿은 배 속 아이 이름을 아직 짓지 못한 상태였다. 그래서 프랭크는 수년간 그 아이를 생각할 때마다 그냥 '아기'라고만 떠올렸다.

그러나 이 수련회에서 프랭크의 아기는 더 이상 그냥 아기가 아니었다. 빛과 사랑으로 이루어진 아름다운 영혼이었다. 비록 이 세상에서 서로 만나지는 못했지만, 그에게 다가와 사랑과 자부심을 표현하고 있었다.

프랭크는 두 손으로 얼굴을 감싸고 흐느껴 울었다.

~~~~~~

수십 년간 프랭크는 슈퍼8 필름이 들어 있던 상자 몇 개를 옷장 속에 보관해 왔다. 그것은 그와 샬럿 그리고 아이들이 나오는 오래된 가족 영상으로, 지지직거리고 흔들리는 화면에 소리도 나오지 않는 빛바랜 컬러 동영상이었다. 프랭크에게 그 영상들은 잃어버린 삶을 떠오르게 하는 물건이었다. 그래서 샬럿이 죽은 후에는 차마 볼 수가 없었다. 그러나 나와 영적 상담을 한 후에 프랭크는 그 상자들을 꺼내 보았다.

나중에 프랭크가 나에게 말했다.

"2시간 정도 되는 필름이었어요. 우리 아이들이 태어난 때부터 사고가 나기 직전 모습까지 담겨 있었습니다. 저는 그 필름을 디지털로 변환한 다음 하나로 만들었어요. 우리 아이들과 샬럿을 위해 한 일입니다."

영상에는 아름답고 행복한 가족의 이야기가 담겨 있었다. 샬럿이 카메라를 향해 미소 지으며 손을 흔들었고, 아이들은 아장아장 걸어 다니다 넘어졌다. 기쁨과 웃음, 사랑, 넘치는 애정이 있었다. 프랭크는 이 영상을 아이들에게 보여 주며 자신이 샬럿을 기억하듯 아이들도 그녀를 기억하기를 바랐다. 열한 명의 손주들도 이 영상을 보며 외할머니가 어떤 사람이었는지 알기를 바랐다.

"그것은 샬럿을 기리는 또 다른 방법이니까요."

프랭크가 말했다.

수련회가 끝나고 롱아일랜드 집으로 돌아온 후 나는 프랭크의 말을 곱씹어 보았다. 그가 힘과 용기를 내어 인생의 어둠을 밝고 아름다운 빛으로 바꿔 놓았다는 사실에 감동했다. 프랭크의 이야기를 통해 나는 슬픔을 보는 관점을 어떻게 바꿀 수 있는지 깨달았다.

어떤 문화에서는 비극적인 일을 당해도 참고 견디는 것이 최고의 미덕으로 여겨져 홀로 감당해야 한다. 그러나 슬픔에 관한 연구들에 따르면, 그럴 때 다른 사람들과 벽을 쌓는 것이 오히려 치유에 방해가 된다고 한다.

처음에는 프랭크도 슬픔을 혼자 감당했다. 그러나 결국 화상 피해자들에게 마음이 끌렸고, 그때부터 진정한 치유가 시작되었다.

"남자들은 서부극 시대의 배우 존 웨인처럼 남성미 넘치는 사람이 되어야 한다고 배우죠. 저도 울거나 고통을 드러내면 안 된다고 배웠어요. 하지만 화상 피해자들에게 제 이야기를 하기 시작하자 그런 나눔이 얼마나 큰 도움이 되는지 알 수 있었습니다."

사고를 낸 남자를 용서하면서 프랭크는 용서라는 행위를 자기 자신에게도 적용할 수 있게 되었고, 다른 이들에게 도움을 주는 사람이 될 수 있었다.

우주는 우리가 서로를 위해 존재하도록 설계되어 있다. 그렇기 때문에 우리는 고통과 슬픔 속에 마냥 홀로 남겨져서는 안 된다. 우리를 이어 주는 환한 빛과 사랑의 끈을 기려야 하는 것은 다른 사람들을 사랑할 때 가장 큰 치유의 힘이 나오기 때문이다. 이런 강력한 힘으로부터 스스로를 차단할 이유가 무엇인가? 우리는 방대하고 끝없는 사랑의 순환 속에 머물면서 다른 이들로부터 사랑받기도 하고, 그 사랑을 또 다른 사람에게 전해야 한다.

고통을 나누고 사랑을 주고받을 때 우리의 슬픔도 치유된다.

~~~~~

요즘 프랭크는 매일 아침 일어나 샤워를 하러 가면서 감사하다고 말한다.

"저는 이야기할 사람이 아주 많습니다. 매일 샬럿과 이야기하고 그녀에게 계속 나를 도와 달라고 부탁하죠. 저는 사랑하는 고인들과 영혼의 인도자들과도 이야기합니다. 많은 사람들이 이런 일에 회의적이라는 것을 압니다. 하지만 우주가 어떻게 작동하는지에 대한 저의 믿음은 바뀌었어요."

그는 샬럿을 생각하며 슬퍼하고 그리워할 때조차 그녀가 정말 떠나버린 게 아니라고 느꼈고, 그래서 위로가 되었다고 했다.

"저는 샬럿이 여전히 저와 함께 있다고 믿어요. 제 아기 역시 함께한다고 믿고요. 제가 사랑하는 모든 이들이 이곳에 있고, 저에게 사랑을 준다는 걸 믿습니다. 저는 모든 것이 사랑과 관련되어 있다는 걸 깨달았습니다. 만약 우리가 누군가를 사랑하면 그들을 영원히 사랑하는 것입니다."

그가 말했다.

28. 분재

나는 영적 상담을 하면서 오랫동안 고민한 수많은 의문들에 대한 답을 저세상으로부터 얻을 수 있었다.

우리는 왜 이곳에 존재하는가? 그에 대한 답은 배우기 위해, 사랑을 주고받기 위해, 이 세상에 긍정적인 변화를 일으키기 위해서이다.

우리가 죽으면 어떻게 될까? 우리의 육신은 사라질지라도 우리의 의식은 계속된다.

우리가 세상을 살아가는 진정한 목적은 무엇인가? 사랑 안에서 성장하고 다른 사람들도 그럴 수 있도록 돕는 것이다.

나는 저세상을 통해 많은 사상가들을 혼란스럽게 했던 질문에 대한 답도 얻을 수 있었다. 우리에게는 스스로 삶을 계획할 자유 의지가 있는가, 아니면 미래는 이미 정해져 있는가? 자유 의지가 인간이 자신의 재량에 따라 행동할 수 있다는 걸 뜻한다면, 숙명론은 모든 사건과 행동의 결과가 이미 정해져 있다는 믿음을 가리킨다. 저세상은 나에게 존재의 유형을 보여 주었는데, 그것은 자유 의지와 숙명론을 모두 아우르는 형태였다. 아름다울 정도로 단순한 이 유형을 나는 '자유 의지와 운명의 점들'이라 부른다.

우리의 존재는 우리가 태어나기도 전에 정해진 점들의 눈부신 집합체로 이루어져 있다. 우리는 지상에서 개인의 삶을 구성하는 중요한 모든 사건과 결정적인 순간, 의미 있는 주변 사람들, 이 모든 것의 연속체인 운명의 점들이라 할 수 있다. 밤하늘의 별이나 넓은 캔버스에 퍼져 있는 불빛들을 떠올려 보자.

저세상은 한 지점에서 다음 지점으로 옮겨 가는 행동을 우리가 만들어 간다는 사실을 보여 주었다. 우리의 역할은 그 점들을 연결하는 것이다. 한 점에서 다음 점으로 옮겨 가는 결정을 내리면서 우리는 삶의 그림을 완성해 간다.

우리는 각자 고유한 재능과 세상에 이바지할 바를 지니고 태어난다. 그러므로 자신의 진정한 모습을 찾고 소중히 여기는 태도는 운명의 점들 사이를 항해하는 데 언제나 도움이 될 것이다.

우리는 자신의 빛을 알아보는 법을 배워야 한다. 우리의 진정한 모습과 재능과 빛이 늘 우리를 이끌게 해야 한다.

옳거나 그른 길은 없다. 여러 길을 통해 다양한 교훈을 배울 뿐이다. 그러나 높거나 낮은 길은 확실히 있다. 만약 우리가 높은 길을 택하면 더 쉽게 교훈을 얻을 수 있다. 우리가 우리 자신의 참모습과 고유한 재능, 자기만의 빛을 존중한다면 분명 대단히 아름다운 그림을 그리게 될 것이다. 그리고 이 작업을 계속 이어 간다면 어느덧 자신의 진정한 길을 발견할 것이다.

우리가 어떤 길을 갈지 고민하는 동안, 저세상에 있는 사랑하는 이들은 우리가 최고의 선택을 하길 바란다. 그래서 때로는 우리의 선택을 돕기 위해 힘을 발휘하기도 한다. 세상을 떠난 사랑하는 이들은 우리가 최선의 모습을 찾고 행복과 충만함을 얻기를 바란다.

하지만 궁극적인 선택은 우리 자신에게 달려 있으며, 바로 이 지점에서 자유 의지가 개입한다. 때때로 우리는 사랑의 길이 아닌 두려움의 길로 들어서는 결정을 하기도 한다. 그런 일이 생기면 궤도에서 벗어나 길을 잃어버릴 수도 있다.

그러나 그런 때조차도 우리 모두에게는 끌어당기는 힘을 존중하고 참된 길로 되돌아갈 수 있는 타고난 능력이 있다는 걸 잊지 말아야 한다.

~~~~

나는 전에 일하던 고등학교에서 알게 된 니콜이라는 여성과 영적 상담을 한 적이 있다. 그때 아주 강한 존재가 그녀의 아버지 마이크에 대한 긴급한 메시지를 들고 나타났다. 메시지를 잠깐 살펴보니, 저세상에서 마이크와 접촉하길 원하는 것이 분명했다. 나는 이 메시지를 아버지에게 전하라고 니콜에게 말했다. 그리고 몇 달 후 마이크가 나에게 영적 상담을 요청했다.

보통 상담 전에는 내담자에 대해 아무것도 알지 못하지만 마이크의 경우는 니콜과의 상담을 통해 몇 가지 사실을 알게 되었다. 그가 현재 로스앤젤레스에서 영화 시나리오를 쓰고 있으며, 두 명의 자녀가 있다는 것을. 또 저세상이 마이크에게 전하려는 내용을 이미 감지할 수 있었다. 그래도 저세상이 다시 모습을 드러내 이 모든 상황이 이해가 되도록 해 줘야 했다.

나는 마이크의 에너지부터 파악했다. 내 스크린 왼쪽 부분이 밝은 주황색으로 넘실거렸다. 나는 그 색에 대해 설명했다.

"주황색은 예술이나 창의성과 관련이 있습니다. 당신의 에너지가 당신이 예술가라는 사실을 알려 주는군요. 당신을 이곳으로 인도한 이들 말로는, 당신은 일곱 살 때 자신이 예술가라는 사실을 알았다고 하네요. 당신이 무엇을 하고 싶은지 깨달았던 겁니다.

그런데 열한 살 때 그 길이 닫힌 것도 보이는군요. 당신은 꽤 오랫동안 자신의 본질을 존중하지 못했어요. 당신의 삶은 열정을 끌어안고 자신을 사랑하기 위한 투쟁의 연속이었고, 혼란스러워 안팎으로 답을 찾아 헤매는 과정이었습니다."

마이크가 나지막이 대답했다.

"그렇습니다. 모두 사실이에요."

나는 계속 말을 이었다.

"당신은 어린 시절에 많이 힘들었겠군요. 당신 아버지는 이런저런 문제로 괴로워했습니다. 그는 성숙하지 못했고 그러한 문제들을 잘 넘기지 못했어요. 당신의 투쟁도 대부분 자신의 목소리를 되찾고 아버지가 강요한 것들을 떨쳐내기 위해서였죠. 당신이 어렸을 때 아버지가 무척 강압적이었군요."

마이크가 한숨 쉬며 말했다.

"맞습니다. 그랬어요."

이때 저세상에 있는 사람들이 세게 밀치며 들어오려고 해서 나는 받아 주었다.

"저세상에 계신 당신의 어머니와 아버지가 보입니다. 아버지는 계속 거리를 두고 망설이시네요. 아버지는 어머니 뒤쪽에 멀찌감치 떨어져 계십니다. 당신 어머니부터 말씀하실 거예요."

마이크의 어머니가 순수한 사랑의 소나기를 뿌리기 시작했다. 가끔 누군가가 가진 사랑의 힘과 크기에 압도될 때가 있는데, 이때도 그랬다.

"마이크, 당신 어머니가 '나는 너를 떠나려 하지 않았다'고 말씀하십니다. 당신도 알아야 해요. 어머니는 당신을 떠나려던 게 결코 아니라고 합니다."

나중에 마이크가 알려 준 바에 따르면, 마이크의 어머니는 그가 열아홉 살 때 심장 수술을 받다가 돌아가셨다. 그런데 어머니와 아버지의 결혼 생활이 너무 힘들었기 때문에, 마이크는 어머니가 어느 정도는 스스로 삶을 포기한 게 아니었을까 생각했다. 그 결과 마이크는 자신이 버려졌다는 생각을 하며 살아왔다.

상담 중 마이크의 어머니가 강경한 태도를 보였다.

"어머니는 당신을 아버지로부터 보호하지 못해서 미안하다고 하십니다. 하지만 죽으려 한 건 절대 아니라고 하세요. 아이들을 아버지에게 남겨 두고 싶진 않으셨다고요."

그때 마이크가 어머니가 돌아가시던 날에 대해 이야기를 해 주었다.

아버지가 그에게 전화해 어머니가 아프다고 했고, 마이크가 아는 건 그게 다였다. 마이크는 자신의 1957년 형 선더버드 자동차를 운전해 보스턴에서 4시간 거리에 있는 집으로 갔다.

"가는 길에 갑자기 번쩍이는 하얀 빛이 제 차로 다가왔어요. 어머니라는 걸 알 수 있었죠. 어머니의 안도감이 느껴졌고, 덕분에 저도 안심이 됐습니다. 마음이 들떴어요. 어머니는 괜찮다고 저에게 알려 주러 온 거예요. 불행한 결혼 생활과 몇 년 전 발병한 뇌졸중으로 불편해진 몸에서 그제야 놓여난 거죠. 차를 타고 집으로 가는 동안 저는 기쁨과 후련한 해방감을 느꼈어요. 어머니가 마침내 평안해졌다는 걸 마음으로 알 수 있었습니다."

어머니가 그의 자동차로 찾아온 바로 그 순간, 자동차 계기판의 시계가 멈추었다.

"그 이후로는 작동이 안 되더군요."

마이크가 말했다. 집에 도착하니 아버지가 울고 있었다. 마이크는 그때 아버지가 우는 모습을 처음 보았다.

"너희 엄마가 죽었다."

아버지가 말했다.

마이크는 이미 알고 있었다.

"네."

그는 이렇게 대답하고 아무 말 없이 자기 방으로 갔다.

마이크와 그의 아버지 마리오의 관계는 애정과 친밀감이 결여된 부자 사이였다고 할 수 있다. 마리오는 188센티미터 키에 113킬로그램으로 당당한 풍채를 지녔으며, 남자라면 절대 감정을 내보여선 안 된다고 굳게 믿는 사람이었다.

마이크는 운전을 하고 오면서 경험한 일을 아버지와 나눌 수 없다는 걸 알았고, 그래서 말할 생각도 하지 않았다. 사실 그는 이 경험을 누구에게도 말하지 않았다.

마이크와 아버지가 소중한 무언가를 나눌 얼마나 중요한 순간이었는가! 그 기회를 놓쳤다는 생각에 내 마음마저 쓸쓸해졌다. 나는 이런 감정을 말해 주었다.

"마이크, 당신과 아버지 사이에 높은 벽이 있네요. 당신 가족은 각자의 섬에 갇혀 있군요. 그리고 당신은 대부분의 삶을 자신의 본모습과 아버지가 요구한 모습 사이에서 혼란을 느끼며 살아왔고요."

저세상에서 마이크와의 접촉을 서두르는 이유가 이해되기 시작했다. 어린 시절 그는 아버지와 관련된 어떤 일들로 큰 상처를 받았다. 그리고 몇십 년이 지난 지금까지도 그때의 기억으로 힘겨워하고 있었다. 마치 우주가 어린 마이크에게서 뭔가를 빼앗아 갔다가 이제야 다시 돌려주는 것 같았다.

바로 그때, 마이크의 아버지가 모습을 드러냈다. 그는 쭈뼛쭈뼛 나타나 고개를 숙이며 사과하려 했다.

내가 말했다.

"당신이 세 살 때 시작됐군요. 그때 아버지가 때리신 거예요? 당신을 때리는 장면을 아버지가 부끄러워하며 보여 주고 있어요. 당신은 정말 작네요."

"제가 뭔가를 잘못하면 아버지는 온 동네를 돌면서 저를 쫓아다니셨어요. 집으로 달려와 옷장 속에 숨어도 기어코 찾아내 때리셨죠."

마이크가 대답했다.

내가 말해 주었다.

"마이크, 당신 아버지가 고개를 떨군 채 비틀거리면서 미안하다고 작게 말씀하십니다. 자신이 무슨 짓을 저질렀는지 이제야 알게 됐다며 사과하고 있어요. 겨우 세 살 때부터 맞았다니 저도 마음이 아프네요. 당신에겐 아무 잘못도 없었다는 점을 말씀드릴게요. 당신은 그저 약하고 순진한 아이였을 뿐이에요. 전부 아버지가 감정적이었던 탓입니다. 이 이야기를 꼭 해야 하는 이유는 당신이 아직도 그 일로 고통받고 있기 때문이에요.

당신은 마치 물에 빠져 죽기 직전의 아이 같았어요. 아버지가 자리를 뜬 후에야 물 위로 올라와 겨우 숨을 쉴 수 있는 어린아이요. 당신은 지금도 여전히 숨을 헐떡이고 있죠. 하지만 당신 잘못이 아니었다는 것을 아셔야 해요. 그건 당신 아버지 책임입니다."

마리오는 뒤이어 마이크가 아홉 살 때 일어난 일임을 나타내는 시간 표시선을 보여 주었다. 열한 살에도 표시가 있었다. 나는 그것이 어떤 사건들인지는 알 수 없지만, 마이크를 궤도에서 벗어나게 했다는 걸 알 수 있었다.

내가 마이크에게 말했다.

"당신은 당신의 진정한 길을 따르지 않았습니다. 대신 아버지가 하라는 대로 했죠. 그 때문에 당신 아버지가 지금 저세상에서 눈물을 흘리고 계십니다. 자신이 한 짓을 용서할 수 없다며 울고 계십니다. 너무나 수치스럽고 안타깝고 미안하다고 하십니다."

나는 마이크가 아홉 살, 열한 살 때 정확히 무슨 일이 있었는지 알지 못했다. 마이크의 아버지도 그 일에 대해 명확하게 말하지 못했다. 죄책감이 너무나 컸기 때문이다.

그때 마이크가 이야기를 시작했다. 롱아일랜드에서 보낸 어린 시절

이야기였다. 그에게는 무척 좋아하던 동물 인형들이 있었다고 했다. 긴 꼬리가 달린 노란색 작은 원숭이와 작은 갈색 곰까지 8, 9개 정도 됐다.

"그 인형들은 저에게 가장 좋은 친구들이었어요. 저희 집에서는 서로 안거나 입을 맞추는 일이 없었습니다. 하지만 그 인형들한테는 원하는 만큼 안아 주고 뽀뽀할 수 있었죠. 인형들이지만 마음이 통하는 것 같았고, 그래서 침대 한쪽에 인형들을 모아 두고 밤마다 끌어안고 잤습니다."

어느 날 아홉 살 마이크가 학교에서 돌아오니 동물 인형들이 하나도 보이지 않았다. 미친 듯이 주변을 찾아보았지만 어디에도 없었다. 아버지가 버린 것이다.

"아버지는 인형은 계집애들이나 갖고 노는 거라고 하셨고, 그래서 내다 버리신 거예요."

마이크가 말했다.

2년이 지나 열한 살이 된 마이크는 이웃집 앞에 있던 커다란 종이 상자를 발견하고 차고까지 끌고 왔다. 상자를 평평하게 펼쳐서 커다란 도화지처럼 만들었다. 학교가 끝나면 집으로 달려와 매일 거기에 그림을 그렸다. 산과 나무와 시내가 있는 풍경화였는데, 그에게는 나름 대작이었다. 그림 그리는 일은 마이크에게 살아 있다는 느낌을 안겨 줬다. 그는 그림을 통해 자신만의 아름다운 빛을 들여다볼 수 있었고, 자신의 고유한 재능과 본질을 이해하게 되었다.

어느 날 오후 마이크가 학교에서 돌아와 차고 문을 열었는데, 그림이 보이지 않았다. 그는 어머니에게 물었다.

"아버지가 갖다 버리셨다."

어머니가 말했다.

마이크는 왜 그랬는지 묻지 않았다. 이미 알고 있었다. 그림은 계집애들이나 그리는 거라는 소리를 아버지로부터 수도 없이 들었으니까.

마이크가 말했다.

"지금까지도 차고 문을 열었는데 그림이 없었을 때 받은 충격이 생생합니다. 그 이후로는 그림을 그리지 않았어요. 예술적인 면은 완전히 차단해 버렸죠."

대신 마이크는 좀 더 실용적인 길을 선택했고, 그리하여 존슨앤드존슨의 영업 매니저가 되었다. 좋은 직업이었지만 그에게는 말 그대로 직업일 뿐이었다. 나이가 든 후 다시 그림을 그려 볼까 싶었지만 행동으로 옮기지는 않았다. 글을 써 보는 건 어떨까 생각도 했으나 곧 그만두었다. 스스로에 대해 더는 믿음이 가지 않았기 때문이다.

그렇게 무언가를 창작하고픈 욕구, 그의 존재의 핵심을 이루는 재능과 능력이 수십 년간 잠들어 있었다.

～～～

하지만 우주는 고통과 의구심 속에 우리의 꿈이 묻히기를 바라지 않는다. 마이크는 몇 년 전 이혼을 한 후 집단 치료에 참여했다. 한 친구가 꼭 치료를 받아 보라고 권했다고 한다. 치료는 몇 주간 진행되었는데, 그때 치료사가 같은 그룹 사람들에게 서로에 대한 생각을 말해 보라고 했다. 그런데 그의 그룹에 속한 아홉 명 모두가 그에 대해 '재수 없는 놈'이라고 평가했다.

마이크가 말했다.

"저는 충격을 받았습니다. 사람들이 저를 그렇게 보는지 몰랐거든요. 그때까지도 저는 제 감정을 어떻게 표현해야 하는지 알지 못했어요. 그래서 사람들에게 거만하게 굴고 손짓으로 거부감을 표현하거나 퉁명스럽게 말했죠. 그날 밤 집으로 돌아가면서 생각했어요. 아, 이곳은 섬세한 사람들이 모여 있는 곳인데 다들 같은 얘길 하는군. 아무래도 그들이 한 얘기에 대해 더 생각해 봐야겠어."

아마도 마이크가 처음으로 자신을 들여다본 순간일 것이다. 이후 마이크의 삶이 변하기 시작했다. 전에는 한 번도 여자를 친구로 둔 적이 없었지만, 이제 여자들과도 친구로 지내기 시작했다. 그들과 함께 시간을 보내면서 예전이라면 생각도 못했을 방식으로 자신의 감정을 표현할 수 있다는 사실도 알게 되었다.

"남자들과는 한 번도 해 보지 못한 대화를 했어요. 바로 그때 문이 활짝 열렸습니다."

마이크는 늘 언젠가 서쪽 캘리포니아로 가고 싶다고 생각했는데 마침내 기회가 왔다. 잠시만 머물 생각이었지만 마지막 순간에 계획을 바꿔 그곳에 남아 글을 쓰기로 했다. 소살리토 다리까지 운전해 가서 오른쪽 광경을 바라보면 엄청난 힘이 샘솟는 것 같았다. 그 장소가 그를 불러들이는 듯했다.

"저는 '이곳엔 뭔가가 있어' 하고 혼자 중얼거렸어요."

마이크는 그때를 이렇게 떠올렸다.

"무조건 그곳으로 가야 했어요."

마이크는 티뷰론이라는 작은 마을에 자리를 잡았다. 그곳에서 소설과 영화 시나리오를 쓰기 시작했다. 성인이 된 후 예술적인 일을 다시 한 것은 처음이었다. 나와 영적 상담을 한 것도 그 무렵이다.

내가 마이크에게 말했다.

"지금부터 몇 년이 아주 중요할 겁니다. 당신은 무척 크게 성장할 거예요. 오래 기다려 온 만큼 이제 때가 됐습니다. 삶에 커다란 치유가 있을 겁니다. 당신 스스로 인간 존재에 대한 의미를 다시 정의하게 될 거예요."

마이크는 예술적인 일을 다시 시작할 만큼의 용기는 있었지만 그 길이 옳은지에 대해서는 여전히 확신이 없었다.

그가 말했다.

"맞습니다, 저는 예술적인 일을 하기로 했죠. 하지만 지금까지 그다지 성공적이지는 못했어요. 어쩌면 아버지가 옳았는지도 모르죠."

"아니에요! 이건 당신이 그 일로 100만 달러를 번다는 차원의 이야기가 아닙니다. 그 길을 받아들이는 것 자체가 중요해요. 결국 성공은 그 길을 택한 데 있는 거예요. 그렇게 함으로써 힘을 얻는 거죠! 당신은 이렇게 말하고 있어요, '내 목소리가 중요해! 내가 느끼는 것이 중요해! 내가 누구인지가 중요해!' 이것이야말로 진정한 승리인 거예요."

그때 저세상이 나에게 분재 이미지를 보여 주었다. 나는 그 상징을 이해했다. 분재는 성장을 제한하는 화분 안에서 자라는 작은 나무다. 이 나무는 주인이 마음먹은 대로 잘리고 다듬어지고 구부러진다. 그 분재는 바로 마이크였다.

나는 마이크에게 말했다.

"당신은 성장이 저지당했어요. 어린 시절에 잘리고 구부러져서 성장할 수 없었던 거죠. 그래서 한 번도 자아실현을 해 본 적이 없습니다. 자신만의 고유한 에너지를 이해하지 못했어요. 자신이 원하는 사람이 되도록 스스로 허용해 본 적이 없는 겁니다."

나는 계속 말했다.

"작은 분재를 떠올려 보세요. 그런 다음 땅이 갑자기 흔들리고, 우르릉 울리는 소리가 나고, 거대한 나무가 폭발하듯 땅을 뚫고 나오는 모습을 그려 보세요. 그 크고 아름다운 나무가 하늘 높이 빠르게 자라나 삼나무만큼 커지는 겁니다! 그 나무가 바로 당신이에요! 그곳이 바로 우주에서 당신이 있어야 할 자리입니다. 당신은 더 이상 분재가 아니에요. 계속해서 성장할 것입니다. 그 무엇도 당신을 막지 못해요!"

~~~~

마이크와의 상담은 1시간 반 가까이 계속되었다. 마이크는 아직도 배우고 투쟁하며 영혼의 테스트를 통과하기 위해 애쓰는 게 분명했다. 하지만 가장 중요한 점은 그가 그 테스트에 도전하기로 용기를 냈다는 사실이다. 그는 성인이 되고 처음으로 자신의 본질적인 문제와 내적 끌림을 존중하는 법을 발견했다.

무엇보다 이제는 혼자가 아니었다. 그를 지지하고 이끄는 누군가가 함께했다. 내가 그 이유를 말했다.

"당신 아버지는 자신이 비겁했다고 말합니다. 자신이 한 일에 대해 미안해하고 있어요. 그런데 어디서부터 바로잡아야 할지조차 모르겠다고 하세요. 당신에게서 빼앗은 것들을 결코 갚지 못할 거라 생각하고 계십니다. 그는 당신의 예술 활동을 통해 당신을 돕고 싶어 하세요. 아버지는 이제 당신 편입니다."

영적 상담이 끝난 후, 마이크는 거실 소파에 앉아 아버지의 제안을 생각했다. 아버지의 도움을 받을 준비가 된 걸까? 아버지를 용서할 준비가 되었을까? 그의 뺨을 타고 눈물이 흘러내렸다.

그러다 갑자기 웃음이 나왔다. 그리고 다시 울었다. 그는 소파에 앉아 오랫동안 울다가 또 웃었다. 감정! 감정이 폭포처럼 쏟아졌다.

나중에 마이크가 그 이유를 알려 주었다.

"미칠 것 같았어요. 어렸을 때 이야기를 다시 꺼내니 당황스러웠습니다. 아버지가 제게 미안해하는 것, 그런 거친 남자가 사과하는 말을 듣는다는 것 자체가 충격적이었죠. 아버지가 잘못을 인정하면서 치유가 가능해진 겁니다."

마이크와의 상담이 끝나고 며칠 후, 나는 저세상이 다시 꽤 강하게 밀치고 들어오려 하는 것을 느꼈다. 그 존재가 마이크의 아버지라는 것이 놀랍지 않았다.

마이크의 아버지는 부탁할 것이 있다고 했다. 사실 요구에 가까웠다. 그는 자신의 뉘우침을 아들에게 충분히 전달하지 못한 것 같다며 나의 도움을 받고 싶어 했다.

누군가 이런 식으로 내게 도움을 청하는 일은 흔치 않았다. 그러나 마이크와의 상담이 굉장히 신선한 경험으로 남아 있었고, 마이크 아버지의 절박한 마음이 느껴져 그의 요청을 들어주기로 했다.

며칠 후 마이크는 우편함에서 두 개의 소포를 발견했다. 소포 하나에는 웃는 얼굴의 작고 파란 강아지 인형이 있었고, 다른 하나에는 작은 스케치북과 색연필 한 세트가 있었다. 마이크는 소포의 내용물을 오랫동안 바라보며 누가 보낸 건지, 무슨 뜻인지 생각했다. 그러다 소포 상자 가장 안쪽에 있는 쪽지를 발견했다.

친애하는 마이크,

이 우편물은 당신 아버지가 나에게 부탁한 것입니다. 그는 당신이 언제나 훌륭한 아들이었는데도 자기 문제에 눈이 멀어서 당신을 칭찬하고 지지해 주지 못했다며 미안해하고 있습니다. 그는 제대로 사랑하는 방법을 알지 못했습니다. 당신 아버지는 자신이 당신에게서 앗아 간 모든 것에 대해 미안해하십니다. 당신에게 사랑을 보내며 용서를 구하고 있습니다. 그리고 당신이 이룬 모든 일을 자랑스러워하십니다.

많은 사랑을 담아, 당신의 아버지가

마이크는 받은 물건들을 책상 옆 탁자 위에 두었다. 그때부터 늘 그곳에 있는 그 물건들은 마이크가 글을 쓰려고 책상 앞에 앉을 때마다 그에게 영감을 주었다. 뭔가 멋진 일이 점점 다가오고 있었다. 마이크 자신도 그걸 감지하고 있었으며, 나 또한 그랬다. 마이크는 그 어느 때보다 큰 격려를 받고 있었다.

뿐만 아니라 마이크는 자신을 위한 최선이자 최고인 길에서 아버지가 도와줄 것을 알고 있었고, 그 도움을 받아들일 준비도 되어 있었다.

29. QEEG 검사

어린 시절 외할아버지가 돌아가시기 며칠 전 설명할 수 없는 충동에 이끌려 수영장에서 뛰쳐나온 이후, 나는 줄곧 나에게 무슨 문제가 있는 게 아닐까 하는 두려움을 지닌 채 살아왔다. 처음에는 저주라도 받은 것 같아 무서웠다. 시간이 흐르면서 나의 능력이 궁금해 여러 방법으로 살펴보고 탐구하고 조사했다. 다른 영매를 만나 두려움을 조금 덜기도 했다. 정신과 의사는 내가 미치지도 잘못되지도 않았다고 말해 주었다. 과학을 기반으로 한 두 가지 심사를 통과하기도 했다. 그렇게 나는 서서히 두려움을 넘어서고 있었다.

그래도 꼭 밝혀내고 싶은 의문이 아직 하나 남아 있었다. 내 뇌는 다른 사람들과 다른 점이 있는 걸까?

놀랍게도 이 질문에 답해 줄 수 있는 사람을 만나게 되었다. 2013년 11월 샌디에이고에서 있었던 사후 세계에 대한 학회에서 내 친구이자 동료 영매인 재닛 메이어가 제프 태런트 박사를 소개해 주었다.

제프는 뇌파 활동을 측정하고 훈련하는 치료 도구인 뉴로피드백* 분야의 면허증을 소지한 심리학자다. 그는 미주리 대학에서 신경과학과 바이오피드백** 그리고 마음 챙김에 대해 강의했으며, 미주리주 컬럼비아에서 건강 관리 상담 센터를 운영하기도 했다. 그리고 현재는 강의를 하는 동시에 병원도 운영하고 있었다. 그를 처음 만난 순간부터 나는 그의 에너지가 마음에 들었다.

내가 영매라는 것을 알고 제프는 내 뇌를 검사해도 되는지 물었다. 나는 허락했다. 제프가 뉴욕으로 검사 장비를 가지고 오기로 했다. 2014년 3월의 어느 흐린 날 아침, 우리는 롱아일랜드에 있는 긴즈버그 부부 집에서 다시 만났다. 제프는 거실에 장비를 설치한 후, 직원들이 메모를 하는 동안 탁자를 사이에 두고 내 맞은편에 자리를 잡았다. 제프가 말했다.

"제가 몇 가지를 요청할 겁니다. 우선 긴장을 푼 상태에서 눈을 감고 가만히 계세요. 다음에는 눈을 뜨고 똑같이 해 주시면 됩니다. 그러고 난 후 초능력을 사용해 주십시오. 마지막에는 영적 상담을 해 주시면 됩니다."

이 검사에서 제프는 각 단계마다 내 뇌의 다양한 부위에서 일어나는 전기적電氣的 활동을 기록할 것이고, 그 데이터를 통해 내 뇌의 어떤 부위들이 언제 활성화되는지, 내 뇌가 소위 정상적인 다른 뇌들과 무엇

---

* neurofeedback. 실시간으로 측정되는 자신의 뇌파 상태를 보고 스스로 좋은 뇌파를 이끌어낼 수 있도록 하는 두뇌 훈련법.
** biofeedback. 혈압이나 뇌파, 근전도, 체온 같은 몸의 생리적 변화를 이용해 정신 상태를 안정시키는 기법.

이 다른지 비교할 예정이었다. 뇌의 외층 조직인 대뇌피질의 전기적 활동을 통계적으로 분석하는 정량 뇌파QEEG 검사였다.

제프는 20개의 금속 전극과 연결선들이 달린, 꽉 끼는 파란색 스판덱스 뇌파 캡을 내 머리에 씌웠다. 그 캡에 달린 전극들은 국제 규격에 따라 배치된 거라고 했다. 나에게는 꼭 구식 수영모처럼 보였는데, 머리에 너무 꽉 껴서 마치 주름 제거술이라도 받는 기분이었다. 제프가 연결선들을 증폭기와 노트북에 꽂으며 말했다.

"됐습니다. 이제 긴장을 풀고 가만히 있으면 됩니다."

차라리 10분 동안 물속에 들어가 숨을 참는 게 나을 것 같았다. 가만히 있었지만 여러 글자, 단어, 이름, 이미지, 이야기와 함께 '초능력의 문'이 열리려는 걸 느낄 수 있었다. 문을 닫고 탁자 위 물병을 보며 집중하려 했다. 무슨 이유에서인지 머릿속에 「바람둥이 수」와 「이 작은 나의 빛」이라는 노래가 맴돌았다. 마침내 제프가 이 단계의 검사가 끝났다고 했다. 한 시간은 된 것 같았는데 3분 정도 걸렸다고 했다.

다음은 눈을 뜨고 가볍게 이야기를 나누며 하는 검사였다. 나는 또다시 저세상의 진입을 막아야 했다. 날씨에 관해 이야기하는 동안 누군가의 할아버지가 밀고 들어오려 했다. 누군가의 어머니도 있었고, 19세기의 언어학자나 과학자처럼 보이는 남자도 있었다. 분명 그는 제프와 접촉하고 싶어 하는 것 같았다.

드디어 제프가 나에게 초능력을 사용하라고 했다.

"영적 상담은 아직 안 됩니다. 하지만 초능력은 마음껏 사용하셔도 됩니다."

할아버지가 계속 밀고 들어오려고 했지만 나는 문을 열지 않았다.

다가오는 단편적 정보에 집중했다. 처음 들어온 선명한 몇 가지 정보는 제프와 관련 있었다.

내가 말했다.

"당신은 곧 이사하게 될 거예요. 소나무들과 벽난로가 보이네요. 벽난로에 문제가 좀 있어요. 마룻바닥은 광을 내야 하고요. 그리고 곧 안경을 새로 맞추겠네요."

"얼마 전에 하나 맞췄습니다."

제프가 말했다.

"잘못 맞추신 거예요. 다시 맞추게 될 거예요."

내가 말했다.

제프를 위한 이미지가 더 보였다. 나는 그에게 말했다.

"따님을 안아 주세요. 앞으로 조금 힘든 길을 걷게 될 거예요. 어머니께는 어머니가 정신이 나간 게 아니라고 말씀드리세요. 어머니는 며칠 전 샤워를 하면서 자신의 어머니와 이야기하신 겁니다."

이어서 방 안에 있는 다른 사람들에 대한 정보들이 흘러나왔다. 나는 사진을 찍고 있는 여성에게 곧 아파트에서 주택으로 이사할 거라고 알려 주었다. 제프의 다른 직원은 식습관을 고칠 필요가 있었다. 또 다른 직원이 더 안전한 자동차를 산 건 잘한 일이었다. 얼마 후 제프가 초능력을 사용하는 검사가 끝났다고 했다. 이번에는 5분밖에 안 된 것 같았는데 20분이 지났다고 했다.

이제 영적 상담을 할 시간이었다. 드디어 적극적인 할아버지 차례가 되었다.

"제프, 당신 할아버지가 모습을 드러내셨어요. J 아니면 G라는 소리가 들리네요."

제프가 고개를 끄덕였다.

그때 이름이 똑똑히 들렸다.

"주세페. 그분이 주세페라는 이름을 말해 줬어요."

제프는 놀란 것 같았다.

"맞습니다. 제 외할아버지 이름입니다."

"외할아버지 말씀이, 이제 부인과 함께 있을 수 있어 훨씬 좋다고 하시네요."

그때 최근 돌아가신 제프의 할머니가 나타났다.

"당신 할머니께서 본인의 스물여덟 살 때 사진을 저에게 보여 주셨어요. '나 좀 봐라, 나 젊었을 때 정말 예쁘지 않았니?'라고 하시는데요."

다른 친척들이 방에 있는 모든 사람들을 위한 메시지를 가져왔다. 영적 활동에 대한 검사는 7분간 계속됐지만 나는 시간이 가는 줄도 몰랐다. 내가 미처 알아차릴 새도 없이 제프가 데이터를 기록했고, QEEG 검사가 모두 끝났다.

미주리로 돌아간 제프가 데이터를 살펴본 후 결과를 알려 주기 위해 전화를 했다.

"우선 물어볼 것이 있습니다. 혹시 심한 외상성 뇌 손상을 입은 적이 있으신가요? 교통사고라든가 심한 뇌진탕 같은 거요."

그런 일은 한 번도 없었다. 제프가 말을 이었다.

"결과를 말씀드리겠습니다. TBI* 판별 분석표를 통해 당신의 데이터를 검토해 보니 97.5퍼센트의 가능성이 있다고 나오더군요. 당신의 뇌파 유형이 외상성 뇌 손상을 입은 사람들과 거의 일치한다는 뜻입니다.

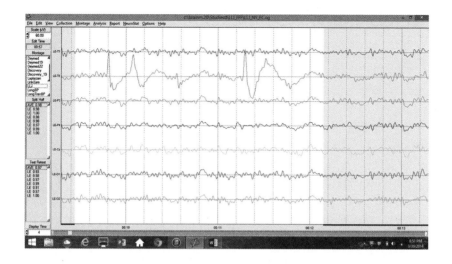

로라, 당신 뇌의 일부는 정상적으로 작동하지 않아요."

그랬다. 내 뇌는 다른 사람들과 달랐다.

제프는 내 뇌를 부위별로 살펴봄으로써 뇌 활동이 비정상적으로 이루어지고 있는 특정 부위를 집어낼 수 있었다. 너무 전문적이라 알아듣기 힘든 내용도 있었다. 예를 들어, 내 대상회[*]*에서 뇌파가 정상인 4헤르츠를 기준으로 7의 표준 편차를 보인다고 했다. 제프 말에 따르면 표준 편차가 7이라는 건 한계를 넘어선 수치라고 했다. 내가 이력서 같은 데 쓰지 않을 내용인 것은 분명했다.

하지만 뇌의 여러 부위를 살펴본 뒤 얻은 다른 결과는 나도 아주 잘

● 외상에 의한 뇌 손상.

●● 대뇌 반구 안쪽 면에 있는 둥글고 긴 이랑. 정서적 반응과 내분비 등 많은 뇌 기능에 관여한다.

이해할 수 있었고, 그동안 내가 왜 그랬는지를 정확히 밝혀 주었다. 제프가 내 뇌 여러 부위의 뇌파 활동을 판독한 내용을 보여 주었다. 초능력을 사용할 때 두정엽과 측두엽이 만나는 뇌의 오른쪽 뒷부분에서 비정상적인 활동이 아주 높게 나타났다. (317쪽 그래프의 둘째 줄에 해당한다) 정상적인 뇌에서 발견되는 작고 일정한 파동 대신, 깊은 잠이나 혼수상태에 빠진 사람들에게서 주로 나타나는 크고 불규칙적인 파동이 기록되어 있었다.

"뇌파 전압은 마이크로볼트로 측정하고, 0에서 60까지가 정상적인 범위에 포함됩니다. 그런데 당신의 뇌파 활동은 뇌의 어떤 부위에서는 150마이크로볼트까지 올라가죠! 기준을 초과해 버린 겁니다!"

제프가 설명했다. 신경과학자가 이 그래프를 봤다면 피실험자가 발작이라도 일으켰다고 판단했을 것이다. 내 뇌는 왜 비정상적으로 활동하게 된 걸까?

제프가 뇌에서 두정엽과 측두엽이 만나는 부위는 새로운 기억의 저장, 감각 정보 처리, 의미 추론, 감정 조절 같은 기능과 관련이 있다고 설명했다. 즉 뇌의 이 부위는 자기 자신에 대한 생각과 주로 연관된다고 할 수 있다. 예를 들어 명상을 할 때 마음의 긴장을 풀고 더 차분한 의식을 가지려고 유도하는 건 기본적으로 자기 자신에 대한 생각을 내려놓는 것이다. 자아와 관련된 뇌 활동을 잠시 멈추는 것과 같다.

그러나 나는 명상을 한 게 아니었다. 나는 이야기를 하고 있었다.

제프는 두정엽과 측두엽이 만나는 부위의 기능을 흥미로워했다. 그가 말하길, 뇌의 이 부분이 손상을 입으면 사람들이 더 영적이고 너그러우며 관대하게 변하는 경향이 있다고 했다. 많은 경우 자신에 대해 생각하기보다 다른 사람들에게 집중하게 된다고 한다. 뇌 손상으로 인해 공감을 더 잘하는 사람이 되는 것이다.

내 뇌파 활동이 공감을 잘하는 사람들의 뇌파 활동과 일치한다는 사실은 그리 놀랍지 않았다. 내가 하고 있는 일이 바로 나에 대한 생각을 멈추고 거기에 쓸 뇌 역량을 활용해 다른 사람과 연결하며 공감을 극대화하는 것이었기 때문이다.

그렇기는 하지만, 어떻게 내 뇌에 그런 변형이 일어난 걸까?

"당신은 잠든 상태도 아니고, 의식이 없는 것도 아니고, 명상하는 것도 아닙니다. 그런데도 뇌의 일부가 작동하지 않는 겁니다. 마치 의식적으로 뇌를 물러나 있게 해서 다른 사람들이나 메시지들이 나타나도록 하는 것 같군요. 당신이 초능력을 사용하거나 영적 상담을 할 때 뇌의 어떤 부분들은 기본적으로 기능을 하지 않고 있습니다. 그 이유를 설명해 줄 만한 사건도 없는데 말입니다. 이유는 알 수 없지만 당신의 뇌는 스스로 이런 변환을 하고 있네요."

나는 제프의 말을 이해했다. 영적 상담을 할 때 내 자아가 사라지고 나 자신보다 크고 내 페르소나를 넘어서는 무언가와 연결된다고 느끼고 있었기 때문이다. 검사에서도 말해 주듯 나의 뇌 어딘가에 이를 가능하게 하는 통로가 있는 듯하다.

QEEG 검사를 통해 내가 초능력을 사용할 때 내 뇌의 한쪽이 활성화되는데, 영적 상담을 할 때는 또 다른 쪽이 활성화된다는 사실도 알게 되었다. 이는 내가 영적 상담을 할 때 두 개의 스크린을 사용한다는 사실과 연결된다. 최소한 내가 초능력을 쓰거나 영적 상담을 할 때 감지하는 것들이 내가 만들어낸 기이한 것들이 아니라 실제로 내 뇌에 나타나는 현상임이 확인되었다. 내가 조절하거나 만들어낼 수 없는 일들이 내 뇌에서 일어나고 있었다.

하지만 QEEG 검사로 '나는 왜 이런 걸까?'라는 나의 오래된 의구심이 해결된 걸까? 내가 저세상으로부터 정보를 받는다는 사실이 입증된 걸까?

"당신이 말하는 내용이 저세상으로부터 받은 정보라는 걸 증명해 줄 유일하고 실재적인 수단은 당신이 전달하는 정보 자체입니다. 그것이 정확한 정보인지, 당신이 도저히 알 수 없는 내용인지는 사람들이 각자 판단해야 하는 거지요."

제프가 말했다. 다시 말해 이 검사로는 내 뇌에서 뭔가 비정상적인 활동이 일어난다는 것만 확인되었다. 그 현상들이 왜 일어나는지에 대해서는 밝혀낼 수 없었다.

~~~~~

내가 뇌 검사를 통해 얻은 마지막 정보 하나를 더 공유하려 한다.

제프는 내가 영적 상담을 하며 받는 일련의 정보를 처리하는 능력이 있다고 결론 내렸다. 제프는 내가 보는 것을 보지는 못했지만 (사실 아무도 보지 못했다) 내가 보는 내용이 내 뇌에서 처리된다는 사실은 확인할 수 있었다. 뇌라는 신비한 기관에는 (내 경우 체계와 구조까지) 내가 초능력과 영매 능력을 사용할 때 보는 시각적 자극을 처리하는 완전 가동 상태의 기제가 있었다. 이것은 실제로 존재했다.

또한 내 뇌는 외계인이나 사이보그의 뇌가 아니라 기본적으로 다른 사람들과 같은 표준 인간의 뇌이므로, 제프는 그런 기제가 우리 모두의 뇌에 존재할 수도 있다고 추론했다. 그가 말했다.

"아마도 우리 모두에게 그런 기제가 있을 겁니다. 어쩌면 미래에는 당신처럼 변환된 상태에 이르는 법을 사람들에게 가르칠 수도 있겠지요. 어쩌면 우리 스스로 그 단계에 이르도록 개발할 날이 올지도 모르겠네요. 우리는 아직 뇌에 대해 모르는 것들이 많습니다."

나는 그런 기제, 그런 변환이 우리 모두에게 있다고 믿는다. 왜 그런 기제가 나에게 더 많이 나타나고 작동하는지는 모르지만, 우리는 누구나 자기 자신에 대한 뇌 활동을 잠시 멈추고 다른 곳으로부터 더 많은 정보를 받아들일 수 있다고 믿는다. 생각의 에너지를 우리가 아닌 다른 사람에게 더 집중하면 더 많이 공감할 수 있다고 믿는다.

또한 우리가 어떻게 우주에 적응할지 의문을 가지고 탐구한다면, 두려움과 의구심을 극복하고 계속해서 최고의 길을 발견할 수 있으리라 믿는다.

30. 뒤얽힌 관계

2012년 11월 20일 아침, 마음이 복잡했던 소년 카일은 맨해튼 번화가의 펜 역에서 그리니치 빌리지까지 스케이트보드를 타고 가고 있었다.

롱아일랜드에서 자란 카일은 넘치는 에너지와 호기심을 지닌 아주 밝고 아름다운 아이였다. 그에겐 통제하기 힘든 면도 있었는데, 못됐다기보다 고집이 센 편이었다. 커 가면서 카일은 점점 소심해졌고, 다른 아이들과 어울리는 것도 힘들어해 친구가 별로 없었다. 하지만 카일은 음악에 재능이 있었다. 클라리넷과 색소폰을 연주했고, 탁월한 드럼 연주자였으며, 아카펠라 그룹에서 노래를 부르기도 했다. 그래도 그는 혼자 있을 때가 가장 편했다.

카일의 부모님이 아들을 의사에게 데려가 봤지만 어디서도 확실한 진단을 받을 수 없었다. 우울, 불안, 기분 장애일 수 있지만, 정확히 무엇이 카일을 힘들게 하는지는 아무도 알지 못했다. 사실 카일은 많은 일은 아주 잘 해냈다. 단지 여느 아이들과 좀 다르다는 게 문제였다.

결국 카일은 주변 친구들로부터 따돌림을 당한다고 느꼈고 적응하려는 노력을 포기했다. 자신이 어떻게 해도 받아들여지지 않을 거라 생각했다.

세상을 보는 관점도 점점 더 부정적으로 바뀌었다. 세상은 선하고 아름다운 곳이 아니라 서로를 헐뜯고 비판하는 곳 같았다. 주위에 그를 사랑하는 사람들이 많은데도 인간의 선량함을 믿기 힘들었다. 세상과의 연결고리가 줄어들었다. 세상으로부터 배척당하고 소외되었으며 무시당한다고 느꼈다. 그를 사랑하고 염려하는 부모님이 있었지만 늘 혼자라고 느꼈다.

그래도 카일은 포기하지 않고 자기가 맡은 일은 제대로 하려고 애썼다. 뉴욕 대학교에 들어갔고 좋은 학생이 되기 위해 열심히 공부했다. 2012년 11월 19일, 카일은 과제를 마치기 위해 밤늦게까지 깨어 있었다. 그리고 다음 날 아침 맨해튼으로 가는 기차를 탔다.

~~~~

저세상이 우리에게 가르쳐 주고자 하는 가장 중요한 교훈 중 하나는 우리가 영적 존재로서 모두 연결되어 있다는 사실이다. 하지만 카일은 그런 유대감을 느껴 보지 못했다. 삶에서 그런 경험을 해 본 적이 없었다. 오히려 세상을 분열된 곳으로, 홀로 서야 하는 곳으로 생각했다. 그가 보기에 사람들은 야비하고 이기적이며 상처만 주는 존재였다. 그러니 애써 고통스러운 관계를 구축할 필요가 없다고 생각했고, 늘 혼자라고 느꼈다. 그는 정말 혼자였을까?

우주의 영적 연결이 정말 존재한다면, 카일은 왜 그 연결 밖에 놓여 있었던 걸까? 모두를 아우르지 못하고 그처럼 소외감을 느끼는 사람이 있다면 그런 연결이 무슨 소용일까? 만약 카일의 생각이 맞다면? 우리가 서로의 기쁨과 성공과 성장에 관여하는 게 아니라면? 삶이라는 여정에서 사실 우리는 근본적으로 혼자라면 어떨까?

그러나 저세상은 우리가 결코 혼자가 아니라고 말한다.

과학자들 역시 이 문제를 놓고 답을 찾으려고 애를 썼다. 다양한 존재 양상은 각자 홀로 시간과 공간을 헤쳐 나가는 것일까? 아니면 보이지 않는 어떤 미묘한 힘이 우리 모두를 이어 주는 걸까? 과학자들은 이런 의문에 이끌려 '얽힘'이라고 불리는 현상을 탐구하게 됐다.

순수지성 과학 연구소Institute of Noetic Scuences의 선임 과학자 딘 래딘은 저서 『얽힌 마음Entangled Minds』에 광양자(빛의 입자)들 사이의 관계를 탐구한 실험에 대해 썼다. 그 실험은 특정 광양자들이 아직은 우리가 설명할 수 없는 방식으로 서로 연결되어 있음을 보여 준다.

예를 들어 동일한 계기로 생성된 전자나 광양자 같은 아원자 입자들은 회전이나 양극성 같은 측정 가능한 성질을 갖고 있어서 아무리 멀리 떨어져도 순식간에 서로 연결되는 모습이 확인된다. 최근 수십 년간 점점 더 정교해지고 있는 실험들을 통해 밝혀진 이 같은 결합은 아인슈타인이 '유령 같은 원격 작용spooky actions at a distance'이라고 언급한 바 있는 충격적인 현상이 실재임을 증명한다. 분자들이 이렇게 서로 밀접하게 결합한다는 사실은 빛의 속도가 정보가 이동하는 (혹은 한 분자가 또 다른 분자에 영향을 미치는) 최고의 속도라고 했던 아인슈타인의 개념과 우리의 상식에 완전히 어긋난다. 한 입자를 측정하면 다른 입자에도 즉각적인 영향을 미치게 된다니 말이다. 여기엔 우주 전체가 서로 완전히 얽혀 있으며, 시간과 공간의 본질에 대해 우리가 완벽하게 이해하지 못하고 있다는 깊은 뜻이 담겨 있다. 이것이 바로 얽힘이다.

간단히 말하면 "우리가 일상에서 보는, 서로 떨어져 있는 물건들도 아주 깊이 따져 보면 우리 인식의 한계로 인해 분리되어 있다고 착각하는 것이며, 사실 물리적으로는 우리가 이제야 막 이해하기 시작한 방식으로 서로 연결되어 있다"는 것이 얽힘에 대한 래딘의 설명이다.

저세상은 나에게 태양과 같은 거대한 빛 에너지의 장場을 보여 주었다. 이 장은 수십억 개의 더 작은 빛의 점들로 이루어져 있다. 하나의 이미지가 가까이서 보면 수백 개의 더 작은 이미지들로 구성된 경우와 같다. 이 수십억 빛의 점들이 바로 우리다.

내가 본 바에 따르면 우리는 거대한 빛의 장을 이루고 있으며, 이 빛의 장은 우리 없이는 존재할 수 없다. 우리 또한 이 빛의 장 밖에서는 따로 존재하지 못한다. 우리 존재는 이 거대한 에너지 무리에서 차지하는 위치에 따라 정해지는 것이지, 우리가 누구인지에 따라 개별적으로 결정되는 것이 아니다. 우리가 다른 사람들과 별개로 존재하는 것처럼 보이고, 우리의 모습 또한 서로 다르게 인식되며, 스스로가 독립적으로 느껴질 수도 있다. 그러나 우리의 에너지와 의식은 다른 이들의 에너지와 철저하게 뒤얽혀 있다.

또 다른 비유도 있다. 손가락 다섯 개가 있는 손을 떠올려 보자. 각각의 손가락들은 서로 구별되어 있으면서도 하나의 손으로 모아진다. 손가락들은 서로 분리되어 있으면서도 이어져 있는 것이다. 우리는 인간으로서 세상에서 매우 다양한 경험을 한다. 하지만 그 모든 경험은 인간 전체의 경험이라는 거대한 집단 경험으로 수렴된다.

우리의 영혼과 우리 자신, 우리의 경험과 존재는 어떤 식으로도 서로 분리될 수 없다. 우주는 분리의 장소가 아닌 뒤얽힘의 장소다. 우리는 가늠하기 힘든 방식으로 서로에게 연결되어 있다.

~~~~~

11월 20일, 카일이 타려 했던 맨해튼행 기차 운행이 선로 손상으로 취소되어 다음 기차를 타야 했다. 그는 아버지에게 문자로 그 사실을 알렸다.

"정말 황당해요. 늦게 생겼어요."

그래도 카일은 오전 11시까지 펜 역에 도착할 수 있었다. 곧장 스케이트보드를 타고 브로드웨이 거리를 가로질렀다. 유니언 스퀘어 파크에서 유니언 스퀘어 웨스트 쪽으로 방향을 틀었을 때 갑자기 자전거를 탄 배달원이 카일 쪽으로 돌진했고, 동시에 커다란 트럭이 그의 왼편을 치고 지나갔다. 충돌은 순식간에 일어났다. 카일은 스케이트보드에서 떨어져 길바닥에 쓰러진 채 움직이지 못했다.

몇 시간 후 카일의 어머니 낸시가 집에 와 보니 경찰관이 남겨 놓은 메시지가 있었다.

'전화 주십시오.'

그날 밤 가족들이 카일을 보러 간 곳은 영안실이었다. 낸시가 말했다.

"이건 정말 말도 안 돼요. 카일은 이제 겨우 스무 살인데."

~~~~~~

 카일의 장례식을 치르고 몇 달 후 낸시가 나에게 전화했다. 그녀는 친구인 마크 라이트맨 박사에게서 내 이야기를 들었다고 했다. 라이트맨 박사는 내가 영적 재능을 잘 받아들일 수 있도록 도와준 정신과 의사로, 내가 낸시에게 도움이 될 거라 생각한 것 같았다.

 영적 상담을 시작하자 곧바로 카일이 강하고 분명하게 모습을 드러냈다. 그는 어떻게 된 일인지 말하고 싶어 했다.

 내가 낸시에게 말했다.

 "카일이 차량과 충돌하는 장면을 보여 주면서 자신은 차 안에 있지 않았다고 하네요. 자기 잘못이 아니었다는 점도 알려 주고 있습니다. 길거리에서 사람들이 카일 주위를 둘러싸고 있고, 한 사람이 카일의 손과 머리를 붙잡고 있는 모습도 보입니다. 그는 바로 이 장면이 중요하다고 하네요. 마지막 순간까지 자기를 걱정하는 사람들한테 둘러싸인 채 이 세상을 떠났다고요. 카일은 혼자가 아니었어요. 카일이 눈을 감을 때 누군가 그를 붙잡고 있었어요."

 전화기 너머에서 낸시가 울고 있었다. 그녀는 나에게 카일의 사고에 대한 이야기를 들려주었다.

 "맥도날드 맞은편에서 사고가 났어요. 그때 젊은 남자가 맥도날드에서 나왔죠. 그 남자가 그대로 걸어가 버렸다면 사고가 났을 때 그 자리에 없었을 거예요. 그런데 뭔가 두고 온 것이 있어서 맥도날드 안으로 다시 들어갔다는군요. 그리고 사고가 났어요. 그 남자가 보는 앞에서요."

낸시는 그 젊은 남자를 수소문해서 찾아갔고, 그리하여 그 끔찍했던 순간에 대해 더 많은 것을 알게 되었다.

"그 남자 말이, 처음에는 그곳에서 도망치고 싶었다고 하더군요. 하지만 뭔가가 그를 붙잡았대요. 그런 다음 그를 그쪽으로 끌어당겼다고요. 그가 가장 먼저 카일에게 다가간 사람이었어요."

낸시가 말했다.

그녀의 말에 따르면, 그 젊은 남자는 카일 옆에 무릎을 꿇고 앉아 팔로 카일을 안았다고 한다. 누군가 카일의 스케이트보드를 가져가려는 걸 한쪽 손으로 제지하기도 했다. 어떤 사람이 휴대전화로 사진을 찍자 그것 역시 못 하게 막았다.

"그가 말하길, 자신이 카일을 보호하기 위해 그곳에 있었던 것 같다고 하더군요. 그는 구급차가 올 때까지 카일과 함께 있었어요."

낸시가 말했다. 젊은 남자가 처음 다가왔을 때, 카일은 미약하지만 의식이 남아 있었다. 그래서 잠시 그 낯선 남자의 눈을 들여다볼 수 있었고, 남자는 카일을 더 꽉 붙잡았다. 이윽고 카일의 눈이 감겼다.

"여자 한 명도 카일 옆에 무릎을 꿇고 있었어요. 그녀도 구급차가 도착할 때까지 카일 옆에 있어 주었죠. 그 외에도 주위에 많은 사람들이 있었어요. 카일 주위를 둥그렇게 에워싼 채 서 있던 거예요."

낸시가 말했다.

"카일이 그 젊은 남자 이야기를 꺼낸 데는 이유가 있습니다. 그 남자가 선한 마음으로 그곳에 있었다는 걸 카일도 알았기 때문이에요. 카일은 그 남자가 원치는 않았지만 계속 함께해 주었다는 것을 알고 있습니다. 좋은 사람이기 때문에 같이 있어 준 거죠. 카일은 그의 선함을 알아본 거예요."

내가 낸시에게 말했다.

카일은 하고 싶은 말이 많았다. 그는 어머니에게 이제는 세상의 틀에 맞춰 살려고 애쓰지 않아도 되니 홀가분하다고 했다. 그가 무척 좋아했던 할아버지도 함께 있다고 했다. 이제는 지상에 있을 때 하지 못했던 방식으로 상황을 이해하게 되었다고 했다.

카일이 죽고 몇 주 후, 낸시 또한 카일을 새롭게 보게 되었다. 그것은 카일의 고등학교 같은 반 친구로부터 시작되었다. 힘든 시간을 보내던 그 친구가 낸시를 찾아와 카일 덕분에 자신의 인생이 크게 변했다고 말했다.

"그 친구는 가족 문제로 힘들어하고 있었어요. 그런데 카일이 그 친구에게 다 괜찮을 거라고 느끼게 해 주었대요. 친구에게 자기의 우정을 보여 준 거죠. 그 친구를 위해 카일이 옆에 있어 주었던 거예요."

낸시가 말했다.

더 많은 친구들이 낸시를 찾아와 비슷한 이야기들을 들려주었다. 부모님과 싸우고 집에서 쫓겨난 친구를 카일이 자기 집에서 재워 줬다고 했다. 마약에 손을 댄 친구에게는 그런 위험한 것들을 끊으라고 했다.

"너무나 많은 아이들이, 인기 없고 그늘에 가려져 있던 아이들이 찾아와 카일이 자신에게 얼마나 큰 도움을 주었는지 이야기했답니다. 카일은 마치 자기가 찾던 것을 다른 아이들에게 찾아 준 것 같았어요."

낸시는 카일의 일기장에서 가슴에 사무치는 인용문을 발견했다.

당신은 세상에서 그저 한 사람일 수 있습니다.

그러나 한 사람에게는 세상 전부가 될 수도 있습니다.

"카일이 이 구절을 일기장에 옮겨 적은 걸 보면, 이 말을 어느 정도
는 믿은 게 틀림없어요. 자신이 이렇게 많은 사람들에게 중요한 존재였
다는 생각까지는 못한 것 같지만요. 그런데 당신과 상담을 하며 카일이
나타났고, 이제 카일은 혼자가 아니라는 걸 깨닫게 됐어요. 마침내 자
신의 선한 마음도 알게 되고 세상에서의 자기 자리도 이해하게 된 거
죠. 이것이 제가 카일을 통해 얻은 가장 큰 교훈입니다. 한 사람이 누군
가의 삶을 바꿀 수는 없다는 생각은 절대 하지 말아야 해요."

낸시가 말했다.

~~~~~

카일과 그의 어머니 낸시와의 영적 상담은 나에게 매우 강렬한 기억
으로 남아 있다. 삶의 마지막 순간에 카일이 알게 된 교훈은 너무도 아
름다웠다. 많은 사람들이 어려움과 장애를 경험하고 때로는 자기를 사
랑하는 이들을 밀쳐낸다. 카일은 힘겨운 싸움을 하며 스스로를 외롭게
만들었다. 그러다 가장 비극적인 상황에서 누군가의 사랑을 받아들였
고, 그 순간 자신은 잠시도 혼자가 아니었다는 사실을 깨달았다. 낸시
말에 따르면, 카일을 도와준 젊은 남자와 이야기해 보니 그도 이런저런
문제들로 힘들어하고 있었다고 한다. 그 또한 세상에서 자신의 자리에
대해 의구심이 있었다. 그러다 사고를 목격하고 카일을 따뜻하게 안아
주면서 저세상으로 가는 길을 편안하게 지켜 주었다. 그리고 그 일로 그

에게도 변화가 생겼다. 그 놀라운 연대의 순간 덕분에 그 또한 치유되기 시작한 것이다.

이것은 나에게 그 어떤 과학 실험보다도 우리가 서로 연결되어 있다는 것을 입증하는 훌륭한 증거가 되었다. 우리는 모두 연결되어 있다. 우리는 모두 뒤얽혀 있다. 우리 모두는 서로의 운명과 미래에 개입하고 있다.

내가 낸시와 상담하고 있을 때, 카일이 반지 이야기를 꺼냈다. 카일은 낸시가 자기의 침대 시트를 갈지 않는다고 놀렸다. 실제로 낸시는 몇 달 간 카일의 침실을 예전 그대로 두고 있었다. 카일은 엄마가 자신의 침실을 청소하면서 반지를 찾아야 한다고 했다. 낸시는 카일이 무슨 말을 하는지 이해할 수 없었다. 그러나 1주일 후 카일의 물건들을 살펴보다가 안쪽에 조그만 검정 하트가 새겨진 작은 은반지를 발견했다. 넷째 손가락에 껴 보니 딱 맞았다. 이후로 낸시는 그 반지를 손가락에서 빼지 않았다.

낸시는 카일의 이름으로 장학 사업도 시작했다. 앞장서서 솔선수범하는 학생에게 장학금을 수여했다.

"늘 다른 사람을 잘 도와주려는 아이들을 위한 장학금이에요."

낸시가 말했다.

장학금을 통해, 그리고 짧은 삶 동안 그가 만난 친구들을 통해 카일은 여전히 살아 있다. 유니언 스퀘어 웨스트 아래쪽, 사고 현장 옆 보도에 있는 나무 아래에는 꽃이 담긴 작은 꽃병이 놓여 있다. 매주 일요일 낸시 또는 그녀의 남편이 그곳에 가서 싱싱한 꽃을 꽃병에 꽂아 두고 온다. 12월에는 작은 크리스마스트리를 세워 놓는다. 가끔 지나가던 사람들이 걸음을 멈추고 무슨 꽃인지 물을 때 그들은 카일의 이야기를 들려준다.

"행인들이 저를 다시 보게 되면 인사를 해요. 그러고는 이렇게 말하죠, '매일 이 나무 앞을 지날 때마다 카일에게 인사한답니다.' 카일이 누구인지 모르는데도 매일 그에게 말을 건네는 거예요. 카일의 이름이 아직 그곳에, 그곳의 공기에 존재한다는 게 얼마나 큰 선물인지 모릅니다. 카일은 전에도 혼자가 아니었고 지금도 혼자가 아닌 거예요."

낸시가 말했다.

그렇다. 우리 중 누구도 혼자가 아니다.

31. 수영장

아침 7시 5분, 나는 평소처럼 출근해 헤릭스 고등학교 주차장으로 들어섰다. 후문 근처 나무 그늘에 있는 지정 주차 공간에 차를 세웠다. 그런 다음 졸업반 사물함이 있는 1층 복도를 따라 걸어갔다. 옷차림은 특별할 게 없었다. 베이지색 바지에 주황색 셔츠 그리고 주황색 카디건을 입고 있었고(주황색은 내가 가장 좋아하는 색이다), 신분증을 목에 걸고 있었다. 그리고 커피가 담긴 보온병도 들고 있었다. 그런데 왜 모두 나를 쳐다보는 걸까?

내가 아는 학생도 있었고 모르는 학생도 있었으며 선생님도 몇 명 있었다. 꽤 많은 사람들이 모두 하던 일을 멈추고 알 수 없는 미소를 띤 채 나를 바라보았다. 나는 무슨 일인지 의아해하며 계속 걸어갔다.

서둘러 영어교과 교무실로 들어갔다. 그리고 『프레더릭 더글러스의 삶』이라는 책 속 수사학 수업 계획에 대해 써 놓은 메모를 살펴보았다. 7시 25분에 첫 수업 종이 울렸고, 나는 207호 교실로 향했다. 보통 학생들이 반쯤 졸고 있을 시간인데 오늘은 다들 초롱초롱한 눈으로 자리에 앉아 내가 들어오기를 기다리고 있었다. 지지직 소리라도 날 듯한 이상한 에너지가 교실 안을 감돌았다. 나는 학생들의 관심을 무시하고 계획대로 수업을 진행했다.

8시 14분에 수업을 마치는 종이 울렸는데, 아무도 여느 때처럼 문 쪽으로 몰려가지 않았다. 모두 자리에 그대로 앉아 있었다. 맨 뒷줄에 앉아 있던 똑똑하고 외향적인 오언이라는 학생이 마침내 입을 열었다.

"선생님, 초능력자세요?"

누군가 헉 하는 소리를 냈다.

나는 너무 놀라 되물었다.

"뭐라고?"

"선생님, 초능력자세요? 초능력을 가진 영매예요?"

오언이 다시 물었다.

나는 놀라서 대꾸할 말을 찾지 못한 채 가만히 서 있었다. 마침내 내가 두려워하던 순간이 오고 말았다.

나는 곧 무슨 일이 있었는지 알 수 있었다. 나와 정기적으로 상담을 하는 내담자 중에는 소셜 미디어에 수많은 팔로워를 거느린 젊고 에너지 넘치는 가수가 있었다. 며칠 전 그녀가 브루클린의 바클레이스 센터에서 열린 콘서트에 나를 초대했다. 그 콘서트에서 그녀는 자신보다 더 유명한 팝 가수를 위한 오프닝 무대를 맡았다. 콘서트가 끝난 후 나는 대기실을 찾아 그녀와 함께 사진을 찍었다.

그런데 그녀가 그 사진을 자신의 인스타그램에 올린 후, 로라 린 잭슨에게 감사한다고 쓴 것이다. 학교에서는 내 성과 이름 전체를 아는 사람이 아무도 없었다. 그 사진을 본 우리 학교 학생 몇 명이 내 이름을 구글에 검색해 보았고, 그러다가 영매로서의 내 초능력을 소개한 웹사이트를 발견한 것이다.

"선생님 때문에 어젯밤 우리 소셜 미디어가 난리가 났었어요."

한 학생이 말했다.

비밀이 드러났다는 충격에서 조금 진정되자, 나는 오언의 질문에 답할 준비가 되었다. 교장 선생님과 이미 연습해 본 상황이었다.

"맞아요, 나는 초능력을 가진 영매예요. 과학적으로도 영적 능력을 인증받았어요. 하지만 그런 삶의 영역은 교사로서 가르치는 일과는 구별되는 부분이에요. 그러니 지금 이 질문에 대한 답 외에 앞으로 수업 시간에는 그것에 대해 절대 언급하지 않을 거예요. 교실에서 내가 여러분을 영적으로 파악하는 건 아닐까 하는 염려는 하지 않아도 돼요. 어느 수업에서도, 누구에게도 그렇게 하지 않을 테니까요. 질문도 하지 말아 주세요. 이 일을 가지고 더 이상 왈가왈부하는 건 적절치 못해요."

"누가 커닝을 하면 바로 아세요?"

한 학생이 물었다.

사실 알 수 있다. 한 달 전 시험 시간에 잠시 학생들을 등진 채 책상 앞에 앉아서 컴퓨터로 급히 출석 체크를 하는데, 갑자기 '올가미 에너지'가 교실 뒤쪽으로 나를 끌어당기는 느낌을 받았다. 마치 누가 내 팔을 잡고 뒤쪽으로 확 잡아끄는 것 같았다. 나는 그 힘을 따랐고, 맨 뒷줄에 있던 남학생이 작은 쪽지를 손 아래로 감추는 모습을 보았다. 나는 그 학생에게 다가가 방금 다리 아래 감춘 그 쪽지를 달라고 했다.

"부정행위잖니. 그러면 안 되는 거 알지?"

그렇지만 아이들에게 이런 이야기를 할 생각은 없었다. 나는 이 일에 대해 더는 언급하지 않을 거라는 말을 반복했다. 하지만 아이들의 질문은 계속되었다.

"천국은 어때요?"

"제가 기르던 개는 지금 천국에 있을까요?"

"천국에 계신 우리 할머니한테 말할 수 있어요?"

"사람들의 마음을 읽을 수 있으세요?"

"실종자 찾는 일에 참여해 보셨어요?"

나는 호기심이 많고 마음이 열려 있는 아이들이 내 영적 능력에 관심이 많다는 것을 깨달았다! 사실 나는 대부분 그 팝스타에 대해 궁금해할 거라고 생각했고, 실제로 많은 아이들이 그랬다. 그래도 내 영적 능력이 아이들의 마음을 사로잡았다는 것이 나로서는 정말 놀라웠다.

나는 아이들의 질문에 아주 간단하게라도 대답해 주고 싶었지만, 아이들이 그 정도로 넘어가지 않으리란 것도 알고 있었다. 그래서 대화를 짧게 마무리 짓고 다음 교실로 아이들을 내보냈다.

똑같은 상황이 이후 여섯 개 수업 내내 계속되었다. 그날 나의 마지막 수업이었던 8교시에도 나는 영적 상담과 교사 일을 계속 구별할 거라고 선을 그었다. 저세상에 대한 내 생각을 말하고 아이들의 궁금증에 답해 주고 싶은 마음을 다시 한 번 억눌렀다. 해야 할 말만 한 뒤 아이들을 다음 교실로 보냈다. 그런데 학생 중 한 명이 나가지 않고 남아 있었다. 예쁘고 아주 똑똑하면서도 내성적이고 조용한 열다섯 살의 여학생이었다. 친구들이 모두 나간 후에도 그 아이는 책상 옆에 서서 손으로 얼굴을 가리고 있었다. 울고 있다는 걸 알 수 있었다. 아이가 비틀거리며 교실 앞쪽으로 걸어왔다.

그 아이는 거의 들리지 않는 아주 작은 소리로 말했다.

"선생님, 저 좀 도와주세요."

그 아이의 엄마는 오랫동안 홀로 지내다가 몇 달 전 재혼했다. 새아빠는 아이와 엄마를 너무나 사랑했다. 다정하고 배려심이 깊었던 그는 모녀에게 큰 기쁨과 행복을 주었다. 그런데 결혼식을 올리고 한 달이 채 안 되었을 때 새아빠와 뒷마당 수영장에 있던 엄마가 갑자기 비명을 질렀다.

아이는 밖으로 뛰쳐나갔고, 새아빠가 수영장 가장자리 깊은 지점에 엎드린 채 떠 있는 모습을 보았다. 수영을 못 하는 엄마가 아이를 향해 새아빠를 구해 달라고 외쳤다.

"그런데 전 얼어붙어 버렸어요."

아이가 말하며 점점 더 크게 울었다.

"몸을 움직일 수가 없었어요. 굳어 버린 거예요. 너무 무서워서 도저히 뛰어들 수가 없었어요. 결국 못 들어갔어요."

구급대원들이 도착했을 때, 새아빠는 이미 사망한 상태였다. 아이가 느끼는 고통과 죄책감, 괴로움이 영혼 깊이 느껴졌다. 가슴이 아팠다. 아이는 내가 무슨 말이라도 해 주길 기다렸다. 하지만 무슨 말을 해야 할지 알 수 없었다. 학생들에게 영적 상담은 못 하게 되어 있었다. 방금 전에도 그 선을 절대 넘지 않겠다고 이야기한 터였다. 하지만 이 아이의 짐은 너무 무거웠다. 그 마음의 짐을 계속 안고 가면 아이의 인생이 바뀔 수도 있다는 걸 나는 알고 있었다.

"새아빠한테 미안하다고 전해 주세요. 부탁드려요."

아이가 말했다.

나는 어떻게 해야 했을까? 사실 영적 상담은 이미 시작되었다. 문이 활짝 열리고 아이의 새아빠가 또렷하게 모습을 드러냈다. 그는 아이의 잘못이 아니라고 분명히 말했다.

아이의 잘못이 아니라고 말해 주십시오.

나는 망설였다. 지난 20년 동안 나는 두 길을 구별하며 살려고 무진 애를 썼다. 항상 조심스럽게 이중생활을 유지해 왔다. 그런데 그렇게 쌓아 올린 벽이 무너지려 하고 있었다. 벽을 다시 쌓아 올릴 수 있을까? 내가 말했다.

"그분의 때가 되었던 것뿐이야. 네가 수영장에 들어갔어도 새아빠를 구하지 못했을 거야. 그땐 이미 새아빠의 심장이 정지되었다는 게 느껴져. 그래서 그렇게 떠나신 거지. 너는 그분을 구할 수 없었어. 그냥 가실 때가 되었던 거란다. 절대 네 잘못이 아니야."

아이가 울음을 멈추고 나를 바라보며 숨을 죽였다. 동그래진 눈에 입술은 떨리고 있었다. 내가 아이에게 말했다.

"새아빠는 네가 알아야 할 게 또 있다고 하시는구나. 중요한 거라고 하시네. 지금까지 새아빠가 받았던 인생의 가장 큰 선물이 너와 네 어머니를 만나 함께 시간을 보낸 일이었대. 그래서 너한테 고맙다고 말하고 싶으시대. 네가 그분에게 아름다운 선물을 줬다고."

아이가 오열했다. 나는 아이의 어깨를 손으로 감쌌다. 내 두 세계가 부딪치고 있었다. 하지만 막을 수 없었다. 내가 막으려는 시도라도 했던 것인지 잘 모르겠다.

32. 천사의 길

나는 롱아일랜드에서 친구 바비 앨리슨을 만나기 위해 차를 몰고 가고 있었다. 다음 출구에서 빠지라는 내비게이션 안내를 듣고 화면을 힐끗 바라보았다.

와, 출구가 생각보다 빨리 나오네.

나는 생각했다. 출발한 지 17분밖에 안 된 상태였다. 그보다는 오래 걸릴 줄 알았는데. 내비게이션의 안내대로 다음 출구에서 빠져나갔다.

바비는 나와 친한 영매 중 한 명이다. 나는 그녀의 새 아파트에서 함께 점심을 먹기 위해 가고 있었다. 바비가 자신의 새 공간에 만들어 놓은 에너지를 경험할 생각을 하니 무척 기대되었다. 몇 분 후 도착이라는 내비게이션 안내가 나왔다. 내비게이션은 우회전과 좌회전을 한 뒤 또다시 두 번 우회전하라고 알려 주었다. 이상했다. 고속도로 바로 옆 동네를 빙빙 돌고 있는 것 같았다.

"목적지에 도착했습니다."

내비게이션이 말했다. 도대체 무슨 소리지? 집 한 채 안 보이는데!

"목적지에 도착했습니다."

내비게이션이 단호하게 말했다.

나는 바비에게 전화를 걸었다.

"음, 여기가 어딘지 모르겠어. 내비게이션이 잘못 가르쳐 준 것 같아. 지금 고속도로 출구 바로 옆 도로에 있어. 혹시 집이 이 근처야?"

"도로 이름이 뭔데?"

바비가 물었다. 나는 도로 표지판을 올려다보았다.

"앤젤 웨이Angel Way."

바비가 웃음을 터뜨렸다.

"지금 장난쳐? 거기 우리 집 아니야. 근데 거기가 어딘지는 알아. 우리 집에서 20분 정도 떨어진 곳이야. 근데 로라, 너무 웃긴다! 영혼들이 우리한테 장난을 좀 친 것 같은데! '천사의 길'이라니! 아, 너무 웃기잖아!"

나도 웃었다. 저세상은 정말 유머 감각이 있는 것 같다. 저세상이 전자 기기들을 조작할 수 있다는 건 알고 있었다. 저세상은 그런 기기를 통해 우리에게 메시지를 보내거나 지금처럼 장난을 치기도 한다. 그리고 이제 내비게이션을 너무 믿으면 안 된다는 사실도 알게 되었다.

영매 친구들과 모일 때 이상하고 놀라운 일이 더 자주 일어나는 것 같다. 우리가 함께 있으면 타다닥 소리가 날 만큼 에너지가 고조된다. 우리가 그런 일을 잘 받아들이고 이해한다는 사실이 참 좋다. 우리는 모두 '이상하다'는 게 무엇인지 알고 상황을 잘 받아들인다. 영적 능력에 따르는 막중한 책임도 이해하고 있다. 영적 상담을 하는 데서 오는 피로를 알기에 서로를 위로하고, 평범한 삶과 초능력을 사용하는 삶 사이의 경계를 비교하기도 한다. 다른 이들에게서는 느끼지 못할 위안과 지지와 이해를 서로에게서 발견한다.

몇 년 전부터 우리는 초능력을 가진 여자들의 밤 외출, 우리가 농담 삼아 '마녀들의 모임'이라 부르는 모임을 한 달에 한 번 정도 연다. 가끔은 더 많은 친구들이 모임에 나오기도 한다. 바비, 킴 루소, 베스 알트먼, 다이애너 친쿠에마니와 같은 영매 친구들이 참석하고, 영성 치유사이자 교사인 팻 롱고 그리고 명함에 적힌 대로 직관적 '변화의 주도자'인 멋쟁이 도린 베어까지 전부 모이는 날도 있었다. 우리의 모임은 특별했다. 이를테면 이 모임은 우리의 영혼을 고조시킨다. 앞에서도 말했지만, 술은 우리의 능력을 더 고양시키는 것 같다. 그리하여 에너지를 계속 생성하는 것이다.

최근에도 킴과 바비, 나 이렇게 셋이 롱아일랜드의 힉스빌에 있는, 내가 좋아하는 파나티코라는 이탈리아 식당에 모였다. 식당 앞쪽 테이블에 자리를 잡고 양배추와 올리브를 곁들인 파스타와 호박 마리나라 스파게티 그리고 그 식당의 인기 메뉴 두 접시와 구운 브로콜리를 주문했다. 킴과 바비는 와인을, 나는 그레이 구스 코스모 칵테일을 시켰다.

우리의 대화는 늘 그렇듯 편안하고 재미있고 유쾌했다. 우리는 평범한 친구 셋이 모이면 할 법한 이야기들을 나눴다. 바비는 자기 딸이 사우스캐롤라이나에 있는 새집을 정말 싸게 잘 샀다고 했다.

"얼마에 샀는데?"

킴이 못 미더워하며 물었다.

"그 집보다 비싼 핸드백이 있을 정도라니까."

우리는 우리가 하는 일이 보람되면서도 얼마나 고단한지 이야기했다. 너무 무리하지 않도록 조심해야지, 안 그러면 꼭 탈이 난다는 이야기였다. 나는 영적 상담을 몇 건 하고 큰 집단 상담까지 연달아 했다가 결국 독감과 백일해에 걸려 3개월 동안 아무 일도 못 하게 됐던 이야기를 했다. 바비는 최근에 무리하게 영적 상담을 하고 나서 지독한 기관지염을 앓다가 겨우 나았다고 했다.

우리는 모두 똑같은 영적 진동을 다루면서도 킴의 말처럼 서로 다른 다양한 기술을 사용한다는 사실도 알게 되었다.

"나는 실제로 영혼이 보여."

킴이 설명했다.

"나도 그래."

바비가 말했다.

"나는 그런 적은 없었어."

내가 말했다.

나는 저세상이 내 마음속 스크린에 어떻게 정보를 알려 주는지 이야기했다. 킴이나 바비는 그런 스크린은 사용해 보지 않았다고 했다.

"나는 자동기술법을 써."

바비는 저세상에서 보내는 생각과 통찰을 받아쓰는 기술에 대해 언급했다. 나에게는 낯선 기술이었다. 우리는 다양한 경로를 통해 이 길로 들어서게 되었다. 킴과 바비는 멘토 역할을 해 준 선생님들이 있던 반면, 나는 스스로 영적 능력을 개발했다. 이런 이야기를 나누던 중 바비는 자신이 처음 들었던 영성 치유 수업을 떠올렸다.

"나는 두려웠어. 거기서 무슨 일이 생길지 몰라 겁이 났어. 머리가 잘

린 닭들이 뛰어다니는 걸 보게 될 줄 알았다니까."

바비가 말했다.

물론 머리 잘린 닭 같은 건 없었다. 바비는 그 수업을 좋아하게 됐다. 킴은 여동생과 함께 홀리라는 초능력자가 하는 설명회에 갔던 일을 떠올렸다. 홀리는 직감을 개발하는 기본 원리들로 구성된 수업에 킴을 초대했으며, 그녀에게 이미 수준 높은 영매라고 격려해 줬다고 한다. 또 기초적인 기술과 그것을 유지하는 법을 배우라고 권하면서, 나머지는 영혼의 인도자가 알려 줄 거라고 했다.

킴은 홀리에게 이렇게 물었다고 한다.

"자신이 영매인 걸 어떻게 알게 되었나요?"

"킴, 나는 초능력자잖아요. 잊지 마요."

홀리는 이렇게 대답했다.

서로의 에너지에 익숙해진 이후로 우리는 저녁 식사 모임에서 서로 영적 상담을 해 주기도 한다. 그럴 때면 늘 누군가가 "그걸 어떻게 알았어?"라고 묻고는 곧바로 얼마나 바보 같은 질문인지 깨닫곤 웃음을 터트린다.

"오늘 네 차에 무슨 문제가 있지 않았어?"

바비가 말했다.

"그걸 어떻게 알았어?"

킴이 되물었다.

"얘는, 나 초능력자거든."

우리는 저세상으로부터 얻는 정보를 바탕으로 서로에게 조언도 해 준다.

바비가 말했다.

"너희들에게 상담을 받으면 정말 효과가 있다니까. 보통은 나도 생각은 하고 있었지만 확신이 없던 문제들 말이야."

"아무리 우리라도 우리 자신에 대한 정보는 알기 힘드니까. 지금도 나한테 무슨 일이 일어날 거라는 건 알겠는데 그게 정확히 뭔지는 모르겠거든, 전혀 모르겠어! 그래도 난 그걸 존중해. '빨리 좀 알려 줘!' 하면서 버릇없이 떼쓰기는 싫거든."

킴의 이야기다.

"나는 너희들을 상담할 때 영혼의 인도자들이 있는 내 스크린 왼편을 봐. 그곳은 누군가의 인도자들이 머무는 곳이니까. 그 인도자들이 너희들에 대한 메시지를 주는 거야."

내가 말했다.

"그럼 영혼의 인도자들이 모두 여기에 함께 있는 거나 마찬가지네."

바비가 말했다.

영혼의 인도자들은 예전에 이 세상에 살았던 사람들의 영혼이다. 그들은 저세상에서 그들의 여정을 이어 가고 있다. 그리고 그 여정의 한 부분으로, 우리가 이 세상에서 그런 것처럼 그들에게도 직업이 있다. 그 직업을 통해 그들도 자신에게 필요한 교훈을 배우면서 앞으로 나아갈 수 있다. 그들은 영혼의 인도자가 되었고 그 일을 통해 성장하고 있다. 그들은 우리의 보호자이자 스승이고, 멘토이자 치어리더이다. 우리 머릿속에 생각을 불어넣어 격려, 신호, 확인, 창의적인 욕구, 영감, 직관, 직감 등을 전해 준다. 우리가 내적 끌림을 존중한다고 말할 때, 그 끌림을 주도하는 이들이 바로 이 영혼의 인도자들이다. 그들은 언제나 우리가 최선의 길을 발견하길 바란다.

바비의 말이 맞다. 영혼의 인도자들은 함께 일한다.

"그들은 서로 다 알고 있어. 모두 같은 팀인 거지."

내가 말했다.

그날 저녁 우리는 파나티코 식당에 앉아 저세상으로부터 서로에 대한 정보를 받기 시작했다.

"나는 너에 관한 정보를 많이 받고 있어. 좋은 것들이야."

내가 킴에게 말했다.

"영혼의 인도자들이 뒤에서 돕고 있다고 말하긴 했어. 내가 아는 건 그게 전부야."

경력과 관련해 중요한 결정을 내려야 하는 상황에 놓인 킴이 말했다.

"그들이 나한테 보여 주기로는, 네가 그만 밀어붙이고 일을 좀 내버려 둬야 한대. 작년에는 내내 몰아붙이기만 했는데, 이제는 내려놓아야 한대. 일이 어떻게 되어 갈지는 그들이 잘 조절하고 있어. 거기엔 다 이유가 있고 계획이 있는 거야. 일이 흘러가도록 놔두는 것이 당분간은 힘들게 느껴지겠지만, 너한테 가장 좋은 길이 펼쳐지려면 그렇게 해야 돼."

내가 말했다.

"아이고, 내 길과 관련해서는 그들이 아무런 힌트도 안 준다니까."

킴이 말했다.

"영혼의 인도자들이 나에게 보여 주는 힌트가 있어. 로스앤젤레스가 보여. 맞아, 거기야. 너는 로스앤젤레스로 끌리게 될 거야. 그들의 계획대로라면 그곳에서 너와 관련된 일이 펼쳐질 거야. 너는 그저 내면의 끌림을 존중하고 그대로 하면 돼. 일은 그들이 진행할 거야."

내가 말했다.

"내가 하는 '드러내기'와 같군. 마치 일이 이미 일어난 것처럼 행동하는 거지. 우리에게 마땅히 주어지는 일에 우주에 감사하는 거야."

킴이 말했다. 킴은 자신의 목표를 시각화함으로써 자기 확신이라는 에너지를 통해 일이 실제로 이루어지도록 하는 훈련에 대해 언급했다.

나는 내가 어떻게 일들을 그런 식으로 드러내는지 이야기했다. 나는 매년 정초에 우주로 몇 가지 특정한 목표가 이루어지게 도와줘서 감사하다고 편지를 쓴다. 아직 실현되지 않았어도 그렇게 한다.

"이건 팻 롱고가 알려 준 방법이야. 팻은 꼭 글로 적어야 한다고 하더라고. 나는 그냥 생각을 투영하는 걸로 충분하다고 생각했는데, 팻은 그걸 글로 쓰는 데서 힘이 나온대. 그리고 팻 말이 옳았어."

내가 설명했다.

"나는 항상 그걸 남편한테 입증하고 있다니까. 남편이 이렇게 말하는 거야. '그게 다 이루어질 순 없어.' 그러면 나는 '지켜보기나 해' 하고 말하지. 시간이 흘러 그 일들이 정말로 이루어지면 남편은 고개를 절레절레 흔들어."

킴이 말했다.

우리는 웃으며 우리 남편들만의 동료애가 있다고 이야기했다. 가끔 우리는 부부동반으로 다 같이 만날 때가 있다. 그럴 때면 우리가 우리의 에너지와 맞는 테이블을 고르는 동안 남편들은 참을성 있게 기다린다. 그러면서 자기들끼리 다 안다는 듯한 미소를 교환한다. 우리가 우리에게 '괜찮다고 느껴지는' 자리에 앉아야 한다는 걸 모두 이해하는 것이다.

그날 밤 우리는 식당이 문을 닫을 때까지 자리를 지키다가 청소하는 사람이 뒷정리를 시작할 때가 돼서야 밖으로 나왔다. 우리는 모이기만 하면 자주 그랬다. 몇 분밖에 안 된 것 같은데 몇 시간이 훌쩍 지나 버린다.

나는 집으로 가는 동안 모임에서 받은 에너지를 가라앉히며 이렇게 특별한 친구들을 만나게 된 데 대해 감사했다. 이 저녁 식사 모임을 통해, 늘 그렇듯 우리가 서로에게 얼마나 긴밀히 연결되어 있고, 그런 연결이 우리에게 얼마나 필요한지 다시 한 번 확인할 수 있었다. 우리에게는 우리가 옳은 길을 가고 더 나은 방향으로 가도록 이끌어 주는 거대한 지원군이 있다. 우리가 사랑했던 고인들과 영혼의 인도자들이다.

하지만 이 세상에서 우리를 필요로 하고 우리를 사랑하는 이들 역시 존재한다. 그리고 가끔은 그들의 지지가 무엇보다도 중요할 때가 있다. 이것은 내 초능력 친구들과 나에게만 해당하는 이야기가 아니다. 우리 모두에게 해당되는 이야기다.

33. 빛의 귀결

저세상과 접촉하지 않을 때 내 삶은 아주 평범하다. 기본적으로는 모두 가족과 관련된 일을 처리하는 데 많은 시간을 보낸다. 일상생활에서 나는 엄마이자 여동생이자 금발 머리 여자(개럿이 나를 부르는 애칭)다. 저세상은 내가 전혀 모르는 사람에 대해서는 놀라울 정도로 구체적인 정보를 주지만, 정작 나의 가족에 관해서는 확실하게 말해 주지 않는다. 나는 내 가족들에 대해 잘 알고 정말 많이 사랑한다. 언제나 그들이 행복하고 하는 일이 순조롭기를 바라기 때문에 저세상에서 정보가 오더라도 개인적인 감정을 개입시키지 않고 '깔끔하게' 해석할 거라고 자신하기 어렵다. 이것이 내가 가진 영적 능력의 별난 점이다. 나는 가족이나 자신을 위해 매번 영적 능력을 사용하지는 못한다. 아마 지금이 최선일 것이다.

사랑스러운 네 아들의 엄마이자 나의 언니인 크리스틴은 내 영적 능력을 비교적 수월하게 받아들인다. 우리가 만날 때 내 능력이 그렇게 자주 나타나진 않지만, 가끔 저세상에서 약간의 정보를 밀어붙일 때가 있다. 예를 들어 언니와 이야기를 하는 중에 내가 갑자기 "언니 친구 중에 테드라는 동생을 둔 사람이 있어?"라고 물을 때가 있다. 그러면 언니는 이야기를 멈추고 되묻는다.

"이거 대화야, 아니면 영적 상담이야?"

심지어 언니는 내가 하는 일 덕분에 세상을 보는 방식이 많이 바뀌었다고 한다. 언니는 늘 천국을 믿었지만, 지금은 파란 하늘보다 천국이 훨씬 더 가깝게 느껴진다고 말이다. 천국이 바로 여기 우리와 함께 있으며, 우리는 세상을 떠난 이들의 에너지에 둘러싸여 있다고 믿는다.

반면 남동생 존은 언니처럼 열려 있지는 않았다. 내가 직관력이 뛰어나다는 건 인정하지만, 저세상이 정말로 존재한다는 생각에는 완전히 동조하기 힘들다고 했다. 존은 결혼해 세 아이를 두었는데, 중요한 일이 생기면 올케가 "당신 누나한테 전화해서 물어봐!"라고 한다고 했다. 존은 내가 자기 가족을 저세상과 연결하려는 것을 막지는 않았다. 그리고 신기하게도 나는 존에 대해서는 선명한 정보를 받는 편이다. 예를 들면 3개월 안에 아시아에서 큰 기회가 있을 거라고 전해 준 적도 있다. 기술 분야에서 일하는 존은 굉장히 똑똑했지만 그때까지 아시아와는 어떤 교류도 없었다. 그러나 내가 말한 시기에 딱 맞춰 기회가 생겼고, 존은 한국으로 가는 비행기 안에 앉아 있었다.

집에서는 내 영적 능력이 그리 자주 나타나지 않는다. 하지만 몇 년 전 가족과 함께 슈퍼볼을 보다 나눈 이야기가 기억난다. 개럿이 경기에 집중하지 못하고 산만한 걸 보고 내가 불쑥 말했다.

"뭐야, 곧 터치다운을 할 텐데. 집중하는 게 좋을걸."

정확히 3초 후 한 선수가 상대편 공을 가로채 내달린 끝에 극적인 터치다운을 했다.

그 장면을 놓치지 않은 개럿이 말했다.

"마피아들이 당신을 찾아내지 않길 바라야겠어."

나는 자녀들 중 내 영적 재능을 물려받은 아이가 있느냐는 질문을 자주 받는다. 정말 친절한 우리 큰딸 애슐리에게 초능력이 있는 것 같다. 애슐리는 종종 상황을 감지하고 사람들의 에너지를 읽는다. 아직 일어나지 않은 일을 아는 것 같을 때도 있다. 몇 년 전 어머니날 개럿이 애슐리와 함께 몇 가지 심부름을 한 뒤 차를 타고 집으로 돌아오는데 애슐리가 갑자기 이렇게 말했다고 한다.

"엄마한테 곧 전화가 올 거예요. 10, 9, 8, 7……."

애슐리는 10에서부터 숫자를 거꾸로 세기 시작했다. 그리고 숫자를 다 세자마자 개럿의 휴대전화가 울렸다. 나였다.

둘째 헤이든은 다정하고 활발한 남자아이이다. 헤이든에게도 남다른 일이 종종 일어난다. 헤이든은 없어진 물건을 잘 찾는다. 유용한 재능이다.

가족 중 누군가 "헤이든, 리모컨이 어디 있는지 알아?" 이렇게 물으면 헤이든은 잠시 가만히 있다가 "소파에" 또는 "침대 아래에"라고 말한다.

발레화를 찾을 때도 도움이 됐다. 지난봄 내가 헤이든에게 "헤이든, 큰일 났어! 줄리엣이 공연을 하려면 5분 후에는 출발해야 하는데 발레화 한 짝이 안 보여! 집중해서 한번 찾아봐!"라고 말했다.

"알겠어요, 잠시만요."

헤이든은 이렇게 대답하고는 위를 쳐다보더니 다시 오른쪽을 바라보왔다. 불과 몇 초도 되지 않아 복도의 벽장문을 열고 어두운 구석 깊숙이 손을 뻗었다.

"헤이든, 거긴 없어."

그러나 내 말이 끝나기도 전에 헤이든은 벽장 뒤에서 발레화 한 짝을 꺼내 흔들었다.

물론 좋기만 한 것은 아니다. 부활절 맞이 달걀 찾기를 할 때 헤이든이 있으면 절대 공평하지 않을 것이다. 전함 놀이를 할 때도 마찬가지다.

막내 줄리엣은 내가 그 나이 때 그랬던 것처럼 굉장히 생기 있고 자유분방하다. 어디를 가든 사람들은 줄리엣의 에너지에 끌리는 것 같다. 그들은 어김없이 줄리엣에게 무언가를 그냥 주곤 한다. 그래서 우리 가족끼리는 "오늘은 줄리엣이 또 뭘 받을까?" 하고 농담을 할 정도다.

줄리엣이 겨우 세 살일 때의 이야기다. 하루는 줄리엣이 나에게 오더니 이렇게 말했다.

"엄마, 금발 머리 남자애가 자꾸 내 옆을 왔다 갔다 해요."

순간 나는 몸이 얼어붙는 것 같았다. 그냥 상상 속 친구인 걸까, 아니면 다른 무언가가 있는 걸까?

내가 물었다.

"그래? 그 아이가 착해, 아니면 나빠?"

"엄청 착해요."

줄리엣이 대답했다.

"그렇구나. 그럼 그냥 놔둬도 될 것 같은데?"

줄리엣은 곧 미소를 짓더니 팔짝팔짝 뛰면서 아름답고 순수한 자신의 삶으로 돌아갔다.

~~~~~

충직하고 사랑이 넘치는 흰색 미니어처 슈나우저 종인 로스코 또한 사랑스런 우리 가족의 일원이다. 둘째 그리고 막내가 태어나 처음 집으로 데리고 왔을 때, 로스코는 침대 발치에 엎드려 밤새도록 잠도 안 자고 아기를 지켰다. 한번은 컹컹 짖어대 도둑을 쫓아낸 적도 있다. 로스코는 멋진 친구이자 사랑스러운 가족이었다.

그런데 로스코가 열 살 때 갑자기 발작을 일으켰다. 나는 로스코를 급히 동물병원으로 데려갔다. 수의사는 걱정할 거 없다며 우리를 집으로 돌려보냈다. 하지만 왠지 불안해진 나는 로스코를 다른 병원에 다시 데리고 갔다. 이번 수의사는 걱정스러워하며 몇 가지 검사를 받게 했다. 로스코와 함께 병원 대기실에 앉아 있는데, 갑자기 내가 저세상과 연결할 때 사용하는 스크린에 다른 동물이 나타났다. 영적 상담을 하거나 누구와 접촉하려 한 게 아니었는데도 그랬다. 나는 바로 알아볼 수 있었다. 우리 엄마가 사랑하던 검은색 래브라도 선더였다. 2년 전 죽은 선더는 생전에 로스코와 좋은 친구 사이였다. 선더는 신이 난 듯 이 세상과 저세상을 가르는 얇은 경계인 장막까지 껑충껑충 달려왔다. 나는 그것이 무슨 뜻인지 알았다. 전에도 이런 경험을 한 적이 있었다. 로스코가 곧 세상을 떠나게 되어 선더가 데리러 온 것이다.

사실 로스코의 건강이 갑자기 나빠져 마음이 안 좋긴 했지만, 로스코가 세상을 떠난다는 사실이 그렇게 놀랍지는 않았다. 몇 달 전 저세상에서 로스코가 곧 죽을 거라고 알려 주었기 때문이다. 기한은 3개월 뒤로 표시되어 있었다. 내가 그 메시지를 착각한 것이길 진심으로 바랐다. 더구나 로스코는 지난번 건강검진 때도 아무 이상 없다는 결과를 받았다. 그래도 개럿에게 그 메시지에 대해 말했고, 로스코의 죽음을 준비하기 시작했다. 개럿과 나는 논의 끝에 아이들에게도 조심스럽게 마음의 준비를 시키기로 했다. 우리는 아이들에게 말했다.

"로스코가 우리랑 몇 달밖에 같이 못 있을 것 같구나. 그러니 함께 있는 시간을 더욱 소중히 보내도록 하자."

3개월 후 로스코에게 쇼크가 왔다.

엑스레이 검사 결과 위에 종양이 하나 발견되었고 내부 출혈도 있다고 했다. 수의사가 급하게 응급 치료에 들어갔다. 이후 우리는 몇 가지 선택지 중 하나를 선택해야 했다. 수술도 그중 하나였다. 하지만 로스코가 쇠약한 상태인데 낫는다는 보장도 없이 너무 큰 위험을 감수하게 하는 것 같았다. 또 이미 쇼크가 왔기 때문에 수술 중에 세상을 떠날 가능성도 크다고 했다. 나는 저세상이 나에게 해 준 말을 기억하고 있었다. 그때로부터 3개월이 흘렀다. 선더가 로스코를 데리러 올 것도 알고 있었다. 로스코가 떠나려 한다는 것을 알았다. 우리는 어렵지만 결정을 내렸다. 로스코를 안락사시키기로.

로스코가 세상을 떠날 때 개럿과 나 그리고 아이들이 모두 함께 있었다. 우리는 다 함께 로스코에게 손을 얹었다. 우리가 얼마나 사랑하는지 로스코에게 말해 주었고, 우리와 함께해 줘서 고맙다고 했다. 로스코는 순한 눈동자로 우리를 쳐다보았다. 이윽고 우리 모두의 사랑 속에 눈을 감고 세상을 떠났다.

저세상이 마음의 준비를 미리 하게 했는데도 나에게는 너무 큰 충격이었다. 로스코의 죽음 또한 그를 위한 우주의 계획임을 알지만, 그래도 어쩔 수 없이 깊은 슬픔에 사로잡혔다. 저세상에 대해 알고 있음에도 불구하고 사랑스러운 로스코가 여전히 그리웠고 잘 있는지 궁금했다.

수의사가 로스코의 발바닥 모양을 본떠 가져갈 수 있다고 했다. 우리 가족도 그러는 게 좋겠다고 동의했다. 발바닥 본을 뜨는 동안 나는 멍하니 앉아 맞은편 벽을 바라보았다. 그러다 벽에 걸린 액자 속 사진을 보고 숨이 턱 막혔다. 개미핥기 사진이었다.

동물병원에 개미핥기 사진이 있는 것이 뭐가 특별하냐고?

오래전 나는 저세상에 있는 사랑하는 사람들에게 신호를 보내 달라고 했다. 예전에는 신호로 제왕나비를 요청했지만, 얼마 후 한 단계 높여 보기로 했다. 나는 흔치 않은 세 가지 신호를 청했다. 우주에서 나에게 메시지를 주길 원하면 아르마딜로*를 보여 달라고 했다. 아니면 땅돼지** 혹은 개미핥기면 된다고.

수의사는 왜 병원에 커다란 개미핥기 사진을 걸어 놓은 걸까? 알 수 없다. 하지만 내가 이 개미핥기를 보게 되어 있었다는 것은 안다. 그 이유도 안다. 로스코가 저세상에 잘 도착했고, 녀석이 여전히 나와 함께 있으며, 우리가 사랑으로 연결되어 있다고 알려 주는 것이다.

잠시 후 헤이든과 줄리엣이 화장실에 간다고 했다. 나는 아이들을

---

* 거북이 등딱지 같은 띠 모양의 갑옷을 등에 두르고 있는 동물이다.
** 토끼같이 긴 귀에 원통형 주둥이를 가졌으며, 주로 아프리카에 서식하는 동물이다.

화장실에 데려다 주고 밖에서 기다렸다. 별생각 없이 왼쪽으로 고개를 돌렸는데, 바로 그곳 눈높이에 작은 개 조각상이 있었다. 하얀색 미니어처 슈나우저였다. 그 개는 영락없이 로스코처럼 보였다. 얼굴에는 미소를 짓고 있었고, 등에는 천사의 날개 한 쌍이 있었다.

누군가는 이렇게 말할 것이다. 그게 뭐 대단한 일이냐고, 그냥 우연이라고. 하지만 나는 그렇지 않다는 걸 안다.

다음 날 나는 염치없게 로스코에게 또 다른 신호를 요구했다. 운전하면서 큰 소리로 이렇게 말했다.

"그냥 네가 거기에 잘 있는지만 좀 알려 줘. 천사라는 단어를 들으면 그렇다고 생각할게."

로스코에게 신호를 부탁한 후 바로 차 라디오를 켰다. 발라드 노래가 나오고 있었는데, 처음 들린 가사가 "천사가 맞잖아"였다.

하지만 그래도 기분이 여전히 나아지질 않았다. 수많은 노래에 천사라는 단어가 나올 테니 말이다. 안 그런가?

그날 늦게 나는 병원비를 처리하기 위해 동물병원에 전화를 걸었다. 전화를 받은 여성은 여러 청구 내역에 관해 아주 차근차근 설명하며 친절하게 응대했다. 로스코의 일이 얼마나 가슴 아픈지 모른다고 말하며 여러모로 내 기분이 나아지게 해 주었다. 전화를 끊기 전에 나는 감사 인사를 전하며 그녀의 이름을 물었다.

"제 이름은 앤젤이에요."

그녀가 말했다.

나는 미소 지었다. 이제 내가 가장 필요로 할 때 또 다른 신호를 보내는 일은 로스코에게 맡기자.

우리 사이에 이런 소통의 통로가 열려 있는 것은 로스코를 향한 우리의 깊고 강한 사랑 덕분이다. 로스코가 곧 세상을 떠날 거라는 불길한 예감이 든 것도, 선더가 찾아온 것도 모두 사랑으로 인한 것이다. 오래전 외할아버지의 죽음을 몇 주 앞두고 외할아버지를 만나야 한다는 강력한 충동에 이끌려 수영장 밖으로 뛰쳐나갔을 때 나는 불길한 예감이라는 게 무엇인지 이해하지 못했다. 실제로 외할아버지가 돌아가셨을 때도 미리 알았다는 사실이 왠지 싫었다. 하지만 이번에는 그 예감을 끌어안을 수 있었다. 나는 그 메시지가 어디서 왔는지 알고 그것이 사랑에서 비롯되었다는 사실도 이해한다. 저세상은 오직 사랑으로만 움직인다. 로스코의 경우만 봐도 그에 대한 한없는 사랑을 간직하고 기릴 수 있도록 저세상에서 우리에게 큰 축복을 준 것이다.

나는 다른 모든 것을 이해하듯 로스코가 우리 곁을 떠나지 않았다는 사실 또한 이해한다. 우리의 사랑스럽고 아름다운 로스코는 여전히 이곳에 있다.

~~~~~

가족 중에 개와 관련해 저세상과 깊은 만남을 경험한 사람은 나뿐만이 아니었다. 내 남동생 존은 얼마 전 그가 사랑하는 핏불테리어 부 래들리가 아프다는 사실을 알게 되었다 부는 예전에 턱에 종양이 생겨 치료를 받았는데, 이번에 재발하면서 퍼진 것이다. 재발된 종양을 막을 방법은 아무것도 없었다. 부를 보내주는 수밖에.

부는 존에게 특별한 존재였다. 존은 여자 친구와 헤어지고 캘리포니

356

아로 이사한 뒤 부를 집으로 데려왔다. 부는 존이 아내 나타샤를 만났을 때도, 마야와 조이, 어린 조니, 이 세 아이들이 태어날 때도 늘 함께 있었다. 부는 그들 모두에게 큰 사랑을 주었다.

존은 아직 여섯 살밖에 안 된 마야에게 부 래들리의 죽음을 어떻게 말해야 할지 고민했다. 틀림없이 아이는 부가 어디에 갔는지 물어볼 것이었다. 아이가 상실에 대비하고 잘 극복하도록 도와주고 싶었다. 하지만 존 자신이 천국을 믿지 않으면서 어떻게 부가 천국에 갈 거라고 말하겠는가?

존은 엄마에게 조언을 구하기로 했다. 엄마는 천국을 믿고 있었지만 그가 확신하지 못하는 것을 이해했다. 엄마는 존에게 '어떤 사람들은' 아름답고 행복한 천국이 있다고 믿는데, 그곳에서는 사람은 물론 개들까지도 모두 사랑을 받는다고, 우리가 그곳에 가면 개들과 다시 만나게 된다고 말해 주라고 조언하셨다.

존은 엄마의 조언을 받아들였다. 그가 마야에게 이렇게 말하니 마야는 "아빠, 아빠도 천국을 믿어요?"라고 물었다.

"잘 모르겠구나. 하지만 있기를 바란단다."

존이 대답했다.

부는 크리스마스 1주일 전에 세상을 떠났다. 숨을 거둘 때까지 존은 부를 계속 안고 있었다. 이후 존은 부가 이 세상에 없다는 사실에 몹시 슬퍼하며 부에게 말했다.

"정말 천국이 있다면 나에게 신호를 보내 줘. 그 신호는 로라 누나를 통해서 전해 줘야 해."

존은 부의 목걸이를 떠올리며 말했다.

"부, 나는 원 안에 있는 별을 신호로 원해. 로라 누나를 통해 그 신호를 나에게 보내 줘, 그러면 나도 믿을게."

존은 이 신호에 대해 아무에게도 말하지 않았다.

며칠 후, 존과 그의 가족이 크리스마스를 함께 보내기 위해 비행기를 타고 뉴욕으로 왔다. 크리스마스이브에 엄마가 와인 한 병을 들고 우리 집에 오셨다. 엄마의 선물이 항상 그렇듯 와인은 예쁘게 포장되어 있었다. 눈송이 모양이 그려진 종이로 와인을 포장한 후 맨 위에 눈송이 모양의 쿠키 틀을 달아 놓았다.

다음 날인 크리스마스에 가족들은 모두 엄마 집에 모일 예정이었다. 나는 브리 치즈 케이크를 만들기로 했다. 엄마는 음식이 충분하다고 했지만 왠지 케이크를 꼭 만들어야 할 것 같았다. 나는 동그란 브리 치즈, 살구잼, 호두, 페이스트리 반죽을 챙겨 떠날 준비를 했다. 그때 부엌 조리대 위에 놓여 있는, 전날 엄마가 주신 눈송이 모양의 쿠키 틀이 눈에 띄었고, 한 가지 생각이 떠올랐다.

남는 반죽으로 눈송이 모양을 내서 케이크 위에 장식하면 크리스마스 분위기 좀 나겠는데?

엄마 집에 도착한 나는 반죽을 밀고 쿠키 틀로 찍어 눈송이 모양을 만들었다. 결과는 좀 엉망인 것 같았다. 마치 유대인을 상징하는 육각형의 별처럼 보였기 때문이다. 그래도 나는 신이 났다! 그리고 남동생과 언니를 불러 말했다.

"이것 좀 봐! 크리스마스에 유대인의 별 모양 브리 치즈 케이크를 먹게 됐어!"

나는 케이크 가장자리를 두를 수 있도록 남은 반죽을 길고 가늘게 만들었다. 그러다가 나를 뚫어지게 보고 있는 존을 발견했다.

"반죽으로 뭘 하는 거야?"

존이 나무라듯 물었다.

"별 주위에 두를 원을 만들고 있어. 그다지 창의적이진 않지만 그래도 이렇게 하고 싶더라고. 자, 어때?"

내 말에 존은 고개를 젓더니 부엌에서 나갔다.

잠시 후 존이 다른 방에서 나를 불렀다.

"누나, 잠깐만 와 봐."

존의 목소리가 다급했다.

"지금 가!"

손에 반죽을 든 채 존에게 가 보니, 그가 뭔가 말하려다가 갑자기 눈물을 왈칵 쏟았다. 내가 물었다.

"왜 그래? 무슨 일이야?"

"부가 죽었을 때 내가 부에게 말했거든. 저세상이 있는 게 정말 사실이면, 나에게 신호를 보내 달라고. 그 신호는 누나를 통해 받아야 한다고 했어. 그런데 내가 보여 달라고 한 신호가……, 원 안에 있는 별이었어."

존은 흐느낌에 목이 메어 간신히 말을 끝냈다.

그의 말에 우리는 둘 다 울음을 터뜨리고 말았다. 내가 만일 부가 우리 옆에 있는 게 느껴진다고 말했다면 존은 믿지 않았을 것이다. 저세상도 그것을 알고 있었고, 그래서 부로 하여금 신호를 보내게 한 것이다. 나에게 케이크를 만들게 했고, 우리 엄마까지 그걸 돕게 했다. 존이 부에게 꽤 어려운 과제를 주었지만, 부는 그 일을 해낸 것이다! 존에게 얼마나 큰 크리스마스 선물인가!

"그럼 너도 드디어 믿게 된 거니?"

나는 존에게 물었다.

평생 저세상에 대해 회의적이었던 존은 잠시 생각하더니 대답했다.

"아무래도 그래야 할 것 같아."

~~~~~

우리는 모두 저세상과의 이런 놀라운 연결을 깨달을 수 있다. 우리는 모두 이곳에 있는, 그리고 저세상에 있는 사랑하는 이들과 연결되어 있다. 나는 이런 연결 외에도 우리 모두 저세상과 직접 연결할 수 있는 능력이 있다고 믿는다. 물론 모든 사람이 잃어버린 발레화를 쉽게 찾지는 못할 것이다. 하지만 누가 알겠는가, 우리가 그럴 수 있을지.

우리 아이들이나 학생들, 내가 영적 상담을 해 주는 사람들 그리고 이 책을 읽는 사람들에게 내가 똑같이 바라는 것이 있다. 우주는 우리가 상상하는 것보다 더 크고 매혹적이라는 생각에 모두가 마음을 열기를 바란다.

나 자신에게도 매일 똑같은 말을 한다. 그렇게 해서 나는 내 삶을 끌어안을 수 있었다.

~~~~~

여기에는 아름다운 면이 또 있다. 우리는 삶에서 그 무엇도 바꿀 필요가 없으며, 단지 우리의 인식만 바꾸면 된다는 점이다. 우리는 누구나 서로에게, 그리고 저세상에 있는 사랑하는 이들에게 연결된 영적 경험이 있다. 어쩌다 한 번이 아니라 언제나 그렇다. 그러므로 우리가 모두 우리 안에 있는 영적 재능을 깨닫고 소중하게 여기길 바란다. 또 그렇게 마음을 열면 삶이 근본적으로 달라진다는 사실을 받아들이면 좋겠다.

그렇다고 번쩍하고 번개가 치거나 천둥소리가 요란하진 않을 것이다. 삶을 다르게 보게 되는 것이 전부일 것이다. 하지만 그런 작은 변화로 당신의 삶이 바뀔 수 있다. 세상도 변할 수 있다. 우주까지도 요동칠 수 있다. 그러면 우리 사이의 빛은 더욱 밝게 빛날 것이다.

감사의 말

이 책은 이 세상과 저세상에 있는 너무나 많은 이들의 빛과 도움 덕분에 나올 수 있었습니다.

알렉스 트레스니옵스키 내가 책을 써야 한다는 말을 우주로부터 들은 날부터 당신은 이 책의 여정에 함께해 주었습니다. 24시간 안에 내 앞에 나타나 주었고, 책을 만들어 세상에 내놓을 수 있게 도와주었습니다. 당신보다 좋은 협력자는 찾을 수 없었을 겁니다. 당신이 선사한 모든 빛에 감사합니다. 당신은 내가 만난 가장 겸손한 사람 중 한 명이며 이 세상에 큰 선물입니다.

제니퍼 루돌프 월시 당신은 나에게 가장 큰 힘이 되는 멋진 에이전트이자 친구이고, 내 삶을 바꾸고 나에게 빛을 가져다준 사람입니다. 세상을 보는 당신의 시야와 열정은 끝이 없고 눈부십니다. 어떤 커다란 빛의 힘이 나를 당신의 길로 이끌었든 나는 그 힘에 영원히 감사할 것입니다. 당신은 나에게 영감을 주는 동시에 현실에 기반을 두게 합니다.

간단히 말해 당신은 세상을 바꾸고 있습니다. 당신과 함께 그 빛 속을 여행하게 되어 감사할 따름입니다! 그 빛을 계속 비추어 주시기를!

줄리 그라우 나는 당신이 빛의 군단에 속하며 이 책의 편집자가 되도록 저세상으로부터 선택받았다는 것을 압니다. 당신의 통찰과 지성, 시각은 이 책의 여정에서 너무나 중요했습니다. 이 책이 제자리를 찾도록 이끌어 주어 감사합니다. 당신의 인내심과 친절과 우정에 감사합니다. 당신과의 만남이 얼마나 큰 행운인지 압니다. 정말 감사합니다.

나의 엄마 린다 오스발트 당신은 나의 가장 위대한 첫 번째 스승이며, 사랑하고 열심히 일하며 다른 이들에게 베풀고 언제나 내 마음을 따르라고 가르쳐 주었습니다. 당신은 세상에서 가장 위대한 사랑의 힘으로 내 삶에 막대한 영향을 주었고, 내 어린 시절의 풍경을 아름다움 그 이상으로 만들었습니다. 언제나 나를 위해 희생하고 나를 응원하며 내가 강하고 아름답다고 말해 주었습니다. 나를 믿고 나에게 영감을 주었으며 조건 없는 사랑을 베풀었습니다. 이 모든 것이 너무나 소중합니다. 내 빛의 길은 바로 당신이 만든 것이기에, 이 책은 나와 당신의 반영이라 할 수 있습니다. 내가 당신의 딸로 태어나기 위해 전생에 무슨 일을 했든, 나는 그것에 영원히 감사할 겁니다. 그것은 큰 행운이니까요.

아빠 존 오스발트 함께 지하실에서 노래하던 모든 밤 그리고 노력해 준 모든 것에 감사드립니다. 사랑합니다.

마리아나 인트럽 브랜트 호수에서 우리를 구해 주었을 때나 의학적 조언을 해 줄 때도 언제나 우리 곁에 있어 주어 감사합니다. 당신은 우리 가족입니다. 사랑합니다.

앤 우드 당신이 베풀어 준 친절과 사랑에 감사합니다. 당신은 정말 능력 있는 여성이에요.

크리스틴 오스발트 므러즈 나는 사랑이 가득한 세상에 언니의 동생으로 태어났어. 어린 시절 우리가 함께한 모든 모험에 감사해. 내가 마음에 간직한 가장 행복한 기억 중 몇몇은 언니와 보낸 시간이야. 언니는 언제나 훌륭한 롤 모델이고 영감을 주는 사람이야. 언니처럼 친절하고 지적이고 정 많은 자매이자 친구가 곁에 있어서 행복하고 감사해.

존 윌리엄 오스발트 너는 최고의 요리사이자 내가 만난 그 누구보다도 사랑스럽고 관대하고 도전적이고 인정 많은 사람이야. 네가 내 남동생이고 친구라는 사실은 내 삶에 가장 큰 축복이란다. 너는 나에게 영감을 주며 수많은 면에서 내가 성장하고 변화하게 해 주고 있어. 네가 태어난 날은 내 인생에서 가장 행복한 날 가운데 하나였어. 내 영혼이 그것을 알았지!

개럿 잭슨 내 인생에 이토록 빛으로 가득한 아름다운 일이 펼쳐진 건 다 당신 덕분이야! 우리는 마치 오랜 친구 같지. 당신을 만난 것은 나에게 가장 소중한 일이고, 우리가 만들어 가는 삶은 내가 꿈꿔 온 것 이상이야. 당신은 나에게 도전과 영감을 주고 헤아릴 수 없을 만큼 많은 부분에서 나를 성장하게 해. 당신이란 남자는 정말 훌륭해. 삶이든 부모의 역할이든 모든 면에서 당신과 함께 여행하게 되어 영광이야. 정말 많이 사랑해.

애슐리 잭슨 나의 첫 아이이자 빛으로 가득한 딸. 너는 나를 엄마가 되게 해 주었고 세상을 영원히 바꿔 놓았으며 생각지도 못했던 사랑으로 나를 채워 주었단다. 너의 아름다움, 지성, 예술적 재능과 빛이 내 삶의 가장 어두운 구석까지 환히 비춰 주고 있어.

헤이든 잭슨 나를 너무 많이 닮아 겁이 날 정도인 귀여운 친구. 빛나는 왕관 같은 금발 머리로 이 세상에 태어난 너는 내 삶을 더 큰 사랑으로 채워 주었어. 너는 매일 나에게 새로운 것을 가르쳐 주지. 과학이든 유전자 결합이든 언어나 내 마음의 깊이에 관한 것이든 나는 너의 엄마가 된 것을 큰 축복으로 생각한단다. 나를 엄마로 선택해 줘서 고마워.

줄리엣 잭슨 너는 사람이라는 형상 안에 담긴 햇살 같아. 어디에 가든 빛과 기쁨과 사랑을 주지. 너의 선한 마음과 삶에 대한 열정은 나에게 영감을 주고, 삶을 충만하고 열정적으로 살도록 일깨워 준단다. 너는 너를 아는 모든 사람에게, 특히 나에게 커다란 선물이야. 너의 엄마가 되어 너무나 감사한단다.

로라 슈로프 보이지 않는 끈이 우리를 서로에게 끌어당긴 것은 분명 저세상의 계획이었습니다. 이 책이 빛을 볼 수 있게 된 데는 당신의 역할이 헤아릴 수 없을 만큼 큽니다. 당신은 커다란 빛의 힘으로 세상에 존재합니다. 당신의 빛을 받을 수 있을 뿐 아니라, 당신을 좋은 친구라고 부를 수 있는 나는 행운아입니다. 당신이 보여 준 한없는 인도와 사랑에도 감사합니다. 당신은 나에게 영감을 줍니다.

지나 센트렐로와 게일 리벅 처음부터 이 이야기의 힘을 믿고 도움을 준 것에 감사합니다. 나는 당신들이 빛의 군단에 속한다고 확신합니다.

스테파니 넬슨 15년 전 우리가 처음 만났을 때 나는 분명 내 영적 능력을 사용했어요. 그래서 나는 당시 교생이던 당신에게, 우리가 가장 친한 친구가 되고 함께 일하려면 당신이 받은 정규직 교사 제안을 받아들여야 한다고 말했지요. 나는 당신보다 더 진실한 친구를 생각할 수 없어요. 좋을 때나 좋지 않을 때나 같은 자리에서 내 마음과 세상에 변함없는 빛이 되어 주어 고마워요. 우리 남편들까지 서로 친구가 되다니, 우주는 정말 멋지지 않나요? 크리스토퍼 넬슨에게도 감사를 전합니다!

도린 베어 당신은 변화를 가져오는 사람이고 내 인생을 모든 좋은 것과 연결해 준 분입니다! 당신의 명랑하고 긍정적인 에너지는 전파력이 있고, 나는 당신의 빛 주위에 머무는 게 좋아요. 무슨 일을 하든 우아하고 기품 있고 상냥한 당신. 당신은 많은 면에서 나에게 영감을 줘요! 당신은 빛이 납니다. 이 책이 세상에 자리 잡을 수 있게 놀라운 역할을 해 준 당신의 멋진 남편 톰 베어에게도 감사의 인사를 전합니다!

그웬 조던 8학년 때부터 내가 해 온 수많은 모험, 전화 통화, 엉뚱한 장난 같은 일에는 늘 네가 함께 있었어. 세월은 흐르고 변화는 있지만 우리의 우정은 지속되고 있지. 나는 너라는 선물에 감사하며 앞으로 경험할 더 많은 모험 또한 기대하고 있어. 이토록 멋지고 가장 친한 친구가 되어 주어 고마워.

매리스 골드버그 그저 당신 곁에 있으며 함께 이야기만 나누어도 언제나 마음이 행복해집니다. 당신은 열정과 기쁨을 지니고 살면서 주변의 모든 사람에게 영감을 불어넣으니까요. 내 인생에 반짝이는 빛이 되어 주고 놀라운 친구가 되어 주어 감사합니다.

다니엘 래시 당신은 이곳에서든 외국에서든 모험을 통해 늘 재미와 웃음을 선사하지요. 이 세상에 내려온 선물 같은 당신은 어느 곳이든 환하게 밝혀 줍니다. 내 친구가 되어 주고 내 삶에 함께해 주어 감사합니다.

레이첼 로젠버그 어떤 친구들에 대해서는 영원한 친구가 될 거라는 느낌이 딱 오는 법이지. 너 역시 그런 친구 중 하나야.

다니엘 헤인 긍정적인 에너지를 지닌 당신을 만난 것은 정말 행운입니다! 당신은 눈이 부셔요!

제니퍼 슐팬드 예전에 같은 집, 같은 방을 썼었는데 오랜 세월이 지난 지금까지도 당신과 연결될 수 있어서 기뻐요.

드루 캐츠 우리가 다른 상황에서 만났더라면 더 좋았겠지만, 그래도 저세상을 통해 당신을 알게 되어 감사한 마음입니다. 당신은 강하고 너그러운 영혼을 지녔어요. 당신의 부모님도 당신의 인생을 매우 자랑스러워하세요. 당신은 친절과 연민으로 세상을 끌어안았습니다. 나는 당신을 오랫동안 안 것 같아요. 당신의 우정의 빛 안에 있게 되어 기쁩니다. 당신과 당신의 멋진 아내 레이첼에게 사랑과 감사를 보냅니다.

리터니 번스와 론 엘가스 나의 길을 깨닫고 이해할 수 있게 도와주어 감사합니다. 당신들이 세상에 뿌린 모든 빛에도 감사드리고요.

밥과 프란 긴즈버그 내가 하는 너무나 많은 일이 당신들과 관련된 것입니다. 두 분은 내가 만난 어떤 사람들보다 관대하고 너그럽고 영감을 주는 사람입니다. 수많은 사람들을 돕고 그들의 슬픔을 치유하며 저세상의 메시지를 풍성하게 합니다. 나는 두 분이 빛의 군단에 속해 있다는 걸 알아요. 이 모든 일의 뒤에 서서 두 분의 문으로 나를 이끌어 준 딸 베일리에게도 감사하지 않을 수 없군요. 당신들 모두 얼마나 커다란 빛의 힘인지요.

줄리 바이셜 박사 사후 세계를 과학적으로 탐구하는 일에 대한 당신의 헌신은 당신이 생각하는 것 이상으로 세상에 의미 있는 일입니다. 당신과 윈드브리지가 이 세상에서 하는 일들에 큰 감사를 전합니다.

존 오데트 빛을 위한 일에 대한 당신의 믿음과 헌신은 놀랍습니다. 저세상이 사랑의 메시지와 의식의 연결을 세상에 알리고자 당신과 함께 그리고 당신을 통해 일한다는 사실을 저는 잘 알고 있습니다. 당신은 위대한 빛의 군단에 속해 있습니다. 당신의 우정은 우리의 여정에서 늘 소중합니다. 길을 밝힐 수 있게 도와주어 고맙습니다.

이븐 알렉산더 박사 당신의 이야기를 세상과 기꺼이 나누는 모습이 저에게 감동을 줍니다. 당신이 가르쳐 준 모든 것에 감사합니다. 당신을 친구로 여길 수 있어서 자랑스럽습니다.

마크 엡스타인 박사 당신과 만난 것은 저에게 큰 선물입니다. 당신을 알게 되어 영광입니다. 당신의 빛은 세상을 치유하며 영감을 줍니다.

브라이언 와이스 박사 이 세상에서 너무나 많은 사람들의 길을 밝혀 준 당신, 당신은 우리가 받은 가장 큰 선물이 사랑하는 능력이며 우리가 영원한 존재라는 사실을 이해하도록 도와줍니다. 당신은 많은 면에서 저에게 영감을 줍니다. 제가 가는 길을 밝혀 주어 감사합니다.

게리 슈워츠 박사 저세상이 보내는 강력한 메시지를 연구하고 사람들이 그것을 이해하도록 돕는 당신의 헌신은 제게 영감을 줍니다. 우리의 길이 교차하면서 만난 그 모든 동시성 덕분에 행복합니다. 당신은 제 삶의 여정에서 중요한 부분을 차지합니다. 우리 사이의 빛을 기립니다.

선생님들은 우리 모두의 길을 밝히는 데 중심이 되는 역할을 합니다. 저를 가르쳐 주신 모든 선생님께 감사합니다. 제가 다른 사람들과 연결되어 있다는 걸 이해하고 빛을 장착해 스스로를 믿게 도와준 다음의 선생님들께는 특별한 감사를 보냅니다. 3학년 담임이었던 놀란 선생님, 4학년 때 만난 마거릿 맥모로 선생님, 12학년 때 영어를 가르치셨던 케빈 디닌 선생님, 대학에서 만난 영문학과 고故 데이비드 보스닉 교수님

368

이 그분들입니다. 감사하다는 말만으로는 충분치 못한 것 같습니다. 저는 우리 사이의 빛을 기리며 바라봅니다. 당신들은 언제나 저와 제 마음의 일부입니다.

미셸 골드스타인 우리 아이들의 삶에 영향을 준 선생님. 당신은 너무나 훌륭한 분입니다!

제인 모두노 필포트 당신이 헤릭스 고등학교에 오자마자 빛이 밝게 빛났습니다. 당신에게서 너무나 많은 것을 배웁니다. 당신의 지지와 격려, 사랑과 우정에 감사합니다. 모든 선생님들이 당신과 같은 교장 선생님과 함께하기를 기원합니다. 당신은 어디서든 위대함을 만들어냅니다.

니콜 세스타리 클라크 나를 당신처럼 멋진 친구와 연결해 준 우주에 감사합니다. 당신의 에너지와 열정은 전파력이 있으며 당신이 세상에서 하는 일은 빛으로 가득 차 있습니다. 당신을 알고 친구라 부를 수 있는 사람은 운이 좋은 사람입니다.

라우라 카스틸로 매우 멋지고 재미있고 배울 점이 많은 당신이 우리 아이들을 돌봐 주며 내가 도움을 구할 수 있는 사람이라는 사실에 감사합니다. 당신 주위에는 아주 많은 빛이 있습니다!

헨리 바스토스 당신이 내 삶에 가져다준 아름다움과 우정에 감사합니다.

리사 카파렐리 당신의 에너지 그리고 우리가 함께하는 저녁 식사가 좋습니다. 당신의 우정은 고마운 선물입니다. 데이브까지 있으면 지루할 틈이 없지요. 앞으로 함께할 모험도 기대해 봅니다!

폴과 팸 케인 당신들은 정말 빛으로 가득한 부부입니다! 두 분이 이 세상에서 하는 모든 일에는 연민과 친절함이 배어 있어요. 당신들을 알게 되어 영광입니다.

트리너와 애덤 베닛 나의 길에서 두 분처럼 놀라운 분들을 만나게 되어 기쁩니다! 아름다운 빛을 계속 비춰 주시길 바랍니다!

스타 포터 당신이 이 세상에 얼마나 대단한 별빛을 비추고 있는지! 당신 그리고 크리스 바그너와 만나 빛의 끈에 연결된 나는 무척 행운이라고 생각합니다.

스카이 페리라 당신은 어둠 속에서도 빛의 길을 만들어냈습니다. 저세상에 있는 빛의 군단은 당신이 계속 예술적 재능을 세상과 공유하는 것에 뿌듯해합니다. 저도 늘 당신을 응원하겠습니다. 당신과 친구가 되어 영광입니다.

조카들과 시댁 식구들, 친척들에게도 감사합니다. 모두가 세상에 아름다운 빛을 선사하고 있습니다. 가족으로서 함께 이 길을 걷게 되어 매우 감사한 마음입니다. 그들은 존과 맷, 윌리, 헨리, 피터 므러즈, 존과 로리 므러즈, 신디와 앨런 스위처, 나타샤 코카르, 마야와 조이 그리고 존 오스발트, 앨리야와 프리야 코카르, 아니카 버시어, 앤젤라와 앤젤라 G. F. 잭슨, 지미와 케리, 조이, 브라이언, 케빈, 대니 잭슨, 존과 에밀리, 제이, 조니 잭슨, 루실 와인트라우브, 브렛, 엘 라이즈, 그레그, 캐런, 재럿 그리고 캐럴 와인트라우브, 지미와 테드, 매디, 테디, 케니 우드입니다. 더불어 저세상에 있는 사랑하는 분들께도 감사드립니다. 외할머니, 외할아버지, 던디 예트, 나니와 아빠, 비키 그리고 시댁 식구인 게리와 앨런 여러분은 나의 마음과 나의 세계에 중요한 역할을 해 주셨습니다. 감사합니다.

나와 어린 시절을 함께한 친척 낸시와 리, 데이먼, 데릭 스미스, 엘리와 닉 푸치아렐로에게도 감사를 전합니다. 행복했던 기억의 너무나 많은 부분이 당신들과 연결되어 있습니다.

자신의 이야기를 이 책에 공유해 주신 모든 분께 감사드립니다. 우리 모두에게 얼마나 큰 선물인지 모릅니다. 이 일을 하면서 가장 큰 축복으로 생각하는 것은 놀라운 사람들을 만나고, 나중에는 그들이 친구를 넘어 마치 가족처럼 느껴진다는 점입니다. 수전 뉴턴 폴터와 프레드 폴터, 마리아 인그라시아, 케니스 링, 낸시 라슨, 짐 칼지아, 로즈앤디루포와 찰리 슈워츠, 조와 매리앤 피어즈가, 메리 스테피, 프랭크 맥고나글과 마이크 세스타리가 바로 그런 분들입니다. 그들과 연결된 저 세상에 있는 모든 가족, 스카티 폴터, 카일 라슨, 캐시 칼지아, 제시 피어즈가, 샬럿, 엘리자베스 그리고 그 외 여러분들에게도 감사드립니다. 자신의 빛과 이야기를 우리 모두와 공유하고 세상에 나누어 준 당신들을 존경합니다.

바비 앨리슨 마음이 잘 통하는 친구이자 내 삶의 커다란 빛. 당신의 변함없는 사랑과 지지에 감사합니다. 당신이 다른 사람들에게 베푸는 모든 친절과 빛에 대해 우주의 무한한 축복이 있길 기원합니다.

마크 라이트맨 박사 내가 이 길을 가는 데 놀라운 역할을 해 주어 감사합니다. 당신은 치유자이며 이 세상에 빛을 가져온 분입니다! 당신을 알게 되어 영광입니다.

제프 태런트 박사 내 뇌를 검사해 내가 답을 찾도록 돕고 멋진 친구가 되어 주어 감사합니다! 당신의 에너지 주변에 있는 사람이라면 누구나 삶에 대한 당신의 열정을 느낄 수 있을 겁니다. 내가 그런 사람 중 한 명이 된 것을 감사하게 생각합니다.

에이미 르윈 천사처럼 이 세상에서 내 길을 인도해 감사합니다. 당신이 나에게 해 준 역할에 영원히 감사할게요. 당신은 내가 가장 좋아하는 사람 중 한 명입니다.

멜리사와 톰 굴드 이 일이 주는 가장 큰 선물 중 하나는 당신들처럼 멋지고 놀라운 사람들을 만나는 것입니다. 당신들을 알고 친구라 부르는 나는 축복받은 사람이에요.

앤지 워커, 다니엘 퍼레티, 린 루안, 로라 스완, 레이니 스턴디스, 앤 서니와 그레이스 아벨리노 이 일의 가장 멋진 면은 놀라운 사람들을 만나고 멋진 친구가 되는 것입니다. 당신들도 그런 사람들이에요.

빌, 앤젤라 그리고 B. J. 아르투소 저세상을 탐구하는 일에 대한 당신들의 헌신과 당신들이 비추는 우정의 빛에 감사합니다. 당신들을 만나게 되어 정말 행복합니다.

초능력을 지닌 내 친구들에게도 고마움을 전합니다. 당신들이 없다면 내가 무엇을 할 수 있을까요? 당신들은 내가 현실 감각을 유지하게 해 주고 웃을 수 있게 해 줍니다. 킴 루소, 재닛 메이어, 베스 알트먼, 다이애너 친쿠에마니, 팻 롱고 그리고 나머지 친구들, 당신들과 함께하는 일은 언제나 멋집니다.

나의 첫 영성·정신성 개발 수업을 들은 학생들에게 감사합니다. 저세상과 서로에 대한 연결을 탐구하는 데 이보다 더 좋은 모임은 생각할 수 없습니다! 아만다 멀다우니, 재닌 마토라노, 에이미 레더러, 매릴린 필로, 메리 케네디, 리사 존슨, 캐슬린 코스텔로, 로즈메리 맥네마라, 린다 폴락. 당신들은 나의 수요일 밤을 한 주의 반짝이는 빛의 점들이 되게 해 주었습니다. 감사합니다.

로라 밴 더 비어, 케이티 지아룰라, 매기 샤피로 이 책이 나올 수 있도록 도와주고 내가 밤낮 없이 던진 기술적 질문에 답해 주어 감사합니다!

랜덤하우스 출판사에 있는 빛의 군단에 감사드립니다. 샐리 마빈, 니콜 모라노, 테레사 조로, 샌유 딜런, 리 마천트, 앤드리아 디워드, 그레그 몰리카, 낸시 딜리아 등등, 나와 내 책에 관심을 가져 준 여러분에게 감사 드립니다. 영국에 있는 애로우 출판사 관계자 분들께도 감사드립니다. 수전 샌던, 제니 제러스, 질리언 홈스, 제스 걸리버에게 감사를 전합니다.

WME에 있는 나머지 빛의 군단에도 감사드립니다. 라파엘라 디 앤젤리스, 앨리샤 고든, 캐슬린 니시모토, 스콧 왁스, 당신들이 한 모든 일과 역할에 너무나 감사드립니다.

헤릭스 고등학교의 선생님들과 직원들 그리고 내가 가르친 것보다 배운 점이 더 많은, 나와 함께 공부한 졸업생들에게 큰 감사를 전합니다. 집이 아닌 곳에서 내 가족이 되어 주는 영문학과 동문들에게 특별한 사랑을 보냅니다. 제인 버스타인, 낸시 레이콥스키, 바바라 호프먼, 에드 데스먼드, 스테프 넬슨, 앨런 세머지언, 제시카 라그나도, 톰 베어, 톰 맷슨, 소니아 다이노프, 켈리 스카디나, 사라 커머디너, 드니즈 바너드, 로렌 그라보스키, 데이비드 고든, 마이크 이몬디, 마이크 스타인, 캐런 마이어, 빅터 자카리노, 감사합니다. 또한 크리스 브로건, 루이즈 오핸런, 클라우디아 카터, 조앤 아사로, 트리시 바슬, 제인 모랄레스, 미셸 파스콰이어, 조니 키건, 앤드루 프라이숀, 브라이언 호지, 게일 코스그로브, 제인 모두노, 수잔 패스, 새런 모란도, 다니엘 유, 타니아 디시모니, 리치 게인스, 커린 크러처, 니콜 세스타리, 데어드리 헤이스에게도 감사드립니다.

자신들의 에너지를 나에게 맡기고 영적 상담을 받은 멋진 분들에게 감사드립니다. 모든 경험과 연결이 감사할 뿐입니다.

저세상에 있는 빛의 군단에 감사드립니다. 당신들이 없었다면 이 중 어떤 것도 불가능했을 것이고 존재할 수 없었을 것입니다. 내가 전달자로서 당신들의 커다란 빛에 속하게 해 주어 감사합니다.

그리고 이 빛의 여정에 함께해 준 독자 여러분에게 감사합니다.

The Light Between Us

우리 사이의 빛

1판 1쇄 발행 2022년 11월 5일
1판 2쇄 발행 2023년 1월 30일

지은이 로라 린 잭슨
옮긴이 서진희
펴낸이 이선희

책임편집 이선희
편집 전진 구미화 최정수
저작권 박지영 이영은 김하림
모니터링 박소연 김예빈
디자인 이보람
마케팅 정민호 이숙재 김도윤 한민아 정진아 이민경 정유선 김수인
브랜딩 함유지 함근아 김희숙 고보미 박민재 박진희 정승민
제작 강신은 김동욱 임현식
제작처 영신사

펴낸곳 (주)나무의마음
출판등록 2016년 8월 25일 제406-2016-000107호
주소 10881 경기도 파주시 회동길 210
문의전화 031-955-2696(마케팅) 031-955-2643(편집) 031-955-8855(팩스)
전자우편 sunny@munhak.com

ISBN 979-90457-20-0

www.munhak.com

The Light Between Us